AF482608

Caroline von Wolzogen

Agnes von Lilien

e-artnow 2018

Wilkie Collins
Fräulein Minna und der Reitknecht

Richard Voß
Zwei Menschen (Historischer Roman)

Caroline von Wolzogen
Treue über Alles und andere Erzählungen

Johann Wolfgang von Goethe
Die Leiden des jungen Werther (Klassiker der Weltliteratur)

Gustave Flaubert
Ein einfältig Herz

Caroline von Wolzogen

Agnes von Lilien

e-artnow, 2018
Contact: info@e-artnow.org

ISBN 978-80-273-1036-4

Inhaltsverzeichnis

An meine Kinder

Für Euch, meine Kinder, entriß ich diese Blätter dem Strome der Vergangenheit! Ich habe die Blüthenzeit meines Lebens noch einmahl durchlebt, während ich sie schrieb. Die Natur gab mir jenen wohlthätigen Schleier, der den Bildern der Vergangenheit ihren lebendigen Zauber bewahrt, und mit ihm tausendfachen Genuß und reicheres Leben.

Die klare Ansicht einer fremden Existenz ist nie ganz ohne Wirkung auf unsre eigne. Was ich bin, oder was ich zu seyn wähne, und unter welchem freundlichen Einfluß des Schicksals ich es wurde, – sollen Euch diese Blätter zeigen.

Alle Kunstforderungen müßt Ihr hier aufgeben. Nur die Erinnerung bewegte meinen bildenden Sinn, und die Geister der Vergangenheit erschienen wie Ossians Geister auf flüchtigen Wolkengestalten.

Wie sanft ist der Übergang aus der jugendlichen Täuschung zur Wahrheit des Lebens, wenn selbst der Besitz des höchsten Gutes, welches wir wünschten, uns in den Kreis der Wirklichkeit zurückführt! Es bleibt nichts unbefriedigtes in unsrer Seele, und das stille Geschäft einer höheren Bildung nimmt seinen ununterbrochnen Fortgang, ohne von den beunruhigenden Träumen eines ungestillten Verlangens gestöhrt zu werden.

Die Verbindung zweyer liebenden Seelen löst das sonderbare Räthsel unsrer Existenz, im Gefühl einer ewigen Befriedigung und eines ewigen Strebens nach etwas Unerreichbarem.

Euer holdes Daseyn gab unserm Leben die schönste würdigste Bedeutung. Eure klaren Augen, in denen die Welt sich von so einfachen Seiten spiegelte, Euer kindisches Begehren und Streben – führte uns sanft in die Unschuldswelt zurück, erhielt den zärtesten Bildern unsres Gemüths ihre frischen Farben, und klärte die Quellen des heiligsten innren Lebens auf. Als Ihr denken und wollen lerntet, sah ich mit Entzücken, daß das schöne Verhältniß der Gemüthskräfte Euch wie die Gestalt Eures Vaters angebildet wurde.

Den Kreis von Freunden, der sich um uns versammelte, vermochte keine Laune des Schicksals zu zerstreuen. Im Drang der Verhältnisse hatten sich die edlen Naturen erprobt und bewährt erfunden.

Kindliches Vertrauen verband alle Herzen, Muth und Weisheit vereinte sie zu edlem Wirken, Geist und Grazie webte das Band des Umgangs.

Eure verehrten Großeltern lebten ein glückliches Alter.

Mein Pflegevater wiegte Euch noch auf seinen Knieen. Mit freudestrahlendem Blick sah er in meinem ältesten Sohn den künftigen Herrn seines geliebten Dörfchens. Die stille Wirkung dieses edlen Geistes blieb unter uns ewig lebendig, sein Glaube glühte in unserm Herzen.

Die Obergewalt der Güte in der Natur zu fühlen, wie er, das war die Quelle und die Wirkung unsres Glücks.

Die Ruhe, die sich unter die blinde Nothwendigkeit beugt, tödtet die schönsten Blüthen unsers Wesens, sie erzeugt nur das kräftige Selbstgefühl eines Athleten; – aber die Stille der Seele, die ihr eignes Glück wieder in der Natur auszuathmen strebt, die liebliche Fülle der Freyheit und Schönheit, die Wohlthätigkeit des ganzen Daseyns, bildet sich nur in einem Gemüth, dem die Nothwendigkeit als höchste Güte erscheint.

Über der Wiege meines ersten Kindes gelobte mir Julius auch Vater zu werden, und in dem ersten reinsten Naturverhältniß alles liebende Vermögen seines reichen Herzens zu beschäftigen.

Bettina hatte sich schön ausgebildet unter den Augen der Gräfin und ihres Vaters. Ihr Geist, ihr Talent war bezaubernd.

Sie scherzte selbst mit mir in Nordheims Gegenwart über ihren ersten Jugendtraum; ich hielt sie für ganz geheilt.

Bald fühlte ich, daß sie Julius in einem neuen Lichte wahrnahm. Leidenschaftliche Liebe, Neigung ohne Grenzen war die Natur des Mädchens, und Julius nahm sie mit dem zärtesten Herzen auf. Er selbst schien sich mehr hinzugeben, als sie lebhaft zu ergreifen, aber es war im höchsten feinsten Sinn; sie wurden ein glückliches Paar.

Die Gestalt des alternden Mütterchens macht einen sonderbaren Kontrast mit der glühenden Leidenschaft die in diesen Blättern athmet. Die Zeit macht von selbst unser Leben zu einem vollendeten Gemählde, in dem jede Farbe der allgemeinen Harmonie untergeordnet ist. Nur wenn ein irrer Wille dem stillen Naturgang widerstrebt, entstehen grelle Töne.

Euer Vater lächelte bey manchem Zug dieser Geschichte, und freute sich unter dem ergrauenden Scheitel, das freundliche Leben der Jugend noch einmahl aufglühen zu sehen.

Wir freuten uns dessen, was wir gewesen sind und noch sind. Die Form ist unverändert geblieben. Wir gehen dann in den großen Saal, und sehen unsre Bilder an.

Die Vergangenheit umleuchtet uns als ein freundlicher Strahl, und wenn wir uns die Hände drücken, die sich durch eine Reihe von Jahren zu mildem Wirken vereinten, – dann fühlen wir nicht, daß uns die Jugend entflohen ist, sondern daß eine neue Jugend in uns aufblüht.

Ich wurde in dem Hause des Pfarrers zu Hohenfels, als seines Bruders Tochter erzogen. Sobald ich es verstehen konnte, sagte mir der Pfarrer, meine Eltern wären während meiner ersten Kindheit gestorben, aber ich sollte ihn als meinen Vater ansehen. Ich erfüllte dieses Verlangen in seinem vollen Sinn, denn ich fühlte nie, daß meine Eltern mir fehlten. Er war ein seltener Mann, und ich werde in der Geschichte meiner Erziehung ausführlicher seyn, als ich vielleicht sollte, weil sich sein Charakter in derselben am besten darstellt. Sein Gemüth war eine reine Harmonie, der sich jeder mit Vergnügen näherte, und ohne es zu suchen, wirkte er auf einen großen Cirkel. Er ließ sich gern und leicht in ein Gespräch ein, und wußte das gemeinste an die wichtigsten Gegenstände so natürlich und leicht anzuknüpfen, daß er das innere Wesen der Menschen aufschloß.

Als mein Verstand reif genug war, um die Menschen gegen einander zu vergleichen, sagte ich oft meinem Vater, wie hoch über alle andere erhaben Er mir erschiene. Mit einem milden Ernst in seinem Blick erwiederte er dann: Wenige zwang das Schicksal mit so freundlicher Gewalt auf der Bahn des Rechten zu bleiben, als mich. Manche Kraft wird zerstöhrt, ehe sie ihre wahre Richtung empfängt. Ich hatte hohen Genuß und tiefes Leiden, aber die Flamme der reinen Liebe erhielt mein besseres Leben. Eine Welt von Erinnerungen schien sich bey solchen Äußerungen in seinem Innern zu entwickeln; sein Auge war gesenkt, er war in sich selbst versunken, aber schnell, als von einem neuen Feuer belebt, kehrten sich dann seine Blicke nach mir; er sagte mir ein freundliches Wort, gab mir einen kleinen Auftrag, welchen ich vorzüglich gern befolgte; ich fühlte, daß irgend ein Gefühl seinen Busen drängte, welchem er Gewalt anthat, und es war mir als schwebte auf seinen Lippen: »Du bist doch mein Liebstes in der Welt!« Über meine Erziehung wachte er mit der Sorgfalt, mit der er jede einmahl übernommene Pflicht beobachtete. Er beschäftigte sich mit mir in seinen ernsten Stunden, aber ich war auch sein liebstes Spiel in den wenig geschäftlosen Augenblicken, die er sich vergönnte. Ich entsinne mich, daß er mich früh gewöhnte, die Begriffe der Arbeit und Ordnung mit meinen Spielen zu verbinden; das geringste, einmahl angefangene Geschäft mußte ich vollenden. Ich war weich und liebend gebildet, und konnte auch keine leise Äußerung der Unzufriedenheit von meinem Vater ertragen. Am tiefsten schmerzte mich, wenn er nach einer begangenen Unart mich wenige Stunden von sich entfernte. Das Einkommen, von welchem das Hauswesen bestritten wurde, war sehr mäßig, aber eine weise Einrichtung verbannte, mit aller unnützen Verschwendung auf der einen Seite, auch allen Geiz auf der andern. Nichts ging verloren, also war genug da, um ein reines ordentliches Leben zu führen, und meine Jugend war reich an allen kleinen Freuden, die der Wohlstand erzeugt.

Diese einfachen Verhältnisse, durch die Kunst meines Vaters geleitet, dienten mir zur Schule des Betragens für das künftige Leben. »Du sollst herrschen und dienen lernen, mein liebes Kind,« sagte er mir zuweilen: »wenn man beides mit Einsicht und mit Achtung für sich selbst zu thun versteht, so ist eins so leicht als das andere; aber sicher ist es Quelle mannichfaltiger Schiefheit und Verworrenheit in vielen Verhältnissen, wenn unsere Fähigkeit ausschliessend für das eine oder für das andere entwickelt wurde. Die Ungeschicklichkeit, sich in irgend einer Lage zu betragen, zieht ein Heer kleiner Übel um uns her, die endlich den Blick in die äußere Welt und in unser Inneres umdämmern. Darum übe dich in allen Formen des Umgangs, und lerne jeden Menschen nach seinem individuellsten Daseyn behandeln, und dich selbst in jedem Verhältniß auf die freieste und für andere am wenigsten drückende Art stellen.« Sein Beispiel, sein stillwirkendes Leben erklärte mir den tiefen Sinn dieser Rede.

Wenn mich nicht häusliche Geschäfte abriefen, war ich größtentheils in einem Kabinet, welches an meines Vaters Zimmer stieß. Ich fühlte mich in voller Freiheit, und, war doch in immerwährender Aufsicht. Da mein Vater selbst nie in eine gewisse Leere und Unbedeutenheit des Daseyns versank, so lernte ich sie auch nicht kennen; ich lebte in einem Cirkel stiller Geschäftigkeit, und mein jugendlicher Frohsinn entwickelte sich mit einigen Gespielen meines Alters. Die Kinder unserer Gutsherrschaft und ein paar Bauerkinder aus der Nachbarschaft lockten mich zu allen kindischen Spielen, und mein Vater sah es gern, wenn ich in körperlicher Behendigkeit die andern übertraf; selbst Rosine durfte kein schiefes Gesicht machen, wenn ich mit zerrissener Schürze und Halstuch zurückkam, aber ich selbst mußte auch alles wieder in guten Stand bringen, und wenn sie dazu helfen wollte, so war es nur Gefälligkeit. Ich hatte einige Lehrstunden, um mich an regelmäßige Arbeit zu gewöhnen; aber mir damahls unbemerkbar war mein Vater, während dem ganzen Lauf des Tages, mit meiner Bildung beschäftigt.

Wir lebten in einer lieblichen Gegend, und die mannichfaltigen und großen Naturgestalten um mich her nährten meinen Schönheitssinn. Das geheimnißvolle Leben der Natur ergriff mich früh, und die sanften Schauer der Bewunderung dehnten meinen Busen in erhabenen Gefühlen aus. Freundlich gesinnte Geister, schien mirs, wandelten im wechselnden Spiel des Lichtes um die Häupter der Berge, und in den buschigten Ufern des Flusses; ich empfand jenen namenlosen Zauber, in den der Genuß der Schönheit uns wiegt, in vollem Maße. Mein Vater ergriff diese reinsten aller Lebensmomente, um mein tiefstes Daseyn mit dem Gefühl Gottes und der Unsterblichkeit zu beleben. Die christliche Religion lehrte mich mein Vater in ihrem wahren Sinn, kindlich und einfach, als das Resultat der reinsten menschlichen Natur, der wir streben müssen uns zu nähern, und sie in unserm innern und äußern Leben herzustellen.

Mein glückliches Gedächtniß und mein leiser Sinn für die Schönheit brachte meinen Vater auf den Gedanken, mich die alten Sprachen zu lehren, die er enthusiastisch liebte. Die langen Winterabende hinter den Spinnrocken oder am Strickzeug vergingen uns so, daß er mir Stellen aus den Alten vorsagte, die ich auswendig lernen und übersetzen mußte. Die Kunstgestalten der alten Welt sollten meine Einbildungskraft zum Schönen und Edeln stimmen, und mich lehren, meine Sinne für den Eindruck des Gemeinen und Unwürdigen zu verwahren. Durch den Reiz der Neuheit dringt oft ein gemeiner Gegenstand an unser Gemüth, und aus Mangel an schönern Bildern, die ihn verdrängen könnten, umfangen wir ihn mit leidenschaftlichem Begehren.

Ich war immer beschäftigt, und durch einen wichtigen Gegenstand interessirt. Dieses erhielt meinem Vater die Zügel meiner Einbildungskraft in Händen. Freie Luft und Bewegung stärkten meinen Körper. Ich lernte den Feldbau in allen Details kennen, legte im Obst- und Küchengarten wohl selbst Hand an. Mein Sprachstudium, Übungen des Stils im Deutschen und Französischen, Geographie, Naturlehre füllten die Morgenstunden, die von häuslichen Geschäften übrig blieben. Des Nachmittags lehrte er mich Klavierspielen, und ließ mich nach einer Sammlung guter Kupferstiche und Gypsabgüsse, die er besaß, zeichnen, um meiner Hand einige Fertigkeit zu geben, und mein Auge in der Richtigkeit der Verhältnisse zu üben.

Sorglos und unbefangen flossen meine Tage dahin, die Liebe meines Vaters erfüllte sie mit fröhlichem Wechsel. Jede ländliche Beschäftigung war uns ein kleines Fest, welches die gewohnte Lebensweise unterbrach, und der Fleiß wurde mir wieder zum Genuß, wenn ich meines Vaters Freude an meinen Fortschritten wahrnahm.

Mein Vater lebte größtentheils einsam, und hatte von mancherlei Verbindungen in der Nachbarschaft nur einen alten Arzt auch als Freund des Hauses beibehalten. Es war ein Mann von ernsten strengen Sitten, und höchst bestimmten Begriffen. Ich fürchtete ihn als Kind, aber jemehr ich heranwuchs, lernte ich ihn achten und beinah seinen Umgang lieben, da er mir immer etwas Neues aus der Natur und Menschenwelt zu lehren wußte, und eine Freude an meiner schnellen Fassungskraft bezeigte. Herzlich bedauerte ich seinen Tod. Mit diesem Freund verlor mein Vater den einzigen Umgang, der ihm zu einem Gedankenwechsel Anlaß gab, und ich die Freude manches unterrichtenden Gesprächs.

Die Gesellschaft der Salmschen Familie, unserer Gutsherrschaft, wurde mir uninteressanter, jemehr sich mein Geschmack bildete. Aber mein Vater hieß mich oft sie besuchen, damit ich meine Eigenheiten der Gesellschaft anschmiegen lernte, und von der Äußerung einer gewissen Sonderbarkeit befreyt bliebe, die man leicht in der Einsamkeit gewinnt. Durch natürliche Gutmüthigkeit, die gern jeden glücklich und frey in seiner eigenen Sphäre sich bewegen sieht, lernte ich leicht den Ton der Unterhaltung treffen, der für die Familie passend war, und diejenigen Seiten meines Wesens verbergen, die sie nicht fassen mochte. Die Fräulein liebten meinen

Umgang, weil ich weder in Kleiderpracht noch in sogenannten feinen Manieren mit ihnen rivalisirte, und wenn mein natürlicher Anstand und mein reinliches einfaches Hauskleid ein Lob von ihren Eltern, oder einem Fremden, welcher zum Besuch bey ihnen war, erhielt, so waren die Eigenschaften einer Pfarrerstochter doch so ganz unter der Sphäre ihrer Ansprüche, daß keine Aufwallung des Neides ihr Wohlwollen gegen mich unterbrach. Ich fühlte mich, ohnerachtet ihres guten Betragens gegen mich, dennoch fremd in ihrem Hause, und wenn ich dann mit dem Ausdruck herzlicher Sehnsucht wieder zu meinem Vater kam, sagte er mir mit einem tiefsinnigen Blicke: Mädchen, Mädchen! Du gewöhnst dich so ganz nur in Odem der Liebe zu leben; ich fürchte, du wirst sonst nirgends zu Hause seyn. So erreichte ich mein achtzehntes Jahr.

Es war einer der ersten schaurigen Herbstabende. Ein dichter Nebel lag in den Thälern, der Wind trieb stürmisch graue Wolken über den östlichen Himmel, und der West flammte in tiefem Purpurroth. Gelbe Blätter flogen aus den schon halbnackten Wipfeln der Bäume, und flatterten an den Fenstern vorbei. Das Knistern des Feuers im Kamin versammlete den ganzen kleinen Haushalt. Alle Bilder des herannahenden Winters spielten in der ersten erwärmenden Flamme empor, und jedes Mitglied der Familie durchflog in Gedanken den Kreis seiner Geschäfte, die Freuden und Leiden, denen es in diesem Zeitraum entgegen sah.

Mein Vater saß mit jener weisen Ruhe, die des Wechsels gewohnt ist, und Jahre wie Tage gleichmüthig vor sich hinziehen sieht, in seinem Lehnstuhl. Er legte den Plutarch aufgeschlagen aus der Hand, weil es finster wurde, und nahm die großgedruckte Bibel vor sich, um einen Text für die nächste Sonntagspredigt zu wählen. Rosine ging im Zimmer auf und ab, das blank gescheuerte Geräthe aus der Küche herbeizuholen, welches ich mit zierlicher Ordnung in den Wandschrank im Hintergrunde des Zimmers aufstellte. Man zog die Thürschelle, und mein Vater rief: Agnes, mein Kind! Schon war ich an der Hausthüre. Es war halbfinster, doch konnt' ich noch bemerken, daß eine fremde Gestalt hereintrat. Was wünschen Sie, mein Herr? fragte ich; und er erwiederte: »Ich bin ein Reisender und sehr ermüdet, man kann mich im Gasthof nicht aufnehmen; darf ich hoffen, daß der Herr Pfarrer es verzeihen wird, wenn ich ihn um ein Nachtlager bitte?«

Die Stimme war einnehmend, und erregte einen sonderbaren Antheil in meinem Herzen, so daß ich die gewohnte Gastfreiheit meines Vaters, mit lebhafterm Ausdruck als gewöhnlich verkündigte. Das wird Ihnen mein Vater mit Vergnügen geben, sagte ich, treten Sie herein. Er trug seine Bitte meinem Vater nochmahls vor; dieser hieß ihn freundlich willkommen, und setzte sich wieder an seinen Tisch bei dem Fenster, um einige Gedanken aufzuzeichnen, die ihm für seine Predigt eingefallen waren. Der Fremde war ein großer schöner Mann, seine Kleidung war sehr einfach, und deutete weder Armuth noch Reichthum an. Ich trug ihm einen Stuhl zum Kamin, und setzte mich mit meinem Strickzeug ihm gegenüber. Die Flamme im Kamin warf einen hellen Schimmer auf sein Gesicht; und ich nahm feste und anmuthige Züge wahr, aus denen nicht mehr die erste Fülle der Jugend leuchtete. Rosine hatte unterdessen Licht herbeigeholt, mein Vater schrieb fort, und alles war still. Ich suchte vergebens nach ein paar Worten, um eine Unterhaltung anzuknüpfen, aber nichts war mir gut genug von allem, was mir einfiel, und nie scheuete ich mich mehr, etwas Unbedeutendes zu sagen, als in diesem Augenblick. Die Furcht, er möchte mein Schweigen für Unaufmerksamkeit oder für Mangel an feiner Sitte halten, machte mir es gleichwohl peinlich. Er schien keinen Anspruch auf Unterhaltung zu machen, und sah still nach dem Feuer. Zuweilen streifte sein Blick im Zimmer umher, und nur einmahl ruhte er auf mir. Es war etwas unaussprechlich anziehendes in seinem dunkelbraunen Auge; mild und still faßte es die Gegenstände, aber zugleich so tiefeindringend, als möchte es das verborgenste im Herzen erspähen. Mein Strickgarn fiel zu Boden, er hob es auf, und gab es mir mit gerader gutmüthiger Höflichkeit. Der Faden hatte sich um seine Hand geschlungen, sie ruhte einige Sekunden in der meinen, und ein Ring fiel von seinem Finger. Während ich den Ring aus dem Faden loswickelte, hatte ich Zeit, auf der blauen Emaille den Nahmen *Amalie* zu lesen.

Der Fremde nahm ihn mit einem flüchtigen Erröthen zurück. Ob seine gebückte Stellung, oder die Nähe des Feuers es verursacht hatten? oder ob der Ring lebhaftere Gefühle in ihm erregte? oder ob er den Nahmen seiner Schwester, seiner Freundin, oder seiner Frau am Finger trug? Diese Fragen kreuzten sich in meinem Kopf, und neben dem bemerkte ich die feingeformte Hand, die so eben in der meinen gelegen hatte. Nun legte mein Vater ein Zeichen in seine Bibel, und nahte sich dem Kamin. Freundlich zog er mit der linken Hand sein ledernes Käppchen vom Haupt, reichte die rechte dem Fremden, und hieß ihn nochmahls willkommen. Sie rauchen vielleicht eine Pfeife Tabak in der kalten Herbstluft? fragte mein Vater. Der Fremde winkte Beifall. Ich trug nun auch den Theetisch zum Feuer, so kam alles in Ordnung, und der kleine Zirkel näherte sich einander vertraulicher, als der blaue Dampf in leichten Gewölken umherzog, und der gute Thee balsamisch duftete. Nach ächt griechischer Sitte schritt man erst zum Gespräch, nachdem der Gast gespeist worden war.

Wahrscheinlich kommen Sie heute von A.? sagte mein Vater. Sie hatten dann eine schlimme Tagreise, es ist eine von unsern schlechtesten Straßen im Lande. – »So unwegsam und holpericht die Straße ist,« erwiederte der Fremde, »so mild und freundlich scheinen mir die Menschen, die daran wohnen, und mit dem Tausche wäre man wohl gern zufrieden, wenn man es überall so haben könnte.«

Mein Vater. Ja brave gute Leute gibt es hier, und gibts überall, hoffe ich. Seit fünf und zwanzig Jahren liegt meine Welt in dem engen Zirkel von wenigen Stunden beschränkt, und wenn es mir in diesem dunkel und verwirrt scheint, so habe ich doch immer ein sicheres Mittel, wieder ins Klare zu kommen.

Der Fremde. Und welches?

Mein Vater. Ich suche mir die individuellsten Verhältnisse des Menschen, der mir grundschief und verdorben scheint, ganz bekannt zu machen. Sein Alter, Stand, Erziehung, Temperament, Vermögen, Freundschaften u.s.w. Dann greife ich in meinen eigenen Busen, und fürwahr violes, vieles in seiner Handlungsweise wird mir da leichter erklärlich, was mir außer jenen Beziehungen ungeheuer dünkte.

Der Fremde. Glauben Sie an den Saamen des Bösen in der Menschennatur?

Mein Vater (lächelnd). Nicht in dem Sinn, wie Sie vielleicht meynen, mein Herr; aber ich glaube, und fühle den Saamen der Schwachheit in jeder menschlichen Brust; – glaube, daß nicht jeder sich halten kann, in der schönen Freiheit des Herzens, daß er oft das begehrt, was er nicht sollte, und dadurch zum Sklaven wird, weil er aus dem Gleichgewicht seines innren Wesens heraustritt, wo er König und Herr seyn könnte.

Der Fremde. So sind wir eins! O wie freut, es mich, wenn ich ein Gemüth finde, das seine Einheit bewahrte, das seine Wahrheit und Liebe lebendig erhielt! Wer in diesem schönen Kreise der Menschheit zu bleiben strebt, kann nicht irren, denn Wahrheit und Liebe sind das Wesen der Religion und Philosophie, und erhalten die Gesundheit und Grazie der Empfindung. Ihr seyd nun einmahl die privilegirten Seelenärzte – fuhr er freundlich lächelnd fort – und mich dünkt, ich sey bey einem der bescheidensten, mithin der erfahrensten. Wie bewahrt sich die Seele am freiesten im Kampf mit den widerstrebenden Eindrücken von außen, und der Verdorbenheit um sich her?

Mein Vater. Freund, vor allem möcht' ich Ihnen sagen: Alle gute Gabe kommt von oben herab, vom Vater des Lichts!

Der Fremde. Und wenn es Seelen giebt, die nur die Richtung gegen das Licht kennen? Es windet sich die eingeschlossene Blume nach der Seite, wo ihr der Lichtstrahl entgegendringt, aber die dunklen Schranken weichen nicht, und ihre Farben bleiben matt und bleich. Was sollen diese thun?

Mein Vater. Sich des geahneten Lichtes freuen, bis das Schicksal, oder eine bis jetzt ungeahnete neue Kraft in ihrem Gemüth die Schranken zerbricht. Jedes wahre innige Verlangen deutet auf die anziehende Kraft eines fernen Gegenstandes.

Der Fremde stand lebhaft von seinem Sitze auf, stellte sich dicht *vor* meinen Vater, sah ihm fest, aber freundlich, ins Auge. Über meine Wangen flog eine glühende Röthe. Du wahrer Jünger Deines Herrn, sagte er mit sanftgehobener Stimme, indem er meines Vaters beide Hände faßte; Du besitzest seine Milde und seinen großen Sinn; wie lange suchte ich vergebens eine

Seele, wie die Deine? Mein Vater sah innig zufrieden aus, und es war seit diesem Augenblick ein herzlicheres Verständniß zwischen uns dreyen. Welcher feinfühlende Mensch hatte nicht solche Momente, in welchen die Seele gleichsam als in ein feineres Element versetzt, zärtere, innigere Beziehungen wahrnimmt, und sich leichter und fester an eine andere anzuschließen vermag, deren Schönheit sie im reinern, erhöhteren Licht erblickt!

Rosine hatte den Tisch gedeckt, und das Abendbrod aufgetragen, welches aus unsern gewöhnlichen zwei Schüsseln bestand, und wegen des, Gastes nur mit einem kleinen Nachtisch vermehrt wurde.

Mein Vater hatte die Gewohnheit in seinem Hause, daß immer ein kleiner Vorrath vorhanden seyn mußte, um einen guten Freund bewirthen zu können. Traktirt wurde nie, und kein Fremder konnte an einem ungewöhnlichen Treiben und Lärmen in Küche und Keller wahrnehmen, daß er Ungelegenheit verursachte. Ich bat mit der geringen Bewirthung vorlieb zu nehmen, und der Fremde erwiederte freundlich, es sey nichts gering, was mit solcher Güte und Anmuth gereicht werde, er habe nie einen bessern Reisbrey gegessen, und wirklich ließ er sich ihn treflich schmecken. Das Einfache, Edle in seinem Betragen rührte mich sonderbar, und ich hatte es an keinem andern Manne meiner Bekanntschaft noch bemerkt. Sein Schweigen gegen mich gefiel mir vorzüglich; mir schien es, als läge eine Art von Achtung darinnen, und als hielte er mich für eine gewöhnliche unbedeutende Unterhaltung zu gut. Oft fand ich seine Augen auf mich gerichtet, und der stille Antheil, den ich an seiner Unterhaltung mit meinem Vater nahm, schien ihm nicht zu entgehen.

Das Gespräch begann sich wieder anzuknüpfen, als der junge Herr von Salm, der Sohn unsers Gutsherrn, hereintrat. Er war eben von der Universität gekommen, um seine Eltern während der Ferien zu besuchen. So vorlaut der junge Herr auch sonst seyn mochte, so still war er in der Gesellschaft meines Vaters, der keine Plattheit, welche sich mit Anmaßung äußerte, ungerügt hingehen ließ. Er sah den Fremden aufmerksam an, der ihm ohngeachtet seines einfachen Anzugs zu imponiren schien. Lange trug er sich mit einer Frage, die er endlich bey einem Stillstand des Gesprächs herauspolterte; denn wenn er nicht ungestraft vorlaut seyn durfte, so war er schüchtern. Auch wollte er nicht gern Fremden eine geringe Meinung von sich geben, und hub darum immer mit etwas Gelehrtem an. Darf ich fragen, mein Herr, ob Sie gute Lateiner in Ihrer Stadt an der Schule haben? Für diesesmahl war ich mit seiner Frage sehr wohl zufrieden, denn ich hoffte etwas von unsers Gastes Wohnort durch sie zu erfahren. Die Antwort befriedigte mich nur halb. Ich war seit drey Jahren außer Deutschland auf Reisen, Herr von Salm, und kenne also den gegenwärtigen Zustand der Schulen nicht. Er sprach nach diesem mit meinem Vater über den Nutzen, die alten Sprachen gründlich in der Jugend erlernt zu haben, und endlich kamen sie auf ihre Lieblingsschriftsteller. Es freute mich wahrzunehmen, wie sehr mein Vater das Urtheil des Fremden ehrte, und die mannichfaltige Schönheit und Anmuth zu bemerken, die sich bey regerem Interesse des Geistes in seinen Zügen entfaltete.

Herr von Salm, halb verlegen und halb unmuthig, keinen Antheil an der Unterredung zu haben, sagte mir halbleise, er ginge, um seine Schwester zu mir abzuholen. Wie gern hätte ich für diesen Abend ihre Gesellschaft entbehrt! Der Fremde wandte sich gegen mich, als uns Herr von Salm verlassen hatte, und fragte mich, ob diese Familie meine einzige Gesellschaft sey, und ob ich vergnügt in dieser Einsamkeit lebte? Ich erwiederte, daß es mir nur sehr selten einfiele, mannichfaltigern Umgang zu wünschen, und daß ich mich nie entschließen könnte, ihn zu suchen, wenn ich die Gesellschaft meines Vaters dadurch verlieren müßte. Es kamen mir leicht Thränen ins Auge, wenn ich an die Trennung von meinem Vater dachte, weil er selbst oft mit Rührung von der unfehlbaren Trennung sprach, die uns früh oder spät, doch so sicher, drohte. Ich war diesen Abend, seit der Erscheinung unsers Gastes so sonderbar gespannt, daß ich mich vergebens bemühte, meine hervorquellenden Thränen zurückzuhalten. »Gutes Kind,« sagte der Fremde lebhaft, und sah mir freundlich theilnehmend ins Auge: »halten Sie diese schönen Thränen nicht zurück. – Nichts bürgt so sicher für die Weisheit der Eltern, und die Güte der Kinder, als wenn diese das väterliche Haus lieben.« Mein Herz schlug heftig, und ich fühlte einen noch nie empfundenen süßen Schauer durch meine Nerven zittern; wir schwiegen alle einige Minuten, der Fremde sah starr, doch lieblich vor sich hin; endlich wandte er sich zu meinem Vater und sagte mit gemilderter Stimme: Wie glücklich sind Sie durch Ihre Tochter! »Ja ich bin es so sehr durch sie, als wäre sie es durch die Natur.« – Der Fremde sah den Pfarrer hier fragend an, und ich selbst fühlte zum erstenmahl etwas Geheimnißvolles mit meiner Existenz verbunden. Als mein Vater die Augen niederschlug, und schwieg, schlossen sich die schon zu einer Frage geöfneten Lippen des Fremden. Erndten Sie auch sichtbar Segen an Ihrer Gemeinde? sagte er nach einigen Momenten des Nachdenkens. – Ja, Gott sey Dank, antwortete mein Vater, mein Bemühen bleibt nicht fruchtlos. Es war ein wildes Völkchen, als ich herkam. Eigennützig und diebisch aus Faulheit und Ungeschicklichkeit, und voller Streitsucht aus Unwissenheit und Mißtrauen. Aber jetzt fängt es an, sich in die Ordnung zu fügen.

Der Fremde. Welcher Mittel bedienten Sie sich?

Mein Vater. Mein Herr, ich fing es von der umgekehrten Seite an, als man es gewöhnlich treibt. Mir scheint es ein Irrthum, wenn man wähnt, man müsse alle Kultur sogleich beim Geistigen anfangen; – ich meyne, man kommt immer zu früh daran, ehe das Leibliche in Ordnung ist, und sogenannte aufgeklärte Gesinnungen seyen nur taube Blüthen, wenn sie nicht aus dem gesunden Stamme eines ordentlichen reinlichen Lebens Nahrungssaft einsaugen. Wenn das Volk durch Arbeitsamkeit sichern Unterhalt findet, so kommt Ordnung und Sitte von selbst. Wirkliche Noth hebt alle moralische Bande auf; der Mensch, den sie drückt, ist im Zustande des Kriegs gegen die Gesellschaft. Wenn die physischen Bedürfnisse mäßig befriedigt sind, sproßt die Seele aus eigener Kraft in Gedanken auf, und die Gefühle des Rechten und Guten, des Glaubens und der Hofnung entkeimen ihrem mütterlichen Boden, als starke, gesunde Gewächse. Die Erfahrungen, die ich in meinem kleinen Kreise machte, scheinen mir beweisend. Ich war so glücklich, durch die Hülfe meiner vorigen Gutsherrschaft vieles für den Wohlstand dieses Dörfchens thun zu können. Unser voriger Herr war nicht allein ein vortreflicher Landwirth, er kannte auch alle Produkte und Bedürfnisse der umliegenden Gegend auf das genaueste, verstand in hohem Grad die Kunst, die Menschen zu behandeln, und sie zu seinen guten Zwecken zu lenken. Er richtete den Feldbau und alle Arbeiten seiner Unterthanen nach den Bedürfnissen der benachbarten Orte ein, so sehr es die Eigenthümlichkeiten des Bodens gestatteten. Da er das Zutrauen aller besaß, so verband sein Geist das Ganze, und jeder Einzelne fand irgend einen Vortheil in seiner Haushaltung dadurch. Überall wußte unser Herr Zugang zur vortheilhaftesten Absetzung der überflüßigen Produkte, und so entstand nach und nach durch die Sicherheit des Erwerbs der Geist der Arbeitsamkeit und stillen Ordnung. Wenig Müssiggänger blieben in der Gemeinde, und die Gemüther bildeten sich gesund und sittlich. Im Anfang wurde der Geldbeutel ihres Herrn mehr in Anspruch genommen, als meine Seelenarzneien. Jetzt, bey einem ruhigen und arbeitsamen Leben, und nach den Eindrücken, die die Jugend, mit welcher ich mich gleich anfänglich beschäftigte, empfing – jetzt nahet sich mir der größte Theil meiner Gemeinde im ächten Gefühl edlerer Bedürfnisse. Die Jugend wünscht Aufklärung über manche Gegenstände des Denkens, und oft Regeln für das Leben von mir, und das Alter spricht gern von seinen Hofnungen nach dem Tode. O warum mußte uns unser treflicher Herr so bald entrissen werden!

Seit wann ist er gestorben? fragte der Fremde mit sichtbarer Bewegung. Ich habe nicht einmahl den Trost, erwiederte mein Vater, zu wissen, daß seine Seele in ein besseres Leben hinübergegangen ist; – er lebt vielleicht noch im Elend, in trauriger Gemüthsverwirrung, in Gefangenschaft; nur Gewalt kann ihn von uns trennen, wenn er noch am Leben ist, und dieses bange Schweigen des Todes gegen Herzen, die ihn so innig liebten, verursachen. Er lebte so mit seinem ganzen Herzen in diesem Dörfchen, dem Kreise seiner Wohlthätigkeit; – willig hat er es nicht verlassen, es liegt eine uns undurchdringliche Nacht auf seinem Schicksal!

Die Gemüthsbewegung des Fremden stieg immer höher, und er fragte mit zitternder Stimme: Auf welche Art verschwand er?

Es sind achtzehn Jahr, als unser Herr eines Morgens befahl, sein schnellstes Pferd zu satteln; er zog seine Jagdkleidung an, ritt an meinem Hause vorbey, und rief mir zu, an die Gartenthür, die etwas entfernter von der Straße ist, zu kommen. Er reichte mir einen Beutel, und sagte: Hier haben Sie einen kleinen Fond zu unsern Einrichtungen für meine Unterthanen. Es möchten vielleicht Hindernisse für unsere Plane in den nächsten Zeiten entstehen; diese Summe, denke ich, soll hinreichen, sie fürs erste sicher zu stellen. – Leben Sie wohl, mein bester Freund. – Er wandte das Gesicht von mir ab, aber ich hatte eine ungewöhnliche Spannung in seinem Wesen wahrgenommen, seine Hand schien zu zittern, als er mir den Beutel reichte. Die Ahndung eines Unglücks flog durch meine Seele, und als ich meine Arme nach ihm erhob, um seine Hand zu drücken, und noch ein Wort von ihm zu vernehmen, gab er dem Pferde die Sporen, und war mir pfeilschnell aus den Augen. Noch einmahl sah er sich nach mir um, und seitdem sah ich ihn nie wieder.

Es sind achtzehn Jahr verstrichen, aber noch liegt jener Augenblick als gegenwärtig in meiner Seele, und nie seh' ich den kleinen Fußsteig, der in den Wald führt, ohne daß alle Schrecken seines Abschieds mich überfallen. Dort ritt er hin, und warf den letzten, gewiß schmerzlichen Blick auf sein Eigenthum. Alle Herzen waren sein, und er in dem blühenden Mannsalter von dreyßig Jahren, mit einer Fülle der Thaten im Busen, mußte das alles verlassen! Die Unruhe jener ersten bangen Tage seines Verschwindens ist unaussprechlich. Ich fand die Summe von zweitausend Thalern in dem Beutel, und dieses vermehrte meine Besorgnisse, als seyen sie ein Vermächtniß, wenigstens deuteten sie eine lange Abwesenheit an. Ich kannte seine Vermögensumstände, seine Güter waren nicht schuldenfrey, und nur durch eine sehr strenge Ökonomie in allen Ausgaben für seine Person gewann er den Überschuß, den er zum Besten seiner Unterthanen verwendete. Seit fünf Jahren, die er hier verlebte, sah ich ihn immer nach dem festen Plan handeln, seine Güter von Schulden zu befreyen, und sich durch kluge Wirthschaft eines unabhängigen Einkommens zu versichern. Die Summe von zweitausend Thalern konnte er nicht erübrigt haben, und es mußte eine fremde gewaltsame Lage ihn nöthigen, von seinem Plan abzugehen. Oft hatte er mir gesagt, wie glücklich er durch das Gefühl sey, frey und unabhängig auf seinen Gütern zu leben, und wie kein anderes Verhältniß ihn anziehen könnte, weil ihm keines so natürlich und ehrwürdig schiene.

Die Unterthanen, welche gewohnt waren, ihren Herrn alle Sonntage bey ihren Vergnügungen zu sehen, bestürmten mich mit Fragen nach ihm, und ich mußte suchen, meine quälende Unruhe zu verbergen. Seinem Jäger und Verwalter hatte er, gleichsam im Scherz, weil er eben überflüßig Geld habe, ihren Lohn auf drey Jahre vorausbezahlt. Ich schickte sie und einige meiner zuverläßigsten Bauern in der Gegend umher, aber keiner konnte eine Spur von dieses geliebten Herrn Aufenthalt entdecken. So vergingen mehrere Wochen, die Bauern wurden immer unruhiger und drangen mit Fragen in mich. Als ich endlich sagen mußte, ich wisse eben so wenig als sie, und theile ihre Besorgnisse, entstand ein allgemeiner Jammer. Sie liefen stürmend im ganzen Schlosse umher, und am selbigen Abend durchsuchten sie das ganze Jagdrevier und alle Wälder der Gegend mit Fackeln, und behaupteten, man habe ihren geliebten Herrn ermordet, und sie müßten die Mörder ausfündig machen. Keiner wollte an seine Arbeit, bis sie ihn gefunden hätten; es war in der Erndtezeit, aber sie liefen lieber Gefahr ihren Unterhalt für das ganze Jahr zu verlieren, ehe sie sich vorwerfen wollten, nicht alles für ihren Herrn gethan zu haben. Nach vielen fehlgeschlagenen Versuchen hörten sie endlich auf meine Ermahnungen, ihr Schmerz wurde stiller, und sie gingen wieder an ihre gewohnte Arbeit. Die Hofnung, welche ich ihnen machte, daß die Entfernung ihres Herrn von kurzer Dauer und freiwillig sey, weil er für sie bey seiner Abreise gesorgt habe, stellte am besten Ruhe und Ordnung wieder her. Ich selbst nährte diese süße Täuschung, bis ich eine Reise nach S. unternahm, wo ein vertrauter Freund meines Herrn sich aufhielt. Dieser bat mich, alle Nachforschungen einzustellen; er schien mit dem traurigen Geheimniß seiner Flucht bekannt zu seyn. »Sehen Sie unsern Freund als einen Todten an, er kann uns nur durch ein Wunder wiedergegeben werden, meine Pflicht erlaubt mir nicht Ihnen mehr zu sagen.« Diese Worte schlugen alle meine Hofnungen danieder.

Der Herr von Salm wußte es bey der Ritterschaft durchzusetzen, daß er, als Mitbelehnter, auch die Administration des Guts erhielt; er zog nach einem Jahre ein; man fand alles im besten Stand, und keine neue Schuld im Verzeichniß angezeigt. Den Schreibtisch in unsers Herrn Kabinet fand man ganz leer, und der Jäger sagte: er habe in den letzten Tagen viele Papiere verbrannt. Nirgends konnte ich seitdem eine Spur seines Aufenthalts entdecken. Vor zwey Jahren starb sein Freund in S., und mit ihm ist meine letzte Hofnung verschwunden.

Der Fremde wurde immer bewegter, und drückte meinem Vater mit feuchten Augen die Hand, sah dann lange stumm vor sich hin, und als die Thränen von neuem seine Augen schwellten, verbarg er das Gesicht in seinen gefalteten Händen.

So oft ich diese Geschichte auch schon gehört hatte, so hörte ich sie doch immer mit gleichem Interesse, und von Kindheit an war es meine liebste Unterhaltung gewesen, meinen Vater von seinem verschwundenen Freund erzählen zu hören. Wenn die Ältesten des Dorfes an schönen Sommerabenden unter den Linden versammelt waren, und ich mit meinem Vater vom Spatziergang zurückkommend bey ihnen ausruhte, kam wohl einer, legte ihm traulich die Hand auf den Arm, und flüsterte ihm ins Ohr: Ja unser Herr sollte wiederkommen! Mehrere kamen herbey, und man sprach von seiner Regierung und sehnte sich nach ihr zurück, wie nach der goldenen Zeit.

Der lebhafte Eindruck, den diese Geschichte auf unsern Gast machte, freute mich innig. Mir war es, als machte ihn dieser Antheil an einen so oft wiederkehrenden Gegenstand unserer Gespräche noch heimischer in der Familie; auch ergriff mich eine dunkle Ahndung, er sey in das geheimnißvolle Schicksal jenes so geliebten Mannes enger verflochten, als er es äußere. Es war ein bedeutendes Schweigen in dem kleinen Zirkel; unsere Herzen näherten sich einander ohne Worte; die junge Familie von Salm unterbrach es zu meinem Verdruß.

Die Fräulein hatten ihren Sonntagsstaat angelegt, da sie von einem Fremden gehört hatten, und kamen mit zierlichen Verbeugungen und einer französischen Exklamation zur Thüre herein. Nachdem sie den Fremden steif und vornehm gegrüßt hatten, musterten sie ihn von Kopf zu Fuß mit neugierigen Augen, und flüsterten dann zusammen: obgleich seine Kleidung nicht nach dem neuesten Schnitt sey, so habe er doch einen vornehmen Anstand. Er hatte für die Verbeugung höflich gedankt, und nach einigen flüchtigen Blicken auf die Damen, zog er sich mit meinem Vater in ein Fenster zurück. Die Fräulein sprachen viel über ihre Reise nach S., von den vornehmen Familien, mit denen sie dort Bekanntschaft zu machen dächten, und von ihrer Verwandschaft mit ihnen. Sie sprachen von diesem allen mit ungewöhnlich lauter Stimme, aber da alle Versuche, die Aufmerksamkeit des Fremden auf sich zu ziehen, fehlschlugen, flüsterten sie wieder heimlich zusammen: es sey schwerlich ein Mann von Stande, da er keine der guten Familien dieser Gegend zu kennen schiene.

Das Geflüster, welches sich die jungen Damen oft bis zu einer beleidigenden Art über einen dritten erlaubten, den sie für unbedeutend hielten, war mir unerträglich; ich schlug ein Spiel vor. Die Fräulein, die nun einmahl die Hofnung aufgegeben hatten, durch ihre glänzende Unterhaltung die Aufmerksamkeit unsers Gastes zu fesseln, überließen sich nunmehr auch ganz ihrer ungebundensten Laune, und wählten die blinde Kuh. Das nächste Zimmer wurde geöfnet, und der junge Salm mußte sich die Augen verbinden. Er that es nur nach wiederhohlten Neckereyen seiner Schwestern, da er noch immer eine hohe Meynung von dem Fremden hegte, und noch hofte, seine Gelehrsamkeit in einer Lücke des Gesprächs einzuschieben. Endlich kam das Spiel in Gang, und ob ich gleich immer mit der halben Seele bey meinem Vater und dem Fremden war, so konnte ich doch nur abgetrennte Worte vornehmen. Ich hörte meinen Nahmen wiederhohlt nennen, sie sprachen eifrig, die Augen des Fremden suchten mich oft, und leuchteten mir wie ein Blitz in die Seele; bey jedem Stillstand des Gesprächs nahte er sich unserm Spiel immer mehr, und schien es mit Antheil anzusehen. Die Fräulein blieben mit ihren hohen Absätzen und langen Schleppen überall hängen, und liefen so ungeschickt, daß sie oft hinfielen, während ich in meinem leichten Hausanzuge und platten Schuhen leicht forthüpfte. Es freute mich nicht wenig, zu fühlen, daß die Augen unsers Gastes nur mir folgten, und zum erstenmahl bemerkte ich mit Vergnügen, wenn unsere Schatten auf der weißen Wand durcheinander hüpften, daß ich eine schlankere Gestalt hatte, als meine Gespielinnen. Endlich kam die Reihe an mich, die Augen zu verbinden. Ich lief ein paar Minuten im Zimmer umher, dann nach der Thür, wo mein Vater und der Fremde standen, und faßte den Letzten beym Arm, um ihn in unser Spiel zu ziehen. Ich that dieses in einem Ausbruch fröhlicher Jugendlaune, die mich leicht bey solchen Spielen ergreift; selbst meinen Vater neckte ich oft so. Als ich schon des Fremden Arm gefaßt hatte, fiel mir erst ein, mich zu fragen, ob ich dieses auch hatte thun sollen? Und mein unbefangenes Gemüth wunderte sich wieder über diese Frage, da es ihren geheimnißvollen Sinn noch nicht verstand. In dieser Verwirrung hielt ich immer den Arm fest, bis er sich von meiner Hand losmachte, und meinen Leib umfaßte.

Süßer Moment des Lebens, wo Sinn und Geist zuerst in der holden himmelanstrebenden Flamme emporfliegen, wie allgegenwärtig bleibst du einem zartfühlenden Gemüth! Ich war anständig erzogen, in der höchsten Reinheit und Keuschheit des Sinns und der Einbildung; dieß war der erste Mann, gegen den ich meine volle Weiblichkeit empfand. Ich fühlte mich seit seiner Gegenwart von jenem magischen Gewebe umsponnen, das die Blicke der Liebe zu erzeugen scheinen, und in dem all unser Thun zärter, feiner und bedeutender wird. Bey seiner Berührung bebten meine Nerven, und eine hohe Heiligkeit schwebte um sein Wesen, die schauernd meinen Busen beklemmte. In diesem nahmenlosen süßen Gemisch der ersten Regungen des Herzens stand ich sprachlos, und versuchte nicht der süßen Gewalt, die mich umwand, zu entfliehen. Fallen Sie nicht, liebes Kind, sagte er sanft, als ich endlich seinen Arm leise wegrückte, und umfaßte mich von neuem. Ich suchte meine tiefe Bewegung durch einen Scherz zu verbergen, und verlangte, er sollte an meiner Stelle ins Spiel. Er löste mir das Tuch um die Augen ab. Als ich ihn ansah, waren seine Blicke fest auf mich gerichtet, und eine unaussprechliche Lieblichkeit milderte ihren Ernst. Sie haben mich also gefangen, Liebe; wollen Sie mich auch fest halten? sagte er mit dem zärtesten, doch halb ernsten Ton, der in der Modulation seiner klangvollen Stimme meine tiefste Seele ergriff. Er mischte sich nun auf eine leichte, fröhliche Art für einige Momente in unser Spiel; seine schöne Gestalt und die große Leichtigkeit und Grazie seiner Bewegungen entfaltete sich in vollem Reiz. Als er sich zurückzog, gab er mir die Binde zurück, und sagte: ich hätte ihn um zwanzig Jahre verjüngt; eigentlich dürfe man Amors Binde im vierzigsten nicht mehr tragen.

Er sah mich bey den letzten Worten scharf an; mir war, als suchte er eine Widerlegung in meinen Blicken. Bald hernach bat er meinen Vater um die Erlaubniß, sich zur Ruhe zu legen, indem er sehr ermüdet sey, und morgen eine starke Tagreise vor sich habe. Er ging sachte aus dem Zimmer, ohne weder mich noch die andere Gesellschaft zu grüßen. Mein Vater folgte ihm.

Als er zur Thür hinaus war, ergossen sich die Fräulein mit ihrem Bruder in tausend Vermuthungen und Fragen über die Erscheinung dieses Fremden. Nicht weniger drangen sie in mich, alle kleinen Umstände seiner Ankunft zu erzählen. Die Gegenwart meines Vaters machte sie etwas zurückhaltender. Er hatte einen edlen Ton in seinem Hause eingeführt, und alles unnöthige leere Geschwätz wurde soviel als möglich verbannt, weil es nur aus kleinen Gesinnungen entsteht, und sie auch wieder nährt. Der junge Salm, der doch den Werth des Geistes und der Kultur genug erkennen konnte, um große Achtung dafür zu äußern, ergoß sich in Lobeserhebungen über den Fremden. Ein vortreflicher Mann! rief er mit jenem affektirten Enthusiasmus, in den Seelen von geringen Fähigkeiten leicht verfallen: in Wahrheit ein vortreflicher Mann! begann er von neuem, wie er schön und bieder spricht, welch ein Feuer in seinem Auge, und wie etwas Großes und Vornehmes in seinem ganzen Benehmen liegt, als stehe ihm alles an, was er zu thun gedenkt, und als sey er überall der Herr. Und durch Simplizität und Verstand Herr, sagte mein Vater, welches die beste Herrschaft ist. Die Fräulein fielen auch ein, und fanden, er habe gute Fassons; einen Tadel, der schon auf den Lippen schwebte, schienen sie nur aus Furcht vor meinem Vater zu unterdrücken Im Ganzen schien es ihnen doch aufgefallen zu seyn, daß die wenige Aufmerksamkeit, die er der ganzen jungen Gesellschaft bezeigt hatte, nur einzig auf mich gerichtet war. Wie froh war ich, als die Gesellschaft endlich Abschied nahm, und mich meinem Herzen überließ! Mein Vater gab mir sogleich gute Nacht, und hieß mich das Frühstück gegen sieben Uhr bereiten.

Selbst meinen Vater verließ ich gern, zum erstenmahl in meinem Leben. Ich ordnete das nöthigste für den morgenden Tag, und ging in mein Zimmer. Ich sank auf einen Stuhl neben dem Bette, und überließ mich den lieblichen Bildern, die allgewaltig auf meine Seele eindrangen.

Nur der vergangene Abend lag mir vor den Sinnen, aber in welchen Zauberfarben, die mein ganzes Daseyn überglänzten, wie eine neu hervorbrechende Sonne! Mein Wesen ging mir in einer nie empfundenen erhöhten Kraft auf, eine Welt süßer Ahndungen umfaßte mich, und statt in flacher Dämmerung lag das Leben mit seinen Höhen und Tiefen klar vor meinem geistigen Auge. Immer fühlte ich den Druck seiner Hand aufs neue wieder, kindisch legte ich die meine auf die Gegend des Armes, die er berührt hatte, um gleichsam den Eindruck fest zu halten, und ihn in allen meinen Nerven wiedertönen zu lassen.

Holdes Zaubergefühl der Liebe, wo Sinn und Geist sich in einem allgewaltigen Klang vermählen! Ich genoß diese einzigen Momente, voll und rein, in allem Reiz der süßen mystischen Dämmerung, die die Freuden der Liebe im Busen eines sittsam erzogenen Mädchens umschleiert. Mich hinzugeben dem unaussprechlichen, hohen und schönen, der mir als eine Göttergestalt erschien; in ihm, durch ihn nur zu leben, zu empfinden, – alles dieses ging mir in der Seele auf, und mein Inneres zerfloß in der Gewalt und im Wechsel dieser seligen Bilder. Die Stunde der Mitternacht ging so vorüber, und vergebens legte ich mich zum Schlummer, nachdem ich mir ein nettes, weißes Morgenkleid zurecht gelegt hatte. Holde Träume umfingen mich, und der Geliebte erschien mir in tausend Gestalten und unter tausend verschiedenen Situationen.

Der Morgen begann. – In wenigen Stunden wirst du ihn sehen, sagte ich mir – und die sonderbare Furcht, mit welcher der Mensch allem hoch und heilig geachteten begegnet, ergriff mich. Die schlaflose Nacht bewirkte auch noch physische Ermattung; mit zitternder Hand kleidete ich mich an, und schlich leise durch Rosinens Zimmer, um sie noch eine Stunde Schlaf genießen zu lassen. Kaum wagte ich zu athmen, als ich auf dem Vorsaal an der Thür des Geliebten vorbey kam. Aufs neue ergriff mich das Bild des vergangenen Abends, als ich in das Wohnzimmer trat; die Magd war noch nicht aufgestanden, es zu reinigen, und es lag und stand noch alles umher, wie ich es am Abend verlassen hatte. Ich setzte mich auf den Stuhl, wo der geliebte Mann gestern gesessen hatte. Das Morgenroth flammte in Osten, die Häupter der Berge waren verklärt, und bald von Strahlen übergoldet. Die ferne Gebirgkette, und die niedern Hügel, die unser Thal einschlossen, schwammen im blauen Dufte des Herbstes, und das harmoniereichste Farbenspiel belebte die liebliche Landschaft. Silbern glänzte der Fluß aus den Schatten des Ufers, die sich allgemach verloren. Wie neu erschien mir diese liebe, so bekannt gewordene Gegend. – Sein Bild war gemischt mit allem was mir erschien, und alles Schöne schien mir nur ein Theil seines Wesens. Die Magd trat herein, um das Zimmer zu reinigen, und nur um die Sonderbarkeit meines frühern Erwachens zu entschuldigen, berief ich sie über ihr spätes Aufstehen. Es ist so spät noch nicht, erwiederte sie, und der Fremde wird auch gerne ausruhen wollen.

Diese Worte, die ersten die ich an diesem Tage vernahm, – sie trennten mich auf einmahl von meiner innern Welt freundlicher Bilder, wie die feindliche Scheere der Parzen das Leben von dem goldenen Lichte des Tages. Der Fremde! wiederhohlte ich bey mir selbst; das ist er, und wird es vielleicht immer für dich bleiben, und du räumtest ihm dein ganzes Herz so leicht ein. Die Thränen stürzten aus meinen Augen, und ich eilte ins Kabinet meines Vaters, welches ich alle Morgen selbst mit leisen Schritten aufräumte, um durch kein unzeitiges Geräusch seinen Morgenschlummer zu unterbrechen.

Der Vorhang innerhalb der Glasthür war verschoben, und ich sah sein Gesicht gegen die Thür gewendet. Welche Würde und heitere Stille schwebte über der reinen Stirn, deren Falten nur ruhiges Denken gezeichnet hatte! – welche Lieblichkeit athmete der sanft geöffnete Mund, um welchen Antheil, Mitleid und sorgliche Liebe sanfte Linien gezogen! Die milde segnende Hand lag auf der Decke, und drückte sanft auf die leis athmende Brust. Diese Stille umfing mich, und mein Busen wallte leichter und stiller. Ach für diese Beiden zu leben! sagt' ich bey mir selbst; keiner ohne den andern kann mich ganz glücklich machen! Ich vollführte mein gewöhnliches Geschäft, und ging dann in die Küche, um das Frühstück anzuordnen.

Nachdem alle häuslichen Geschäfte geordnet waren, setzte ich mich an das Pianoforte, um das Erwachen meines Vaters zu erwarten. Kaum hatte ich Naumanns Kora aufgeschlagen, und ein paar herzerhebende Akkorde aus dem schönen Chor: Geist aller Welten etc. gegriffen, so hörte ich die Thür sich hinter mir öffnen. Mein Herz schlug hoch, und die Noten verwirrten sich vor meinen Augen. Es war der geliebte Mann, und aller Zauber meiner Träume schwebte um seine Gestalt. Die Furcht, meine Empfindungen möchten auf meinem Gesicht ausgedrückt seyn, brachte mich in beynahe schmerzliche Verwirrung. Er grüßte mich sanft, seine Stimme schien mir noch rührender, als am vergangenen Abend. Er ließ mich nicht vom Klavier aussteh-en, und begleitete meine zitternden Noten mit dem reinsten vollkommensten Gesang. Ruhe durchströmte mich, die Morgenröthe flammte um uns her, und der erhabene Sinn dieser Musik füllte meine Seele; ich konnte ihn bald mit meiner Stimme begleiten, und unser Gesang floß so rein in einander, wie der Odem der Liebe. Mein Vater kam noch während des Gesangs aus seinem Kabinet, und blieb still hinter uns stehen. Als ich ausgespielt hatte, ging der Fremde freundlich auf meinen Vater zu, und faßte seine Hände. »Wir hielten unser Morgengebet; lieber Vater, möchte ich jeden Tag mit so reiner Andacht beginnen! Der stille Geist Eures Hauses hat mich ergriffen, Ihr seyd glücklich, Euch fehlt nichts, mir fehlt auch nur eines – und vielleicht können Sie mirs geben.« – Er drückte hier des Alten Hände heftiger an seine Brust, und seine Augen fielen auf mich; ich stand bebend auf, den Stuhl ans Klavier gelehnt. Mein Vater sah ihm heiter ins Auge, und als er seine Hände nicht los ließ, sagte er sanft: »Gern, gern, wenn ichs kann!« – Ich konnte mich nicht länger halten, schlich mich an dem Fremden vorbey, und eilte an ein Fenster auf den Vorplatz; die Thränen stürzten aus meinen Augen. Als ich mit dem Frühstück zurück kam, schien mir's als hätte ich die Unterredung gestöhrt; mein Vater schien sehr ernsthaft, der Fremde bewegt, und es schien eine Wolke vor seiner Stirn zu liegen. Der Ring blickte mir wieder ins Auge, indem er nachdenklich seine Tasse Kaffee ausleerte, und der Nahme zog wie eine Last mein Herz aus der goldenen Zauberwelt zurück. Der Nahme ist nicht unbedeutend, sagte ich bey mir selbst; ein so feinsinniger Mann trägt kein Zeichen des Andenkens, als wenn es ihm herzlich werth ist. Ob er nur eine Schwester hat? Als er bey einer kleinen Abwesenheit meines Vaters sich mir näherte, sanft die Locken berührte, die über meine Schultern wallten, und dann mit bewegter, leiser Stimme sprach: Gutes, liebes Kind, o möchte ich etwas für Ihre Glückseligkeit thun können! dann schwoll mein Herz wieder in freundlichen Hofnungen, und der Nahme war vergessen. Er machte sich reisefertig, ein Schauer faßte mich, als er Hut und Stock ergriff: – vielleicht seh' ich ihn zum letztenmahl, sagte mir eine Unglück weissagende Stimme in meinem Innern, denn er hatte nichts geäußert über seinen Aufenthalt, noch seine übrigen Verhältnisse. Bebend stand ich, und hielt mich am Fenstergesimms, denn meine Kniee fingen an zu wanken, während er von meinem Vater mit einer treuherzigen Umar-mung Abschied nahm. Nun nahte er sich mir, schlang sanft den einen Arm um meinen Leib, und drückte seine Lippen auf meine glühende Wange. – Vergessen Sie mich nicht, – sprach er mit holder Stimme, und kaum konnte ich die hervorstürzenden Thränen zurückhalten. Schon war er an der Thür, und sah noch einmahl auf mich zurück, als wir das Rollen eines ankom-menden Wagens vernahmen. Er warf einen Blick aus dem Fenster, und befahl dem Kutscher zu halten: er würde augenblicklich einsteigen; aber eine Dame rief ihm aus dem Kutschenfenster zu, sie wünsche hier eine halbe Stunde auszuruhn. Er erwiederte, sie hätten wenig Zeit zu ver-lieren; aber sie war schon beim Aussteigen, ehe sie seine Antwort ganz vernommen hatte, und mein Vater war an die Thür geeilt, sie zu empfangen.

Der Empfang der Dame ließ mir keine Zeit, mich meinen Empfindungen zu überlassen; aber ich war in der disharmonischsten Stimmung. Freude über die aufgeschobene Abreise, und diese neue Erscheinung, die sich so schnell zwischen meinen Freund und mich drängte, kämpften in meinem Busen. Sein Betragen schien mir gezwungener, seitdem sie unter uns war, und drückte doch Achtung und Neigung für sie aus. Ihre Züge waren schön, aber sie versprachen mehr Verstand, als Gefühl. Der Firniß der feinen Welt, der über ihr Betragen gezogen war, entfernte mich, ohne mir zu misfallen. Sie begegnete mir auch nur mit jener, Menschen von feinen Sitten mechanisch gewordenen Gefälligkeit.

Ihre Entfernung, mein liebster Freund, hat mir Sorgen gemacht, sagte sie halb laut in fran-zösischer Sprache; ich fürchtete, es wäre Ihnen ein Unfall begegnet. Er dankte mit einer Beu-gung des Kopfes für ihre Theilnahme, und wandte sich dann gegen uns. – Ich habe in dieser liebenswürdigen Gesellschaft einen der glücklichsten Abende meines Lebens zugebracht, und wünschte, Sie hätten ihn mit mir genossen. Die Dame sah mich scharf an, und zeigte mir nach dieser Äußerung mehr Aufmerksamkeit. Nicht ein Wort entfiel, aus welchem mir ihr gegenseitiges Verhältniß hätte klar werden können. Es schien mir große Vertraulichkeit zwischen ihnen zu herrschen; vergebens wünschte ich den Nahmen Schwester zu hören, und ich wagte es nicht, auszudenken, daß sie vielleicht verheirathet seyn könnten.

Als ich nach einem kleinen Geschäft ins Zimmer zurückkam, fühlte ich, daß man von mir gesprochen hatte. Die Dame bat mich, neben ihr zu sitzen, nahm meine Hand, freute sich, mich so unvermuthet kennen zu lernen, und hofte, wir würden uns bald und öfters wiedersehen, um uns näher zu kennen. Sein Auge war mit innigem Wohlgefallen auf uns geheftet. Ich fing an, die Dame als ein Band zwischen ihm und mir anzusehen; dieses gab vielleicht meinem Betragen gegen sie die Farbe der Neigung. Ach, ihn zu sehen, in seinem Kreise zu athmen, wie viel schien mir dieses in dem Augenblicke der Trennung! Die Dame sprach viel und scharfsinnig mit meinem Vater über Literatur, fremde Länder und Sitten. Wie interessant könnte mir ihr Umgang seyn, wenn sie die Schwester des geliebten Mannes wäre!

Zum zweitenmahl kam der Moment des Abschiedes, aber die Lage war verändert. Die Reinheit der ersten ungemischten Empfindung war durch die Dazwischenkunft der Dame mit mehreren kleinen Leidenschaften gefärbt. Am mächtigsten wirkte der Stolz, die tiefen Bewegungen meines Herzens den Augen eines scharfbeobachtenden Weibes verbergen zu wollen. Ich folgte der Gesellschaft mit einer sonderbaren Dumpfheit des Sinnes an den Wagen. Wir werden uns wieder sehen, mein bestes Kind, sagte die Dame, als sie mich beym Abschied umarmte; Ihr guter Vater hat es mir zugesagt. Der Geliebte drückte noch einmahl schweigend meine Hand an seine Lippen; er sagte kein Wort, das Hofnung des nahen Wiedersehens zeigte. Lieber Vater, sagte er noch mit einem Blick stiller Liebe zu uns, man steigt vom Himmel auf die Erde, wenn man von Ihnen scheidet; geben Sie mir Ihren Segen! Aber wie schmerzlich bebte mein Busen, als er sich gegen die Dame mit den Worten wendete: »Liebe Amalie, nicht wahr, Sie fühlen es mit mir, daß man dieses gastfreundliche Haus nur ungern verlassen kann?« Das ist also diese Amalie, sagte ich bey mir selbst. Ach ein glückliches, glückliches Weib, so an der Seite des liebenswürdigsten Mannes durch die offene schöne Welt zu fliegen! Süßes Geschäft, für ihn zu sorgen, und wieder die zarte Sorge seiner Liebe zu seyn! Mein Vater blieb gedankenvoll neben mir stehen, bis das Rasseln des Wagens in der weiten Ferne verstummte, faßte dann meine Hand, und hieß mich einige Stunden ruhen. Ich zitterte bey seiner Berührung. Der Gedanke, mit ihm allein zu seyn, mit ihm, in dessen Gegenwart kein Geheimniß in meiner Seele bleiben konnte, ergriff mich, und in schmerzlicher Bewegung sank ich weinend an seine Brust. Mein gutes, gutes Kind, sagte er mit tröstender, weicher Stimme, Du bedarfst der Ruhe sehr, suche einige Stunden Schlummer zu finden, Deine Nerven sind verspannt; Du findest mich im Garten.

Vergebens suchte ich dem Rath meines Vaters zu folgen; der Schlaf floh mein bewegtes Gemüth. Ich ging an meine Hausgeschäfte, und das liebste war mir, das Zimmer des Fremden wieder in Ordnung zu bringen. Mein Vater war still und nachdenkend beym Mittagsessen, aber voll zarter Theilnahme gegen mich. Als ich mich nach Tische wieder entfernen wollte, hieß er mich ihn in den Garten begleiten.

Wir saßen an einem kleinen Hügel, von dem wir die freie Aussicht in ein enges Thal hatten, wo zwischen dunklen Fichten ein Waldstrom hinbrauste. Er zog seinen Homer aus der Tasche, und las die rührende Klage Andromache's. Das Gefühl meines eigenen Leidens floh, mein ganzes Wesen war von Andromache's Schmerz durchwühlt, und als der Zauber der hohen Dichtung von mir wich, war meine Seele wie rein gebadet durch einen Strom des erhöheten Lebens.

Ich liebte, aber ich liebte reiner; meine Sehnsucht war still und lieblich. Das Bild des Geliebten lag in meiner ruhigen Brust in all' seiner Schönheit, einfach und groß, wie der Mond auf der Fläche des ruhigen Sees. So hörte die Liebe auf, eine Krankheit für mich zu seyn. Die Tage der Woche gingen in dem gewohnten Zirkel einfacher Beschäftigungen hin. Alles hatte seine Zeit, aber alles war so weise vertheilt, daß jedes pedantisch lästige Ansehn dabey vermieden war. Wer die Wohlthat des einförmigen Lebens nie empfunden hat, der sieht nur Langeweile dabey;

aber wer es gekannt hat, wie die Seele nach Zerstreuungen und Weltgewühl ihr besseres Ich in einer thätigen Einsamkeit wieder findet, wie sie sich endlich der äußern Stille und Ordnung anschmiegt, und sie in sich einsaugt, der wird vielleicht diese Lebensweise die glücklichste nennen.

So verwebte sich das Bild meines Freundes mit allen meinen Beschäftigungen, aber sanft waren die Wallungen des Verlangens in meinem Busen, und zart die Sehnsucht. Mein Vater war noch sorgsamer und zärtlicher gegen mich als gewöhnlich; wenigstens schien seine Aufmerksamkeit noch ununterbrochener auf mich gerichtet zu seyn. Rührend war mir sein Schweigen über die neuen Bewegungen meines Herzens. Er fühlte sie tief, aber mit zarter Schonung vermied er jedes Wort, das eine Erklärung hätte herbeyführen können. Solche Momente des Schweigens erzeugen Jahre der Freundschaft; die Seelen scheinen sich inniger zu nähern, als bedürften sie schon der Worte nicht mehr. Aber dieses Schweigen, mir so werth und meinem wunden Gemüth so wohlthätig, dünkte mir auch ein Beweis zu sehn, daß meine Liebe hofnungslos sey.

Ach diese Amalie ist sein Weib! sagte mir oft eine Stimme im Innern, aber eine andere widerlegte die erste. Nein, er würde sich nicht erlaubt haben, dir mit solcher Herzlichkeit zu begegnen. Lag nicht in seiner Rede der ganze Sinn, daß er mich zu besitzen wünsche? So gern gab mein hoffendes Herz der zweiten Stimme Gehör!

In Rosinens Betragen war eine sonderbare Feierlichkeit. Nach meines Vaters Beispiel war auch zwischen ihr und mir alles unnütze Geschwätz verbannt, und wir respektirten uns gegenseitig zu sehr, daß wir nicht hätten wünschen sollen, uns immer nur etwas Passendes und Vernünftiges zu sagen. Rosine, die noch mit der alten Gewohnheit der Schwatzhaftigkeit zu kämpfen hatte, und die sich überdem bey mir, ihrem Zögling, der dankbarsten Achtung so gewiß hielt, überließ sich doch zuweilen in der Abwesenheit meines Vaters ihrer geschwätzigen Laune. Jetzt wartete ich seit mehrern Tagen vergebens auf ein Wort über die neue Begebenheit, die in einem so einförmigen Leben nothwendig Eindruck auf sie gemacht haben mußte. So gern hätte ich den geliebten Nahmen von irgend einem lebendigen Wesen aussprechen hören. Es wäre mir ein Zeugniß der Wirklichkeit für die ganze Scene gewesen, die oft als ein leichter Traum aus meiner Seele zu entfliehen drohte.

Mehrere Tage verstrichen ohne Nachricht von dem Fremden. Mit neugieriger Eile nahm ich alle ankommenden Briefe in Empfang, und besahe alle Aufschriften und Siegel genau, denn ich kannte den großen Korrespondentenzirkel meines Vaters. Am fünften Posttage endlich erschien ein Brief mit großem unbekannten Siegel; mit zitternder Hand reichte ich ihn meinem Vater beym Aufstehen, und vergaß vor glühender Ungeduld das Frühstück herbeyzuhohlen. Der Alte besah Aufschrift und Siegel, legte den Brief langsam auseinander, und setzte sich zum ruhigen Lesen. Ich kannte alle feinen Falten auf dem stillen Gesicht meines Vaters; mit Zittern nahm ich die Wirkung wahr, welche der Innhalt dieser Zeilen auf ihn machte, ein gewisses Staunen, in dem noch etwas Freudiges lag, das aber bald in eine Wolke des Schmerzens vor seiner Stirne verschwand. Meine Unruhe wuchs, als er den Brief hastig einsteckte, und mit einer ruhig seyn sollenden Miene nach dem Frühstück fragte. Der Tag verstrich, als wenn eine gewitterschwüle Luft den Athem preßt; die gewohnten Geschäfte wurden gethan, aber die gedankenschwere Stirn des Hausvaters verbreitete Düsterheit über alles.

Nach einem einsamen Spatziergang fand mich mein Vater bey seiner Zurückkunft allein im Zimmer; ich fühlte mich gedrückt, da er den ganzen Tag vermieden hatte, mit mir allein zu seyn, und hielt schon die Thürklinke in der Hand, mich zu entfernen. Bleib, mein Kind! rief er mir zu, ich habe dir sehr wichtige Dinge zu sagen, die mir das Herz pressen – und die ich nur mit Geduld und Glauben an die ewige Güte mit Ruhe ertragen werde; – die Zeit ist gekommen, wir müssen uns trennen. Ich flog mit einem lauten Schrey an seinen Hals, seine Thränen träufelten auf meine Wangen, und wir hielten uns sprachlos umschlossen. Nachdem unser Schmerz sich gemildert hatte, fuhr er mit zitternder Stimme fort: Die Vorsicht hat mir deine Bildung anvertraut, mein bestes einziges Kind, und ich fand das süßeste Geschäft meines Lebens darinnen. Gott hat mich nicht reich gemacht, aber ich machte mir es zur Pflicht, von meinem kleinen Einkommen jährlich so viel zurückzulegen, daß du nach meinem Tod für Mangel und

Abhängigkeit sicher seyn könntest. Meine einzige Sorge war, wo du leben würdest? Unter dem Zirkel unserer bisherigen Bekannten war niemand, dem ich dich mit ruhigem Gemüth hätte anvertrauen können. Meine Freunde sind zu weit entfernt, und alle in Familienverhältnissen, die für dich nicht taugen. Wir müssen uns nach einem Zufluchtsort für dich nach meinem Tode umsehen. – Stille deine Thränen; – einem siebenzigjährigen Mann muß der Tod so bekannt seyn, als der Schlaf, und wir finden uns ja wieder beym Erwachen! Ein heiterer Strahl fiel aus seinem Auge in meine Seele, und das Leben schwand vor mir hin als eine Wolke, mit seinen Freuden und seiner Noth; ich blickte gelassen zu meinem Vater und zum Himmel auf.

So sehr ich durch deine Entfernung leiden werde, mein bestes Kind, fuhr mein Vater fort, so danke ich doch der Vorsicht für den Wink zu einem künftigen Aufenthalt für dich, bey Menschen, die meine Achtung verdienen, und die durch Geisteskultur und feine Sitten dein Leben anmuthig und glücklich machen können. Die Dame, welche jüngst bey uns war, ist die Gräfin von Wildenfels. Ihr Äußeres verspricht Feinheit und Bildung, aber ich kenne auch ihren Charakter durch einen meiner vertrauten Freunde, und ich kann dich ohne Sorge ihrer Führung anvertrauen. Sie wünscht dich für den nächsten Winter zu ihrer Gesellschafterin, und will aus besonderm Antheil, welchen sie an dir nimmt, noch einige kleine Talente dir erwerben helfen, die du in unserm einsamen Aufenthalt entbehren würdest. Bist du mit der Gräfin und der neuen Lebensart zufrieden, so wird sie dich gern immer um sich haben. Sie wohnt für jetzt in D**. »Ich werde ihn wiedersehen!« war mein erstes Gefühl bey den Worten meines Vaters, aber die lieblichen Hofnungen, welche bey diesem Gedanken meinen Busen füllten, wurden bald von dem schmerzlichen Gefühl der Trennung verscheucht. »Du versuchst die neue Lage für ein halbes Jahr,« sagte mir mein Vater, als er meinen tiefen Schmerz wahrnahm; »misfällt sie dir ganz, so kehrst du zu mir zurück, schließest meine Augen, und ich empfehle dich unserm himmlischen Vater. Aber ich kann nicht wünschen, den Sonnenschein weniger Tage für mich durch den Frieden deines künftigen Lebens zu erkaufen. Wende alles an, um dein Gemüth zu der neuen Welt gefällig zu stimmen, in welche du eintreten wirst.«

Schon in drey Tagen wollte mich die Gräfin durch ihre Kammerfrau abhohlen lassen. Meine Seele zerfloß in schmerzlichen Gefühlen. Alle Freuden einer glücklichen Kindheit, alle einsam genossene Stunden der erwachenden Jugendfantasie gingen in den Tagen der Trennung wieder auf, und drängten sich fester an mein Gemüth. Ich ging durch das Dorf, und empfing mit gerührtem Herzen den treugemeinten Segenswunsch der guten Landleute; mein Vater, welcher den Verständigsten unter seiner Gemeinde gern Rechenschaft von seinem Thun und Lassen gab, hatte auch über meine Reise mit ihnen gesprochen, und ihnen gesagt, daß er sich um einen Aufenthalt für mich nach seinem Tode umsehen müßte. Einige der Wohlhabendsten drangen mit Bitten in ihn, für die Zukunft nicht zu sorgen, und wollten mich durchaus zwingen, Geschenke anzunehmen, die für ihre Umstände ansehnlich waren. In jedem Abschied, den ich nehmen mußte, fühlte ich schon den allerschmerzlichsten, den von meinem Vater.

Die Salmische Familie empfing meinen Abschiedsbesuch mit ungewöhnlicher Feierlichkeit. Ich umarme Sie vielleicht als eine große Dame, wenn wir uns wiedersehen, sagte mir die älteste Fräulein beym Abschied. Ich achtete nicht mehr auf ihre Rede, als wie auf einen gewöhnlichen Mädchenscherz, und erzählte sie in diesem Tone Rosinen. Die gute Alte sah mich einige Minuten lang forschend an, führte mich mit geheimnißvollem Schweigen in ihr Kabinet, und verschloß die Thüre hinter uns. Sie drückte mich an ihre Brust, bedeckte mein Gesicht mit Küssen und Thränen, und rief aus: »Du bist unschuldig, bestes Kind, Gott sey Dank, du bist unschuldig! – Ach ich war so traurig; ich wähnte, du wüßtest um den Heurathsantrag des Fremden, und fürchtete deine Liebe und dein Vertrauen verloren zu haben, weil du mir nicht ein Wort darüber sagtest. Jetzt sehe ich, daß ich dir Unrecht that. Schweigen konntest du gegen mich, aber dich verstellen und die Unwissende spielen, das kann mein aufrichtiges gutes Mädchen nicht.« Von was schwatzest du, Mütterchen? erwiederte ich, indem ich sie mit großen Augen anstarrte. Liebes Kind, du sollst alles wissen, aber schweigen mußt du, selbst gegen deinen Vater, so hart es dir auch ankommen mag. Nein, ich begreife deinen Vater nicht, so sehr ich auch sonst alles recht gethan finde, was er thut: – mir mag er's verzeihen, daß ich meiner Agnes alles entdecke.

Entsinnest du dich jenes Morgens, Liebe, als jener fremde schöne Mann bey uns war? Du verließest einmahl schnell das Zimmer, und er blieb allein mit deinem Vater; da war ich in dem Seitenkabinet. Du weißt, es ist nur durch eine Bretterwand von dem großen Zimmer geschieden, und ich verstand alle Worte, die gesprochen wurden. Da die Rede von dir war, half mein Herz meinem Gedächtniß, mir entfiel nicht eine Silbe der Unterredung. Liebliches Geschöpf! rief der Fremde aus, als du die Thür geschlossen hattest. – O daß diese Wahrheit und Reinheit in deinem Wesen nie verfälscht werden möchte, ich wäre dann der glücklichste Mann, dich gefunden zu haben! Mein Vater, unsere Gemüther sind eins in der Liebe der Wahrheit, unter uns braucht es keine Umschweife, Sie sollen mich ganz kennen, ich will Ihre Tochter ganz kennen, und ist alles, wie ich mirs denke, wie Sie es wünschen, dann bitte ich aus voller Seele: Vater gib sie mir zum Weibe! und ich gelobe es Ihnen, sie soll ein glückliches Weib werden.

Sie kann sich nur selbst geben, sagte der Pfarrer. Du seyest seine Tochter nicht. Wessen Tochter sie ist, gilt mir gleich, erwiederte der Fremde. Ich besitze die Eigenschaften, die die Väter meist bey einer Heurath für ihre Töchter suchen, ich bin reich, und von hoher Geburt. Aber wenn der Vater ihres Geistes mich werth findet, durch das holde Wesen glücklich zu werden, dann werde ich dreyfach glücklich seyn. Ich frage nach nichts was ihr äußeres Verhältniß betrift, weil ich unabhängig bin, aber Sie werden einen sonderbaren Mann finden, der Ihnen seine Seele öffnen wird; – ich schreibe Ihnen. Meine Adresse ist: Baron von Nordheim in D. Über die äußere Existenz des lieben Kindes haben Sie keine Sorge von heute an. Kann sie mein Weib nicht werden, so schenk' ich ihr ein Vermögen, das sie unabhängig macht; aber sie muß kein Wort von meinem Plane wissen. Ihre Güte rührt mich tief, sagte mein Vater. Tröstend wäre es mir, meine Agnes als Weib eines edlen Mannes auf der Welt zurück zu lassen; ihre Geburt ist mir selbst noch ein unergründliches Geheimniß, und selbst meine Ahndungen darüber muß ich in meinen Busen verschließen. Alles was ich sagen kann, ist –« Du tratest wieder herein, mein Kind. –

Wunderbar, klar und leicht wurde mir bey dieser Erzählung. Sein Weib, des liebenswürdigen Mannes nächstes innigstes Verhältniß! ich dachte es mit stillem Entzücken. Doch schämte ich mich beinahe, meinem Vater gegenüber, etwas gegen seinen Willen erfahren zu haben; und die peinliche Empfindung, ihm etwas verbergen zu müssen, ließ mich mit mehrerer Ruhe an die Trennung von ihm denken.

Der Tag des Abschieds brach an, alle nahmenlose Liebe, die ich empfangen hatte, füllte einzig meine Seele; sprachlos lag ich zu den Füßen meines Vaters, als der Wagen vorfuhr. Er wollte mich trösten, aber Thränen erstickten seine Worte: Gott segne dich in Zeit und Ewigkeit, meine Tochter! rief er mit zitternder Stimme. Endlich schieden wir beide in jener stillen Erhebung der Seele, welche nur der tiefern Empfindung eigen ist.

Meine Begleiterin war ein gutes harmloses Geschöpf, das mir meine neue Lage mit den glänzendsten Farben vorzumahlen strebte. Zum erstenmahl dachte ich jetzt über meine Geburt und den Stand meiner Eltern nach. Ich fand mich fremd und allein in der Welt, da ich aus den Augen meines Vaters war. Das Gefühl war mir schmerzlich, und ich ermunterte mein Gemüth nur durch das Bestreben, sich selbst gleich zu bleiben, und keiner äußern Lage Gewalt über mich einzuräumen. Ernstlich nahm ich mir vor, meinen ganzen Sinn nur auf die Ausbildung der Talente zu richten, die ich jetzt erwerben konnte, und die meine Einsamkeit beschäftigen, und meine Unabhängigkeit in jeder Periode des Lebens mir versichern sollten. Reizend dachte ich mir es, durch eine feine Mahlerey eine Summe zu erwerben, und dann meinen Vater unvermuthet mit einem Buche, welches er sich längst gewünscht hatte, zu überraschen. Ach ich wußte, daß er sich manches versagte, um mir irgend ein kleines Geschenk zu machen!

Die Neigung, welche mein Herz füllte, war zu rein, als daß ich sie mit einer Aussicht auf äußeres Glück hätte verknüpfen sollen. Wenn ich den geliebten Mann dachte, lagen alle Verhältnisse unter mir, so wie einer gläubigen Seele in dem Gedanken des Himmels alles Irrdische entschwindet. Den zweiten Tag meiner Reise hielt ich Mittag in N**. Die Kälte nöthigte uns in der Wirthsstube zu bleiben, bis ein besonders Zimmer erwärmt wurde. Mehrere Reisende befanden sich darinnen. Außer den gewöhnlichen Fragen und Gesprächen, nahm niemand aus der Gesellschaft besondern Antheil an mir. Ein Mann saß nachdenklich am Feuer; als er mich erblickte, stand er auf und sah mich einige Minuten hindurch scharf an. Wohin geht Ihre Reise, mein schönes Kind? redete er mich an; und als ich erwiederte: »nach D**.« schüttelte er den Kopf einigemahl bedeutend, und murmelte: so jung, so schön! zwischen den Zähnen. Er war ein Mann von mehr als mittlerer Größe, er trug einen dunkelblauen abgetragenen Überrock, seine schwarzen Haare hingen zerstreut ums Haupt, und seine düstern Augen blickten scharf unter der hochgewölbten Stirne hervor. Seine Wäsche war sehr fein und reinlich. Er zog eine Schreibtafel hervor, bat mich um meinen Nahmen und um den Ort meines Aufenthalts. Dann bat er mich, mich in ein günstiges Licht zu setzen, weil er mein Portrait zu zeichnen wünsche.

Sein Benehmen dünkte mir sonderbar, aber es war von solch einer Unbefangenheit begleitet, daß man ihm seine Bitten nicht wohl versagen konnte. Sie sind unter einem glücklichen Zeichen gebohren, rief er aus, nachdem er einige Linien gezogen hatte. Es ist nichts Streitendes in deinen Zügen, holdes Geschöpf! O ermüde nicht, diese holde Einheit durch das innigste Streben deines Gemüthes zu erhalten! Deine ganze Tugend ist, das zu bleiben, wozu die Natur dich machte. Dieses klare, blaue Auge vermag die Wahrheit vom Irrthum zu scheiden, und unter dem freien Gewölbe dieser Stirn entwickeln sich die Gedanken rein und zart. Wie fein ründet sich das Näschen, noch schwankend, ob es sich mehr zur Vorsichtigkeit und Klugheit, oder zur gutmüthigen, beynahe leichtsinnigen Hingebung formen wird. Aber den Übergang von der Nase zur Lippe, den hat ein guter Engel mit dem Finger der Liebe gezeichnet. Der Mund ist fest und unverstellt; er sprach nur Wahrheit und Liebe. Gutes Mädchen, o laß deine unentweihte Lippen nie etwas anders reden! Gott gebe dir eine glückliche Liebe, und du kannst ein vollkommenes Weib werden.

Er arbeitete während dieser Rede, die er ganz als einen Monolog zu betrachten schien, an seiner Zeichnung fort. Als er die Hauptzüge entworfen hatte, hielt er mir das Blatt vor die Augen, und sagte mit einem feierlichen Ton: »So sind Sie jetzt; die Fülle der Jugend muß von der Zeit verweht werden, aber möge nach dreyßig Jahren derselbe reine Geist diese Formen durchathmen! Sähe ich Sie wieder, und zum gemeinen Weibe gesunken, dann soll dieses Blatt Ihr strafender Richter seyn. Sollte in diesen geradblickenden treuen Augen je Koketterie spielen, der liebeathmende Mund sich flach und falsch hin und her ziehen – O ich sah schon mehr solche gefallene Engel! Wie ein armer Landmann auf einem vom Hagel zerschlagenen Acker, den vor wenig Stunden noch eine blühende Saat schmückte, so ging ich oft unter den Ruinen der Menschheit. Mädchen, rief er aus, indem er mir freundlich die Hand bot, mache mir die Freude, ein reines einfaches Weib zu bleiben, dem Wahrheit und Liebe über alles geht.

Das ganz eigene Wesen dieses Mannes hatte mich bewegt. Es war eine solche Wahrheit in seinem Ton und seiner Miene, daß alles Karrikaturmäßige aus seinem sonderbaren Benehmen verschwand. Werde ich Sie bald wieder sehen? fragte ich mit einem herzlichen Antheil, der seinem Auge nicht entging. Gutes Kind, ich weiß selten, was ich thun werde. Meine Zeit ist nicht mein, und mein Wirken folgt dem großen Laufe der Begebenheiten, deren tausendfache Räder auch mein Individuum forttreiben. Ich beobachte Sie vielleicht im Stillen und Ihnen unsichtbar, dann, wann Sie es am wenigsten vermuthen. Vielleicht auch verlange ich einmahl als Mahler Zutritt bey Ihnen. Sie sind der Kunst hold, üben Sie sie fleißig; gleich der Stimme eines treuen weisen Freundes bringt sie Klarheit und Frieden in die Seele. Er führte mich an den Wagen, und legte ein aufgerolltes Gemählde mir gegenüber. »Nehmen Sie dieses als ein kleines Andenken. Es sey ein Talisman, sagte er lächelnd, den Sie in Stunden der Liebe vor Augen haben; dann denken Sie noch, liebes Mädchen, daß Sie eine glückliche Mutter werden wollen.« Ohne meinen Dank anzuhören, war er mir aus den Augen, und ich erstaunte, als ich die Leinwand aufrollte, eine trefliche Kopie von Raphaels Madonna della Sedia zu finden.

Den nächsten Tag kam ich in D** an. Es war Abend, als ich bey dem Hause der Gräfin vorfuhr. Eine lange Reihe von Zimmern war erleuchtet, man sagte mir, eine große Gesellschaft sey bey ihr versammelt, und sie habe befohlen, mich in ihr Kabinet zu führen. Nach wenigen

Momenten erschien sie selbst, in einem sehr glänzenden Putz, der meinem Willkommen etwas Feierlicheres gab, als ich wollte; da ich mich in die Stimmung, ihr mit Liebe und Offenheit zu begegnen, versetzt hatte. »Ich fühle, wie viel Sie mir durch die Trennung von Ihrem Vater aufopfern, mein bestes Kind,« redete sie mich nach einer Umarmung an. »Ich werde alles anwenden Ihren Verlust erträglicher zu machen; wenn Sie mich zufrieden mit sich sehen wollen, so sagen Sie mir mit der Offenherzigkeit einer Freundin alle Ihre Wünsche. Ich muß Sie jetzt für ein paar Stunden verlassen, ich konnte die Gesellschaft heute nicht los werden. Sehen Sie sich in meinen Zimmern, unter meinen Büchern und Kupferstichen um, wenn es Ihnen Freude macht; hernach wird meine Kammerfrau Sie ankleiden, und ich hohle Sie zum Nachtessen ab. Sie verzeihen, daß ich mir die Freude mache, Sie diesen Abend nach meinem Geschmack geputzt zu sehen. Ich hatte es schon bemerkt bey unserer ersten momentanen Bekanntschaft, daß Sie von meiner Taille sind, und ließ Ihnen ein Kleid nach dem neuesten Schnitt machen. Wir müssen es mit den alten Kindern, die man in den größern Zirkeln so häufig antrift, nicht verderben,« setzte sie lächelnd hinzu, und verließ mich.

Ich ging in den Zimmern umher, und die geschmackvolle Pracht, die ich überall erblickte, machte einen gefälligen Eindruck auf mich. Meine Fantasie ward reger, und ich dachte mich in den mannichfaltigen Situationen, die mich vielleicht in diesem Hause erwarteten. Das Schlafzimmer der Gräfin war am meisten nach meinem Geschmack. Alle Formen waren angenehm beruhigend, und die hellgrüne Seide der Vorhänge flog als ein leichtes Gewölk in den mahlerischsten Falten um das Ruhebette und die Fenster. Eine schöne antike Lampe war in der Mitte des Platfonds durch goldene Ketten befestigt, und goß ein mildes Licht auf alle Gegenstände umher. Zwischen den Fenstern, gerade dem Ruhebette gegenüber, wallte ein seidener Vorhang herab über ein Gemählde. Ich hob ihn auf, und fand – das Bild Nordheims in schöner geistvoller Wahrheit. Ach es schien mir jetzt nur ein Augenblick, seit er mich verließ! Der holde Zauber seiner Gegenwart bebte durch meine Sinne, gleich der wiederkehrenden Frühlingssonne durch die Nerven eines Kranken. Alle Nebel waren verschwunden; er war wieder mein, und Sonnenschein und freundliches Daseyn umglänzten mich. Bald schwand die liebliche Magie; ich betrachtete das Bild. Er war in Lebensgröße gemahlt, vor einer Herme stehend, welche die Büste der Gräfin vorstellte; die eine Hand ruhte auf dem Marmor, und das Haupt war etwas gesenkt, gleich als wär' er in Betrachtung verloren.

Welch ein inniges Verhältniß muß er zu dieser Amalie haben? Kein anderes Portrait ist in diesem Zimmer, gleich als sey es ein Heiligthum der Liebe, nur für diesen Einen bereitet! Die Gräfin stand neben mir, ohne daß ich sie wahrgenommen hatte. Ihre großen forschenden Augen waren fest auf mich gerichtet. Sie schien meine Verlegenheit nicht bemerken zu wollen, und sagte mit einem leichten Ton: »Sie werden das Bild vortreflich gemahlt und getroffen finden! Ich pflege es sonst immer so für den Staub zu bewahren« – Sie drückte an einer Feder, und ein Feld der Tapete bedeckte das Gemählde. Sie schob ein kleines Ruhebette unter die Vorhänge, und führte mich aus dem Zimmer. Eine Wolke schien mir vor ihrer Stirn zu schweben, und ihr Betragen etwas minder herzlich zu seyn, doch sagte sie freundlich: »Ich werde Sie nun in die, für Sie bereiteten, Zimmer führen; Sie bewohnen sie, so lang es Ihnen gefällt; ich werde meine liebe kleine Gesellschafterin immer zu früh verlieren, und alle Künste anwenden, um sie zu fesseln. Vielleicht hilft mir ein gewisser Geist, den magischen Kreis um sie zu ziehen.«

Ich hatte ein Besuchzimmer, ein Schlafzimmer und ein Ankleidezimmer; alle drey waren anmuthig geschmückt, und mit allen Bequemlichkeiten versehen. Ich mußte mich ohngeachtet alles Widerstrebens, von der Kammerfrau ankleiden lassen, und als ich fertig war, führte mich die Gräfin zur Gesellschaft. »Sie waren vielleicht noch nie in so einem großen Zirkel, als der ist, in den ich Sie heut einführe,« sagte sie mir, während wir über die lange Gallerie gingen. »Ihr feiner Sinn wird Sie in jeder Lage ein passendes schönes Betragen finden lassen. Die Kunst der großen Zirkel, liebes Kind, ist übrigens die der Unbedeutenheit.«

Die Gesellschaft saß größtentheils beym Spiel, die Gräfin präsentirte mich an einigen Tischen unter dem Nahmen der Fräulein von Lilien. Lilien war der Nahme meines Vaters, nach welchem ich mich immer mit Freude und Stolz nennen hörte; aber die *Fräulein* fiel mir auf;

es war mir widrig, mich mit fremden Federn zu schmücken, und mein Stolz konnte sich zu keinem Schein bequemen. Für jetzt mußte ich's schon schweigend hingehen lassen. Man that ein paar leere Fragen an mich, auf die ich eben so flache Antworten gab. Die Gräfin hieß mich zu ihrer Parthie hinsitzen, und begegnete mir mit der gefälligsten Achtung, die bald die allgemeine Aufmerksamkeit auf mich zog. Nach geendigtem Spiel glaubte mir jeder etwas sagen zu müssen, und Fragen nach meinem vorhergehenden Aufenthalt, nach meiner Reise, wechselten mit Schmeicheleyen ab. Die Gräfin wußte auf eine geschickte Art alle Fragen nach meinen vorigen Verhältnissen abzuschneiden, welches mir, da seit Rosinens Entdeckungen das Gefühl einer sonderbaren geheimnißvollen Existenz drückend auf meinem Herzen lag, zum erstenmahl eine dankbare, zarte Neigung für sie einflößte.

Bey der Abendtafel, wo der größere Theil der Gesellschaft sich entfernt hatte, wurde die Unterhaltung zusammenhängender, und ich konnte mir den Umriß von einigen Charakteren entwerfen. Ich kannte noch wenig vom konventionellen Leben und der Sprache der Weltleute. Meine einfachen Grundsätze fanden so manches paradox, womit der durch Gewohnheit geschmeidige Sinn sich ohne Mühe aussöhnet. Es war mir so natürlich, als daß die Nacht auf den Tag folgt, den Betrogenen zu beklagen und den Betrüger zu hassen, die Tugend der Ehre, und die Ehre dem eigenen Vortheil vorzuziehen. In den Urtheilen dieser Gesellschaft sah ich alle diese Begriffe umgestoßen; selbst die Leidenschaften, die eine ungewöhnliche Kraft des Gemüths erfordern, als die Liebe und der Ehrgeiz, dienten vielen Personen aus derselben zum Spott. Mir schien diese Höhe, von der sie auf alle ächten Verhältnisse unsers Daseyns herabblickten, eine schauervolle Öde zu seyn; nur Dornen und Disteln wachsen auf dem Felsengrunde des Egoismus. Die Gräfin gab kein Zeichen weder des Tadels noch der Billigung. Ihr Charakter blieb fleckenlos für mich; aber warum sind diese Menschen ihre Gesellschaft? Noch eine junge weibliche Gestalt, und zwey junge Männer, die ihr zur Seite saßen, zogen mich durch ein liebenswürdiges einfaches Betragen an. Einer der Männer warf oft betrachtende Blicke um sich, wenn eine gemeine, niedrige Gesinnung sich äußerte, oder zeigte durch feinen Spott die Nichtigkeit des Gesagten. Die Dame war mir als Fräulein von R** vorgestellt worden, und ich fühlte, daß sie und ihre beiden Nachbarn mich genau beobachteten.

Die Gräfin brachte gewöhnlich einige Abende jeder Woche in der Gesellschaft des Fürsten zu, und ich mußte sie begleiten. Der Fürst war zwischen sechzig und siebenzig Jahren, und belästigte sich und andere noch mit der steifen, altfranzösischen Etiquette, die die deutschen Fürstensöhne am Hofe der französischen Könige erlernt, und auf ihren Boden, freilich in etwas verminderten Dimensionen verpflanzt hatten. Der Fürst hatte durch Alter und Gewohnheit sich beynahe natürlich unter dieser schweren Rüstung des Ceremoniels bewegen lernen. Gegen die Frauen beobachtete er die feine hochgespannte Höflichkeit der alten Ritterzeit, so daß sein Äußeres für diese nicht ungefällig war; aber außer der Sphäre der feinen Manieren durfte er keinen Moment gerathen, um erträglich zu seyn. Seine Kinder suchten so viel wie möglich entfernt von ihm zu leben, weil sie nur den Despoten in dem Vater fanden. Der Sohn blieb auf Reisen, so lange es der Anstand erlaubte, und machte nur seltene Besuche bey seinem Vater; die Prinzessin, von der man als einer der besten sanftesten Seelen sprach, lebte unter dem Vorwand ihrer Gesundheit bey ihrer verheuratheten Schwester.

Die Karrikaturen unter den Hofleuten schienen mir bald lächerlich, bald beweinenswerth. Die Ehrfurcht, die sie sogleich bey der Erscheinung ihres Herrn aus ihren Herzen in ihre Hände und Füße rufen konnten; ein gnädiger oder zorniger Blick, der wie ein elektrischer Schlag durch ihren Körper fuhr, und seine natürlichen Bewegungen veränderte; das augenblickliche Beugen ihrer Meinung nach der letzten Äußerung der fürstlichen Lippen, – dieses alles war mir unbegreiflich; ich stand wie vor einem Puppenkasten, so wenig Menschliches, Wahres sprach an mein Herz. Der Fürst bezeigte mir viel Aufmerksamkeit, als mich die Gräfin vorstellte, und meine natürliche Unbefangenheit schien ihm, als eine ungewöhnliche Erscheinung, keinen unangenehmen Eindruck zu machen. Die Gräfin verstand es vortrefflich mit dem Fürsten umzugehen, und diese schwere Masse alter verrosteter Gefühle und Vorstellungen oft in ein gefälliges Spiel zu setzen. Ich schloß daraus, daß die Geistesarmuth der Hofleute vielleicht selbst den

Fürsten bewog, ihnen nur als Maschinen zu begegnen. Fräulein R**, die beiden Herren von Alban, und der Arzt des Fürsten, der sich als eine unentbehrliche Person fühlte, diese blieben in ihrem natürlichen Wesen.

Nach der Tafel kam Fräulein R** auf mich zu, und stellte mir die beiden Albans vor. Sie hatten Langeweile während der Tafel, sagte mir Fräulein R**, aber wir genossen nicht wenig Vergnügen, indem wir Sie beobachteten. Natur und Grazie sind uns hier eine seltene Erscheinung. Ich hoffe, Sie halten sich künftig zu uns. Wie Sie uns hier sehen, fuhr sie lächelnd fort, machen wir drey, die beiden Herren von Alban und ich, einen kleinen Staat im großen Staat der Gesellschaft aus. Herr von Alban der jüngere behauptet aus Ihrer Physiognomie zu sehen, daß Sie zu uns gehören müssen, und ich fühle es.

Wenn Sie in Ihren Staat nur stille friedliche Bürger aufnehmen, erwiederte ich, so denke ich Ihr Vertrauen zu verdienen. Zu großen Geschäften und Negoziationen hoffe ich, werden Sie ohnedem ein Landmädchen, das die Welt noch so wenig kennt, nicht brauchen wollen. Wen die Natur so reich machte, fiel der jüngere Alban ein, den kann die Kunst wenig lehren. – Übergeben Sie sich uns nur ohne Bedingungen, lassen Sie mich nur Fräulein Lilien mit unserer Verfassung bekannt machen, rief Fräulein R** und führte mich in ein Fenster. Die zwei Herren und ich, fuhr sie fort, sind von Kindheit an zusammen aufgewachsen. Ein guter Genius bewahrte uns vor einigen Thorheiten der Welt um uns her. Wir haben vielleicht andere dafür, aber wir bleiben dabey doch froh und unschädlich. Wir hassen die Falschheit, wir verachten die Kleinheit, die nur den Schein sucht, fliehen die Leerheit, und suchen uns selbst dafür zu bewahren. Da wir nicht alt und vornehm genug sind, um den Ton anzugeben, so helfen wir uns mit dem pythagoräischen Schweigen so gut durch, als wir können. Wir sind durch unsere Verhältnisse verbunden, einen großen Theil unsers Lebens in den großen Zirkeln zu verlieren, wo die Mittelmäßigkeit das Regiment führt, aber wir streben, unser eigenes Selbst unverdorben durch den Strom der Gesellschaft hindurch zu treiben. Aber Sie müssen unsere Art zu seyn erst beobachten und prüfen. Ich danke, fuhr sie fort, der Existenz dieser kleinen Gesellschaft vieles von meiner moralischen Bildung. Viele gute Menschen haben stillschweigend unter sich dasselbe Bündniß, aber es schleicht sich nach und nach eine Art von Trägheit unter ihnen ein, die unter dem Nahmen der Toleranz am Ende alles, und sich selbst mit allem Andern hingehen läßt, wie es kann oder will. Wir vermeiden dieses durch ein Gesetz, uns alle acht Tage Rechenschaft von unsern Beobachtungen zu geben. Die Mittheilung unserer Gedanken zwingt uns, unsere Wahrnehmungen aufzuklären. Wir leben glücklich durch diese Verbindung unter den heterogenen Menschen, die uns umgeben. Ich fand auch das Glück meines Herzens in unserm kleinen Zirkel. Der ältere Alban wird mein Gemahl werden, sobald unsere Familienverhältnisse es erlauben. Mein künftiger Schwager ist eigentlich die Seele des ganzen Verhältnisses durch die große Lebhaftigkeit seines Verstandes und seiner Einbildungskraft. Der ruhigere, aber nicht weniger tiefe Blick meines Albans macht einen angenehmen Kontrast mit der glühenden Fantasie seines Bruders. Oft belehrt uns die Erfahrung, daß Julius, dieses ist der Nahme meines Schwagers, durch seine Fantasie uns und sich selber getäuscht hat. Wir lachen ihn aus, und glauben ihm doch das nächste mahl wieder. Theilen Sie uns Ihre Bemerkungen und Ihre Erfahrungen, wenn Sie wollen, mit, nehmen Sie dagegen das Gelübde der Aufrichtigkeit und Freundschaft von uns an.

Julius von Alban trat zu uns, und sagte halb feierlich: Nehmen Sie die Gelübde dreyer Menschen an, die nach dem hohen Sinn der Schönheit streben. Noch rein von jedem verfinsterten Hauche der Weltlust wird uns die himmlische Klarheit Ihrer Seele die Gegenstände im treuesten Spiegel wiederstrahlen. Mit Vergnügen, liebe Fräulein R**, antwortete ich, werde ich meine besten Gedanken vor Ihnen und Ihren Freunden darlegen, weil ich Belehrung von Ihnen erwarte. Julius schien mehr Wärme von mir zu erwarten, aber es lag von jeher in meinem Wesen, daß ein exaltirter Ausdruck meine eignen Empfindungen herabstimmte. Mein Vater hatte mich immer gelehrt, große Worte nur für wirklich große Dinge zu brauchen.

Ich verlebte alle Abende in derselben Gesellschaft in verschiedenen Häusern. Fräulein R** und die beiden Albans waren geistvoll und liebenswürdig. Mein Herz öfnete sich gegen sie;

vorzüglich zog mich ihre zarte Neigung für ihren Bräutigam an; der Odem der Liebe ist einer sehnsuchtsvollen Seele so erquickend. Die Gräfin war sehr gefällig gegen mich, aber die glatten Weltsitten, vielleicht noch mehr meine Zweifel über ihr Verhältniß zu meinem Freund, hielten jedes vertrauliche Wort in meinem Busen zurück. Sie schien auch nur auf mein Äußeres wirken zu wollen, und sagte mir nach den ersten Tagen: »Ich bin zufrieden mit Ihrem gesellschaftlichen Betragen, und bewundere, wie Ihr Vater auch hier nur die freye schöne Natur in Ihnen entfaltet hat. Sie besitzen die Elemente der feinen Lebensart, sanfte bescheidene Gefälligkeit, und einen heitern Geist, der immer die momentane Lage richtig faßt, und das passendste, was in ihr zu thun ist, findet.«

Wir sahen uns übrigens sehr selten allein, und ich konnte nicht begreifen, wie die Gräfin mit so viel Geist und Geschmack, und in solch einer freyen Lage, den größten Theil ihrer Zeit in leeren, geistlosen Zirkeln verlor. Ich bewunderte ihr Talent, mit dem großen Haufen zu leben, ohne dabey von ihrer feinern Individualität etwas einzubüßen. Sie wußte die gehörige Entfernung der feinen Lebensart vortreflich zu benutzen, um ihr Verhältniß zu fremdartigen Menschen auf die leichteste, beste Art zu stellen, und sich selbst die Außerung jeder gemeinen Empfindungsart zu ersparen. Da sie selbst bey den Zwisten der kleinen armseligen Eitelkeit immer von Leidenschaft frey blieb, so wurde sie die Vertraute jeder Partey. Nur selten zeigte sich ein Funke ihres überlegenen Verstandes, vor welchem der Kurzsinn und die elende Egoisterei, gleich den lichtscheuen Vögeln, in ihre Dunkelheit zurückflohen. In kleinern gewählteren Zirkeln schien sie mir oft eine Schülerin der Aspasia. Jedes geringe Talent fühlte sich in ihrer Gegenwart erhöht, und jedes edle wahrhaft menschliche Gefühl stärkte sich. Die Unterhaltung war meist nur durch ihren Geist interessant, aber er wirkte in so leisen flüchtigen Zügen, daß man seine Wirksamkeit, wie das Element welches uns immer umgiebt, nur genoß, nicht bemerkte. Ich achtete diese Talente, aber in einem gewissen Alter erwirbt sich Einseitigkeit eher Vertrauen und Liebe, als Vielseitigkeit.

Der theure Nahme wurde nicht genannt, und meine bebenden Lippen wagten keine Frage. Hat er nicht befohlen, seine Briefe nach D** zu addressiren? Warum wird eines so vorzüglichen Mannes nirgends gedacht? Und vor allen, warum spricht die Gräfin nicht ein Wort von ihm, da sie doch mein Herz bey seinem Bilde überraschte? Das erste leidenschaftliche Begehren weckt in dem jungen Gemüth alle Kräfte zur Tugend und zum Laster. Ein quälender Argwohn füllte meine Seele, die Gräfin habe mich in ihr Haus genommen, um mich von meinem Geliebten zu entfernen, und seine vielleicht flüchtige Neigung für mich durch die Abwesenheit zu unterdrücken. Vielleicht sucht er mich eben jetzt bey meinem Vater auf, findet mich nicht, und das höchste Glück des Lebens, seine Liebe, geht mir für immer verloren. Diese ganze Lage, nebst der Sehnsucht nach meinem Vater, zog eine schwarze Wolke vor mein Gemüth, die meine neuen Freunde mit Antheil bemerkten, und durch eine verdoppelte Gefälligkeit zu zerstreuen suchten.

Der Umgang mit den beiden Albans wurde mir immer interessanter, vorzüglich durch die Kenntniß von der politischen Welt, die sie mir mittheilten. Sie hatten beide in den wichtigsten Geschäften gearbeitet, und kannten die Menschen, welche die Staatsmaschine dirigirten. Ich las die neuern Geschichten der europäischen Staaten, und lernte die Begebenheiten an einander reihen, aus denen das Gemählde der gegenwärtigen Welt entstand. Die beiden Brüder freuten sich meines lebhaften Sinnes und Verstandes für diese Verhältnisse, aber mit wundem Herzen fühlte ich, daß Fräulein R** sich von mir entfernte, jemehr sich die Brüder mir näherten; ihre Augen ruhten mit Sorge und Unruh auf mir, wenn ich mit ihrem Bräutigam sprach, und sie war nie ganz frey und heiter, als wenn sie mich mit Julius allein beschäftigt sah. Julius heftete sich jeden Tag inniger an mich; meine Liebhabereyen wurden die seinen; er bildete sich mit dem zärtesten Sinn nach meinem Geschmack, sein Ausdruck wurde einfacher, da sein Gefühl tiefer wurde, und mein Herz konnte ihm eine zarte Neigung nicht versagen.

Da mich Fräulein R** Stimmung nöthigte, seinen Umgang ausschließend zu suchen, so überließ er sich ganz der Hofnung, geliebt zu werden. Aus Schonung für Elisen von R** konnte ich ihm den Grund meines Betragens nicht entdecken, und ich litt durch die Täuschung, in die ich ihn vielleicht über mein Herz setzte. Julius war ein schöner junger Mann, ein vollkommenes

Ebenmaß war in seiner Gestalt und seinen Gesichtszügen, aber es fehlte dem Ganzen jener Ausdruck von Kraft, von ruhigem Bestand auf sich selbst, an den ein weibliches Herz sich gern anschmiegt. Er hatte poetisches Talent, und war oft versunken in seine Dichterwelt, wenn es darauf ankam, Würde und Kraft in der Wirklichkeit zu zeigen. Nur dem ächten Himmelssohn Genie gebührt es, aus der Klarheit seiner innern Welt als ein Fremdling auf die Erde zu schauen. Mein Geschmack war durch die Lektüre der Alten zu sehr gebildet, um Julius Gedichte reizend zu finden. Aber ich selbst war meist der Gegenstand seiner Lieder, und sie sprachen nicht selten an mein Herz, da er sie mit so reiner Gutmüthigkeit und Anspruchlosigkeit überreichte.

Elisa sagte mir mit klaren Worten, daß sie mich gern als ihre künftige Schwägerin ansähe, und in den bunten Lebensansichten und Planen, in denen wir mit leichter, fröhlicher Jugendfantasie umherschwärmten, war immer ein ununterbrochenes Zusammenleben vorausgesetzt.

Ich sehnte mich nach einer unabhängigen Existenz. Die glückliche Unkenntniß der Verhältnisse des Eigenthums war für mich entflohen. Stolz, und eine beynahe kranke Empfindlichkeit trat an die Stelle der Sorglosigkeit; ich empfing das kleinste Geschenk mit einem unaussprechlichen Widerstreben. Nur von meinem Vater empfing ich ohne Widerwillen, aber seine eingeschränkten Umstände schufen mir Leiden einer andern Art. Es ist ein unaussprechlicher, zwischen Wonne und Schmerz schwebender Zustand des Herzens, mit dem wir ein Geschenk von einem armen Freund empfangen.

Als ich meinen Koffer in D** auspackte, fand ich ein Paquet mit funfzig Louisd'ors, von meines Vaters Hand überschrieben: »Empfange und verbrauche es ohne Sorgen, ich genieße meine beste Freude in dir.« Ich nahm es mit dem Gelübde der größten Sparsamkeit, und, um auch den Geschenken der Gräfin auszuweichen, nahm ich die größte Simplicität in der Kleidung an. Es kostete mich nicht wenig Erfindungskunst, immer gut und der Mode gemäß gekleidet zu seyn, um die Gräfin nicht aufmerksam zu machen; sonst wurde ich gezwungen, ein neues Kleidungsstück anzunehmen. Die Furcht, meinem Vater, selbst bey den eingeschränktesten Bedürfnissen, zur Last zu fallen, umzog mir oft die Aussicht in die Zukunft mit Sorge. Ich übte mein Talent für die Mahlerey, und, nicht ganz nach meiner Neigung, ausschließend die Portraitmahlerey; diese sah ich als ein Mittel an, die Unabhängigkeit meiner Existenz zu erhalten, und meinem Vater ein gemächlicheres Alter zu verschaffen, indem ich ihn von aller Sorge für mich befreyte. Je mehr wahre treue Neigung ich bey Julius fand, je fester war ich entschlossen, ihm meine Hand zu versagen, da ich mein Herz nicht ihm allein geben konnte. Er war zufrieden in meinem Kreise zu leben, meiner Freundschaft gewiß zu seyn; das Bekenntniß meiner lebhafteren Neigung, welches ich ihm fest versagte, erwartete er von der Zeit und der stillen Kraft seiner treuen Liebe. Der ernstliche Wunsch unsers ganzen kleinen Zirkels, mich in ihre Familie aufzunehmen, rührte mich um so mehr, da ihnen meine Lage ganz unbekannt war. Nie erlaubten sich meine Freunde eine Frage über meine Verhältnisse; nur im Allgemeinen schienen sie zu wissen, daß sie von Seiten des Vermögens nicht glücklich wären. Aus ihrem völligen Schweigen über mein vergangenes Leben konnte ich sogar schließen, daß sie das Geheimniß meiner Geburt ahndeten. Ich schwieg ganz darüber, weil mir die Dunkelheit über meine Existenz immer schmerzlicher wurde; nur in dem Fall, daß Julius dringender mit seinen Anträgen würde, nahm ich mir vor, ihm durch ein offenherziges Geständniß meiner ganzen Situation, die Schwierigkeit einer Verbindung mit mir vorzustellen.

Es war ein heitrer Morgen. Ich genoß mit Elisen auf einem der öffentlichen Spaziergänge die lang entbehrten freundlichen Sonnenstrahlen. Unter mehreren bekannten und unbekannten Gestalten, die an unsrer Seite vorübergingen, erblickte ich den Mahler, dem ich auf meiner Reise begegnet war. Er ging ein paar mahl an uns vorbei, ohne zu grüßen, blieb aber an den Schranken der Allee stehen, wo wir nothwendig vorbei mußten. Ich war im Begriff, ihn als einen Bekannten anzureden, und ihm für sein Gemählde zu danken; aber er fiel mir ins Wort, und überreichte mir ein kleines zierliches Portefeuille, mit den Worten: Ich bin ein reisender Künstler, liebes Fräulein. Sehen Sie diese Blätter durch, Sie haben die Güte, mir sie morgen um dieselbe Stunde auf diesen Platz wieder zu schicken; meine Adresse ist Johannes Charles. Er war uns aus den Augen, eh' ich ihm antworten konnte, und das Portefeuille blieb in meinen Händen. Wir sahen es auf einer Bank in der Promenade durch; es enthielt einige fein ausgeführte Landschaften und viele Skizzen, meistens Schweizeraussichten. Unter diesen fand ich einen Brief an Agnes Lilien überschrieben, mit Bitte, ihn allein zu eröfnen. Elise scherzte über diesen Vorfall, und verlangte den Brief zu sehen. Ich will keines Menschen Vertrauen beleidigen, sagte ich halb ernsthaft, und steckte ihn ein, in der Vermuthung, daß er vielleicht ein aufrichtiges Geständniß seiner Bedürfnisse enthielte, welches er mir lieber abzulegen wage, als einer ganz Unbekannten. Ich eilte in mein Zimmer, das Blatt zu eröfnen. Es enthielt folgende Zeilen von einer kleinen, weiblich zarten Handschrift:

»Meine theure Agnes, deine Mutter schreibt diese Worte; ach schwere Verhältnisse hielten mich bis jetzt gebunden! – Ich konnte mich dieses Nahmens nicht werth machen – noch immer liegen sie auf mir, und nur unter der Decke des tiefsten Geheimnisses kann ich das Glück genießen, das, was mir auf der Welt am theuersten ist, zu sehen. Johannes Charles wird dich morgen Abend gegen sechs Uhr zu mir bringen. Niemand darf um diese Zeilen und deinen Besuch wissen; suche einen Vorwand, um dich zu entfernen. Ist es dir für morgen unmöglich einen zu finden, so komm einen andern Abend. Aber eile, ich bin krank, schmachte nach deinem Blick, und darf mich auch nur kurze Zeit an dem Ort, wo ich dich sehen kann, aufhalten. Auf Johannes Charles kannst du dich ganz verlassen, er ist mein Freund.«

Meine Mutter – meine Mutter! rief ich aus, und die Gewalt des neuen süßen Gefühls machte sich durch einen Thränenstrom Luft. Ich werde das heiligste Band der Natur kennen lernen! rief ich aus; werde kein verlaßnes Geschöpf mehr seyn, auf das man immer, selbst in den sanften Ergüssen der Freundschaft, mit einem gewissen Mitleiden hinblickt!

Aber wie konnte mich mein Vater in Hohenfels täuschen? Warum konnte er nicht mein Herz wenigstens mit einer leisen Ahndung meines Glücks beleben?

Ich verlor mich in diesen Gedanken. Meine innige Verehrung für meinen Vater litt keinen Schatten der Schuld auf seinem heiligen Bilde. Er wollte dich nicht täuschen, sondern wurde selbst getäuscht, sagte ich mir endlich. Aus sanfter Schonung wollte er mich nicht mit der Ansicht ungewisser Verhältnisse quälen. War ich nicht reich genug in seiner Liebe?

Ich entsann mich jetzt auf alles dessen, was mir Rosine von meines Vaters Gespräch mit Nordheim gesagt, und jeder Zweifel über das Betragen meines Vaters verschwand.

Mit glühender Ungeduld erwartete ich den andern Morgen, um Charles zu sprechen. Die Winterlustbarkeiten waren ihrem Ende nahe, und wurden darum noch eifriger besucht. Den nächsten Morgen war Maskenball, und dieser erleichterte den Plan zu meinem Verschwinden im Hause. Ich legte in Charles Portefeuille, aus Vorsicht, im Fall ich ihn nicht unbeobachtet sprechen könnte, ein Billet mit den Worten: »Ich komme zur bestimmten Stunde, hohlen Sie mich um neun Uhr an der Gartenthüre ab; ich bin bereit Ihnen überall zu folgen.« Zum erstenmahl mußte ich Umwege brauchen, um mir den einsamen Morgenspaziergang zu verschaffen. Meine Lage, und das Vertrauen meines Vaters hatten mich vor allen kleinen Unwahrheiten, zu denen die Tyrannei des Scheins zwingt, bewahrt; mit widerstrebendem Herzen nahm ich meine Zuflucht zur List. Eine widrige Empfindung zieht meistens Reflexionen nach sich. Wie wär' es, raunte mir ein böser Dämon ins Ohr, als ich, statt zu Elisen zu gehen, wie ich gesagt hatte, die Straße nach der Promenade einschlug, wie wär' es, wenn man sich deiner Unerfahrenheit bediente, um dir Fallstricke zu legen? Ist es nicht eine Unbesonnenheit zu kommen? Aber der theure, theure Nahme, – und sie ist krank! Eh' ich mich bey meinem Vater in Hohenfels Raths erhohlen kann, müßte ich sie in der Ungewißheit lassen, könnte sie vielleicht verlieren, – sie niemahls sehen.

Charles stand vor mir. Ich komme, ja ich komme, sagte ich bei mir selbst, mein Herz fodert es, mag mich die Welt auch verkennen. Charles gerades, edles Gesicht gab mir meine Ruhe wieder. So erscheint oft im Moment der Noth ein Genius, wie mir Treue und Wahrheit jetzt in seinen Zügen aufging, und allen Schatten von Betrug verbannte. Er war sauber gekleidet, seine braunen, sonst wildfliegenden Haare lagen natürlich, doch wohl geordnet um Stirn und Wangen, und in seinem Benehmen war etwas feierlich stilles. »Sie finden meine Antwort in dem Portefeuille. Wie geht es meiner theuern Mutter?« flüsterte ich ihm ins Ohr, indem ich ihm das Portefeuille übergab, denn mehrere meiner Bekannten näherten sich mir. »Ihre Mutter ist glücklich in der Hofnung, ihr geliebtes Kind zu sehen, erwiederte er; ich hoffe, ihre Unpäßlichkeit entstand nur durch die weite und schnelle Reise. Sie kommen heut, ich lese es in Ihren Mienen.« Ich winkte Ja, und entfernte mich schnell.

Die Gräfin fuhr um fünf Uhr in eine Assemblee, von der sie dann gleich auf den Ball gehen wollte. Unter dem Vorwand einer Unpäßlichkeit erhielt ich, wiewohl ungern, die Erlaubniß zu Hause zu bleiben. Um allen Nachforschungen und allem Geschwätz der Bedienten auszuweichen, kleidete ich mich an, als wollte ich heimlich auf den Ball gehen, um die Gräfin und meine Bekannten zu überraschen. Die Gräfin liebte solche Auftritte, höchstens konnte sie diesen Schritt nur jugendlich unbesonnen, und bei meinem Mangel an Weltkenntniß natürlich und verzeihlich finden. In einer weißen griechischen Kleidung, umhüllt mit einem langen Schleier, eilte ich um sechs Uhr in den Garten, und verbat alle Begleitung, weil Niemand außer meinem Kammermädchen wissen sollte, wie ich angekleidet sey. Charles erwartete mich schon, und führte mich schweigend durch die am wenigsten besuchten Straßen der Stadt, bis zu einem Thore, wo ein Wagen unser wartete. Er half mir einsteigen, und setzte sich neben mich. Die Nacht war sehr finster, und ich konnte weder Weg noch Gegend erkennen. Ich mußte ihm sagen, welche Maßregeln ich im Hause der Gräfin über meine Entfernung genommen hatte. Er lobte meine Vorsicht, und sagte: Nun so mögen die Schellen der Thorheit auch einmahl den ächten Gefühlen der Natur dienen, die sie sonst mit ihrem Geklingel so oft übertäuben helfen! Er war sonst still und in sich gekehrt, seine Stimme war sanfter, als suchte er meine bewegte Seele in Gleichmuth zu wiegen Wir waren, so dünkte es mir, schon eine Stunde weit gefahren, und ein ängstigender Zweifel flog durch meine Brust. Charles schien ihn im Augenblick zu ahnden. Liebes, liebes Mädchen, haben Sie keine Angst, wir sind bald an dem Ort unsrer Bestimmung. Ach könnte ich jeden Zweifel… er stockte, seine Stimme bebte, er nahm meine Hand zwischen seine beiden Hände, drückte sie an seine Lippen; ich fühlte daß er weinte. Sein Schmerz lag mit solcher Gewalt auf meinem Herzen, als wäre ich die Ursache desselben. Die Zukunft erklärte mir diese sonderbare Ahndung nur allzu gut.

Ein großes erleuchtetes Haus glänzte mir aus der finstern Nacht entgegen, es lag einsam und war nur von einigen Nebengebäuden umgeben. Hier werden Sie Ihre Mutter sehen, sagte mir Charles. Wir fuhren an einer langen Gartenmauer hin, und der Wagen hielt an einer kleinen Thüre. Ein Schauer faßte mich beym Aussteigen. Die Nähe eines unaussprechlichen Glücks, – die Furcht vor einem unbekannten Übel, preßten meine Brust bis zum Ersticken. Meine Unschuld und Unerfahrenheit über die Sitten in D.. verbargen mir was ich hätte fürchten können. Jetzt erhielt mich die Nothwendigkeit, weiter zu gehen, bei klaren Sinnen, und mein Herz sammelte seine Kräfte, um jeder Begebenheit zu begegnen. Die kleine Thüre führte zu einem langen schmalen Gang, den eine Lampe nur sparsam erleuchtete. Charles öfnete eine Seitenthüre, und hieß mich hineingehen. Ich trat in ein dunkles Zimmer, Charles schloß die Thüre hinter mir ab, und befahl mir auf dieser Stelle zu warten. Nach wenigen Augenblicken öfnete sich eine Thüre mir gegenüber, aus welcher ein mattes Licht drang, und eine sanfte Stimme rief: – »Komm herein, meine Agnes, deine Mutter erwartet dich mit Ungeduld.« Ich folgte dem Ton dieser Stimme, und bei dem trüben Schimmer einer einzigen Wachskerze, die im Hintergrunde des Zimmers brannte, erblickte ich eine Gestalt in einem weißen Gewand, die auf einem Sofa lag, und ihre Arme nach mir ausstreckte. O mein Kind! mein Kind! rief sie aus, endlich mein nach so langer Sehnsucht! Sie drückte mich fest an ihre Brust, und die sanftesten Wallungen der Natur und Liebe bewegten mein Innerstes. Meine Mutter weinte heftig. – Ach daß ich dich so lang entbehren mußte, daß alle meine Liebe für dich sich nur in fruchtlosen Seufzern der Sehnsucht aushauchen konnte! – Aber Gott sey Dank! jetzt habe ich dich! – Sie sank ermattet auf den Sofa zurück, ihre Augen schlossen sich, und wenn sie zuweilen sich gegen mich öffneten, brannte das feinste Feuer eines liebenden Geistes in ihnen, der gleichsam seine ganze Kraft durch sie auszudrücken strebte, da seine übrigen Organe durch die Gewalt der Krankheit gebunden waren. Ich suchte auf einem Nachttisch, der vor uns stand, krampfstillende Essenzen, und wollte das Licht aus dem Hintergrunde des Zimmers herbei holen. – Um Gottes willen rühre das Licht nicht an, rief meine Mutter mit Heftigkeit, wir sehen uns nie wieder! Diese sonderbaren Worte füllten mich mit Schrecken, ob sie gleich nur einen unverständlichen Sinn für mich enthielten. Ich reichte ihr die Arzneigläser, um sie nach dem Gefühl wählen zu lassen. Ich mußte ihr einige Tropfen eingeben. Nun setzte ich mich zu ihren Füßen, und versuchte durch ein stilleres Gespräch ihr Gemüth zu beruhigen.

Wie vielen Dank bin ich Ihnen schuldig, meine theure Mutter, für die Erziehung, die Sie mir durch den ehrwürdigen Pfarrer von Hohenfels geben ließen! Mit der väterlichsten Zärtlichkeit pflegte er meiner Kindheit. Ich weiß es, meine Agnes, unterbrach sie mich. Wie freut es mich, diesen Gleichmuth in deinem Wesen wahrzunehmen, diese Mäßigkeit in deinem Empfinden, die deiner Mutter zu ihrem Unglück fehlten. Mein theures Kind, mein Leben war ein Gewebe von Leiden, meine Gesundheit ist zerrüttet, und ich bin erst in meinem vierzigsten Jahre, könnte mich noch lange mit dir des irdischen Daseyns erfreuen. Mein tiefstes Leiden ist, daß ich den Zeitpunkt noch nicht bestimmen kann, in dem ich offen und frei vor den Augen der Welt dich als Tochter anerkennen werde. Bist du recht vorsichtig und verschwiegen, so können wir öfters in geheim zusammen kommen; aber die geringste Unvorsichtigkeit, – und dieses Glück wäre für immer verloren. Deine Geburt ist rechtmäßig, du bist von einem vornehmen Geschlecht. Wenn es dir nöthig ist, will ich dich in Stand setzen, es zu beweisen; nach meinem Tode wirst du die Papiere, die dazu dienen, erhalten. Du wirst einmahl meine Geschichte erfahren, und wirst mit mir die unglückliche Stellung der Umstände beweinen, die mich des süßesten Glückes beraubte, die Sorge für deine Erziehung selbst zu übernehmen. In diesem Portefeuille sind zwanzigtausend Thaler in Banknoten enthalten, die dir eine unabhängige Existenz versichern, wenn du mit einer mäßigen Einrichtung zufrieden seyn kannst. Ich hoffe dieses von deiner Erziehung. Da ich nicht wußte, ob ich dir so viel Vermögen hinterlassen könnte, so ließ ich diese so einfach und sparsam als möglich einrichten; dein Vater in Hohenfels selbst soll erst jetzt erfahren, daß du ein anständiges Einkommen besitzest. Auf die Frage, ob ich letzterem das Glück schreiben dürfte, sie gefunden zu haben? sagte sie: Nein, er soll es nächstens durch eine sichere Gelegenheit erfahren.

Sie sprach noch manches über meine Bildung, und schien sehr zufrieden mit dem Gang der Erziehung, welchen mein Vater eingeschlagen hatte. Beinahe, sagte sie mit einem muntern Tone, möchte ich der Vorsicht danken, daß sie mich zwang, dich von dem Kreise entfernt zu halten, in welchem ich unglücklich wurde. Eine ernste, feste Bildung des Geistes ist selten im Zirkel der großen Welt möglich. Du wärest vielleicht ein Püppchen geworden, das am Seile der Meinung hin und her getanzt hätte, – und so bist du ein selbstständiges Wesen, das in der Fluth des Lebens sein besseres Selbst bewahren kann. Wie freue ich mich der Zeit, wenn du als Freundin mit mir leben kannst. Tausendmahl muß ich mir es sagen, daß ich um deines eigenen Besten willen dieses Glück noch entbehren muß. – Meine theure Mutter! rief ich aus, mein größtes Glück wäre mit Ihnen zu leben, ach und zumahl jetzt, da ich hoffen könnte, Ihnen durch meine Pflege einige Erleichterung zu verschaffen. Welches Auge kann treuer wachen, als das Ihrer Agnes! Und glauben Sie, daß ich ruhig seyn kann, wenn ich entfernt von Ihnen in Ungewißheit über Ihre Gesundheit bleiben muß? Was nennen Sie mein Bestes, wenn es nicht die Befreiung aus diesem angstvollen Zustand ist? – Stille! verführerisches Mädchen, sagte sie, und legte ihren Finger auf meinen Mund, stille! Du mußt dich den Maßregeln, die ich jetzt für uns beide nehmen muß, unterwerfen. – Ja wenn es für Sie ist, rief ich schmerzlich aus! – Du wirst täglich Nachricht von mir erhalten, mein bestes Kind! sagte meine Mutter sanft; sie hatte eine der reinen sonoren Stimmen, die immer zum Herzen sprechen, und sie wußte ihr die mannichfaltigsten Beugungen zu geben; für jeden Affekt der Seele hatte sie einen Ton. Überhaupt schien sie mir eines der zärtesten, feinsinnigsten Geschöpfe, bei denen jedes Wort, jede leise Bewegung bedeutungsvoll ist, als Theil eines harmoniereichen Ganzen. Ihre Füße ruhten unter einer Decke, ihr Nachtgewand war dicht und voller Falten, aber da es von einem weißen Zeuge war, erblickte ich bei dem Schimmer des trüben Lichtes doch die schönen Umrisse und das richtige Verhältniß ihrer Gestalt. Die Hände waren zart, und hatten die feinsten Formen. Eine tiefe Haube bedeckte ihr Gesicht. Stirn, Wangen und Kinn waren ganz versteckt, und von den übrigen Zügen konnte ich in dem düstern Zimmer nur einen höchst schwankenden Umriß wahrnehmen. Nur an der lieben sanften Stimme dünkte mir, würde ich meine Mutter unter tausend fremden Gestalten erkennen können.

Sobald ich bemerkte, daß sie vermied, von mir gesehen zu werden, mußte ich meiner Neugier Gewalt anthun, und wagte nur flüchtige Blicke auf sie. Unter tausend zärtlichen Äußerungen, unter den gefälligsten Hofnungen für die Zukunft, sagte meine Mutter kein Wort über ihre äußere Verhältnisse; erst da ich wieder von ihr entfernt war, dachte ich darüber nach. Sie empfahl mir mehrmahlen dringend die größte Vorsichtigkeit. Verbirg auch, sagte sie, dein Vermögen. Charles wird dir die Einnahme der Zinsen besorgen, und bald werde ich eine Zusammenkunft mit deinem Vater von Hohenfels veranstalten, in welcher du dich mit ihm verabreden kannst, wie dein Kapital auf eine vortheilhafte Art anzulegen ist. Dein Aufenthalt bei der Gräfin ist für jetzt unsern Zusammenkünften dienlich. Eine Wanduhr schlug Neune. Meine Agnes, ach, da schlägt die Glocke des Abschieds! Diese Stunde des Genusses war die Frucht thränenvoller Jahre, aber ich habe sie nun auch rein genossen, rein wie den Sterblichen ein Genuß vergönnt ist! So ein liebes Geschöpf in der Blüthe seiner Schönheit und Unschuld vor sich zu erblicken, und der Natur danken zu können, daß ich das innigste zärteste Verhältniß zu ihm habe. – Ich hoffe, meine Agnes soll ein glückliches Geschöpf werden; ein ruhiges, weises Gemüth, das das Leben mit freyer Kraft ergreift, statt sich von dem schnellen Strom fortreißen zu lassen – möge es dein Loos seyn! Möge dich eine glückliche Natur in früher Jugend schon lehren, was wir in dieser Welt sind und können. Mich lehrten es schmerzliche Erfahrungen! Sage mir, Liebe, hat dein Herz schon eine heftige Neigung...

Charles erschien unter der Thüre, wo ich hereingekommen war. Ach es ist Zeit! rief meine Mutter, und die Wallungen, die bei ihrer Frage mein Herz bewegten, vereinigten sich mit den Thränen des Abschieds. Ihre Arme hielten mich fest umschlossen, und mit lautem Weinen und Stöhnen ließ sie mich los. Charles riß mich mit Gewalt von ihrem Bette, und als ich laut über Grausamkeit klagte, meine Mutter in diesem Zustand zu verlassen, rief sie mir selbst noch zu: Gehe, gehe mein Kind! eile! Charles zog die Schelle, ehe wir das Zimmer verließen, und sprach mir zu, ruhig zu seyn, meine Mutter sey jetzt in den Händen ihrer Kammerfrauen, die ihr innigst ergeben seyen, und von welchen sie mit der zärtlichsten Sorgfalt behandelt werde.

Wir verabredeten während unsrer Rückfahrt noch die Art, wie wir uns künftig sehen wollten, und wie ich alle Tage Nachricht von meiner Mutter empfangen könnte. Charles sollte als Zeichenmeister im Hause erscheinen, und so auf die natürlichste Art die Gelegenheit gewinnen, jeden Tag eine Stunde um mich zu seyn. Mein Herz war voll überwallender Freude, mich in so glücklichen Verhältnissen zu befinden. Vermögen, Stand, eine liebende Mutter, Unabhängigkeit, und die Hofnung meinem Vater in Hohenfels ein sorgenfreies Alter zu verschaffen! Wie viel reines Glück schenkst du mir, ewige Vorsicht! rief ich aus, und faßte Charles Hand, um dem nächsten vernünftigen Geschöpf mein frohes Daseyn mitzutheilen. Charles drückte meine Hand, und sagte: Welcher Genuß ist es, eine freudenwallende Seele zu sehen, die in der Fülle ihres Herzens sich zu dem ewigen Lebendigen über den Wolken kehrt! Dank war gewiß das erste Opfer, welches ein edles Gemüth den Unsterblichen brachte. Die Bitte ist ein Zeichen der Schwachheit, das gepreßte Herz seufzet nach Hülfe. Ich ehre den, der im Unglück sich auf seine eigne Kraft zurückstemmt, und keinen Laut des Schmerzens zum Himmel schickt; aber ein Gemüth, dem die irrdischen Bande der Sorge gelöst sind, in dem das Leben rein und frey auf und ab fluthet, muß sich in Dank und Liebe der Gottheit verwandt fühlen.

Die Wolken hatten sich zerstreut, und die Sterne glänzten hell. Charles fuhr fort: Sieh wie der Himmel seine tausend Augen öffnet, um in dein freudiges Herz zu blicken, und ihm eine ewig fröhliche Zukunft zuzulächeln! Das Glück der Menschen ist wie eine hochgetriebene Woge, die nothwendig wieder zur Tiefe muß; aber die Erinnerung der Herzensfülle bleibt dem, der es als eine Erscheinung einer bessern Welt aufnahm, und sich durch keinen Genuß zum Übermuth versuchen ließ.

Am Komödienhause mußten wir uns trennen, so gern ich auch Charles länger angehört hätte. Seine sinnvollen Reden brachten Licht in meine Seele; gleichwie eine schöne Dichtung der

Musik dunkle Empfindungen entwickelt. Mein Innres wurde klärer, Entschlüsse und Regeln für mein künftiges Leben reihten sich in dieser Stimmung an einander.

Ich suchte die Thüre des Ballsaals, um mich unter dem Gewühl der Masken unbemerkt mit einzudrängen, aber aus Versehen gerieth ich in ein Nebenzimmer, welches noch durch einige andere Zimmer vom Saale getrennt war. Neben der Seitenthüre, durch welche ich eintrat, befand sich ein Alkove mit einem Vorhang drappirt; dieser war halb heruntergezogen. Ich hörte ein paar leise flüsternde Stimmen hinter dem Vorhange. Ich glaubte den Ton der Gräfin zu vernehmen, und wollte deutlicher hören, ob ich nicht irre, und sie dann, nach meinem Plan, durch meine Erscheinung überraschen. Ich hoffte so jede Spur meiner Entfernung aus dem Hause zu vertilgen. Ich blieb einige Momente in der Ecke des Zimmers stehen; die Stimmen sprachen immer leiser. Schon näherte ich mich der Thüre, welche ins Nebenzimmer führte, als meine Augen auf einen Spiegel fielen, in dem ich die verborgenen Gestalten des Alkovens erblickte. Ich erkannte die Gräfin im vertraulichen Gespräch mit einem Manne.

Sie hielt seine Hände zwischen den beiden ihrigen, und beugte ihren Kopf an seine Brust. Das Gesicht des Mannes war abgewendet, aber die große edle Gestalt erinnerte mich sogleich an das geliebte Bild, welches so klar in meiner Seele lag. Er ist hier, und nicht für mich! fühlte ich schmerzlich; nicht einmahl eine Frage nach mir ....Von bangem Zweifel ergriffen, blieb ich wie an den Boden gekettet stehen.

Jetzt richtete sich die Gestalt auf, und ich erkannte wirklich die Gesichtszüge meines Geliebten. Lassen Sie uns jetzt gehen, Liebe, sprach er, und beide näherten sich der Thür. Sehen wir uns morgen? sagte sie zärtlich; – ich konnte seine Antwort nicht verstehen.

Betäubt floh ich in den Saal, und sank auf einen Stuhl. Mein Herz arbeitete in gewaltigen Schlägen gegen meine Brust, und meine Sinne drohten zu erlöschen. Die Gräfin ging, auf den Arm meines Freundes gestützt, dicht an mir vorbey. Ich hatte weder Bewegung noch Stimme, und zitterte vor Furcht, daß sie mich erkennen möchte. In diesem Zustande war ich unfähig, das Anschaun des geliebten Mannes zu ertragen, auch wollte ich vor ihm nicht jugendlich unbesonnen erscheinen.

Diese ängstigenden Vorstellungen vermehrten mein Übelseyn. Ich war nahe an der Ohnmacht, und da ich keine bekannte Gestalt in meiner Nähe erblickte, blieb ich starr und fühllos auf meinen Stuhl gelehnt, in der Furcht, jeden Moment herabzusinken. Julius erschien mir als ein guter Genius. Er hatte mich erkannt, und kam auf mich zu; ich bat ihn, mich sogleich in ein anderes Zimmer zu führen, wo ich freie Luft schöpfen könnte. Die Entfernung von der betäubenden Musik und einige Erfrischungen brachten mich wieder zu mir selbst, doch fühlte ich mich unfähig länger in dem Getümmel zu bleiben, und am unfähigsten, Nordheim mit der Fassung und Würde zu begegnen, wie ich wünschte. Ich bat Julius, mir einen Wagen, in dem ich nach Hause fahren könnte, zu verschaffen. Er drang in mich, noch wenige Momente auszuruhen. Seine zarte Sorge, in der der Antheil des Herzens so unverkennbar war, rührte mich innig; dankbar drückte ich seine Hand. Meine theure Agnes, ich bin neu beseelt! rief er aus. Mir dieses Glück! Es war das erste sinnliche Zeichen einer zarten Neigung, welches er von mir empfing; ich hatte es ihm mit dem unbefangensten Herzen gegeben; nur als ich fühlte, wie hoch er es empfand, bereuete ich, es gethan zu haben. Er eilte auf meine wiederholte Bitte nach einem Wagen.

Mit der Unbedachtsamkeit, die einem reinen Herzen und ländlich einfachen Sitten so natürlich ist, verschloß ich die Thüren des Zimmers, um nicht weiter gesehen zu werden. Ein Fenster ging auf den Vorplatz, und hinter diesem wartete ich Julius Zurückkunft ab. Man machte verschiedene Versuche, die Thüren, welche in die Nebenzimmer führten, zu öffnen, und eine Gesellschaft entfernte sich nach ihrer fehlgeschlagenen Mühe mit einem unbescheidenen Gelächter. Julius kam bald zurück, und führte mich zum Wagen; er war etwas verlegen, als er die verschlossene Thür wahrnahm, und meine Erzählung über die Versuche, sie zu öffnen, hörte. Ich bat ihn, der Gräfin zu sagen, daß ich auf dem Ball gewesen sey, aber daß mich ein schneller Anfall von Übelseyn gezwungen hätte, sogleich wieder nach Hause zu gehen.

Kaum waren wir zur Thüre hinaus, und auf einer engen Gallerie, als uns Nordheim entgegen kam. Es war unmöglich, ihm auszuweichen, ich hatte unterlassen meine Maske wieder vorzunehmen, weil mir Julius gesagt, daß er mich eine Seitentreppe hinunter führen würde, wo uns niemand begegnen werde. Ich hielt mich mit Mühe an Julius Arme aufrecht, so gewaltig wirkte jene geliebte Erscheinung auf mich. Wir standen unter einem Wandleuchter, und Nordheims Gesicht war im vollen Licht. Wie finde ich Sie hier wieder? sagte er mit sanfter Stimme, indem sein scharfer Blick Julius maß. Meine Stimme zitterte, ich stammelte einige verwirrte Laute: Ich wollte die Gräfin überraschen... Ich wurde nicht wohl... Herr von Alban will die Güte haben, mich nach Hause zu begleiten. Ein Blick auf Julius machte meinen Zustand noch schmerzlicher. Eine glühende Röthe flammte über seine Wangen, er wagte nicht die Augen aufzuschlagen, und ich fühlte, daß er meine Verwirrung theilte. Ich will Sie hier nicht länger aufhalten, sagte Nordheim, und verließ uns nach einer steifen Verbeugung.

Ich Unbedachtsamer, was habe ich gethan! rief Julius, als wir wieder allein waren. Erst nach mehreren Wochen erfuhr ich durch Elisen bey einer andern Veranlassung den Grund dieses sonderbaren Ausrufes, über den mir Julius keine Erklärung geben wollte.

Julius hatte mich, in der dringenden Verlegenheit über mein Übelbefinden, unachtsamer Weise in ein Zimmer geführt, welches die jungen Herren einer gewissen Klasse in übeln Ruf gesetzt hatten. In Nordheims schwankendem Betragen und forschendem Blick nahm er zuerst seinen ganzen Irrthum wahr, und meine kindische Unbedachtsamkeit die Thüren zu verschließen, machte den Vorfall noch zweydeutiger. Er wollte mir diese unangenehme Entdeckung ersparen, und behielt sich vor, Nordheim, dessen nähere Bekanntschaft er zu suchen gedachte, die nöthige Aufklärung über diesen Zufall zu geben. Wie viel mußte ich durch diese in Julius Lage so natürliche Delikatesse leiden!

Julius verließ mich, auf mein dringendes Bitten, am Wagen. Mein Gemüth war verwirrt durch die Gewalt der süßen und schmerzlichen Eindrücke, die ich in dieser Nacht empfangen hatte. Mein Schlaf war nur eine fieberhafte Ermattung, und meine Träume wiederholten die empfundenen Scenen in den sonderbarsten Zusammenstellungen. Mit den Morgenstralen ging mir die Wirklichkeit in ihrem lieblichen Schimmer auf; der Gedanke an meine Mutter, der Blick auf meine so glücklich verwandelte Lage, die Ahndung einer schönern Zukunft beruhigten mein Herz über den Verlust des Geliebten. Aber was soll ich hier, hier in diesem Hause, wenn mich seine Liebe nicht hieher rief? Warum traute ich auch Rosinens Geschwätz, und nahm das bedeutungsvolle Schweigen meines Vaters nicht einzig zum Leitstern meiner Gefühle? Er liebt ja diese Amalie... warum hörte ich nicht auf den Nahmen, der mir in der ersten Viertelstunde warnend von seinem Ringe entgegen rief? der sich als ein unglückweissagender Dämon zwischen die ersten Wallungen meines Herzens für ihn drängte?

Die Gräfin kam in einer ungewöhnlich zierlichen Morgenkleidung, mich zu besuchen. Ein freundlicher Schimmer ergoß sich um ihre ganze Gestalt, ihre Bewegungen waren leichter und der Ton ihrer Stimme sanfter. Seine Küsse schienen mir von ihren Lippen entgegen zu schweben. Nach zärtlichen Fragen über mein Übelbefinden, von welchem sie durch Julius unterrichtet war, fragte sie, ob sie das Frühstück in mein Zimmer dürfe bringen lassen? Aber Sie müssen sich etwas ankleiden! rief sie mir zu, als sie schon halb zur Thüre hinaus war, denn ich bringe noch einen Fremden mit. Ich darf doch? – Sie eilte hinweg, ohne meine Antwort abzuwarten. Ihr Betragen schien mir Spott in meinen Verhältnissen; ich war schmerzlich bewegt, aber seit ich aus meines Vaters Hause war, hatte ich die so nöthige Kunst, Meister meiner äußern Bewegungen zu werden, genugsam erlernt.

Ich will mich nicht ankleiden, beschloß ich in einem Ausbruch kranker Empfindlichkeit; ich will Amalien zeigen, daß ich nicht mit ihr über die Vorzüge der Gestalt und des Schmuckes wetteifere! Ein blau seidnes Tuch war nachläßig um meine Haare geknüpft, und über mein alltägliches weißes Morgengewand warf ich nur ein Schawl um; wahr ists, ich legte es so, daß es den Leib eng umschloß, und die Brust und Arme nur leicht und in malerischen Falten drappirte. Du willst kalt und zurückhaltend seyn, nahm ich mir vor, aber kaum war der geliebte Mann zum Zimmer hereingetreten, und hatte mich sanft und freundschaftlich gegrüßt, so sagte ich mir: Nein, du willst wahr und einfach seyn! Eine herzliche Frage nach dem Befinden meines Vaters verbannte bald allen Zwang. Bei diesem theuren Nahmen verschwand alle Verwirrung, und ich fühlte mich in der fröhlichen Unbefangenheit meiner ersten Jugend.

Sonderbar dünkte es mir, daß er es ganz vergessen zu haben schien, wie wir uns gestern gesehen hatten. Ich mußte viel sprechen, und die Gräfin spielte ganz die Rolle einer gefälligen Freundin; sie gab mir Anlaß, meine Ideen auf die beste Art zu entwickeln, und wußte den Faden der Unterhaltung so kunstreich fortzuspinnen, daß sich meine geringe Kenntnisse auf die natürlichste Art einflechten mußten.

Wissen Sie wohl, Nordheim, sagte sie bey einem Stillstand des Gesprächs, daß die liebe Kleine und ich uns noch sehr wenig kennen? Wir waren vielleicht nicht zwei ruhige Stunden ununterbrochen beisammen. Auch sehne ich mich aus dem Kreis der Karten und Würfel so herzlich hinaus, wie ein Kind aus der engen dumpfigen Schule sich nach der freien Himmelsluft sehnen mag. Wäre es nicht für Sie gewesen, so hätte ich es schwerlich so lange aushalten können. »Ich danke Ihnen herzlich für Ihre freundschaftliche Aufopferung, meine beste Freundinn, erwiederte Nordheim. Durch Ihre Bemerkungen bin ich kein Fremdling mehr auf dem Boden, den ich anbauen soll. Mein Hauptzweck, dem künftigen Fürsten seine Residenz angenehmer zu machen, wird sicher durch Ihr Bemühen erreicht. Der durch Sie umgestimmte Ton gibt der Masse der Gesellschaft einen modernen Anstrich, und der Prinz wird sie der B..schen, die ihn bisher so sehr anzog, weniger unähnlich finden. Ich wünschte, gefällige Eindrücke fesselten seine Neigung an sein Land. Ich habe das Vertrauen des Prinzen nicht gesucht; aber da ich es gewonnen habe, so will ich es ehren, und keine Aufopferung schonen, um ein edles Gemüth, durch erfüllte Pflicht, im Frieden mit sich selbst zu erhalten.«

»Ihre Bemerkungen über die Menschen in D.. sind so fein, so treffend, so im einfachen Sinn der Wahrheit dargestellt, daß ich sie unsrer Agnes einmahl als ein Muster in dieser Art vorlesen werde. Entfernt von der Sucht zu spotten, die lieber das Böse wahrnimmt, weil Witz und Laune besser damit spielen können, und gleichweit entfernt von der schwachsinnigen Gutmüthigkeit, die nicht durch den äußern Firniß eines Karakters hindurchzuschauen vermag, erscheint Ihrem reinen, festen Blick immer die Linie der Wahrheit. In ihrem gesellschaftlichen Benehmen, in ihren Erhohlungsstunden entschleiern die Menschen ihre Individualität am leichtesten, und am allerwichtigsten ist es, den Grundton eines Jeden zu kennen, ob Liebe, ob Egoismus das Übergewicht in seinem Handeln hat! Es freut mich, daß Sie einige Menschen von Gehalt unter den Geschäftsleuten fanden, auf die ich bei meiner Prüfung doppelt aufmerksam seyn werde.«

»Die beiden Albans nennen Sie mir? – Es scheinen mir Menschen von vorzüglichem Werth zu seyn, erwiederte die Gräfinn. Unsre Agnes ist zu meinem Vergnügen sehr genau mit ihnen bekannt geworden, ich freute mich schweigend dieser verständigen Wahl. Was denken Sie von ihnen, beste Agnes, und da Sie sie noch genauer als ich kennen, welchem geben Sie den Vorzug unter den beiden Brüdern?« Ich erwiederte: dem Karakter nach wären sie beide gleich achtungswürdig. Beide hätten den reinsten Willen. Über ihre Talente wage ich nicht zu entscheiden. Mir schiene der älteste einen sicherern Blick, der jüngste hingegen einen schnelleren zu haben. Er übersähe immer ein weiteres Feld als fein Bruder. Der älteste kombinire in seinem engern Zirkel meist immer richtig; der zweite in seinem weiteren freilich manchmahl falsch, aber er ehre die Wahrheit über alles, und sey immer geneigt, jede fremde Meynung gegen die seine zu prüfen. Übrigens könne ich nicht ganz richtig urtheilen, weil ich mit Julius näher bekannt sey, als mit seinem Bruder.

Ich hatte dieses mit der größten Unbefangenheit gesagt, aber ein schlauer Blick der Gräfin brachte mich bey Julius Lobe außer Fassung, und beinahe gerieth ich in's Stocken, weil mir die Folgerungen durch den Sinn flogen, die Nordheim über ein zärtliches Verhältniß unter uns daraus ziehen könnte. Ich schämte mich dieser egoistischen Ansicht, und nahm mir vor, da, wo es den Vortheil eines Freundes gälte, alle Launen der Liebe außer Spiel zu setzen. Mit glühenden Wangen und bebender Stimme fuhr ich fort: Julius schiene mir ganz gemacht, durch die rastlose Thätigkeit seines Geistes und edle Wärme seines Herzens, einen großen Kreis der Wirksamkeit würdig zu durchlaufen.

Nordheim saß mit niedergeschlagenen Augen, und nur dann und wann traf mich ein Blick von ihm. Er antwortete nicht auf meine Äußerungen, sprach wieder von mir, sah meine Mahlereien durch, und wunderte sich, daß ich die Portraitmahlerei nur allein übe, und die Landschaft ganz vernachläßige. Ich sagte ihm offenherzig meine Gedanken dabei, daß ich diesen Zweig der Kunst nur in Rücksicht auf meine und meines Vaters in Hohenfels ökonomische Lage erwählt hätte. O liebe Seele!...sagte er, und legte seine Hand sanft auf meinen Arm. Ich fühlte, daß er ein großmüthiges Anerbieten aus Feinheit zurückhielt. Ich war bewegt, und faßte den Augenblick, um auch der Gräfin in seinen Augen über ihr Benehmen gegen mich Gerechtigkeit widerfahren zu lassen. Ich fühle es, sagte ich, an der großmüthigen Sorgfalt, mit welcher man in diesem Hause allen meinen Wünschen zuvorkommt, daß ich auch der Sorge für die Zukunft überhoben seyn könnte; aber ich läugne nicht, es schiene mir Pflicht, und meinem innigsten Empfinden angemessener, mich durch eignen Fleiß zu erhalten, und die Wohlthaten gutmüthiger Menschen Unbemittelten zu überlassen, die sich durch kein Talent forthelfen können. Liebes Kind, o schweig mir davon! rief die Gräfin, und schloß mich in ihre Arme. Es war der erste Ausdruck einer lebhafteren Empfindung, den ich an ihr wahrnahm; sie erschien mir in erhöhter Liebenswürdigkeit. Thränen glänzten in ihren Augen, als sich ihr Haupt aus meiner Umarmung wieder erhob, und mit einer ganz eignen Grazie lächelte sie unter den Thränen hervor. Die Kleine ist fürwahr recht eigensinnig, Nordheim, sagte sie; meynen Sie, daß sie mir erlaubte, mich nur im geringsten in ihre Garderobe zu mischen! Ich spreche von den ersten Kleinigkeiten. Schmälen Sie mit ihr! Lieber verdirbt sie ihre schöne kostbare Zeit damit, einer alten Haube eine neue Form zu geben, einen verwaschnen Zeug aufzufärben, ehe sie mir erlaubte, ihr für ein paar Dukaten solchen Plunder zu kaufen. Wir haben schon manchen Streit darüber gehabt.

Nordheim sah uns mit stillem Wohlgefallen zu, ging in meinem Zimmer auf und ab, und verweilte vorzüglich bey meinem Bücherschrank. Er nahm meinen griechischen Homer, in welchem einige Blätter von meinen Übersetzungen lagen. – Darf ich, liebe Agnes? fragte er, indem er eines derselben herauszog. – Ich antwortete etwas verwirrt, es sey eine Arbeit, die ich noch bei meinem Vater in Hohenfels, und mit seiner Hülfe unternommen hätte. Es freut mich, liebes Mädchen, erwiederte Nordheim, daß Sie die griechische Sprache treiben; ich hoffe nicht, daß Sie mich für einen der Männer ansehen, die die Krücken der weiblichen Unwissenheit gern zu ihrem eignen Fortkommen brauchen. Schon längst hielt ich es für ein schädliches Vorurtheil, daß man den Weibern in unsern höhern Ständen nicht durch eine sorgfältigere Erziehung die Bekanntschaft mit der alten Literatur erleichtere, die die Blüthe ächter Kultur für Geist und Herz so glücklich entfaltet. Die Gräfin bat mich, Nordheimen ihr von mir angefangenes Portrait zu zeigen; ich hohlte es aus dem Nebenzimmer, und als ich an der Thüre war, hörte ich Nordheimen folgende Worte aussprechen: – Nein, es ist unmöglich bei solcher Wahrheit und solchem Geist! Sie waren mir räthselhaft, und nur durch Elisens Entdeckung über das unglückliche Zimmer im Komödienhause wurden sie mir in der Folge verständlich.

Elise kam, sich nach meiner Gesundheit zu erkundigen, und sprach mit der natürlichsten Unbefangenheit von meinem Übelbefinden auf dem Ball. Nordheims ganze Aufmerksamkeit war bei unserm Gespräch, ob er gleich nur mit meinem Gemählde beschäftigt zu seyn schien.

Aber nicht wahr, Fräulein R...., sagte die Gräfin scherzhaft, die Kleine soll uns nicht mehr aus den Augen! Scheues Vögelchen, wo in aller Welt hast du nur das Herz hergenommen, dich unter solch einem Gewühl von Menschen allein zu verlieren?

Schon schwebte mir eine feine Antwort auf den Lippen, die mich durch einen Scherz aus der Schlinge gezogen hätte, als Nordheims Blick fest und fragend auf mich fiel. Meine Kraft versagte mir; diesem gegenüber etwas Unwahres zu sagen, dünkte mir unmöglich. Mein Athem war gepreßt, meine Stimme erlosch, und die glühende Verlegenheit preßte Thränen aus meinen Augen.

Elise, welche glaubte, ich fände eine Art Vorwurf in den Worten der Gräfin, suchte mich aus der Verlegenheit zu reißen.

Machen Sie mich zur Hofmeisterin unsrer Agnes, gnädige Frau, sagte sie zur Gräfin, über alles was die Etiquette betrifft. Ich werde stolz seyn, sie auch nur von dieser armseligen Seite zu übertreffen, da es mir auf jeder andern doch mißglücken müßte.

Ich konnte die Augen wieder aufschlagen. Nordheim stand mir sehr ernsthaft gegenüber.

Ich fürchte, meine Freundin, sagte ich Elisen, Sie würden eine zu ungelehrige Schülerin an mir finden. Ich fühle zu sehr, daß ich nicht fürs höhere Leben gemacht bin, und die süße Freiheit meiner Kindheit in Hohenfels wird es mir immer schwer machen, mich mit Leichtigkeit in die künstlichen Schranken der Gesellschaft zu fügen.

Sie sind zu ernsthaft, liebste Agnes, sagte die Gräfin. Wollen Sie nicht eine Spatzierfahrt machen? sagte Nordheim. Freie Luft und Bewegung ist die beste Arznei für unsre Freundin. Elise war zugesagt zum Mittagsessen, und konnte nicht mit von der Gesellschaft seyn. Die Gräfin und ich nahmen den Vorschlag mit Vergnügen an.

Wir fuhren in der Mittagsstunde weg, Nordheim war uns zu Pferde vorausgeeilt. Die ganze Gegend glänzte im Sonnenlicht, und mein Auge spähte sehnsuchtsvoll in der weiten Fläche umher, um nur eine Spur des Hauses wieder zu finden, in dem ich gestern das reinste Glück genossen hatte. Mein Bemühen blieb fruchtlos, die Gegend war mit Dörfern und Landhäusern so reichlich übersäet, und von so vielen Straßen durchschnitten, daß es mir unmöglich war, den Weg, welchen ich gemacht hatte, wieder zu erkennen. In einem alten, majestätischen Tannenwald, durch welchen die Straße führte, fanden wir Nordheim wieder. Er ritt ein wildes muthiges Pferd mit großer Geschicklichkeit, oft warf er einen freundlichen Blick in den Wagen. Sahen Sie je einen schönern Mann, liebe Agnes? sagte mir die Gräfin; je einen, dessen ganzes Wesen solchen Adel, solche Grazie zeigt? Und welch eine himmlische Einheit ist in seinem ganzen Wirken und Leben! Schweigend stimmte mein Herz in ihre Gefühle ein; sie verstand es, und schaute gedankenvoll vor sich hin.

Jetzt öfnete sich der dicht verwachsene Wald, und die reizendste Landschaft lag vor uns. Gegen Osten ergoß sich ein breiter Fluß durch eine unabsehbare Fläche, und gegen Westen drängten sich seine Ufer durch zwei Gebirgketten, die die sonderbarsten Formen bildeten. Drohende Felsen neigten sich über den Spiegel des Flusses, wechselnd mit freundlichen Wiesenflächen, an denen einfache, doch reinliche Häuser regellos hingestreut waren. Auf einem dieser Felsen lag ein Schloß, dessen graue Mauern im ernsten Charakter der Festigkeit emporragten.

Wo führen Sie uns hin, Nordheim? rief die Gräfin; ist das nicht Ihr Landgut? Ja, erwiederte er, und ich hoffe, Sie nehmen mit der geringen Bewirthung vorlieb, die ich Ihnen für heute anbieten kann. Der Wald war durch ein liebliches Wiesenthal mit den Felsen, auf welchen das Schloß lag, verbunden; wir wünschten dieses ganz zu genießen, und beschlossen, es zu Fuße zu durchwandern.

Der junge Rasen unter unsern Füßen war von klaren Bächen durchschnitten, die sich aus den Felsen ergossen, und mit frischem Grün umkränzt, in sanften Linien durch das Thal rieselten. Die Pappeln und anderes Gesträuche trugen schon zarte Blätter, und der Hagedorn stand in voller Blüthe. Nur an den reinlich gehaltenen Wegen bemerkte man die Hand der Kultur in diesem Thal, in dem sonst die liebliche Freiheit der Natur herrschte.

Unser Weg führte uns an einigen zierlichen Häusern vorbei, wo Obst- und Gemüsepflanzungen angelegt waren. Ein alter Mann von ehrwürdigem Ansehen war in dem einen Garten beschäftigt, die Rebengeländer zu ordnen. Sorgfältigere Kultur rief hier die Erscheinungen eines mildern Himmelsstriches hervor. Die Weinranken wanden sich von Baum zu Baum, und bildeten zierliche Bogen. Der Alte grüßte uns schweigend, und fuhr in seiner Arbeit fort. Aus dem zweiten Hause kam ein Mädchen und ein Knabe herausgesprungen, der Größe nach schienen sie beide zwischen vierzehn und sechszehn Jahren. Beide waren von schöner Bildung. Ihre lebhaften schwarzen Augen und dunkeln Haare, das warme Kolorit ihrer Gesichtsfarbe und ihre sprechenden Geberden gaben ihnen einen unter unserm Himmel fremden Anstrich. Warten Sie ein wenig! rief der Knabe Nordheimen auf italiänisch zu, meine Schwester bringt Ihnen Veilchen. Das Mädchen nahte sich bescheiden, und die zurückgehaltene Lebhaftigkeit gab ihrem ganzen Wesen ein reizendes Spiel. Mit einer angenehmen Verbeugung gab sie Nordheimen einen Veilchenstrauß, und sprang schnell wieder fort. Während dem Laufen rief sie uns zu: sie eile, um den Damen auch Blumen zu hohlen. Nein, das will ich thun! rief der Bube, und sprang ihr nach. Auf halbem Weg wendete er wieder um, und fragte Nordheimen: ob er seine Flöte mitbringen dürfe und seiner Schwester Guitarre, um den Damen eine Musik zu machen? Das bitten wir uns einmahl in meinem Hause aus, Battista, die Damen sind jetzt ermüdet; erwiederte Nordheim, ohnerachtet die Gräfin bat, den Kindern die Freude nicht zu verderben.

Als sich der Kleine entfernt hatte, sagte uns Nordheim: er habe Battista's Gesuch aus Schonung für die Mutter abgewiesen, die durch sonderbare Schicksale verstimmt, das Anschaun jedes Fremden fliehe, oder nur zuweilen, aus Gefälligkeit, mit schmerzlichem innern Kampf aushalte. Die Schwester eilte mit ihren Veilchen herbei, Battista nahm ihr den einen Strauß ab, und überreichte ihn mir mit einer natürlichen Feinheit, während seine Schwester den ihrigen der Gräfin gab. Nordheim reichte ihr seine Hand zum Abschied, die sie mit Heftigkeit an ihre Lippen drückte. Die Mutter sahen wir nur auf einen Blick durchs Fenster, ein edler ausdruckvoller Kopf einer hinwelkenden Schönheit. Sie bevölkern Ihren englischen Garten mit lebendigen Bewohnern, sagte die Gräfin, und das ist freilich interessanter, als die ausgestopften Einsiedler, welche man jetzt überall findet, und die leeren Bauernhäuser, die ein wohlwollendes Herz nur mit dem Gedanken ansehen kann: Hier sollten glückliche Menschen wohnen!

Es ist vielleicht mehr Zufall als Plan in diesen Anlagen, erwiederte Nordheim lächelnd. Wenn es unser Genius gut mit uns meynt, so hält er uns eine Pflicht vor, indem wir eben eine Thorheit begehen wollten. Sie haben es errathen, der Plan war schon gemacht, dieses Thal zum Park umzuschaffen; das eine Haus sollte eine gothische Kapelle, und das andere ein griechischer Tempel werden. Ein Freund, mit dem ich seit vielen Jahren in inniger Vertraulichkeit lebte, empfahl mir auf seinem Sterbebette eine Sängerin, die er unterhalten hatte, und die bei der Geburt seines zweiten Kindes durch eine heftige Krankheit ihre sehr schöne Stimme verloren hatte. Sie und ihre Kinder wurden hülflos durch den Tod meines Freundes; und ich ließ meine gothische Kapelle zum einfachen Wohnhause für sie einrichten. Die Kinder wuchsen heran, verriethen Talent, und ich war eben um ihre Erziehung verlegen, da ich sie ungern von der Mutter trennen wollte, als eines Morgens ein alter Hofmeister von mir ankam, der mir in meiner Jugend einen wichtigen Dienst geleistet hatte, und sich jetzt, nach vielen vergeblichen Kämpfen mit dem Schicksal, nach einem Zufluchtsort umsah. Er besitzt mannichfaltige und gründliche Kenntnisse und eine gute Art sie mitzutheilen. Er soll deinen griechischen Tempel bewohnen, dachte ich, bot ihm einen kleinen Jahrgehalt an, den er mit Vergnügen annahm, und von dem er, bey seiner ächt philosophischen Simplicität und in der größten Unabhängigkeit, sehr glücklich lebt. Die Kinder sind ihm lieb geworden, und er verwendet sich mit Treue und Fleiß auf ihre Bildung. Mir ist wohl, auf dem kleinen Plätzchen einen Zirkel ruhig lebender Menschen vereint zu sehen; wenn ich hier bin, verlebe ich manchen vergnügten Abend unter ihnen.

Ein bequemer Weg, mit Bäumen besetzt, führte von der einen Seite über den Felsenrücken bis an eine Zugbrücke. Mannichfache anmuthige Anlagen schmückten den Fels, und nur von einer Seite war er ganz unangebaut, und neigte seine formlosen Massen, zwischen denen wildes Gesträuch hervorwuchs, drohend über den Fluß. Wir gingen über die Zugbrücke in den geräumigen Hof, um das Innere des Gebäudes zu sehen. Die Thore waren mit zwei Wappen geschmückt, und alle Verzierungen waren im alten Geschmack in Stein, rein gezeichnet und gearbeitet, und auf das beste unterhalten.

Ich habe mich sehr gehütet, sagte Nordheim, den alten Charakter dieses Gebäudes durch modernes Flickwerk zu verfälschen. Mir dünket oft, die Sprache der alten Zeit in diesen festgewolbten Hallen zu vernehmen. Aus der glatten, neuern Welt flüchte ich mich gern in diese rauhen Mauern, wo lauter feste und starke, wenn gleich etwas grelle Formen mich umgeben. Wir gingen durch einen großen Saal, dessen Hauptverzierung aus Familienportraits in Lebensgröße bestand, von denen die meisten durch gute Künstler gemahlt waren. Es war eine Reihe fester biederer Gesichter, in denen die Stärke der hervorstechendste Ausdruck war. Wappen und Titel standen zu ihren Füßen, und die mehresten hatten in den ersten Fürstenhäusern

Deutschlands ansehnliche Ämter bekleidet, bis auf Nordheims Vater und Großvater, die gar keine Titel hatten.

Die Gräfin bemerkte es, und Nordheim sagte lächelnd: Die Talente zum Hofglück verlöschten hier in unserer Familie, oder die Verfassungen änderten sich, und foderten andere Talente, als die wir von unsern redlichen Vorfahren ererben konnten. Was sollten die stolzen ehrlichen Ritter bey den französischen Kabinetskünsten? und die braven und geistvollen verachteten den müßigen Hofdienst. Mein Großvater merkte, wo der Wind der Zeit herwehte, und zog sich auf seine Güter zurück, nachdem er die Welt durch Reisen hatte kennen lernen. Er kaufte diese zwei Dörfer, die Sie hier längs des Flusses sehen, wieder an sich. Seit langen Jahren hatten sie der Familie zugehört, und nur unter den letzten Besitzern gingen sie verloren, weil diese lieber den großen Diener in der Stadt spielten, als den Herrn in ihrem Hause. Mein Großvater war ein verständiger Landwirth und ein sorgsamer Vater seiner Unterthanen.

Ununterbrochen arbeitete er daran, seinen Nachkommen ein unabhängiges Vermögen zu verschaffen, und da seine Vorfahren oft wenig an die Nachkommen gedacht hatten, so mußte er oft zu seiner Unbequemlichkeit an sie denken. Er hatte große Neigung zur Pracht, sein Geschmack hatte sich in den Hauptstädten Europens ausgebildet, aber er ordnete alle Liebhabereien den Grundsätzen einer weisen Sparsamkeit unter. Er lebte bequem, aber sehr einfach, und verbannte allen Luxus, der nur der Meinung fröhnt, ohne einen reellen Lebensgenuß zu verschaffen. Seine Freunde waren ihm alle Tage an seiner Tafel willkommen, aber nie wurde diese mit Überfluß besetzt. Jedem Fremden war wohl in seinem Hause. Weil er allen Zwang des eitlen Scheins abgeworfen hatte, stöhrte selten etwas seine gute Laune, und ich entsinne mich noch, daß ich mich als Kind immer in des Großvaters Hause frey fühlte, wie ein Vogel, den man des Käfigs entlassen hat.

Mein Vater lebte auch in demselben Sinne wie mein Großvater, und hielt sich nur oft in S** auf, weil er mit dem Fürsten in freundschaftlichen Verhältnissen stand. Und sollte ein so biederes blühendes Geschlecht verlöschen, liebster Freund! sagte die Gräfin, indem sie ihre Hand auf Nordheims Arm legte. Möchte ein edler Sohn, fuhr sie fort – aber ihre Stimme bebte und verlöschte, eine sonderbare Bewegung war in ihrem ganzen Wesen sichtbar, ihre Wangen glühten, und in ihren Augen zitterten Thränen. Nordheims Blicke fielen auf mich, wie in jenem Moment in Hohenfels, als er meinem Vater sagte: Mir fehlt auch nur eines, und Sie könnten mir's vielleicht geben! Er nahm die Hand der Gräfin und die meine zusammen, und sagte: Überlassen wir das der Zukunft, meine Besten! Die Bewegung der Gräfin stieg immer höher, und Nordheim führte mich gegen die andere Seite des Saals, als wollte er ihr Zeit lassen sich zu sammeln. Unsere Agnes muß auch meine Eltermütter kennen lernen, sagte er. Scheinen sie nicht sanfte stillthätige Seelen gewesen zu seyn, deren Blick, gewohnt sich in einem engen Zirkel zu beschränken, tief und scharf auf das ihnen Zunächstliegende sieht? Das Blumensträuschen in ihrer Hand, oder der goldene Trauring an ihrem Finger, scheint ihre Gedanken zu beschäftigen, und eine süße Erinnerung ihres Brauttages vor ihrer reinen Fantasie zu schweben. Die Großmutter blickt schon freier um sich her, aber ein edles Selbstgefühl thronet auf der offnen Stirn. Auch war sie ein braves, kluges Weib, das während der Abwesenheit meines Vaters die Güter beinahe ohne männliche Beihülfe einige Jahre hindurch ganz nach dem Sinne ihres Mannes verwaltete. Alles hatte Gedeihen und glücklichen Fortgang unter ihrer Aufsicht.

Meine Mutter fehlt hier, Sie werden sie in meinem Zimmer sehen, ich bin gerne unter ihren Augen. Auch sie hatte, wie wir es unbilligerweise ausdrücken, einen *männlichen* Geist. Die schöne Fähigkeit des weiblichen Gemüths in einer neuen fremden Lage, gleichsam in seinem Innern ein neues Ressort aufzufinden, sollte von uns mehr als eine dem Geschlecht inwohnende Kraft angesehen werden, anstatt daß wir sie nur für eine Ausnahme anerkennen wollen. Wir sind um so unbilliger in diesem Urtheil, da wir positive Vortheile gegen die Frauen haben, und mit manchen Federn geschmückt sind, die wir am Ende doch nur unsern stärkern Klauen verdanken. Die Vortheile einer frühern wissenschaftlichen Bildung und mannichfacher Lebensverhältnisse mußten für Kraft des Charakters, für Besonnenheit in schweren Lagen auf unserer Seite entscheidend seyn, wenn nicht wirklich zuweilen ein innrer Reichthum der Natur die Weiber entschädigte. Aber nicht alle hat die Natur so begünstigt; wenige nur widerstehen durch eine glückliche Anlage der Gewalt, welche eine falsche Erziehung, schon von der frühesten Jugend, an ihnen ausübt. Die Unwissenheit und Charakterlosigkeit, zu denen sie meistens ihre Verhältnisse verdammen, tragen die bittersten Früchte für ihr ganzes Leben, und wer hat diese zu genießen, als wir selbst? Der Ruin vieler Familien entsteht größtentheils aus Schwachheit und Kurzsichtigkeit der Weiber. Störriger Eigensinn ist die Folge eines beschränkten Geistes, und existirt meist neben kindischer Furchtsamkeit. Die unterdrückte Natur rächt sich; wir sind die Betrogenen, weil wir es seyn wollen. Weil die meisten unter uns Stärke an den Weibern nicht zu tragen und nicht zu lieben vermögen, so suchen sie nur die über alles gepriesene Sanftheit, und nehmen sie ohne Untersuchung hin. O wie ist die ächte Sanftmuth, die das Leben jedes dauernden Verhältnisses ist, so unverkennbar in der Grazie ihrer Äußerungen! Glücklich, wer sie besitzt und wer sie genießt. Nur von solchen Gemüthern haben wir Schonung zu erwarten, wenn sich die Erbsünde des Übermuths in uns regt; ungebildete Seelen brauchen die rohen Naturwaffen gegen uns, Verschlagenheit und List.

Die Gräfin näherte sich uns, sie wünschte noch einen Gang durch die übrigen Zimmer zu machen. An beiden Seiten des Saals waren zwei runde Thürme durch wenige Verzierungen in sehr freundliche Zimmer verwandelt. Das eine diente zum Gesellschaftssaal, das andere zur Bibliothek. Aus der Bibliothek ging man in eine Reihe zierlich eingerichteter Zimmer, deren einige treffliche Kupferstichsammlungen, und wenige, aber vorzügliche Gemählde enthielten. Zuletzt sah man sich in einer kleinen Rotunde, die das Licht von oben empfing, und worin Abgüsse der vorzüglichsten Antiken aufgestellt waren. Zum erstenmahl sah ich in solcher Vollkommenheit diese unsterblichen Werke, in denen der reinste Geist der Kunst ewig fortlebt.

Fräulein R** mit ihrer alten Tante und die beiden Albans kamen gegen Abend. Nordheim hatte sie eingeladen. Julius begrüßte mich mit seiner gewohnten Unbefangenheit, aber ein Blick Nordheims, der auf uns fiel, ließ mich in seinem Benehmen gegen mich etwas zu Freies finden. Aus Dankbarkeit für die zarte Sorgfalt, mit der er mich gestern gepflegt hatte, zwang ich mich alle Zurückhaltung gegen ihn aus meinem Betragen zu verbannen. Mit Schmerz bemerkte ich, daß Nordheim mich und Julius bei allen Gelegenheiten zusammen zu bringen suchte, wie zwei Liebende, deren zärtliches Verhältniß allgemein anerkannt ist. Er sprach viel mit Julius, bezeugte Gefallen an seinen Kenntnissen und an dem geistvollen Ausdruck, den er seinen sehr eigenthümlichen Vorstellungsarten zu geben wußte.

Wir brachten den größten Theil des Abends bei der Antikensammlung zu, und das Anschaun der schönen Gestalten versetzte uns in eine erhöhtere Stimmung.

Sinn und Verstand waren bei Nordheim gleich lebendig bewegt, und seine Bemerkungen gaben mir neue Begriffe und reinern Genuß.

Wie jeder Genuß sich in Sehnsucht auflöst, so schloß sich auch unser Gespräch mit der Betrachtung, daß das erste, fröhliche, schöne Jugendalter der Kunst nie in seinem vollen Glanze wiederkehren werde.

Nordheim führte mich in mein Zimmer. Die Glorie des Geistes schien mir um seine ganze Gestalt zu leuchten, und eine sonderbare heilige Stille war in seinem Wesen.

Wie glücklich sind wir, sagte er, wenn uns eine liebliche Gestalt begegnet, die uns in ihrer holden Einheit ein Ahnden jenes Grenzenlosen zuführt, das in den Kunstgestalten der Alten athmet! Die Reinheit des Sinnes findet keine Schranken, und wandelt mit himmlischer Freiheit durch das Leben. Welche Gestalt auch das Schicksal unserm Verhältniß geben mag, sagte er, indem er meine Hand faßte, so danke ich Deinem Anschaun, holdes Wesen, ein süßeres Leben!

Ich hatte keine Worte, mein Innres war in der reinsten Liebe aufgelöst. Wir waren an der Thür des Zimmers, Elise stand bei mir, und er gab uns gute Nacht.

Welch ein schönes Leben erwartet uns, beste Agnes! sagte Elise, als wir uns auf unserm Zimmer allein befanden. Mehr als jemahls hoffe ich mit meiner Agnes eine Familie, ein Haus auszumachen. Julius ist hoffnungsvoller seit gestern; seine Liebe ist treu und zart. Sie werden glücklich mit ihm seyn, so wie er und wir alle es unaussprechlich durch Sie seyn werden.

Wenn ich könnte, Elise, wenn ich Julius lieben könnte, wie er es verdient! erwiederte ich. –
Wir sprachen oft darüber, sagte Elise nach einigem Nachdenken. Ihre Kälte bei allem was auf
Liebe deutet, schien uns ein Phänomen in einem so weichen liebenden Herzen. Julius behauptet,
Sie wären von zu reicher hoher Natur, um eine Leidenschaft zu haben, und diese Stille des
Gemüths, die nicht aus Mangel an Kraft, sondern aus hoher Richtung derselben entstünde,
würde sein Glück eher vermehren als vermindern. Ich glaube dennoch, fuhr sie lächelnd fort,
der Drache der Eifersucht würde diese goldenen Früchte der Weisheit mit immer offenen Augen
bewachen. Ich verstehe Sie nicht, Elise, versetzte ich etwas empfindlich.

Ich kenne das heilige Herz meiner Agnes, sagte Elise, und weiß, daß es unfähig ist, Vertrauen
und Liebe zu beleidigen. Ich wäre der Glückseligkeit unsers Julius an Ihrer Seite gewiß. Es war
ein Scherz unter uns, der zu dem Gesagten Anlaß gab. Julius war diesen ganzen Abend hindurch
sehr gespannt auf die Aufmerksamkeit und Achtung, die Nordheim für Sie bezeugte. Als Alban
und ich es ihm im Scherz vorwarfen, sagte er: Dieser wäre ein gefährlicher Nebenbuhler, oder
vielmehr gegen einen Mann von solchen Vorzügen finde gar keine Rivalität statt. Alban tröstete
Julius mit dem allgemein bekannten Verhältniß Nordheims mit der Gräfin.

Und welches? fragte ich mit erzwungener Kälte.

Die Welt sagt, sie seyen heimlich verheurathet. Die Welt sagt freilich viel Falsches, aber da
die Gräfin schon seit zehn Jahren Wittwe ist, und während dieser Zeit mit Nordheim in der
größten Vertraulichkeit lebt, auch seit dem Tode ihres Gemahls keinen andern Liebhaber hatte,
so ist freilich hinlänglicher Grund zu dergleichen Vermuthungen vorhanden. – Sie sind nicht
wohl, liebes Mädchen, rief Elise lebhaft aus; Ihre Gesichtsfarbe wechselt so schnell! Oder hätte
ich Sie durch meine Äußerungen über die Gräfin beleidigt? Verzeihen Sie, aber Ihre Kälte gegen
diese Dame, die mir oft auffiel, da sie wirklich sehr liebenswürdig ist, diese verleitete mich jetzt,
so treuherzig alles über sie herauszusagen.

Meine wechselnde Farbe hatte einen tiefern Grund, als meine gute Elise wähnte. Ich beruhigte sie, und sie überließ mich bald der Einsamkeit und meinen Betrachtungen.

Alle jene freundlichen Zauberfarben, mit denen die Liebe uns die Zukunft erhellt, verlöschten durch den Zweifel an Nordheims Neigung. Ich sah nur eine licht- und formlose Dämmerung vor mir, und die Mühe, mich hindurch zu arbeiten, war das einzige was ich bestimmt
erkannte. Das nöthigste für den Moment war mir, Julius aus seiner Täuschung zu reißen. Ich
will ihm meine Liebe und meinen Schmerz gestehen, und eine beynahe gleiche Lage wird uns
in fester Freundschaft verbinden. Julius selbst, vielleicht durch seinen Zweifel über Nordheim
angetrieben, bot mir den nächsten Morgen die Gelegenheit dazu.

Nach eingenommenem Frühstück zerstreute sich die Gesellschaft. Die Gräfin ging auf ihr
Zimmer, Nordheim in sein Kabinet, Elise ging mit ihrem Freunde in dem großen Saal auf und
ab, und ich blieb allein beim Klavier mit Julius. Er spielte mit großer Fertigkeit einige meiner
Lieblingssonaten, und sprach dann von seiner Liebe und seinen Wünschen, für immer mit mir
vereinigt zu seyn.

Sein Gesicht war so rein, so gut, so bescheiden hoffend, daß ich ihm meine Hand, die er
zwischen den seinigen hielt, nicht entziehen konnte. – Ach, wenn Sie in meine Wünsche ein-
stimmen könnten, beste Agnes, rief er aus, welche glückliche Familie würden wir ausmachen!
Mein Bruder und Elise, unsre besten nächsten Freunde, die so harmonisch mit uns denken und
empfinden, würden vereint mit uns leben. Auch Ihr Vater würde mit uns leben, nicht wahr?
Alles Leere und Unbedeutende würden Sie aus meinem Leben verbannen. Ihr großer Sinn
würde mich in allem meinem Wirken zum Schönsten und Edelsten leiten. Sie selbst sollten
so frey, so sorgenlos leben, ganz nach der Wahrheit Ihrer schönen Natur. Könnten Sie nicht
auch glücklich seyn, wenn wir alle es durch Sie sind? Ach Sie müßten es seyn! Sprechen Sie,
bestes Mädchen.

Das redliche Bemühen der gutmüthigen feinen Seele rührte mich innig, aber je zärter ich
diese Seele empfand, je mehr fühlte ich, daß ich ihr nicht alles geben könnte, und nichts halbes
geben dürfe.

O beste Agnes, Sie sind bewegt, rief Julius. Reden Sie! – Aber Sie schweigen; o ich verstand Sie unrecht, ich habe Sie beleidigt! rief er schmerzlich aus, und verbarg sein Gesicht in seinen Händen. – Nein, beste Seele, sagte ich, nein, wie wäre es möglich! – Julius – wenn ich könnte – ach wenn ich Sie so über alles lieben könnte, wie Sie es verdienen!

Über alles? meine Agnes, wie könnte ich das verlangen! Täuschen wir uns nicht, meine Beste; ein Herz wie das Ihrige, in dem sich so mannichfache Kräfte früh entwickelten, dieses kann keinen Mann über alles lieben.

Seyn Sie mir nur gut; lassen Sie mich Sie so glücklich machen, als ich kann. Ihr Gutseyn ist tausendmahl mehr, ist inniger, zärter, als das was andere Frauen Liebe nennen.

Es war ein entscheidender Augenblick; das schwankende, vielleicht nur in meiner Einbildung gewebte Verhältniß mit Nordheim, schwebte mir vor, Julius reine zarte Liebe drang zu meinem Herzen; ich drückte seine Hand fester, und mein thränenschweres Auge verbarg sich an seinem Arm. Ein Geräusch unterbrach uns, ich erhob meine Augen Nordheim stand unter der Thüre, zog sich aber augenblicklich zurück. Werde ich nicht das Bild dieses einzig Liebenswürdigen immer mit verlangender Sehnsucht umfassen, selbst an Julius treuem Herzen? Diese Frage bewegte meine ganze Seele. Meine Lippen zitterten, und ich hatte keine Worte, so wie keine klare Empfindung.

Julius saß mit dem Rücken gegen die Thüre, und hatte Nordheim nicht gesehen, er wähnte, Liebe für ihn bewege mein Herz so heftig. O beste Agnes, fuhr er fort, nur ein holdes Wort von Ihren Lippen, welches die süßen Ahndungen, die ich aus diesem Schweigen nehme, zur Hofnung erhebt! Nie sah ich Sie so bewegt: – ists für mich? – Ja, es ist ein sanftes Neigen Ihrer Seele gegen die meine.

Der Wahn, in dem Julius meine verwirrte Empfindungen zu seinem Vortheil auslegte, war mir innig schmerzlich. Ich fühlte, daß ich ihm ganz wahr seyn, ihm mit Aufopferung aller Weiblichkeit den Zustand meines Gemüths rein darlegen müsse. Er hielt noch immer meine Hand, und sagte sanft: Warum wenden Sie Ihr liebes Auge von mir? O Agnes, können Sie mich lieben? – Liebte ich nicht schon, so könnte ichs, erwiederte ich mit weggewendetem Gesicht, während meine Hand die seine drückte. Ach Gott! rief er mit einem Ton des tiefsten Schmerzens. Nicht für mich! Nach einigen Momenten der lebhaftesten Bewegung, wo seine Brust einen tiefen Kummer zu verarbeiten schien, und sein Auge mit hervorstürzenden Thränen kämpfte, wendete er sich wieder gegen mich, indem er ausrief: Und doch für mich! Wer kann mir die zarte Neigung rauben, die mich belebt? Wer die innige treue Sorge, die mit meinem ganzen Daseyn verwebt ist? Fühlte ich nicht erst die ganze Tiefe meines Wesens, seit die Gewalt dieser Liebe deiner allbesiegenden Schönheit alle Kräfte in mir aufregte! Ja, für dich will ich leben, du sollst meine zärteste Sorge seyn, wie du meine süßeste Freude hättest werden können.

Sie sollen alles wissen, mein werther Freund, sagte ich ihm, meine Liebe, meinen Schmerz. Ach Julius! Warum mußte ein früherer Eindruck mein Herz für Ihre Neigung verschließen! – ein Eindruck, der mich schwerlich zur Glückseligkeit leiten wird.

Als mich Julius entschlossen sah, ihn zum Vertrauten zu machen, half er mir mit jener schonenden Feinheit, ihm mein Geständniß abzulegen, welche die Gedanken erräth, bevor sie sich noch Worte gebildet haben. Da ich endlich Nordheims Nahmen aussprechen mußte, erschrack er, als hätte er etwas ganz Unerwartetes vernommen.

Ihre Liebe, meine Agnes, wird mit Leiden verbunden seyn, sagte er. Die Hülfe der Freundschaft kann vielleicht den Kummer Ihres Herzens erleichtern. Heilig gelobe ich, Ihr Freund, und nur *Ihr Freund* zu seyn. Ich verspreche nicht wenig, aber ich will und werde es halten.

Wie werth war mir Julius in diesem Moment! Ich gelobte mir selbst im Stillen sein Glück an meinem Herzen zu tragen, und ihm immer mit unverbrüchlicher Treue und Wahrheit zu begegnen.

Wir müssen jetzt zur Gesellschaft, sagte Julius; ich sehe, man versammelt sich im Garten. Wenn Sie nicht mein werden können, beste Agnes, so muß ich künftig vorsichtiger in meinem Betragen seyn, um die Welt in keiner Täuschung über unser Verhältniß zu lassen. Verzeihen Sie, daß ich meine Empfindungen bis jetzt zu laut sprechen ließ; es soll nicht mehr geschehen.

Nur wenn wir allein sind, werden Sie immer mein offenes, ganz von Ihnen erfülltes Herz auf meinen Lippen finden.

Die Gesellschaft war in einem kleinen Pavillon versammelt. Nordheim sah mich nur flüchtig an, als ich mich ihm näherte, gleich als wollte er meiner Verlegenheit schonen. Er begegnete mir mit derselben feinen Achtung als zuvor, aber doch hatte sich eine gewisse kalte Höflichkeit als eine fremde Farbe in sein Betragen gemischt, und die sanfte Vertraulichkeit war verschwunden. Mein Herz war gepreßt. Er schien mir unaussprechlich liebenswürdig. Selbst die Entfernung, welche er gegen mich beobachtete, deutete auf einen zärteren Antheil seines Herzens an mir, der durch die Situation, in welcher er mich mit Julius gefunden, nothwendig beleidigt werden mußte. Wie gern hätte ich meine ganze Seele offen vor ihm dargelegt! Battista und seine Schwester waren eingeladen, uns mit ihrer versprochenen Musik zu ergötzen. Beide waren zierlich gekleidet, und die blühenden Gestalten voll jugendlichen Lebens, die unter einem Blüthenbaume saßen, und den Zauber ihrer einfachen herzlichen Melodien um sich her verbreiteten, theilten uns allen eine beinahe idealische Stimmung mit. Die Kinder spielten ein welsches Liedchen, und das Mädchen legte den ganzen Sinn hinschmelzender Zärtlichkeit in die süße Melodie. Unter dem Schatten der breiten Augenlieder und der langen Wimpern blitzte zuweilen ein feuriger Blick hervor; immer traf er auf denselben Gegenstand, auf Nordheim.

Bravo, Bettina! sagte Nordheim, indem er die Kleine bey der Hand faßte, und die schwarzen Locken zurückschlug, die in der Gluth des Gesangs über ihre Stirne herabgefallen waren. Seit wann lehrte dich deine Mutter dies Liedchen?

Auf meine Bitte, erwiederte Bettina, lehrte Sie mich's vor einigen Tagen, da wir hörten, daß Sie zurückkommen würden.

Ich danke dir, mein Kind! sagte Nordheim freundlich. Bettina drückte seine Hand an ihre Lippen, und eilte hinweg.

Arme Bettina! rief die Gräfin aus, indem sie ihr mit einem traurigen Blick nachsah.

Warum beklagen Sie Bettina, liebe Gräfin? fragte Nordheim. Ich rechne selbst auf Ihre Güte, um dem anmuthsvollen kleinen Geschöpf ein glückliches Schicksal zu bereiten.

Ich dachte nicht an Bettina's äußere Lage, als ich sie beklagte, sagte die Gräfin. Aber wohl schmerzte es mich, das junge Gemüth schon in der vollen Gluth der Leidenschaft auflodern zu sehen, die sie mit so rührender Wahrheit in ihrem Gesang aushauchte. Nordheim erwiederte: Sollen wir den großen Anlagen der Natur mißtrauen, meine Freundin? An der Glut der Leidenschaften reift das Edelste in uns. Gewiß, mein Freund, sagte die Gräfin. Aber wenn ein hoher stolzer Baum vom Blitz zerschmettert vor unsern Augen hinstürzt, oder ein holdes Gemüth der Gewalt einer Leidenschaft unterliegend, in seinen besten Lebenskräften dahin stirbt, fühlt sich unser Herz nicht von allen Schmerzen der Zerstörung ergriffen? Zumahl, setzte sie hinzu, wenn ein eigenes schmerzliches Schicksal uns das innere Gefühl des Wesens in seiner geheimsten Tiefe erkennen lehrt?

Die Damen gingen nach ihrem Zimmer, um sich anzukleiden; ich nahm Bettina mit mir. Das holde Geschöpf, voll Jugend und Leben, zog mich an sich, und die innigen wahren Laute der Natur in ihrer Neigung zu Nordheim trugen vielleicht nicht wenig bei, den Reiz zu vermehren, welchen ihr ganzes Wesen für mich hatte.

Anfänglich war sie still und verlegen, aber als sie fühlte, daß ich es wohl und treu mit ihr meynte, schwatzte sie lieblich und unbefangen über ihr häusliches Leben, ihre Beschäftigungen und Verhältnisse. Meine Mutter, sagte sie unter andern, spricht davon, mich in der Stadt in einem guten Hause unterzubringen, wo ich dann vielleicht mit der Zeit einen braven Mann fände, und so unserm Wohlthäter die Sorge für uns erleichtert würde. Es sey unbescheiden, sagt sie, ihn mit unsrer ganzen Existenz zu belästigen.

Ich fühle, daß sie Recht hat, aber... Die arme Kleine brach in einen Strom von Thränen aus. Ich sprach ihr zu, ruhig zu seyn, Nordheim sey zu gütig, um sie zu irgend einem Schritt zu nöthigen, welcher nicht mit ihrer Neigung geschähe; er selbst würde es nicht zugeben, daß ihre Mutter sich der Freude, sie zu sehen, beraubte. Ach welchen Trost Sie mir geben! rief sie lebhaft aus; ihr schönes schwarzes Auge kehrte sich gen Himmel, sie legte ihre Arme übers

Kreuz und drückte sie fest an ihre Brust. Mein ganzes Leben soll im Gebet für das Glück des edelsten liebenswürdigsten Mannes hinfließen, fuhr sie fort, o ihm verdanke ich ja alles! was kann ich sonst für ihn thun! Wär' ich wie mein Bruder, hätte ich Stärke in meinen Armen, um ein Roß zu bändigen, könnte ich schießen und mit Waffen umgehen, dann wiche ich nie von seiner Seite, ich folgte ihm auf Reisen als Knappe, in allen Gefahren blieb' ich bei ihm, und kein Unfall sollte ihm nahen; würd' er verwundet oder krank, dann wollt' ich nicht von seinem Bett gehen: meine Mutter lehrte mich Wunden verbinden und Kranke pflegen. Ach und wie vorsichtig wollte ich seyn! Niemand als ich sollte ihn anrühren, und niemand sonst an seinem Bette wachen, damit der Schlaf durch keine unvorsichtige Bewegung von den lieben Augenliedern verscheucht würde.

Eine glühende Röthe überzog ihr Gesicht; sie fühlte erst jetzt, daß sie mir ihr innerstes Daseyn enthüllt hatte.

Die schönen Anlagen eines starker tiefer Eindrücke fähigen Gemüths, die sich so lieblich in ihrer Rede entfalteten, flößten mir herzliche Zuneigung ein. Ich versprach ihr Liebe und Sorge für ihr künftiges Leben, und sie freute sich der Hofnung, mir oft schreiben zu dürfen.

Durch einen Boten aus der Stadt empfing ich folgenden Brief: Eine Ihnen sehr werthe Person wünscht einige Zeilen von Ihrer Hand; vorzüglich wünscht sie eine Antwort auf die letzte Frage, die sie an Sie gethan, ehe die Glocke des Abschieds schlug. In der Stunde der Mitternacht werden Sie einen treuen Boten bereit finden. Gerade der kleinen Pforte, die in den Garten führt, gegenüber, wird er Sie an der Gartenhecke, so lange Sie noch in diesem Aufenthalt sind, alle Nächte hindurch erwarten. Warten Sie Zeit und Umstände wohl ab, bis sich der günstigste Augenblick zeigt.

Johannes Ch.

Ich eilte sogleich meiner Mutter zu schreiben, und benutzte jeden Moment des Tages dazu, wo ich mich unbemerkt von der Gesellschaft hinwegstehlen konnte. Auf die Frage: ob ich schon eine lebhaftere Neigung für irgend einen Mann empfunden? sagte ich ihr: An *eine* geliebte Gestalt ist die Freude und die Hofnung meines Lebens in der Liebe geheftet; und trennt mich das Schicksal von dieser, so wünsche ich unverheurathet einzig für meine theure Mutter und meinen Vater in Hohenfels zu leben.

Nordheim erhielt einen unerwarteten Besuch des Prinzen, welcher sich wegen einer Zusammenkunft mit seiner Schwester, für einige Tage auf einem Lustschloß in der Gegend aufhielt.

Der Prinz verband eine schöne Gestalt mit einem einnehmenden Betragen. Durch seinen langen Aufenthalt in fremden Ländern hatten sich die scharfen Ecken abgeschliffen, welche Gewalt und Schmeicheley nothwendig in einem Charakter erzeugen. Sein Betragen war einfach und fein, doch zeigte es sich bey manchen kleinen Veranlassungen nur als erworbene Manier. Man näherte sich ihm, ohne jenes Vertrauen zu empfinden, welches nur eine schöne Natur, nur eine wohlwollende Seele einzuflößen im Stand ist. Die Neigung des Prinzen für Nordheim äußerte sich lebhaft; man fühlte, wie er nach seiner Achtung rang, und Beyfall oder Tadel in seinen Augen zu lesen strebte.

Während die Herren sich in den entfernteren Gartenanlagen umsahen, ging die Gräfin auf ihr Zimmer, und bat mich, sie zu begleiten. Sobald wir allein waren, sagte sie: Liebes Mädchen, unter Menschen, die sich nicht fremdartig, vielmehr durch gleiche Liebe zum Schönen und Guten mit einander verschwistert sind, kommt früh oder spät ein Moment der innigeren Annäherung, wenn sich nicht feindselige Verhältnisse dazwischen legen. Ich wollte jenen Moment unter uns erwarten, denn es ist mit der Neigung wie mit gewissen Früchten, die, wenn sie auf den rechten Punkt der Reise gekommen sind, uns von selbst am schönsten zufallen. Das Gewebe sonderbarer Mißverständnisse, welches zwischen uns zu entstehen droht, änderte meinen Entschluß. Ich fühle es, bestes Kind, meine geübtere Hand muß diese verworrnen Fäden trennen, und unsern Gemüthern die schöne Lauterkeit und Klarheit erhalten, für die wir beide gebohren sind. O Agnes, das Leben ist kurz, und wir verlieren den größten Theil desselben durch Mißverständnisse. Nicht nur wünschte ich mir, jeden Vorwurf über dein Schicksal zu ersparen, holdes Kind, sondern vielmehr die süße Beruhigung in der Seele zu tragen, daß ich ein liebenswürdiges Gemüth vor dem Unfrieden mit sich selbst bewahrte. Ich forsche nicht nach den Geheimnissen des Herzens, aber von mir nimm die Versicherung, daß ich Nordheim nie besitzen kann.

In ungünstigen Verhältnissen verblühte die Jugend meines Lebens – meines Herzens; ich rettete nur Trümmer, und diese können das volle Glück eines Mannes nicht machen, der selbst die schöne Grazie eines jugendlichen Empfindens bewahrte. Ich läugne es nicht, ich halte es für ein beneidenswerthes Loos, in der innigsten ruhigsten Verbindung mit dem liebenswürdigsten Manne zu leben; – aber die Offenherzigkeit dieses Geständnisses kann dir auch, wenn du und ich anders dessen bedürfen sollten, die Wahrheit meiner Zusicherung verbürgen. Liebe Seele, sagte sie sanft, und zog mich an ihre Brust, bleibe dir selbst klar, du hast ihn geliebt; und wenn man ihn einmahl geliebt hat, – kann man sein Herz von ihm wieder losreißen? Meine Lage war unglücklich und sonderbar, und meine Gemüthsstimmung wurde es auch. Der freie schöne Blick ins Leben ging früh für mich verloren; ich habe meinem eigenen Herzen Schulden abzubüßen, und nur in strenger Wachsamkeit auf mich selbst bewahre ich meinen innren Frieden. Mein Daseyn ist Kampf und Arbeit. Jetzt genug, Liebe, verlaß mich, und glaube sicher, daß *ich* deinem Glücke nicht im Wege stehe.

Ich sank stumm in Amaliens Arme; ihre Worte hatten mein Innres ergriffen, und Achtung und Mitleid füllten meine Brust.

Mehr noch als ihre Worte, hatte ein unaussprechlicher Ausdruck des tiefen Leidens, der mir in ihren Zügen zum erstenmahl erschien, meine Seele in inniger Neigung gegen sie eröfnet. Unter der Herrschaft der Weltsitte hatte sie sich gewöhnt, einen Schleier des leichten Muthes um ihren Gram zu ziehen, der ihr in diesem Augenblick der herzlichen Vertraulichkeit entfiel.

Arme Amalia! sagte ich in dem tiefsten Herzen, aus welcher schmerzlichen Verwirrung sich unser Schicksal lösen soll, fasse ich noch nicht!

Die Herren kamen bald von ihrem Spatziergang zurück, und die Gesellschaft versammelte sich zum Thee. Der Prinz sprach mit Offenheit über seine gegenwärtigen und künftigen Verhältnisse. Ich hoffe, sagte er, in solch einem geistvollen Cirkel ein guter Mensch zu bleiben, und Erhohlung und Lebensgenuß nach erfülltem Beruf unter Ihnen zu finden. Ich hoffe, fuhr er fort, auch meine Schwester wird von Ihnen werth gefunden werden, das Vergnügen Ihrer Gesellschaft zu theilen. Sie ist ein gutes liebenswürdiges Geschöpf, und mein Hof wird, durch die Grazie ihres Umgangs belebt, eine lieblichere Gestalt gewinnen. Er zeigte der Gräfin ein Portrait der Prinzessin, und hernach auch Elisen und mir. Mit welcher Gewalt ergriffen mich diese Züge! Eine dunkle Rückerinnerung an die Gestalt meiner Mutter erwachte in meiner Seele; – ich bebte, erröthete, und verbarg meine Bewegung nur mit der größten Anstrengung vor den Augen der Gesellschaft. Der Prinz, welcher mir am nächsten stand, suchte mich mit seinem forschenden Blick zu durchschauen. Solche sanfte liebliche Formen, wie auf diesem Bildniß der Prinzessin, dichtete sich meine Fantasie zu dem zarten feurigen Blick meiner Mutter, der mir immer vor der Seele schwebte, so wie die reinen Verhältnisse ihrer Gestalt.

Nordheim gab bey seiner jedesmahligen Ankunft den Landleuten ein kleines Fest. Dieser Abend war dazu bestimmt, und der Prinz wünschte ein Zuschauer zu seyn. In der Mitte des Dorfes war ein Rasenplatz für die Tänzer, hohe Linden überschatteten ihn, an beyden Seiten waren Tische mit Speisen und Getränke bereitet, und rings herum Bänke für die Zuschauer. Die fröhlichen selbstgenügsamen Gesichter der Eltern, und die starke markige Jugend, die sich gleichsam der Fülle ihrer Kräfte im raschen Tanz entlastete; alles zeugte von einem sichern ruhigen Wohlstand. Das bescheidne Betragen des größern Theils und seine Mäßigkeit in der Freude bewies, daß diese Göttin hier keine seltene Erscheinung sey. Wir mischten uns in den kunstlosen Tanz. Nordheim bot mir die Hand. In welchen süßen einzigen Klang der Liebe löste sich gleichsam mein ganzes Wesen auf, als ich von seinen Armen umschlossen, unter dem klaren weiten Himmel dahin flog. Als der Schwindel des Tanzes meine Sinnen ergriff, und Bäume und Menschen um mich her anfingen sich zu drehen und zu schwanken, dann war mirs nicht anders, als trügen uns die lauen lieblichen Frühlingslüfte empor ins gränzenlose Blau des Himmels, wo irgend eine schöne Insel sich niedersenken und uns aufnehmen werde. Ich bebte als wir aufhörten zu drehen; er setzte sich neben mich; Himmel, Luft und Menschen, alles war so heilig und liebevoll um mich her, und sein Blick so voll göttlicher Reinheit auf mich gerichtet.

Julius näherte sich uns, und er stieg auf, um ihm Platz zu machen. Ein Schatten der Trauer schien über das himmlische Bild zu schweben, während sein Blick mit einem Ausdruck süßer Neigung sich von mir losriß, als wollte er mir sagen: »Und du willst nicht die Freude deines Lebens an meinem Herzen suchen?« Mir dünkte, ich könne dem Drang meines Herzens nicht mehr widerstehen, müßte dem Geliebten nacheilen, und ihm sagen: »Du bist meine süßeste heiligste Liebe!« Als ich mich durch Schaam und Anstand gebunden fühlte, zuckte ein verwundender Schmerz gleich einem schneidenden Stahl durch meinen Busen.

Ich mußte mit dem Prinzen walzen, und es war mir erwünscht, meine Gefühle im Tanz zu zerstreuen, wenigstens zu verbergen. Ich gerieth in eine andere Verlegenheit. Als wir einigemahl rasch um die Linden herum geflogen waren, und in dem Zirkel der Tänzer nun langsam mit fortgingen, faßte der Prinz meine Hand, die in der seinen lag, fester, und sagte: Darf ich eine Frage an Sie thun, liebes Mädchen? Woher entstand die sonderbare Bewegung, mit welcher Sie heute das Portrait meiner Schwester betrachteten?

Ich war in quälender Verlegenheit, und suchte vergebens nach einer passenden Antwort.

Der Prinz fühlte es, und fuhr fort: Ich schweige, meine Beste; ich habe Ihr Vertrauen noch nicht verdient, und war unbescheiden mit meiner Zudringlichkeit. Verzeihen Sie, ich hoffe wir lernen uns besser kennen.

In Wahrheit, gnädigster Herr, sagte ich etwas gefaßt, es giebt so manche Dinge, die wichtig für ein Mädchen wie mich sind, und die nur Kleinigkeiten für Sie seyn könnten, daß ich mich schämen würde, Sie damit zu belästigen.

Alles, was in so einem holden guten Herzen vorgeht, wird nie unbedeutend für mich seyn, sagte der Prinz lebhaft. Glücklich wäre der Bruder, wenn der zarte Antheil, welchen Sie der Schwester schenkten, auch auf eine günstige Stimmung für ihn deutete!

Wir wurden aufs neue in den Wirbel des Tanzes mit fortgerissen, und ich konnte nichts antworten. Ich fühlte, daß er meine Bewegung beym Anblick des Bildes für sich auslegte. Durch meine einfache Erziehung, und durch frühe ernste Geistesbeschäftigungen war ich beynahe ganz unbekannt mit dem System der weiblichen Eroberungssucht geblieben, und der Ausdruck des Wohlwollens für Männer und Weiber hatte bey mir dieselbe Farbe, um so mehr seit meine zärtliche Neigung ausschließend für einen Einzigen sprach.

Ich dachte mir also keinen andern Sinn in den Worten des Prinzen, als daß er mir wohlwolle, und meine Freundschaft wünsche.

Während des Tanzes fiel mir die große Ähnlichkeit seiner eignen Züge mit dem Bildnisse seiner Schwester erst recht auf, und das Andenken meiner geliebten Mutter, welches sich auf eine sonderbare geheimnißvolle Art mit jenem Bildniß verwebt hatte, gab meinem ganzen Wesen eine Stimmung zur Zärtlichkeit, welche den Prinzen in seinem Irrthum unterhielt. Er schloß mich während des Tanzes fest an seine Brust, seine Augen und sein ganzes Betragen verriethen eine Gluth der aufgeregten Sinne, die mich scheu und verschlossen machte, und mein Gemüth endlich in Widerwillen von ihm abwendete.

Das Nachtessen wurde in einer Laube von frischen Tannenzweigen aufgetragen, welche zierlich erleuchtet war. Die Tafel war mit den schönsten Blumen des Frühjahrs geschmückt. Der Abend war lieblich. In dem ganzen Ton des kleinen Festes herrschte eine schöne Einfalt. Die ländliche Musik, oft von den frohen Jubeltönen kunstloser Freude begleitet, stimmte das Herz zu reiner Fröhlichkeit, weil es rings um sich her mitgenießende Wesen wahrnahm.

In allen Anordnungen fand ich das wohlwollende Herz meines Geliebten. Er selbst war nicht heiter. Der Prinz ging den ganzen Abend hindurch nicht von meiner Seite, und mir dünkte, Nordheim vermied, sich uns zu nähern, aber er beobachtete mich von fern, und selten, wenn meine Augen ihn suchten, fehlte mir sein lieber Blick.

Auch Julius war still und traurig. Ich konnte in dieser Situation nicht ruhig bleiben. Die leiseste schmerzliche Empfindung, die meine Freunde durch mein Betragen erfahren konnten, fiel auf mein eignes Herz zurück.

Mit Vergnügen sah ich die Pferde des Prinzen vorführen. Die Gräfin und die ganze Gesellschaft mußten dem Prinzen versprechen, in den nächsten Tagen in D. gegenwärtig zu seyn, um ihm die Langeweile des Hofes erträglich zu machen. Beym Abschied führte er mich, so sehr es der Anstand litt, bey Seite, und flüsterte mir ins Ohr: Wenden Sie sich nicht von mir, süßes Mädchen, und verzeihen Sie es meiner angebohrnen Raschheit, wenn ich die schöne Blüthe im Sturm zu erobern wähnte, die, ich fühl' es, nur durch süße Sorge und Treue zu gewinnen ist.

Es war eine schöne mondhelle Nacht; die Herren begleiteten den Prinzen. Nach einem kleinen Spatziergang mit Elisen und Bettinen, den ich dazu anwendete, um die von Charles bestimmte Gartenhecke genau zu bemerken, eilten wir in unsre Zimmer. Als ich Bettina gute Nacht gab, sagte sie mit einem sanftschwärmenden Ton: Zum erstenmahl sieht mich der Mond und die Sterne als deine Freundin, und sie sollen mich immer so sehen, so lang ich unter ihrem glänzenden Angesicht wandle! Die Neigung des guten Geschöpfs hatte ganz das Mädchenhaftscheue und Geheimnißvolle der ersten Liebe. Ein heftiges, lang verhaltenes Gefühl ihres Wesens fand auf einmahl in der Freundschaft für mich einen Ausdruck, in welchem es die ganze Kraft seines ahndungsvollen Verlangens auszuhauchen vermochte.

Unter dem Vorwand, daß ich sehr ermüdet wäre, und mich schlafen zu legen wünsche, hatte ich Elisen aus meinem Zimmer entfernt, um mich zu meiner nächtlichen Wanderschaft vorzubereiten. Die Herren waren gegen eilf Uhr zurück gekommen, im ganzen Schloß herrschte tiefe Stille, und ich erwartete die Stunde der Mitternacht, um in den Garten zu eilen.

Unter allen Szenen des vergangenen Tages hatte die Erklärung der Gräfin am tiefsten auf mich gewirkt. Die erste Jugendliebe will ein Ganzes besitzen, wie sie ein Ganzes giebt; sie versteht es nicht, sich mit Verhältnissen abzufinden, die nur einen einseitigen Genuß gewähren. Die Liebe der Gräfin für Nordheim, das Mitleid für sie, und die Unfähigkeit meines Gemüths, durch den Verlust eines andern zu genießen, dieses alles brachte mich in eine verwirrtere Stimmung, als ich noch je gekannt hatte. Das ununterbrochene Zusammenseyn mit Nordheim nährte auf der andern Seite die Lebhaftigkeit meiner Neigung. Die Liebenswürdigkeit seines Wesens zeigte sich in jeder veränderten Stellung der äußern Lage, in immer neuer Grazie, und mein ganzes Daseyn war Liebe für ihn.

Als die Glocke zwölf schlug, nahm ich eine kleine Handlaterne, und eilte zu der bestimmten Gartenhecke. Ich hatte meine Gestalt so sehr als möglich verhüllt, und hoffte unerkannt zu bleiben, im Fall mir jemand begegnen sollte. Mit Mühe fand ich durch die verworrenen Gänge des alten Gebäudes den Weg zur Gartenthüre. Charles erwartete mich schon, nahm meinen Brief in Empfang, und verließ mich schnell, weil er befürchtete überrascht zu werden. Dringend empfahl er mir noch beym Abschied die größte Vorsichtigkeit im Nahmen meiner Mutter. Der leiseste Verdacht auf unser Verhältniß, sagte er, könnte uns aller Freuden der Zukunft berauben, und meine Mutter selbst lege sich die schmerzliche Trennung von mir auf, um unserer künftigen Zufriedenheit willen. Beym Rückwege durch den Garten verlöschte der Wind mein Licht. Mühsam schlich ich mich durch die unerleuchteten Gänge, und suchte die Treppe, welche zu meinem Zimmer führte. Ich half mir mit den Händen an einer Wand fort, und glaubte am Ende der Gallerie die Treppe zu finden. Ich fühlte, daß ich an mehreren Thüren vorbey kam, und die Furcht, mich durch irgend ein Geräusch zu verrathen, brachte mich in die peinlichste Lage. Innerhalb der Zimmer vernahm ich jedoch keine Bewegungen, und tröstete mich mit dem Gedanken, sie seyen unbewohnt, oder ihre Bewohner liegen im tiefen Schlafe. Eben schlich ich an einer Thüre vorbey, als sie sich heftig gegen mich öfnete, und mich zu Boden schlug. Der Schrecken des Falles und der gefürchteten Entdeckung nahmen mir die Besinnungskraft. Als ich wieder zu mir kam, fand ich mich auf einem Lehnsessel, und Julius mit einem Licht in der Hand, neben mir stehend.

Wie ist Ihnen, meine Agnes? fragte er besorgt. – O, daß ich die Thüre so ungestüm öfnen mußte! Aber wer konnte auch denken, Sie hier zu finden! Die Furcht, in Julius Zimmer angetroffen zu werden, gab mir schnell meine Kräfte wieder. Ich verirrte mich … es war ein Irrthum … stammelte ich verlegen und ungeschickt, zündete meine Laterne an, und eilte mich zu entfernen. Lassen Sie mich Sie nur die Treppe hinauf begleiten, ich fürchte Sie haben durch den Fall gelitten, sagte Julius. Zum erstenmahl sah ich in seinem so reinen liebenden Blick eine Spur des Mißtrauens, und fürchtete meine Weigerungen möchten eine noch schlimmere Wirkung auf ihn haben. Ich duldete also schweigend seine Begleitung, weil die Furcht, einen Freund zu beleidigen, alle andern Rücksichten verdrängte. Eilen Sie, Julius, ich beschwöre Sie, bat ich, daß wir nicht gesehen werden.

Mein geheimnißvolles Wesen schien ihm unbegreiflich, doch erfüllte er meine Bitte, ließ sein Licht zurück, und faßte mich unter dem Arm, mich zu unterstützen. Kaum waren wir einige Schritte von Julius Zimmer entfernt, als Nordheim dicht vor uns stand. Er war die Treppe herab gekommen, und es war unmöglich ihm auszuweichen; er hielt ein Licht, trat ein paar Schritte zurück, als er mich erblickte, und nie erschütterte ein Blick so meine Seele, als der seine in diesem Moment. Gern wäre ich zu seinen Füßen gesunken, aber weibliche Verlegenheit hielt mich starr und bewegungslos am Boden gekettet.

Die Furcht verkannt zu werden, und Stolz, der es seiner unwerth fand, sich zu entschuldigen, fesselten alle meine Gedanken und Bewegungen. Ich hatte in diesem Moment eine Ahndung des Zustandes jener Wesen aus der Fabelwelt, die ihre Lebenskraft in einer Felsenmasse erstarren fühlen.

Nordheim hatte schnell seine Besonnenheit wieder, ging an mir vorbey, als bemerkte er mich gar nicht, und sagte zu Julius: Erlauben Sie mir einen Augenblick in Ihrem Zimmer zu verweilen. Es geschieht, um Ihnen die Freiheit zu lassen, mit dieser Dame durch mein Kabinet zu gehen, aus welchem Sie sogleich auf den großen Saal kommen, und schneller und unbemerkter zu ihrem Zimmer gelangen können. Verweilen Sie nur wenige Minuten in meinem Kabinet, um meinem Kammerdiener nicht auf der Gallerie zu begegnen.

Ich war auf das schmerzlichste bewegt, und konnte Nordheim nichts sagen; er war eilends in Julius Zimmer gegangen, und hatte die Thüre hinter sich zugemacht. Lassen Sie mich allein gehen! rief ich schmerzlich. Ach Julius, lassen Sie mich, wie kann ich solche Kränkungen ertragen! – Julius selbst schien verwirrt und nachdenklich, aber seine zarte Liebe verläugnete sich keinen Augenblick.

Ich verlasse Sie, sagte er sanft, weil Sie es wollen. Beruhigen Sie sich, beste Agnes, Nordheim soll in keinem Zweifel über Sie bleiben. Seyn Sie ruhig, und genießen des Schlafes. Er drückte meinen Arm sanft an seine Brust, und küßte meine Locken, die über das Gewand zerstreut lagen. Ich eilte davon, so sehr es mir der Schmerz an meinem Fuß erlaubte, der durch den Fall gelitten hatte. Ich war in Nordheims Kabinet, Liebe durchdrang mein ganzes Wesen, goldne Bilder webten sich vor meinen Sinn. Hier wird er ruhen, sagte ich mir. Eine Lampe brannte, mir dünkte die Harmonien unsichtbarer Genien um seine Lagerstatt zu vernehmen. – O möchte ihm ein Traum das reine unentweihte Bild der armen Agnes zeigen! Mit Gewalt mußte ich mich dieser Zauberluft entreißen, sie hatte mit einer freundlichen Magie alle Verwirrung in meinem Busen aufgelöst, die in der Einsamkeit meines Zimmers aufs neue erwachte, und den Schlaf von meinen Sinnen verscheuchte. Ich habe die Achtung des edelsten, geliebten Mannes verloren, er muß mich für ein leichtsinniges Geschöpf halten, das sich selbst vergessend, die zarten Verhältnisse überschreitet, … das von Leidenschaft hingerissen … Ich wagte es nicht auszudenken, nicht mich selbst anzuschauen mit diesen quälenden Vorstellungen.

Wird nicht jede Ausrede, die ich nehmen könnte, Nordheimen auch nur eine Ausrede dünken? und muß ich nicht die Wahrheit verschweigen, muß ein Opfer der unglücklichen Stellung der Umstände werden, die die Reinheit meines Charakters in seinen Augen beflecken!

Es wird eine Zeit kommen, sagte mir ein milder tröstender Genius, wo du dein Innres entschleyern darfst, wo du von jedem Schatten des Verdachtes gereinigt, vor Nordheim erscheinen wirst.

Die glückliche Spannkraft des Gemüths in der Jugend, wo das volle rege Leben der Einbildungskraft die Bilder der Zukunft mit der Gegenwart leicht und vielfach vermischt, half mir jenen bittern Schmerz, von meinem Geliebten verkannt zu seyn, nicht besiegen, aber wohl ertragen. Gleichwohl fühlte ich, es sey etwas in meiner innern Existenz zerrissen, da ich die erste Ungerechtigkeit des Schicksals erfuhr, indem ich unschuldig litt. Ich scheute mich, mich selbst anzusehen, als der Tag anbrach; mein unbefangenes frohes Daseyn fand ich nicht wieder, aber eine Kraft zu leiden durchdrang meinen Busen, die ich noch nicht geahndet hatte. Ich schien mir um zehn Jahre älter an Erfahrung, und ein konzentrirteres Daseyn schien mein Wesen auf der einen Seite zu umschränken, auf der andern es in seinem Innern fester und sicherer zu gründen.

Elise kam zu mir zum Frühstück, aber ihre Augen, sonst so lieb und traulich, schienen mir, von meinem eigenen Mißtrauen gefärbt, nur forschend, sogar beleidigend.

Ach so gewiß entflieht die Liebe mit der Unschuld, da sie schon vor einem täuschenden Schatten der Schuld entweicht! Ich schützte Geschäfte vor, um allein zu bleiben, und las in einem meiner Lieblingsschriftsteller. Es war mir beruhigend, mich in die Gedankenwelt zu flüchten, da die Welt der Empfindungen mein Herz so tief verwundete! Die ruhige Geschäftigkeit unserer Denkkraft ist dem leidenden Gemüthe, was ein stärkendes Bad dem ermüdeten Körper ist. Ein labender Quell spühlet alles Beängstigende aus unsern Vorstellungen hinweg, und wir empfangen, uns selbst unbewußt, mit dieser Stärkung des geistigen Vermögens, auch eine freyere Ansicht unserer äußern Lebensverhältnisse.

Elise kam nach einigen Stunden mit verweinten Augen in mein Zimmer. Sie schloß mich mit ungewohnter Heftigkeit in ihre Arme, und rief mit einem süßen Ausdruck der Liebe und Unschuld aus: Nein, das wird mich niemand auf der Welt überreden, daß meine Agnes so fehlen kann! Guter lieber Engel, sagte sie, indem sie ihre Hand sanft an meine Wangen legte, du dich verstellen können, du unwahr und falsch seyn! aber welche fatalen Umstände zwangen dich...
– Was redest du, liebes Mädchen, fragte ich bewegt, wer beschuldigt mich der Falschheit? – Ich sollte dir schweigen, mußte selbst meinem Alban versprechen, daß ich es wollte, fuhr sie fort, aber ich vermag es nicht, und ich will es nicht vermögen! Als ich von dir ging, wollte ich auf den Balkon im großen Saal, der Morgenluft genießen, und fand die beyden Albans in heftigem Wortwechsel auf- und abgehen. Beyde grüßten mich mit so verstörten Gesichtern, daß ich meinen Alban fragte, was geschehen sey.

Wir streiten über Agnes, sagte er mir, und ihre sonderbare geheimnißvolle Aufführung .... – Die wir, eben weil sie geheimnißvoll ist, nicht tadeln können, erwiederte Julius... – Aber die wir auch nicht ehren sollen, bis wir sie kennen, sagte mein Alban mit großer Heftigkeit, nicht mit einem unauflöslichen Band in unsere eignen Verhältnisse verflechten, und zu unserer eignen Schande machen müssen. – Bruder, nur du darfst mir dieses ungestraft sagen, rief Julius, und verbiß seinen glühenden Unmuth. Ich bat um Erläuterung über den Anlaß zu diesem Streit, und Julius erzählte mir den Vorfall der gestrigen Nacht. Und bemerken Sie, Elise, sagte mein Alban, daß ich um dieselbige Stunde aus meinen Fenstern, die auf den Garten gehen, eine vermummte weibliche Gestalt durch denselben hereinkommen sah, die ihr Licht auslöschte, als sie sich dem Schloß näherte. Wenige Minuten nach ihr kam aus einem kleinen Pavillon am Ende des Gartens Herr von Nordheim, den ich ganz deutlich erkennen konnte, weil er ein Licht trug.

Erzähle nun weiter, Nordheims Anmuthung... – Das ist alles nichts beweisend, fiel Julius ein, gegen Personen, für die man lang verdiente Achtung hegte. – Das ist der Fall bey Agnes, aber Nordheim kennen wir persönlich seit wenigen Tagen, und können über seine Sitten nicht urtheilen, fiel Alban ein. Männer von so entschiedenen Verdiensten haben eine Toleranz vom Publikum zu erwarten, die sie selten vergessen in Anschlag zu nehmen. Über das Betragen gegen die Weiber herrschen sehr schwankende Maximen in der Welt, und daß Nordheim nicht unter diejenigen gehört, die sich streng an die einmahl eingeführte Regel binden, das zeigt er durch sein Verhältniß mit der Gräfin. Er ist zartfühlend, und das Mitleid für ein liebenswürdiges Mädchen wie Agnes, könnte ihn leicht bewegen, sie auf deine Unkosten aus einer Verlegenheit zu ziehen, da er deine Liebe für sie kennt. Undankbar ist es wenigstens nicht. Menschen, die viel Verkehr mit der politischen Welt haben, gewöhnen sich leicht, alles was sie umgiebt, für Schachsteine anzusehen, die sie nach ihren Bedürfnissen hin und wieder schieben können. Nun bat er Julius, mir den Vorgang mit Nordheim zu erzählen, um mich selbst urtheilen zu lassen.

Als ich in mein Zimmer zurückkam, begann Julius, kam mir Nordheim mit ernster Miene entgegen, und sagte: Herr von Alban, ohne meine Erinnerung werden Sie wissen, was ein Mann von Ehre zu thun hat, wenn er ein liebenswürdiges Mädchen in den Fall setzte, Schwachheiten für ihn zu zeigen. Ich traue Ihnen zu viel Charakter zu, um zu befürchten, daß Sie sich durch eine Laune des Herzens berechtigt hielten, Opfer anzunehmen, die ein weibliches Herz nur der treuen festen Neigung ohne Schaden bringen kann. Wenn Sie wahrhaft lieben, bedürfen Sie keiner Erinnerung, aber sollten Sie derselben bedürfen, so bin ich nicht der Mann, in dessen Angesicht man die sanfte Hingebung eines weichen Herzens ungerügt mißbraucht.

Julius sagte ihm, daß er sich irre, daß er aus einem ganz unvermutheten Zusammentreffen falsche Folgerungen ziehe, daß du, meine Agnes, einer leichtsinnigen Schwachheit so unfähig seyst, als er selbst der Verführung. Die Unbesonnenheit, die er mit dem verrufenen Zimmer im Comödienhause begangen, und über die er seit einigen Tagen Gelegenheit gesucht, sich gegen ihn zu erklären, mit dem Zufall in dieser Nacht zusammen genommen, könnten natürlich Verdacht bey Nordheim erregen; – aber daß er ungegründet sey, versichere er ihn bey seiner Ehre, und hoffe es zu beweisen.

Elise gab mir hier zuerst Nachricht von jenem Vorfall, welchen ich früher anführte, der mich in nicht geringe Verlegenheit brachte, aber auf der andern Seite doch auch über Nordheims ungleiches Betragen beruhigte.

Nordheim sey unüberzeugt geblieben, sagte mir Elise ferner. Mit Augen voll Unwillens, und mit verbissenen Lippen habe er lang geschwiegen, und dann zu Junus gesagt: Was soll ich von Ihnen denken? Ich hoffe nur aus jener, der wahren Liebe so natürlichen Feinheit wünschen Sie Ihr Glück profanen Augen zu verbergen. Aber Sie thun mir Unrecht. Ich habe kein gefühlloses Herz für die Verirrungen einer jugendlichen Neigung. Es hängt nur von Ihrem fernern Betragen ab, ob ich Sie tadeln, oder Ihnen aufrichtig Glück wünschen soll. Das Glück muß den Blüthen des Genusses folgen, sonst fällt mit diesen Blüthen die beste Kraft unsers Wesens ab. Was bleibt, bey den einmahl festgestellten Verhältnissen, einem armen Mädchen, die mehr Zärtlichkeit als Klugheit besaß, anders, als bittre Reue? Und wenn wir nicht entartet sind, was kann uns bleiben, als der Unfrieden eines Räubers?

Julius wiederholte ihm von neuem, daß sein Verhältniß mit dir ganz und gar nicht von der Art sey, wie er es wähne.

Herr von Alban, Sie werden wissen und fühlen, was Sie zu thun haben, erwiederte Nordheim mit Heftigkeit. Nur noch eins erlauben Sie mir zu sagen, da ich Ihre Familienverhältnisse ganz und gar nicht kenne, und nicht weiß, wie sehr Sie darauf Rücksicht zu nehmen haben. – Als ein vertrauter Freund des Pflegevaters Ihrer Geliebten, verspreche ich Ihnen, daß Sie über ihre Geburt, wenn es möglich ist, Aufklärung erhalten sollen. Sollte es unmöglich seyn, Ihre Wünsche über diesen Punkt zu befriedigen, so nehmen Sie von mir die Versicherung an, daß Agnes in einen Stand erhoben werden soll, der ihre Existenz in D. glänzend machen wird. Auch soll sie ihrer Familie ein Vermögen hinterlassen, das ihren Enkeln den Verlust der Ahnen ersetzen kann.

Julius antwortete: wenn er dich glücklich machen könnte, so bedürfe er keines fremden Motivs, dich zu heurathen, als seiner Liebe. Aber er sey nie gewohnt, nach andern Gesetzen zu handeln, als nach denen, die ihm sein eigenes Herz vorschriebe. Für heute nichts mehr, sagte Nordheim mit unterdrücktem Unwillen. Ich hoffe, Sie sind morgen einig mit mir, dem lieben Mädchen alles Erröthen zu ersparen. Wo nicht, – so kenne ich meine Pflicht, die Unschuld in meinem Hause vor jeder Beleidigung zu beschützen.

Ich vermuthe, es fielen noch mehrere Anzüglichkeiten unter ihnen vor. Julius hat nach der Stadt geschickt, um seine Pferde kommen zu lassen; sein Reitknecht hält am Schloßthor, auch höre ich, daß er ein Billet für Nordheim zurück zu lassen gedenkt.

Julius ist voll Liebe für meine Agnes, voll Glauben an ihre reine Sitten, und wünschte nichts eifriger, als dir seine Hand zu geben, nachdem er Nordheim überzeugt haben würde, daß einzig der Wunsch seines Herzens eine Verbindung zwischen euch schließe. Mein Alban ist heftig dagegen, bis du dich über die Geschichte der vergangenen Nacht gerechtfertigt hättest. Er fürchtet,

Nordheim liebe dich selbst, wolle aber wegen seines Verhältnisses mit der Gräfin nicht heurathen, und wünsche dir durch eine Verbindung mit Julius ein bleibendes Etablissement in D. zu verschaffen. Auch die Neigung des Prinzen für dich, die sich gestern Abend so lebhaft äußerte, erregte Verdacht bey ihm. O was für unselige Umstände mußten zusammentreffen, um dieses Mißtrauen in dem edlen Herzen meines Albans zu erzeugen! Elise sank an meine Brust und weinte heftig. Beste Agnes! rief sie aus, ich beschwöre dich, löse diese schmerzliche Verwirrung durch ein offenherziges Geständniß. Du kannst keine Schuld haben! und ach! die halbe Freude meines Lebens ist dahin, wenn mich der Argwohn Albans von dir trennt.

Die treue Liebe des guten Mädchens stillte gleich einem labenden Thau die Glut der Verwirrung in meinem Innern. Wie friedebringend und wie achtungswerth ist der stille Sinn, der die Gestalten seiner Liebe fest und rein zu bewahren vermag, in jenem Gewirre ungünstiger Verhältnisse!

Du vertraust meiner Unschuld mit Recht, liebstes Kind, sagte ich Elisen. Ich verdiene deine Freundschaft, und du sollst ewig die meinige besitzen. Aber wir müssen jetzt vor allen Dingen suchen, den Irrthum zwischen den zwey lieben Männern aufzuklären. Sage Julius, daß ich ihn vor seiner Abreise zu sprechen wünsche, und ich will Nordheim bitten lassen, auf einen Augenblick in mein Zimmer zu kommen.

In kurzem erschienen sie beyde zugleich, und waren etwas verwundert, einander anzutreffen. Ich suchte alle Verlegenheit zu überwinden, nahm Nordheims und Julius Hand, und sagte: Da ich die unglückliche Ursache eines Mißverständnisses zwischen zwey edlen Gemüthern bin, so wünsche ich, sie auch wieder zu vereinen.

Sie thun mir Unrecht, Herr von Nordheim, wenn Sie an meinen Sitten zweifeln: – ich muß und will es ohne Vertheidigung dulden, aber wenn Sie auch keinen Glauben an mich fassen konnten, hätten Sie nicht das Andenken an meinen Vater in Hohenfels zu Hülfe rufen können? Sollte die Kraft zum Rechten und Guten so schnell in einem Gemüthe verblühen, das durch seine Pflege gebildet wurde? Herr von Alban hat sich immer als ein edler großmüthiger Freund gegen mich betragen, und eben darum könnte ich seine Hand nicht annehmen, da ich keinem Freunde eine Frau zu geben wünschte, deren Verhältnisse sie vielleicht zuweilen nöthigen könnten, den Anstand der Pflicht aufzuopfern. Auch ich, für mich, bin ganz und gar nicht in der Lage, für jetzt an eine solche, Verbindung zu denken. –

Und nun, meine theuren Freunde, geben Sie mir die Ruhe wieder durch die Gewißheit, daß kein Zweifel mehr zwischen Ihnen Statt haben kann. Das Schicksal eines unbedeutenden Mädchens soll nicht edle Männer entzweyen, die bestimmt sind, sich zu schönen Thaten zu vereinigen.

Nordheim und Julius waren bewegt. O wer, rief Nordheim aus, wer würde nicht von dieser Sprache der Unschuld und Wahrheit, selbst gegen das Zeugniß seiner eigenen Sinne hingerissen! Herr von Alban, sagte er, indem er Julius die Hand zur Versöhnung bot, wenn ich Sie durch Mißtrauen beleidigte, so verzeihen Sie es der Sorge für dieses liebenswürdige Kind, und helfen Sie mir auch von ihr Verzeihung erbitten! Julius faßte Nordheims Hand, und ich drückte die beyden lieben vereinten Hände herzlich an meine Brust. Meine Thränen flossen unaufhaltsam, mein tiefstes Wesen war aufgeregt von süßen, von schmerzlichen Empfindungen, ich mußte mich entfernen.

Bettina benutzte einen günstigen Augenblick, wo sie mich allein im Garten fand. »Ich habe eine Bitte an Sie, sagte Sie mir leise. O bewegen Sie Herrn von Nordheim und die Gräfin, daß ich Sie in die Stadt begleiten darf! Ich weiß nicht, wie mich Ihr Anschaun so verwandelt hat, meine sonst so geliebte Einsamkeit scheint mir ein Grab. Ich fühle, wie wenig ich bin, aber zugleich den Muth, noch mehr zu werden. In welch kindischer Gedankenlosigkeit verstrichen meine Tage! Jetzt weiß ich, was ich werden möchte. Ein andres Daseyn steht mir so klar hier, (sie deutete mit dem Finger auf ihre Stirn) als wie die Gestalt dieser Blume vor mir steht, ob sie gleich jetzt noch in der schwellenden grünen Knospe verborgen liegt. O ziehen Sie mich in Ihr Daseyn hinüber!« sagte sie mit dem sanftesten Ton.

Als ich Nordheim das Anliegen des guten Kindes vortrug, sagte er freundlich: Sie kommen meinen Wünschen zuvor. Bettina hat das Alter erreicht, in welchem nur der vertraute Umgang einer schönen weiblichen Seele ihre Bildung vollenden kann, denn sie hat nicht Kraft genug, durch sich selbst das rechte Gleichgewicht zu finden, aus welchem sich eine schöne Form zu entwickeln vermöchte. Die Mutter hat nur einzig in ihrem Talent und in ihren Reizen gelebt: seitdem sie mit der Jugend diese Existenz verloren, ist sie in jene Erschlaffung und Dumpfheit versunken, mit der eine leere Seele immer in sich selbst zurückkehrt. Sie hat sich, in ihrem Wahn, dem Himmel, aber eigentlich den Träumen ihrer frühen Kindereinbildung zugewendet. Die todten Formen blieben in ihr liegen, weil keine Vernunft sie belebte oder hinwegräumte, und geben jetzt einen matten Trost. Beinah scheint mir die Furcht vor jeder Art von Gesellschaft, bey dieser Frau noch auf etwas mehr verschobenes im Gemüth zu deuten, als einzig auf das peinigende Gefühl der kleinen Eitelkeit, eine kleine Existenz überlebt zu haben. Sie sehen aus diesem allen, fuhr er fort, daß Sie mir durch Ihre Güte für Bettina eine Sorge vom Herzen nehmen, ich will dem guten Geschöpfe herzlich wohl. Wie gern, beste Agnes, verdanke ich Ihnen dieses! Wie gern verdanke ich Ihnen alles! Er faßte meine Hand heftig, ließ sie aber im Augenblick wieder los, und entfernte sich.

Die Gräfin willigte sogleich in unsern Vorschlag wegen Bettina ein, und die Mutter wurde nunmehr befragt.

Nach einer halben Stunde kam Battista gelaufen, und rief: Meine Mutter wünscht die junge fremde Dame zu sprechen, welche so viel Güte gegen ihre Tochter bezeugt.

Das ist höchst sonderbar, sagte Nordheim. Ich folgte Battista durch ein zierliches Blumengärtchen in das kleine Wohnhaus. Eine Frau von großer Gestalt und sehr feinen Gesichtszügen, in denen aber eine beunruhigende Lebhaftigkeit lag, empfing mich an der Treppe; sie schien verlegen, suchte dieß aber hinter einem kalten und steifen Anstand zu verbergen. Schweigend führte sie mich ins Zimmer, welches mit Verzierungen überladen war, und mehr für Nordheims Freigebigkeit, als für den guten Geschmack der Bewohnerin zeugte. Die Mutter befahl Battista, uns zu verlassen. Als wir allein waren, faßte sie meine beiden Hände, sah mir starr, doch freudig ins Gesicht, und rief: Ja, das ist sie! das ist die Gestalt, die du mir als meine Beschützerin zeigtest, heilige Jungfrau! so schwebte sie aus goldnen Wolken zu mir hernieder; das sind dieselben blonden Locken, wie sie jenes himmlische Haupt umwallten. Ich erkenne das sanfte Lächeln wieder, welches die Hoheit der verklärten Züge milderte. Ja sie wird, sie muß mir helfen!

Ich war erschrocken, und wußte nichts zu sagen.

Sie faßte sich, saß einige Augenblicke mit beinah geschloßnen Augen neben mir, und fragte dann heftig: Welche von Ihnen beiden ist die Braut unsers guten Herrn, die Gräfin von Wildenfels oder Sie?

Ich antwortete, daß von keiner Heurath des Herrn von Nordheim die Rede sey.

Die Gräfin ist es nicht? rief sie freudig, und Sie können es werden. O schönes gutes Mädchen, wie innig soll es mich freuen, Sie als die Gemahlin meines Beschützers zu verehren! Gewiß Sie machen einen sonderbaren Eindruck auf ihn! Nie sah ich ihn noch so himmlisch heiter, so sanft, so leuchtend möchte ich sagen von Leben und Freude, als wie er gestern neben Ihnen einherging. Innigst freute ich mich dieser Erscheinung, aber man sagte mir diesen Morgen, er werde seine Vermählung mit der Gräfin feiern. Es drang ein kalter Schauer durch meine Adern, Sie fühlen, ich habe mich noch nicht vom Schrecken erhohlen können.

Die Reden des Weibes waren mir ein unbegreifliches Räthsel, aber immer bindet es uns mit einer gewissen magischen Gewalt selbst an das gleichgültigste Geschöpf, wenn wir den liebsten Wunsch unsrer Seele auch von seinen Lippen vernehmen.

Jetzt nahm sie ein verschloßnes Kästchen aus ihrem Schreibepult, ihre Hände zitterten, mit gen Himmel gerichteten Augen drückte sie das Kästchen an ihre Brust, und rief: Heilige Jungfrau! du selbst gebotest mir, ich folge deinem Wink, er kann mich nicht irre führen!

Starr richteten sich nun ihre Augen auf mich, indem sie fortfuhr: Seit langen Jahren vertraute ich keinem menschlichen Wesen, und seit ich durch das Bekenntniß meiner Schuld von einem frommen Vater Vergebung empfing, seit dieser Zeit beschloß ich, mein Geheimniß auf ewig in meiner Brust zu begraben. Gleichwohl drängten sich mancherley Umstände, und meiner Kinder Schicksal foderte eine schmerzliche Eröfnung meines Herzens. Auf der andern Seite hieß mich auch manches schweigen. So rang ich mehrere Monathe nach einem Entschluß, und lebte im schmerzlichen Kampf. Ich flehte oft zur Mutter Gottes um einen leitenden Wink, endlich erschien sie mir im Traum, hielt eine Heilige an der Hand, und sagte zu mir: Dieser vertraue!

Ich fühlte mich beruhigt, und wartete mit stillem Geist auf die Deutung dieses Gesichtes. Beim ersten Blick, den ich auf Sie warf, als Sie durch den Garten mit Herrn von Nordheim kamen, erkannte ich jene himmlische Traumgestalt. Um so mehr erschienen Sie mir als ein hülfreicher Engel zur schlimmsten Stunde der Noth, weil ich die Gräfin neben Ihnen erblickte. Sie werden dieses in der Folge verstehen. Ich sahe Sie noch oft lange und genau an, ohne von Ihnen bemerkt zu werden, und überzeugte mich ganz, daß ich mich nicht getäuscht hatte, als ich in Ihnen die versprochne Retterin zuerst erkannte. Die schwere Last fiel von meinem Herzen durch diese augenscheinliche Hülfe des Himmels. Nun vertraue ich Ihnen mein und meiner Kinder Schicksal in den Papieren an, die dieses Kästchen enthält. Schwören Sie mir, daß unser Herr die Gräfin von Wildenfels nicht zum Altar führen soll, bevor Sie es eröfnet, ihr den Inhalt der Papiere verkündigt, und das Versprechen von ihr empfangen haben, daß sie für meine Kinder Sorge tragen will. Sind Sie die Braut, so werden Sie die Beschützerin meiner Kinder, und öffnen an Ihrem Hochzeittag das Kästchen. Herr von Nordheim wird dann um Ihrentwillen der Vater meiner Kinder bleiben, wie er es jetzt durch Güte und Sorge ist. Oft fühlte ich den Drang, meine Seele vor ihm aufzuschließen, aber die Ehrfurcht hielt das Vertrauen gebunden.

So glaubte ich mir aus der schmerzlichen Verwirrung geholfen zu haben, fuhr sie fort, nachdem sie wenige Momente in Nachdenken versunken, unbeweglich vor mir stand. Schwören Sie mir nun, sagte sie feierlich, bei allem was Ihnen heilig ist, schwören Sie mir bey dem Allwissenden, meine Bitte zu erfüllen, und geben so einer Unglücklichen die Ruhe wieder!

Ihre Augen waren mit wildem schmerzlichen Verlangen auf mich geheftet, alle ihre Züge blieben wie erstarrt, und der Mund halb geöffnet. Ich gelobte die Erfüllung ihrer Bitte, sofern sie in meinen Kräften stünde, indem ich den Allwissenden zum Zeugen anrief. Jetzt fiel sie mir zu Füßen, benetzte meine Hände mit Thränen, und pries sich selig, von dem bängsten Zustande befreit zu seyn. Ich suchte sie zu den gesunden wahren Gefühlen der Natur zurück zu führen, indem ich von dem Schicksal ihrer Tochter redete, und für sie Sorge zu tragen versprach. Mir dünkte, die Einsamkeit sey ihr schädlich, und werde sie am Ende ganz zur Schwärmerei führen, so wie dieses vielleicht bey jedem erfolgen muß, der sich nicht durch Beschäftigung des Verstandes im gehörigen Gleichgewicht zu erhalten weiß. Jeder braucht im gewissen Sinn das Leben mit Andern, um seiner selbst gewiß zu werden, aber Menschen von schwachen Fähigkeiten denken allein mit den Worten und Formen, die sie von Andern empfangen.

Ich sprach von Entwürfen, auch die arme verstimmte Frau, so wie ihre Tochter, wieder in das gesellige Leben zu verflechten, aber sie sagte traurig lächelnd: Nein, die Nachtigallen sind im Winter unansehnliche lästige Thiere, ich will einsam bleiben, bis ich im Chor der Engel wieder singen kann.

Bettina sollte mir noch denselben Abend das geheimnißvolle Kästchen überliefern, ihre Mutter schien keinen vollkommenen Frieden zu finden, bis sie jedes sinnliche Zeichen ihres schmerzlichen Geheimnisses von sich entfernt hatte.

Ich begegnete Nordheim und Julius als ich durch den Garten zurück ging. Sie schienen in einem vertraulichen Gespräch begriffen. Nordheim faßte meine Hand, und fragte: wie ich Madame Barsino gefunden?

Mir dünkt, sagte ich, ihr Gemüth bedürfe eines starken äußeren Anstoßes, um die tiefen Spuren der Vergangenheit wieder auf eine leichte Art mit der umgebenden Welt vermischen zu lernen.

Der Rest des Lebens, sagte Nordheim, muß nothwendig schaal seyn, wenn der Anfang nur der einseitigen Kultur eines Talents gewidmet war, dessen wir uns nur durch Andere erfreuen können. Nur Geist und Liebe tragen Frucht in jeder Region des Lebens.

Wir standen an einer Bank, über welcher sich eine Laube wölbte. Nordheim hieß uns sitzen. Es war etwas zärtlicheres in seinem Betragen, als ich noch je wahrgenommen, und der Ton seiner Stimme wurde weicher und zärter, wenn er mit mir sprach.

Ist es der Wunsch, ein angethanes Unrecht vergessend zu machen? Ist es Liebe?

Dieser Zweifel bewegte meine Seele, aber lebendig drang die holde Erscheinung zu meinem Herzen. Julius, Nordheim und ich waren in der lebhaftesten Stimmung, nur abgebrochne Worte hielten den Faden der Unterhaltung zusammen. Etwas Unaussprechliches, Unendliches füllte unsre Busen, glänzte in unsern Blicken, arm und leer schien jedes Wort, wir unterhielten uns von den entferntesten Dingen, um nur das nächste Gefühl unsers Herzens nicht zu verrathen. Der Wunsch, mit Nordheim allein zu seyn, wechselte mit einer sonderbaren Furcht vor einem entscheidenden Augenblick, in welchem ich das Geständniß seiner Liebe empfangen sollte, und Julius schien selbst so nach einer Gelegenheit zu suchen, uns mit Anstand zu verlassen, und nur aus Verlegenheit zu bleiben, daß ich nicht unzufrieden mit ihm seyn konnte. Ich wünschte auch eigentlich seine Entfernung nur, weil ich fürchtete, es müsse ihn schmerzen, wenn er den vollen Ausdruck meiner Liebe gegen Nordheim als Augenzeuge empfände. Ich hätte ihn mit mir an der Brust meines Geliebten gewünscht, selig mit mir im reinsten Genuß an dem liebeschlagenden Herzen.

Unsre lebhafte Stimmung stieg beinah bis zur schmerzlichen Spannung. Es zog sich gleich einer drückenden Gewitterwolke um uns her, die sich nur in Blitzen entlasten konnte.

Julius stand auf, und war im Begriff sich zu entfernen. Die lieblichste heiligste Ahndung einer glücklichen völlig einverstandenen Liebe bebte durch mein Wesen; – aber in dem Augenblick verließ uns Nordheim mit einer flüchtigen Entschuldigung von Geschäften.

Meine Arme erhoben sich unwillkührlich, die geliebte Gestalt fest zu halten, mein Herz schlug gewaltig gegen meine Brust, und ein lauter Seufzer verrieth Julius meinen Zustand.

Was habe ich gethan, rief er schmerzlich aus. Warum zögerte ich, mich zu entfernen? Warum muß ich Unseliger! immer der Glückseligkeit des liebsten Wesens im Wege stehen?

Seine Verwirrung gab mir meine Fassung wieder.

Lieber Freund, sagte ich ihm, dar Schicksal läßt sich die schönsten Blumen des Lebens nicht entreißen, sondern reicht sie nur freiwillig dar. Sollte mir noch gewährt seyn, Nordheims Liebe zu gewinnen? Alles beinahe heißt mich zweifeln.

Ich empfand in diesem Augenblick, wie ich sprach; Furcht und Verlangen erhalten unser Gemüth nothwendig im Irrthum. Nordheim konnte selbst wünschen, mich mit einem andern Manne zu verbinden; wie kann er mich lieben? So schloß ich natürlich in dem Moment einer getäuschten Hofnung.

Julius Blicke ruhten mit der zärtesten Theilnahme auf mir. Vertrauen Sie *meinen* Augen, liebste Agnes, sagte er sanft. Sie werden geliebt. Einfacher, klärer faßt eine weibliche Seele das Gefühl der Liebe; mit mannichfachen oft streitenden Gestalten vermischt es sich in der Brust des Mannes. In einer so reichen Natur wie Nordheim, wo so hohe Kräfte wirken, muß die Liebe eine ganz eigne, neue Gestalt annehmen, die zu mancher Täuschung Anlaß geben kann.

Ich fühlte mich gestärkt und beruhigt, mehr durch das Anschaun von Julius schönem Wesen, das seine Freiheit bei dem lebhaftesten Empfinden so rein zu bewahren vermochte, als durch die Hofnungen, welche er mir einzuflößen strebte.

Wir kehrten noch denselben Abend nach der Stadt zurück. Der Prinz hatte die ganze Gesellschaft dringend eingeladen, sich bey einem Fest einzufinden, welches er seiner Schwester zu Ehren veranstaltet hatte.

Ungern trennte ich mich von dem Wohnort meines Geliebten. Die Gärten, das Haus, die Zimmer und alles was sie enthielten, schienen mir als sein Eigenthum von seiner Gegenwart belebt und verschönert zu seyn. Ein freundlicher Schimmer erleuchtete alles was mich umgab; so wie ein heitrer Sonnenblick uns alle Formen einer wohlbekannten Gegend gleichsam erneut, und näher an die Seele bringt.

Die nächsten Tage waren geräuschvoll. Mir war nie wohl unter dem Gewühl einer bunten Menge, sie brachte mich immer in eine Art von Betäubung, in welcher ich den Mangel an innrer Klarheit schmerzlich empfand.

Die Gestalt der Prinzessin ergriff mich mit sonderbarer Gewalt. Sie saß in einem Zirkel von Damen, als ich mich ihr näherte. Ihr Anstand war edel, ihr Putz einfach und geschmackvoll. Ich mußte den Zirkel vermehren, und als ich ihre Gesichtszüge genauer betrachten konnte, fand ich sie alle von dem Ausdruck unaussprechlicher Lieblichkeit belebt.

Nur wenig, und sehr leise wurde von den Damen gesprochen; die Prinzessin schwieg, oder sagte ihren Nachbarinnen ein paar Worte, von denen ich nichts vernehmen konnte. Endlich wendete sie sich mit einer Frage an mich. Der Ton ihrer Stimme durchdrang mein Innres. Meine Nerven bebten. Die Verzierungen der Zimmers, die Personen der Gesellschaft schwankten vor meinen Blicken, mit Mühe hielt ich mich auf meinem Stuhle. Ich saß neben einer gutmüthigen geschäftigen Alten, sie faßte mich bey der Hand, und wiederholte mir leise die Frage der Prinzessin. Ich stammelte einige Worte gegen diese. Die gute Alte hielt meinen Zustand für Verlegenheit, und suchte dem armen Landmädchen zu Hülfe zu kommen. Der Prinz näherte sich uns, die Prinzessin sprach viel und lebhaft, ich bekam nach und nach meine Fassung wieder, und schalt mich thöricht, einem ersten Eindruck der Macht eines Tones solche Gewalt über mich gestattet zu haben.

Der Prinz begegnete mir im Angesicht der Gesellschaft, und vorzüglich unter den Augen seines Vaters mit zurückgehaltener Aufmerksamkeit. Dennoch fanden die Hofleute, deren Scharfsinn nur ein einziges Feld, die Schwachheiten ihres Herrn kennt, sehr bald etwas Auszeichnendes in dem Betragen des Prinzen gegen mich. Ich mußte manches Lob und manchen Tadel ertragen, ohne beides zu verdienen.

Ich fühlte, daß Nordheim und Julius über mein Verhältniß mit dem Prinzen wachten; ihre gegenseitige Vertraulichkeit schien täglich inniger zu werden. So sehr es mich freute, zwei mir so werthe Menschen vereinigt zu sehen, so schmerzlich fühlte ich doch die Veränderung in Nordheims Ton gegen mich. Die Güte eines zärtlichen Vaters lag in seinem Blick, so wie in dem Sinn seiner Rede. Täglich sah ich ihn, täglich entfaltete sich sein Wesen in neuer Liebenswürdigkeit, und gerade in einer Art der Liebenswürdigkeit, die unsre ganze Weiblichkeit mit Verlangen befängt.

Der Wunsch, Liebe zu gewinnen, anzugehören, ergreift unser Wesen nie stärker und inniger, als wenn wir eine hohe Kraft in Thätigkeit erblicken. In den leichten Verhältnissen der Gesellschaft war Nordheim hingebend, wohlwollend, voll hinreißender Grazie, aber sobald es ein ernstes Verhältniß galt, stand er mit unerschütterlicher Festigkeit bey seinen Grundsätzen. Voll Muth und Würde glich er einem kräftigen Löwen, der die Insekten großmüthig in seinen Mähnen spielen läßt. Selbst die sinnloseste Menge hat die Ahndung einer unüberwindlichen Kraft, und fühlt ihre ganze dumpfe Beschränktheit in ihrer Nähe. Des Prinzen allgemein bekannte Freundschaft für Nordheim gab ihm Einfluß auf den Zirkel der Geschäftsleute, sein heller Verstand war die Freude der Rechtschaffenen und das Schrecken der Arggesinnten.

In der Einsamkeit meines Zimmers überließ ich mich der Sehnsucht nach den ersten lieblichen Träumen, die mich aus dem frohen Gleichmuth der Kindheit erweckten.

Nordheim liebt mich nicht. – Welchen Ersatz vermag mir das Schicksal für den Verlust dieses einzig schönen Glückes darzubieten?

Nur das Andenken an meinen Vater in Hohenfels, der Wunsch sein Alter zu beglücken, wie er meine Kindheit verschönerte, diese erhielten meinen Lebensmuth.

Die Sorge für Bettina verband sich mit dem Andenken an meinen Vater, um das Gleichgewicht in meinem Gemüth zu erhalten, wenigstens jedes äußere Zeichen des Unmuthes zu unterdrücken. Bettina war viel in meinem Zimmer. So wie ich über den ruhigen Kreislauf ihrer Beschäftigungen wachte, erinnerte ich mich selbst an Arbeiten, die meine Träume unterbrachen. Lust und Reiz war mit der Hofnung der Liebe entflohen, und mein erloschnes Auge kündigte ein Gemüth an, das in sich selbst zurückkehrt, den Muth aufsucht, um den freudenlosen Gang durchs Leben zu vollenden.

Nordheim schien den wahren Zustand meines Innern zu übersehen; oft schien es sogar, als hielt er sich an die falsche Seite einer erkünstelten heitern Laune, die ich der Gesellschaft darbot.

Julius kannte mein Herz, und betrug sich mit edler Feinheit. Er vermied, sich mir zu nähern, um allem Anschein von Ansprüchen auszuweichen. Wenn er es irgend konnte, ohne bemerkt zu werden, sagte er mir ein herzliches Wort, das innigen Antheil an Leidenschaft verrieth. Ich fühlte den Werth dieses Betragens, und lernte seine gleich schöne und starke Seele täglich mehr schätzen.

Die Gräfin verhielt sich seit der ersten und einzigen Erklärung gegen mich ganz passiv. Die Eröfnung ihres Herzens schien mit einer schmerzlichen Anspannung ihres ganzen Wesens verbunden zu seyn, und sie in einen so gewaltsamen Zustand zu versetzen, den sie wo möglich zu vermeiden suchte. Sie betrug sich mit sanfter schonender Gefälligkeit, als fühlte sie meinen Zustand, aber als habe sie die Pflicht einer Freundin schon gegen mich erfüllt, und müsse mich meinem Schicksal überlassen.

Elise war zart und liebend, aber von zu wenig Energie für solch eine Lage; auch hatte Albans Mißtrauen gegen mich die Vertraulichkeit unsers kleinen Zirkels in etwas vermindert.

Der Prinz war nur mit sich beschäftigt, so sehr er auch nur mit mir beschäftigt scheinen wollte, vielleicht es selbst zu seyn wähnte.

So war ich mitten in einem Zirkel treflicher Menschen dennoch einsam und mir selbst überlassen.

Der erste gewaltige Eindruck, welchen die Prinzessinn auf mich gemacht hatte, ließ eine Art von Furcht, mich ihr zu nähern, in mir zurück. Gleichwohl zog sie mich gewaltig an, mit einem sonderbaren Vergnügen stand ich hinter ihrem Spieltisch, ihre unbedeutendsten Worte blieben in meinem Gedächtniß, und wenn ich im Vorübergehen ihr Gewand berühren konnte, fühlte ich ein unbegreifliches Vergnügen. Die Prinzessin schien mich ganz zu übersehen, aber zuweilen suchte mich ihr glänzendes Auge in einer Ecke des Saales auf, wo ich es am wenigsten erwartete. Sie ist dir nicht ungeneigt! sagte ich mir mit innigem Vergnügen, und nur meinem ersten kindischen Benehmen schrieb ich es zu, daß sie mir eine neue Verlegenheit ersparen und nicht wieder mit mir sprechen wollte.

In Augenblicken, wo ich es nicht vermeiden konnte, mit dem Prinzen allein zu seyn, sprach er von Leidenschaft. Ich wurde oft unwillig, einen Charakter, der mir anfänglich im schönen Lichte erschienen war, durch solch eine Schwachheit entstellt zu sehen. In seiner Neigung war mehr Begierde als Zärtlichkeit, und, selbst mit einem ganz freien Herzen, hätte ich ihr widerstanden.

Ich stand eines Abends, als Gesellschaft beym Fürsten war, mit einigen jungen Damen in einem Fenster des Saals. Der Prinz wußte sie durch einen Vorwand zu entfernen, und als ich ihnen folgen wollte, hielt er mich mit Gewalt zurück. Agnes! verdien' ich diese Kälte? sagte er heftig. Ist es meine Schuld, daß ich gebunden bin durch unleidliche Verhältnisse, daß ich Ihnen jetzt nur ein Herz anbieten kann? O ich bin unglücklich genug, unter dem Zirkel hirn- und herzloser Puppen, die meinem Stand und Reichthum so platt entgegen kommen, ein gutes Herz gefunden zu haben, es mit wahrer Neigung zu umfassen; und von diesem verkannt zu werden! Warum entziehen Sie mir die Blüthe Ihrer Schönheit? O wir Fürsten sind Opfer der Verhältnisse! selbst unsre Freunde entfernen sich von unsern ächt menschlichen Gefühlen, und ihr mitleidsvoller Blick wiederholt es: – Ihr seyd Opfer!

Die Stadt lag vor uns am Fuße des Berges, und die Lichter in den Häusern glänzten durch die dunkle Nacht. Ich war gerührt und sagte: Theurer Prinz, es kann nur eine trübe Laune seyn, in welcher Sie Ihre Bestimmung verkennen, die den höchsten menschlichen Kräften die schönste Übung gewährt. Sollte es Ihrem Herzen nichts sagen, wenn Ihr Nahme in stillen Familienzirkeln als ein guter Genius genannt wird? Wenn aus Ihrem hellen Verstand, aus der Kraft Ihres Herzens der Wohlstand dieser Gegend erblüht?

O meine Agnes, sagte er, Sie entflammen nur das Verlangen nach Ihrem Besitz, indem sich Ihre geistige Schönheit vor mir enthüllt. Ich will streben, das zu werden, was Sie wünschen! Nehmen Sie diesen Ring, Geliebte, fuhr er fort, zum Pfand alles Guten, was dieser Augenblick in mir entfaltet. Jene erste glückliche Täuschung, welche ich durch ihn erfuhr, werde ich nie vergessen.

Er verließ mich in heftiger Bewegung, und der Ring blieb an meinem Finger. Es war dasselbe Bild seiner Schwester, welches ich mit so sonderbaren Regungen angesehen hatte.

Als ich wieder ins Gesellschaftszimmer gehen wollte, wickelte sich eine Gestalt aus den Vorhängen des Fensters, welches zunächst an dasjenige stieß, wo ich mit dem Prinzen gestanden. Ich eilte vorbei, aber ich fühlte mich gehalten, und zärtlich umschlungen.

Ich erkannte die Prinzessin. Gutes Kind, sagte sie, ich nehme herzlichen Antheil an Ihnen, kommen Sie, wir schwatzen ein wenig zusammen.

Ihre Stimme zitterte, aus Verlegenheit, wie ich es deutete, mich und ihren Bruder vielleicht gegen ihren Willen belauscht zu haben.

Ich mußte mich neben sie setzen, und sie fuhr fort.

Ich habe Ihre Unterredung mit meinem Bruder gehört. Ob ich zufrieden mit Ihnen bin, fühlen Sie. Ich beklage ihn, und freue mich zugleich, daß er so wählen konnte. Leicht und beweglich wie die Farben der Iris, Kinder aller Elemente sind unsre Neigungen, und wie sie jenen gleich aus Regen und Sonnenschein entstehen, so verkünden sie doch auch nur, wie sie, aufs neue Regen. Ich wünschte Ihnen ein heiteres Daseyn unter einem blauen wolkenlosen Himmel. Darf ich einen Mann nennen, neben welchem Sie dieses finden würden?

Ich schwieg bewegt und verlegen.

Darf ich? fragte sie aufs neue. Darf ich Julius von Alban nennen?

Er ist ein edler, achtungswerther Mann, sagte ich.

Ich habe den rechten Nahmen nicht genannt, erwiederte die Prinzessin. Ich muß Ihr Vertrauen erst verdienen lernen, liebste Agnes. Sie hielt meine Hand, ihr Bild fiel ihr in die Augen.

Das ist der Ring meines Bruders!

Trage ich ihn auch mit Ihrer Genehmigung? fragte ich. Ich leugne nicht, ich würde mich nur mit Schmerzen von diesem lieben Ringe trennen. –

Von welchen Erinnerungen sprach mein Bruder?

O von den heiligsten meines Lebens! sagte ich mit einer Offenheit, die ich mir selbst im nächsten Moment vorwarf.

Wie das? fragte die Prinzessinn heftig.

Ich war verwirrt, und fuhr fort: Er giebt mir die wunderbarste Reminiscenz durch die Ähnlichkeit mit einer sehr geliebten Person.

Lassen Sie uns zur Gesellschaft gehen, sagte sie, indem sie rasch aufstand, und mich mit sich in den Saal zog.

Charles kam den nächsten Morgen zu mir. Er brachte mir einen zärtlichen Gruß von meiner Mutter, und eine Ermunterung unsre für jetzt nothwendige Trennung ruhig zu ertragen. Der Inhalt meines Briefes habe sie betrübt, sagte mir Charles, doch werde sie nie nach einem Einfluß in mein Schicksal streben, welcher meiner Neigung Gewalt anthun könnte. Ein gesundes Gemüth werde durch sich selbst mit allen Erscheinungen im Leben fertig, und lerne seine Macht kennen, sie zu verwandeln, oder zu ertragen. Ihre Mutter, fuhr Charles fort, vertraut Ihrer guten Natur. In einem heftigen allbezwingenden Verlangen lernt unser Wesen seine ganze Kraft empfinden. Die Illusion der Leidenschaft ist in der Ökonomie der menschlichen Natur, was die Blüthe in der Pflanzenwelt ist. Die Schönheit umschleiert den Moment, wo sich die Kraft und Gestalt eines Wesens entscheidet. Ich zweifle nicht, meine Agnes wird in reiner tadelloser Form aus dieser Verwandlung hervorgehen, und mit erhöhter Kraft zum Leben und Wirken gerüstet. Eine Seele, die im Zauber der lebendigen Fantasie ihre entflohenen Freuden und Leiden zurückzurufen vermag, bewahrt leichter das heilige Gesetz der Billigkeit gegen andere, als lebendiges, gegenwärtiges Gefühl in der Seele. Sie werden Ihre Mutter bald wiedersehen, auch in kurzem Ihren Pflegevater in Hohenfels, und wenn Sie selbst wollen, werden Sie an seiner Seite einen Kreis der Thätigkeit finden, der Ihnen das Glück der Liebe ersetzen kann, oder in stäter Dauer bewahren wird.

Charles brachte in jeder Woche einige Morgenstunden bey mir zu. Er ließ mich Zeichnungen kopieren, die er selbst nach den besten Meistern entworfen hatte. Ich wählte eine Landschaft nach Poussin, und während dieser Arbeit fielen unsre Gespräche auf die wichtigsten Gegenstände.

Charles herzlicher Antheil, und die Klarheit seiner Vorstellungen wirkten wohlthätig auf mein Gemüth. Ich wurde mir selbst klärer in seinem Umgang. Er faßte meinen Zustand, und suchte die verworrenen Bilder zu zerstreuen, welche meine Fantasie aus den großen Cirkeln der vergangenen Abende zurückgebracht hatte. Ich heftete mich an ihn, und ehrte ihn wie einen guten Genius, der den Faden meines geistigen Daseyns aus dem Gewühl des Sinnlichen zu lösen vermochte.

Meine kleine Kunstarbeit hatte während unsrer Gespräche guten Fortgang. In jeder Darstellung eines großen Sinnes liegt eine gewisse magische Kraft gleich als für immer gefesselt, sie bewegt jeden fühlenden Beobachter, er fühlt eine fremde Gewalt, die seine Kräfte aufregt und emporzieht. So wirkte auch der Geist des großen Meisters, dessen Dichtung vor uns lag, still und erhebend auf mein Gemüth; und das Andenken an meine Mutter, das mir in Charles Gespräch beinah zu einer geheimnißvollen Gegenwart wurde, stärkte mein Herz in dem zarten süßen Leben der Hofnung.

Ich war heiterer und lebendiger nach jeder Zusammenkunft mit Charles, und hatte manche kleine Spötterey der Gräfin über den Einfluß des Zeichenmeisters auf meine Laune auszustehen.

Bettina war oft gegenwärtig, während Charles bei mir war, sie zeigte viel Freude und Geschicklichkeit zur Kunst, und gewann Charles Neigung sehr bald.

Die Kleine hatte ihre Liebe zu Nordheim so innig mit der Neigung gegen mich vereinigt, daß wir beide gleichsam zu einem Bilde in ihrer Vorstellung zusammengeflossen waren. Je inniger sie uns in sich vereinte, je schärfer trennte sie jede dritte Erscheinung von der unsern. Jede kleine Vertraulichkeit Nordheims mit der Gräfin schmerzte sie tief, sie kam traurig zu mir, und verweilte mit ihrem kindischen Geschwätz bei jedem kleinen Umstand. Sie machte auch in Charles Gegenwart oft bittre Anmerkungen über die Gräfin, und schwatzte nach und nach so viel, daß Charles den Grund ihres Herzens und des meinen erblickte. Nein, rief sie einmal heftig aus, nein, es ist unmöglich, daß Nordheim ein anderes Weib als meine Agnes lieben sollte! Ich suchte meine Bewegung durch einen Scherz zu verbergen, aber ich fühlte es, Charles hatte mein Geheimniß errathen.

Mir selbst blieb Nordheims Verhältniß mit Amalien immer ein Räthsel, ich scheute mich bei den Kleinheiten der Eifersucht in meinem Gemüth zu verweilen, und verstattete mir keine genauere Beobachtungen. Es fuhr gleich einem kalten Stahl durch meine Brust, wenn ich die Gräfin mit Nordheim allein fand, meine Lippen bebten, und meine Worte wurden zu unsichern Lauten. Aber ein freundliches Wort von Nordheim, voll einfachen treuen Sinnes, brachte den Frieden in meinem ganzen Wesen zurück. Was willst du? fragte ich mich selbst; nimmt er nicht Theil an dir, will dir wohl? ist das nicht schon so viel? ist es nicht genug?

Ein sonderbarer Vorfall zeigte mir auf einmahl die ganze Gewalt der Leidenschaft über mein Herz, indem er den freundlichen Wahn der Erfüllung zerstörte, welcher sich insgeheim immer an unsern heißesten Wunsch anschmiegt, so sehr unser klarer Verstand ihn auch zurückzuweisen strebt.

Die Hindernisse, welche Elisens Verbindung im Wege standen, waren nunmehr besiegt, der Tag der Hochzeit war festgesetzt, und der Hof nebst der ganzen Gesellschaft versammelte sich bei Elisens Tante, um der Trauung beizuwohnen. Die Gesellschaft vertheilte sich bis zum Anfang der Ceremonie in mehrere Zimmer. Elise nahm mich geheimnißvoll bei der Hand, und führte mich in ein Kabinet, wo ich den Prinzen fand.

»Verzeihen Sie das, was ich Ihnen zu sagen habe« redete er mich an: »es ist ein Auftrag meiner Schwester, welche uns seit wenigen Tagen verließ.«

Die Prinzessin hatte mich seit der letzten sonderbaren Szene ganz vernachläßiget; ich war durch ihr Betragen gekränkt, weil etwas unaussprechlich Anziehendes für mich in ihrem Wesen lag.

»Meine Schwester und ich,« fuhr der Prinz fort, »vereinigen uns mit den Wünschen Ihrer Freundin, heut mit einem liebenden Gemahl zugleich auch eine geliebte Schwester zu besitzen.«

Elise lag in meinen Armen. O meine Agnes, gewähre uns allen dieses Glück! rief sie aus. Mein Alban bittet für seinen Bruder, Julius bittet nur mit stiller Liebe und Treue.

Geben Sie uns allen die Freude, Sie für immer unter uns zu sehen, sagte der Prinz. Selbst mein Vater ist von dem Zauber Ihres Betragens gerührt, und wünscht, Sie möchten bey uns leben. Er wird Julius in eine Lage setzen, welche Ihnen eine angenehme Existenz versichert.

Der Fürst trat herein, und sein freundliches gütiges Lächeln über den ernsten Zügen, die aus allen ihren gewohnten Falten gerückt waren, ergriff mich auf eine sonderbare Art, und rührte mich bis zu Thränen.

Ein geschäftiges Männchen unter den Hofleuten hatte etwas von der Szene durch die halboffne Thür gesehen, und breitete in den andern Zimmern die Nachricht aus, ich empfinge die Glückwünsche zu meiner Heurath. Das Kabinet füllte sich, Nordheim kam mit den Übrigen, blieb ernsthaft an der Thür stehen, ohne ein Wort zu sprechen. Julius erfuhr von Elisen die Veranlassung dieses Auftritts. Er sah mich in der peinigenden Verlegenheit, wagte nicht, sich mir zu nähern, und bat die Gräfin, mich von der lästigen neugierigen Menge zu befreien.

Ich hatte mich unterdessen gefaßt, und ersuchte den Prinzen, seinem Herrn Vater meinen Dank auszudrücken, nebst dem Wunsch, für jetzt noch unverheurathet zu bleiben. Der Fürst sah verdrießlich aus, und sagte halb laut: Er hätte von mir solch eine Ziererey nicht erwartet. Der Tadel des alten Mannes schmerzte mich, wie mich sein Antheil bei seiner sonstigen gewohnten Kälte rührte. Die Gräfin zog mich in ein Fenster, und sagte nach einigen Minuten: Welch eine eigne Gestalt nehmen doch alle gewöhnlichen menschlichen Verhältnisse für Seelen gewisser Art an! Die Liebe für Dich, meine Agnes, scheidet sich von jedem eigennützigen Begehren, sie will nicht sowohl *besitzen*, als Dein Wesen gleich einer schönen Kunstgestalt in reiner Anschauung genießen. Dein holdes Gemüth wirkt geheimnißvoll, aber mächtig auf alles, was sich Dir nähert, und bildet eine Welt feinerer zärterer Verhältnisse um Dich her. Doch jeden, fuhr sie fort, jeden, mein bestes Kind, ergreift früh oder spät das unbezwingliche Schicksal, und versetzt ihn in den Kreis des Bedürfnisses und der Noth, in welchen unser Daseyn gebannt ist. Nichts bleibt rein und ungemischt in diesem, und jedem Genuß folgt bittres Entbehren. Besser ist es, freiwillig den Göttinnen des Schicksals ein Opfer zu bringen, einem Gut zu entsagen, um ein andres zu gewinnen. Doch ich fühle, sagte sie mehr sanft und betrübt, als unmuthig, ich fühle, daß ich Ihr Vertrauen nicht besitze, ob ich gleich wähne, es zu verdienen. Wir waren allein im Kabinet geblieben, Nordheim näherte sich uns. Vertraulicher als ich es in der letzten Zeit gewohnt war, faßte er meine Hand, seine ernsten Blicke ruhten mit zärtlicher Theilnahme auf mir, indem er sagte: Wie gern, beste Agnes, nähme ich noch auf eine weite Reise, die ich in kurzem antreten werde, die Überzeugung mit mir, daß ich meine Freundin glücklich zurückließ.

Sie wollen verreisen? sagte ich mit zitternder Stimme.

Ich muß, erwiederte er. Im Vertrauen auf die Freundschaft Ihres Vaters, wage ich es, vielleicht zudringlich zu werden. Die Wünsche Ihrer Freunde scheinen mir einen Lebensweg für Sie zu bezeichnen, der zur Zufriedenheit führen wird. Der, welchen Sie aus eigner Stimmung für jetzt vielleicht erwählen könnten, würde Sie nur zu Unruhe und Sorge führen. Trauen Sie den Blicken eines Freundes, der zärtlichste Antheil macht sie scharfsichtig. Was mich selbst betrifft, so bliebe mir noch einiges zu sagen übrig. Ich wünsche klar vor Ihnen zu stehen, ob ich gleich Ihr Vertrauen nie erwerben konnte. Sie werden mich aus meinen Briefen an Ihren Vater ganz kennen lernen, in kurzem werden diese in Ihren Händen seyn. Julius edle Liebe wird Ihr Leben beglücken, meine theure Agnes, und Ihr Glück wird die reine Freude Ihres fernen Freundes seyn. Ich gewöhnte mich seit langer Zeit, nur in dem Glück meiner Freunde zu genießen. Der Moment, wo ich aus diesem Daseyn heraustrat, rächte sich durch manche innre Verwirrung.

Nordheim verließ mich hier schnell.

Unendlich ist der Schmerz der Liebe, weil sie selbst ein Verlangen nach dem Unendlichen ist.

Nordheim selbst wünscht dich mit einem andern Mann verbunden! Jeder Wunsch nach dir ist also in seinem Herzen erloschen! Er liebte dich nie! Nur dieses Gefühl klang immer aufs neue in meiner Seele wieder, meine Sinne waren wie erstarrt, und jedem äußern Eindruck verschlossen.

Die Gräfin faßte meine Hand, und diese Berührung erweckte mich durch eine höchst widrige Empfindung. Ich hatte den Sinn ihrer Worte nicht ganz gefaßt, und nur eine dunkle Vorstellung dabei gehabt, als enthielten sie den Rath, Julius meine Hand zu geben, und meiner Neigung für Nordheim zu entsagen. Ich war schon in der widrigsten Stimmung gegen die Gräfin, als sich Nordheim zu uns gesellte, und jetzt in dem schwersten Moment meines Lebens stand sie vor mir als ein feindseliger Dämon, der sich meines bösen Geschicks erfreute, in welches er mich, so wähnte ich, selbst hineingezogen. Ich hatte keine Worte für solche widrige Gefühle; in Liebe und Stille der Seele erzogen, kannte meine Brust den kalten Haß nicht.

Mit einer unwillkürlichen Bewegung hatte ich den Arm der Gräfin zurückgestoßen, und jetzt strebte ich, meinen Schmerz zu verbergen. Julius bemerkte die gewaltsame Anstrengung in meinem Wesen, und äußerte sein Mißvergnügen, der Anlaß zu einer so unangenehmen Szene für mich gewesen zu seyn, der er meinen ganzen Zustand zuschrieb.

Ich hielt die Gesellschaft aus, aber man trug mich halb ohnmächtig aus dem Wagen, so sehr hatte die Gewalt, mit welcher ich mein Herz zurückhielt, meine Nerven zerrüttet. Wie wohlthätig kehren sich die Genien unsrer entflohenen guten Stunden in jenen Zeiten zu uns, wo uns eine hoffnungsleere Finsterniß umgiebt!

Nachdem ich einen Strom erleichternder Thränen vergossen, standen meine lieblichen Wälder von Hohenfels mit ihren kühlen Lauben vor meiner Fantasie. Dort, sagte ich mir, wo mir die ersten goldnen Jugendträume blühten, dort wird das Andenken an Nordheim, mein ewig lebendiger Schmerz über seinen Verlust, ungestört wohnen!

Ich rief mir jetzt Nordheims Worte zurück. Außer ihrem schmerzlichen Sinn, welcher mir eine Verbindung mit einem andern Manne anrieth, lag noch etwas Räthselhaftes in seiner Äußerung.

Er warnt dich selbst, dich deiner Neigung für ihn zu überlassen! Auf diese Erklärung kam ich endlich zurück, ob sie mir gleich mit seiner Bescheidenheit und Feinheit zu streiten schien.

Wir sind so geneigt, die fehlgeschlagnen Hofnungen unsers Herzens aus der Stellung der äußern Umstände herzuleiten, um die Erscheinung eines geliebten Wesens rein in unsrer Seele zu bewahren. An welchen zarten Fäden hängen oft die wichtigsten Begebenheiten unsres Lebens! sagte ich mir. Ein geheimnißvolles Gewebe umspannt uns unsichtbar, aber gewaltsam, und alle Kraft unsers Herzens vermag nicht die eisernen Fäden zu durchbrechen. Hätte die Gräfin heut nicht zwischen uns gestanden, hätten uns statt der steifen Hofwelt, Wälder und Wiesen umgeben, statt des engen Zimmers, das weite blaue Gewölbe des Himmels, o! wer weiß, ob nicht das innigste Gefühl der Liebe in meiner Brust ein Wort, einen Ausdruck gefunden hätte, welcher Nordheims Herz mir wieder zugewendet! Alles erinnert uns an Beschränktheit in den Cirkeln der feinen Welt, sie bestehen nur durch dieselbe, und die himmlische Freiheit der Liebe fühlt sich dort gefesselt. Welche unselige Stellung der Umstände mußte den entscheidenden Moment meines Lebens umgeben! Ich habe alles verloren! für immer verloren!

Unter diesen Selbstgesprächen nahte der Morgen. Der Entschluß, Nordheim nicht wieder zu sehen, stand hell in meiner Seele. Die Gräfin kam, mich zu besuchen; ich war milder gestimmt, und sie selbst schien mir mehr ein Werkzeug des Schicksals zu meinem Unglück, als die erste Ursache desselben. Gleichwohl blieb ich ungerührt von ihrem gutmüthigen Betragen, so sehr ich mich selbst darüber tadelte. Es giebt Menschen, welche uns nie von ihrem guten, und andre, welche uns nie von ihrem bösen Willen überzeugen können. Außer meiner leidenschaftlichen Stimmung, die eine unreine Farbe in das Bild der Gräfin mischte, lag noch vielleicht in ihrem eignen Wesen ein gewisses Etwas, welches das Vertrauen raubte. Wo die Manier ganz vorherrscht, da scheint zuletzt der Charakter selbst nur Manier.

Der reine Klang des Herzens entlockt einzig hinwiederum dem Herzen Neigung und Vertrauen.

Man rief die Gräfin bei mir ab, weil Nordheim zu ihr gekommen war.

Mein Entschluß, ihn nicht wieder zu sprechen, blieb fest, aber noch einmahl wollte ich den lebendigen Zauber seiner Gegenwart empfinden, und seine Gestalt als ein holdes Bild für meine dunkle Zukunft bewahren.

Ich lauschte hinter meinem Fenster, bis er aus dem Hause ging. Er trug dasselbe Reisekleid, in welchem ich ihn zuerst gesehen. Er wendete sich nach meinem Fenster. Muth und Vertrauen und Vergessenheit alles Schmerzens strahlte aus dem edlen liebevollen Gesicht in meine Brust. Aber als er hinter der Ecke der Straße verschwand, ergriffen mich alle Schauer der Zerstörung aufs neue. Zum letztenmahl – es ist vorbei – es ist aus, sagte ich mir. *Zum letztenmahl,* ist ein beunruhigendes Gefühl bei der gleichgültigsten Sache, weil es an unser engbeschränktes menschliches Daseyn so innig erinnert; und zum letztenmahl! bey der höchsten Lebensfreude ergreift uns wie die kalte Hand des Todes.

Charles trat in diesem Augenblick ins Zimmer. Ich eilte ihm entgegen, und suchte mein Gemüth zu verbergen, aber er wich stumm und erschrocken bei meinem Anblick zurück.

Haben Sie mir eine böse Zeitung zu bringen? fragte ich ihn. Nein, erwiederte er, möge ich keine von Ihnen zu vernehmen haben, und Ihre Worte Ihrem Aussehen widersprechen.

Sein herzlicher Antheil löste alle Banden meines Schmerzens, meine Thränen flossen unaufhaltsam.

Der zarte Sinn meiner Mutter schien mir von Charles Lippen entgegen zu schweben. Er nahte sich mir sanft, faßte meine Hand, und nach einem tiefen Blick in meine Seele sagte er: Sollte für dich, gutes Geschöpf, der Moment schon gekommen seyn, wo die freundlichen Täuschungen der Sinnenwelt sich in quälende Gestalten verwandeln? Ist der jugendliche Wahn einmahl verschwunden, in dem wir freundlich und harmonisch mit der äußern Welt zusammenfließen, wo unser Wesen in allem innig und ganz lebt, und eben darum keine Trennung in seinem Innern empfindet; ist jene Magie einmahl aufgehoben, und mußt du den innern Bestand in dir selbst durch eignes Streben wieder herstellen, dann kann dir vielleicht der Rath eines Freundes nützen. Dein Wesen, gutes Kind, fuhr er fort, ist Liebe und Sympathie. Genuß ist für dich nur in der reinen Stimmung deines Innern zu finden; also lasse früh ab von der Täuschung, die uns einen äußern Gegenstand als die höchste Wonne des Lebens vormahlt. Aber hüte dich auch vor jenen Momenten starrer Apathie, in welche unser Gemüth so leicht nach einer zerstörenden Anspannung fällt. Handle nicht eher, bis der klare Blick deines Verstandes alle Dinge in ihrem rechten Maß zu würdigen vermag. Der erste tiefe Schmerz getäuschter Erwartung treibt die Seele aus dem endlichen Beschränkten empor ins Unendliche. Wir herrschen über die Gestalten der Erde in unserm Gemüth, denen wir sonst dienten. Glücklich wenn wir in solch einer Periode innrer Klarheit und Reinheit uns selbst eine richtige haltbare Stellung in unsern innern und äußern Verhältnissen geben! Glücklich, wenn das Schicksal uns an einem Scheideweg stehen läßt, bis wir uns selbst gesammelt haben, und das Maß unsrer Kraft zu ermessen vermögen. Wenig Glückliche führt ihr Genius ganz schuldlos durch das Leben. Manche müssen mit dem Opfer eines ganzen Lebens wenige Augenblicke büßen, in welchen sie verschmähten, auf jenen leitenden Wink zu achten. – Hier hielt Charles ein, schlug die Augen nieder, und sein ganzes Wesen verrieth einen Sturm durch die Gewalt schmerzlicher Erinnerungen erzeugt. Meine Agnes, rief er aus, indem sein Auge einen Blick unaussprechlicher Liebe auf mich warf, wenn es mir gelänge, dir den reinen nie getrübten Frieden der Seele zu erhalten, dann will ich jedes Leiden, das ich erduldete, als eine Wohlthat des Schicksals dankend verehren! Er stieg heftig von seinem Stuhl auf, lief ein paarmahl im Zimmer auf und ab, und kam dann mit ruhiger Miene wieder zu mir.

Sie müssen sich billig wundern über den so lebhaften Antheil eines Unbekannten, sagte er, aber es ist meine Art so. Mein Herz nähert sich allem Liebenswürdigen mit einem innigen Verlangen, es in seiner eigenthümlichen Grazie erhalten zu sehen. Das Schicksal versagte mir zarte Naturverhältnisse, in denen meine Liebe lebendig wirken könnte, und darum spähet mein Auge nach allen holden Gestalten, die in meinen Kreis kommen, und mein Herz schließt ihnen seine Erfahrungen auf.

Charles Worte hatten mich lebhaft ergriffen, seine Vorstellungsart drang sich meinem Verstande auf, und die Wärme seines Herzens belebte meinen Willen. Ich fühlte die Kraft, neue Ansichten des Lebens zu fassen. Die Pflicht, die gesunde heitre Thätigkeit meines Gemüthes für meine Mutter zu erhalten, war das erste Verhältniß welches ich lebendig ergriff. Wenn Freude und Hofnung vom Herzen gefallen sind, finden wir nur unser Daseyn im nothwendigen, allgemeinen Gesetz unsrer Natur wieder.

Sie werden Ihre Mutter diesen Abend sehen, sagte mir Charles, und sie wird Ihnen viel Wichtiges und Neues entdecken, was die Sphäre Ihrer künftigen Thätigkeit und den Ort Ihres Aufenthalts betrift.

In Ansehung des Wunsches, sogleich zu meinem Vater nach Hohenfels zu eilen, verwies er mich auf die Unterredung mit meiner Mutter.

Ich blieb den ganzen Tag auf meinem Zimmer. Bettina's liebevolle heitre Geschäftigkeit erhielt mich in einer sanften wehmüthigen Stimmung. Das liebe Geschöpf wird doch immer ein Verhältniß zwischen Nordheim und mir erhalten; wenigstens werde ich wissen, wo er lebt, sagte ich mir. Über Bettina wird er mir etwas zu sagen haben, und ich zu antworten. O die einzig edle, holde Gestalt wird nicht ganz für mich in das Reich der Schatten verschwunden seyn! Ich werde zuweilen ein Zeichen seines Daseyns empfangen. Diese Gedanken gaben meiner Neigung für Bettina etwas rührend Zärtliches, welches ich noch nie bei ihr empfunden hatte. Ich sagte ihr manches über ihre innre und äußre Existenz, welches sie mit lebendigem Wahrheitssinn aufnahm, denn ich selbst hatte ein sehr klares Gefühl ihrer ganzen Individualität. Ohne etwas besonders dabey zu denken, brachte ich meine Sachen in Ordnung, und versiegelte meine Papiere. Bettina fiel mir weinend in die Arme, und rief: Ach du willst mich verlassen! Ich lachte, und versprach ihr dann ernsthaft, sie sollte immer bey mir bleiben.

Bei einbrechender Nacht entfernte ich das Mädchen, verhüllte meine Gestalt so sehr als möglich, und eilte dem Stadtthor zu. Charles hatte diese Einrichtung getroffen, er schien mir bedenklicher, ja furchtsamer, als bei unsrer ersten Zusammenkunft mit meiner Mutter.

Es war eine sehr finstre Nacht. Regenwolken umhüllten den Mond und die Sterne, und der Regen fing schon an zu fallen, als ich kaum einige Schritte vom Hause der Gräfin entfernt war. Ich eilte so sehr ich konnte, aber ich war schwach von der schlaflosen Nacht und den mancherlei Stürmen, welche in den letzten Tagen auf mein Gemüth eindrangen. Der Wind jagte mir den Regen entgegen, und benahm mir die Luft. Athemlos lehnte ich mich für einen Augenblick an eine Mauer, einem Laden gegenüber, welcher sehr erhellt war. Eine große Gestalt ging ganz dicht an mir vorbei, sie hatte den Hut tief in die Augen gedrückt. Aber in dem Moment, wo das Licht aus dem Laden das Profil des Untergesichts stark erhellte, dünkten mirs Nordheims Züge zu seyn. Ich bebte vor Furcht und vor Freude. – Ein Wort der Liebe von den geliebten Lippen zu vernehmen, und dann an der Brust der Erde mein Leben auszuhauchen, um in dem Athem des Ewiglebenden neu aufzublühen, dieser Wunsch bewegte mein Innerstes. Wenn uns die Naturkräfte im Sturm aufgeregt erscheinen, und wir selbst dem Sturm in unserm Innern kaum entrannen, dann schmiegt sich ein Gemüth. welches das Vermögen besitzt, sich der ewigwirkenden Kraft nahe zu fühlen, mit unendlichem seligem Verlangen an das Eine, Bleibende, in oder über der Natur.

Die grüne Erde dünkt uns wirklich der Schooß der Mutter, über welchem ewig unwandelbares Leben weht, um uns einem neuen Daseyn zuzubilden.

Wie sonderbar geht oft eine neue ungewöhnliche Stimmung in unsrer Seele einer Begebenheit zuvor, die unsern Verhältnissen und uns selbst eine neue Gestalt giebt; gleich als gäbe uns unser Genius den Wink, unsre Kraft zu sammlen! Der Wunsch nach der Auflösung unsers Wesens, bildet in gewissen Stimmungen unsrer Seele ein neues Lebensorgan, und die gestaltlose, aber lichte Zukunft, der sich unser Innres entgegendrängt, wirft auf alle Erscheinungen der Erde ein neues milderes Licht. Welcher feine Mensch, der gewöhnt ist in sich selbst zurück zu blicken, kennt nicht jene Momente des reichern höheren Lebens, wo die Seele eine unabsehliche Kette der Gedanken durchfliegt, und die reicher an lebendigen Erscheinungen in seinem Innern sind, als oft Zeiträume von Jahren!

Ich halte solch einen Moment durchlebt, und fand mich gestärkt und erhellt, um jeder Begebenheit zu begegnen. Selbst der geliebten Erscheinung Nordheims ging ich mit Ruhe und stiller Freude, ohne Furcht und Sehnsucht entgegen.

Der Regen dauerte fort, und durch die Finsterniß und den Sturm arbeitete ich mich nur mühsam und langsam hindurch, bis zum bestimmten Ort. Als ich bei einigen erleuchteten Häusern vorbeikam, dünkte mir's, als folge mir die Gestalt, die ich zuvor sah; sie stand still, sobald ich mich nach ihr umwendete. Ich dachte nicht mehr, daß es Nordheim wäre, und glaubte mit Recht, meine Einbildung habe mich betrogen.

Auf dem bestimmten Platz fand ich den Wagen. Charles bot mir die Hand zum Einsteigen, und nahm seinen Sitz neben mir. Er schien ungewöhnlich bewegt, und sprach wenig. Wir waren ohngefähr eine Viertelstunde gefahren, als der Weg vom Steinpflaster abging. Einige Reiter waren uns bis dahin gefolgt, Charles sah sich oft nach ihnen um. Jetzt verließen sie uns, und er schien ruhiger.

Wir hatten schon einen weitern Weg gemacht, als bei der ersten Zusammenkunft, als sich die Wolken zertheilten und der Himmel aufhellte. Ich öffnete das Wagenfenster, um des gestirnten Himmels zu genießen. Welch eine schöne Nacht, mein Freund! sagte ich zu Charles, um seinen Trübsinn zu zerstreuen. Ist's Ihnen nicht auch, fuhr ich fort, als ob die Klarheit des Äthers den innren Sinn umleuchtet, wie die Sonne die Gestalten der Erde? Alles Drückende und Verworrene löst sich auf, mit einem Blick in das grenzenlose Blau des Himmels, von dem eine Ahndung des Unvergänglichen uns entgegenweht. Dieser Tag soll mir ein merkwürdiger Tag bleiben. Ihr Gespräch diesen Morgen hat mich zu mancherlei Erscheinungen in meinem eignen Wesen vorbereitet. – Charles drückte meine Hand, und sagte mit zitternder Stimme: Unser eignes Daseyn ist zu ermessen und zu ertragen, aber die Sorgen der Liebe drücken uns dreifach schwer darnieder. Wer für sich nur fürchtet, fürchtet nichts.

Die Reiter stießen wieder zu uns. Charles hieß mich ängstlich, mich nicht wieder aus dem Wagenfenster herauszubeugen. Sie folgten unserm Wagen seit einer halben Stunde, Charles wurde immer unruhiger, und als wir durch ein Dorf fuhren, sagte er: Wir müssen diese Leute von unsrer Spur entfernen; und bat mich, am Wirthshause auszusteigen. Man führte uns in ein kleines Zimmer, dessen Fenster gegen den Garten geöfnet waren. Die Düfte der vom Regen erfrischten Pflanzen wallten uns durch die helle Mondnacht entgegen. Mir war wohl und sonderbar klar in meinem Gemüth. Ich sprach mit Charles von der Freude, meine Mutter zu sehen, und von der Hofnung, daß die geheimnißvollen drückenden Verhältnisse sich endlich einmahl auflösen würden.

Hoffe nichts und fürchte nichts, liebes Kind, sagte Charles, so hat das Schicksal keine Gewalt über dich. Er stand trübsinnig neben mir, und gab nur unzusammenhängende Antworten.

Ein wilder Lärm drang an unsre Thür. Charles verwahrte sie von innen, so gut er konnte, stellte sich mit bloßem Degen davor, und bat mich, in einer Ecke des Zimmers ruhig zu bleiben.

Unter einem wilden Getöse von mancherley Stimmen erkannte ich Nordheims Stimme. Mit festem gebietendem Ton befahl er dem Wirth, die Thür unsres Zimmers zu öffnen. Der Wirth entschuldigte sich, es sey ein Herr mit einer Dame darinnen, welche gewiß nichts weniger als einen Überfall erwarteten.

Nichtswürdiger! sagte Nordheim zornig, eben das Mädchen fodere ich, sie ist mit Gewalt geraubt.

Wie belebend fühlte ich in meinem ganzen Wesen Nordheims Antheil an mir! Die ganze peinigende Verworrenheit dieser Szene vermochte nicht dieses Gefühl niederzuschlagen. Ich bat Charles, die Thür zu öffnen, und sich gegen Nordheim frei zu erklären. Er sah mich wild an, und sagte: Du weißt nicht, was du begehrst. Du bist deiner Mutter für immer entrissen, wenn du in die Hände des Fürsten kommst, Nordheim ist sein Freund. O er ist edel, Charles! rief ich. Lassen Sie uns ihm alles vertrauen. Er kann nie ein in ihn gesetztes Vertrauen beleidigen.

Armes, hingebendes, leichtgläubiges Geschöpf! sagte Charles. Du kennst das Leben noch nicht, und welche doppelte Gestalt es dem menschlichen Gemüth aufdrückt. Laß dich zu keiner Unvorsichtigkeit verleiten, die du ewig bereuen müßtest.

Nordheims wiederholter Befehl, die Thür zu öffnen, machte unserm Wortwechsel ein Ende. Er befahl seinen Leuten, sie aufzuschlagen. Der Wirth gab wahrscheinlich nach. Die Thür öffnete sich, Nordheim trat herein, und eine Menge von Leuten des Wirths und von seinen eigenen drangen ihm nach.

Es wage sich keiner über diese Schwelle! rief Nordheim. Alles entfernte sich, bis auf einen von seinen Leuten, der bittend rief, indem er auf Charles wilde Gestalt deutete: Bester Herr, lassen Sie mich bleiben! Geh augenblicklich! sagte Nordheim, und schloß die Thür hinter ihm ab.

Jetzt, redete er Charles an, jetzt sagen Sie, was berechtigt Sie zu diesem Betragen? Nur die Neigung dieser Dame für Sie kann es entschuldigen, aber nie rechtfertigen, Im Nahmen Ihres väterlichen Freundes bitte ich Sie, sogleich nach dem Hause der Gräfin zurückzufahren, sagte er mir sehr ernsthaft. Mein Wagen erwartet Ihren Befehl. Er faßte meine Hand, legte sie in seinen Arm, und eilte der Thüre zu. Ich vermochte es nicht, der süßen Gewalt zu widerstehen; ich folgte, beinah unwillkührlich, denn der Gedanke an meine Mutter hielt mich nicht weniger mächtig zurück. Nun schrie Charles: Ich behalte das Mädchen, oder den Tod für einen von uns beiden! Vertheidigen Sie sich. Er hatte Pistolen aus dem Gürtel gezogen, reichte die eine Nordheimen, und behielt die andre, nach ihm zielend, in der Hand.

Waffen können nur zwischen Menschen von gleichen Rechten und gleicher Kraft entscheiden, sagte Nordheim. Ich schlage mich mit keinem Unbekannten. Wer sind Sie? Und was treibt Sie an, die Ruhe eines edlen Mädchens und ihrer Freunde zu kränken?

Ich hatte einst einen Nahmen, der mir das Recht gab, mich mit den Edelsten zu messen, sagte Charles, aber er ist aus dem Reich der Lebendigen verlöscht; – ich bin nichts mehr, – ein Schatten, der kraft- und thatenlos umherschwebt.

Die Hand mit dem Pistol sank, und er blieb starr und unbeweglich. Es war ein Ausdruck dumpfer Verzweiflung in seinem Ton. Nordheim näherte sich ihm edel und gütig, ohne Waffen, und sagte: Was zwingt Sie, Unglücklicher, solch eine Rolle zu übernehmen? Ist es eine unbezwingliche Leidenschaft, so werde ich Ihr Vertrauen nicht mißbrauchen. Handeln Sie zur Beförderung fremder Zwecke, unter fremdem Einfluß, so kann nur ein offenherziges Geständniß Ihnen meine Verzeihung erwerben. Dringt Sie die Noth, ein unedles Geschäft zu übernehmen, so erwarten Sie von mir eine größere Belohnung, wenn Sie sich davon lossagen. Reden Sie, aber widersetzen Sie sich nicht, daß ich das Fräulein zurückführe, oder Sie bezahlen es mit Ihrem Leben, denn in jedem Fall bin ich entschlossen, sie nicht hier zu lassen.

Bittres Schicksal, zwingst du mich, auch noch ein Mörder zu werden! rief Charles, und richtete das Pistol gegen Nordheim.

Ich hatte mich von Nordheim losgemacht, und fiel Charles in den Arm, ihn zurück zu halten. Nordheim war mir schon zuvor gekommen, und hatte ihm das Pistol mit einer geschickten Bewegung und überlegener Stärke aus den Händen gewunden.

Wie rasch, bestes Kind! sagte mir Nordheim. Wie leicht hätten Sie sich verwunden können! Beruhigen Sie sich, ich werde keine Waffen gegen einen Mann führen, der Ihnen werth ist. Aber folgen Sie mir jetzt. Verzeihen Sie, ich muß es fordern, und ich weiß, Sie selbst werden es mir in einer ruhigen Stimmung danken.

Die reine Güte in diesen Worten zog mein Herz unaussprechlich zu Nordheim, so sehr mich auch ihr Sinn schmerzte, der ein Herzensverhältniß mit Charles durchaus voraussetzte, und auch in meiner glühenden Besorgniß um ihn selbst nur Liebe für seinen Gegner sah.

Ach Nordheim, sagte ich, wie sind Sie so gütig, und so grausam zugleich! Meine Thränen flossen unaufhaltsam.

Seyn Sie überzeugt, meine Agnes, ich wünsche nur Ihr dauerhaftes Glück, sagte Nordheim sanft. Ich verspreche alles für Ihre Liebe zu thun, aber für jetzt folgen Sie mir!

Ich fühlte, wir verwirrten uns unauflöslich. Meine vorhergegangene Stimmung hatte mich über alles konventionelle erhoben, und ich glaubte mich wirklich in diesem Moment jugendlicher Selbsttäuschung über alle Leiden und Freuden des Lebens emporgerückt.

Charles stand in stummer Betäubung mit dem Rücken an die Thüre gestemmt, und schien entschlossen, alles zu wagen. Die Spannung zwischen ihm und Nordheim mußte aufgelöst werden. Nur der unendliche Himmel mit seinen glänzenden Sternen lag vor meinem Auge. Ich fühlte eine Kraft der Wahrheit, des Vertrauens, in meinem Busen, und den Muth, als könne und müsse ich diese verworrene Lage auflösen.

Hören Sie mich an, Nordheim, sagte ich. Es sind die letzten Worte, die Sie von meinen Lippen vernehmen werden. Nach diesem Augenblick werden Sie mich nie wieder sehen. Nicht Liebe führte mich hierher mit diesem Manne. Ein Geheimniß, welches nicht mein gehört, und ich Ihnen also verbergen muß, hieß mich diesen und alle andere Schritte thun, welche Ihnen von jeher Verdacht gegen mich einflößten. Was Liebe und Zärtlichkeit in meinem Wesen heißt, fand längst einen Gegenstand, den es fest und einzig umfaßte, – aber seit gestern mit tiefen Schmerz verläßt. Leben Sie wohl, sagte ich mit tiefer Bewegung, und bewahren Sie das Bild eines Wesens, welches Ihnen angehörte, rein im Andenken. Jetzt lassen Sie mich meinen Verhältnissen, meinen Pflichten ruhig folgen. – Nordheim lag zu meinen Füßen. Ist es möglich! rief er, bin ich der Glückliche! von Ihnen geliebt! Verzeihung, beste Seele, – ich wagte dieses Glück nur vor wenig Augenblicken zu träumen. Von nun an lebe ich nur für Sie. Können Sie mir verzeihen? – Süßer einziger Moment unsers Lebens, wo unsre heiligste Hofnung unser Herz als Wirklichkeit ergreift, und mit jenen süßen geheimnißvollen Schauern eines neuen Daseyns überströmt!

Ich hatte keine Worte, meine Sinne waren verwirrt, ich zog Nordheim zu mir auf, seine Arme umfaßten mich, und unsre Lippen berührten sich.

Jene süßen Augenblicke bewahrt sich selbst die Zauberkraft der Erinnerung nur in geheimnißvollen Zeichen, und wagt es nicht, sie in eine Sprache zu übersetzen. Schwindelnd entwand ich mich Nordheims Umarmung, und da mein Herz in seinem beschränkten Daseyn seine Vergangenheit wieder fand, schwankte Amaliens Bild vor meinen Sinnen. Auch sie ruhte an dieser Brust! sagte ich mir. Vergebens wollte ich dieses Bild zurückweisen, ein tiefes schmerzliches Mitleiden, bald mit ihr, bald mit mir selbst, bewegte meine Seele. Nordheims Blicke sprachen nur Liebe und hingebende Zärtlichkeit, unter süßen Thränen bat er aufs neue um meine Verzeihung. Auch ihm schien die Vergangenheit lebendig vorzuschweben, aber nur sein schwankendes Betragen gegen mich schien ihn schmerzlich zu bewegen. O wie viel, rief er aus, nimmt uns das Leben mit der Welt, indem es das holde Vermögen zerstört, der sichern Stimme unsers Herzens zu folgen. Wir müssen uns des Glaubens entwöhnen, wenn wir für andere handeln und leben, und können ihn dann für uns selbst oft nicht wieder finden. Mißtrauen konnte ich der heiligen Einfalt und Wahrheit deines Herzens nie, über jede Vergleichung erhaben stand dein schönes Wesen vor mir. Oft fühlte ich deine Liebe, – hätte ich meinem Herzen gefolgt. – Doch so süß ist es auch, all mein Glück Ihrer Güte zu danken, meine Agnes.

Himmlische Ruhe, Klarheit und Treue leuchteten aus Nordheims Augen; – ich fühlte mich unaussprechlich *sein*. Von diesem heiligen Herzen kann mir nichts Böses kommen, von dem Anschaun dieser theuern Gestalt kann ich nicht scheiden, – unter den verworrensten Lagen wird mich dieses Gefühl empor halten. Der stille Entschluß, um seinetwegen alles zu tragen, überglänzte wie ein leuchtender Schild Amaliens Bild, so stark es auch hervordrang.

Mein Freund, sagte ich jetzt zu Charles, ich bin bereit Ihnen zu folgen. Sie werden Herrn von Nordheim künftig näher kennen lernen.

Charles hatte wie in einem tiefen Traum gestanden. Es ist ein Nahme, den die Welt mit Ehrfurcht nennt, sagte er, ein mir unaussprechlich theurer Nahme! Aber ein finstres Schicksal hält mich gebunden. Ich muß die liebsten und schönsten Erscheinungen als düstre kalte Schatten vor mir vorbey schweben sehen. Meine Hand darf nichts Lebendiges mit Muth und Freude ergreifen. Alles Mißtrauen schwindet vor solch einer edlen Gestalt, sagte er freundlicher und indem er sich Nordheim näherte; ob Sie gleich ein Freund des Fürsten von ** sind, der mich verfolgt, so fühle ich doch, Sie können mir gerecht seyn.

Ich folgte Ihnen nur, erwiederte Nordheim, um das Herz meiner Agnes zu ergründen, um sie vor einem Fehltritt jugendlicher Übereilung zu beschützen. Jede andre Beweggründe sind fern von mir. Ohne irgend ein bestimmtes Verhältniß in D., diene ich nur zu Übungen der

Güte. Ich weiß, daß der Fürst aufmerksam auf Ihren Aufenthalt in der D..schen Gegend war. In jedem Fall war meine Meinung, Ihnen auf meinen Gütern eine Freistatt anzubieten. Jenes alles sind von nun an fremde Verhältnisse, und als der Freund meiner theuren Agnes haben Sie ein Recht an meinem wärmsten Diensteifer.

Charles sah uns beide einige Minuten hindurch fest und mit scharfen Blicken an. Ist es so? sagte er leise vor sich hin, und seine Augen blieben sinnend am Boden geheftet. Dann eilte er freudig auf uns zu, indem er rief: Ja, es ist so! Reine Freude, der erste belebende Strahl der Liebe flammt in den Blicken meiner Agnes; und, indem er auf Nordheim deutete: auf solch einer Stirn wohnt keine Unwahrheit. Möge ein gutes Schicksal die heiligen Blüthen, die die Natur jedem menschlichen Wesen nur einmahl reicht, für euch, meine Kinder, in Schutz nehmen. Möge nur die Zeit sie hold umwandeln, aber kein Sturm sie abbrechen. Verzeihen Sie mein voriges Mißtrauen, Herr von Nordheim, fuhr er fort, in einem lange gepreßten Herzen ist die Furcht eingewachsen. Verachten Sie mich nicht um meiner ängstlichen Sorge willen. – O wenn Sie wüßten, warum ich leben muß!

Nordheims Augen fielen voll schmerzlicher Besorgnisse auf mich. Charles sonderbares Wesen schien ihn zu beunruhigen.

Ich hoffe, sagte er sanft zu Charles, Sie gönnen mir für die Zukunft ein Vertrauen, welches uns beyden wohlthätig seyn wird. Sie finden auf meinem Gute alles zu Ihrem Empfang bereit, und sobald als meine Agnes es wünscht, komme ich selbst zu Ihnen.

Jetzt lassen Sie uns eilen! sagte Charles zu mir. Sobald ich Agnes wieder nach D. begleitet habe, eile ich nach Ihrem Schlosse. Bereiten Sie sich manches von mir zu vernehmen, was Sie verwundern, schmerzen, aber auch erfreuen wird.

Geht meine Agnes auch keiner neuen Gefahr entgegen? sagte Nordheim bedeutend. Ohne in Ihr Geheimniß eindringen zu wollen – dürfte ich Sie nicht begleiten, nur von fern Ihrem Wagen folgen, um Ihnen auf den ersten Ruf nah zu seyn?

Ich fühle Ihre Besorgniß, sagte Charles, aber ich muß diesen Wunsch versagen.

Ich bin ein unglücklicher, aber ein ehrlicher Mann! Es lag ein fürchterlicher Nachdruck in dem Ton, mit welchem er diese Worte aussprach, und sein starrer Blick, eine wilde Bewegung der Hand nach Nordheims Arm, deutete auf die ganze Bitterkeit gegen ein Schicksal, welches ihn nöthigte, zu diesem Selbstgeständniß seine Zuflucht zu nehmen.

Bitten Sie Herrn von Nordheim, uns nicht zu folgen, sagte mir Charles.

Sie fühlen, mein Theurer, sagte ich zu Nordheim, daß nur die unbezwingliche Nothwendigkeit mir gebieten kann, Ihnen einen Augenblick Unruhe zu machen. Meine Thränen flossen auf Nordheims Hände, die ich zwischen den meinigen hielt. Es ist das erste Zeichen meiner völligen Ergebenheit, liebste Agnes, sagte er sanft, ich gestehe daß es mir viel kostet, aber ich werde Ihrem Befehl folgen. – O meine theure Liebe, wie schnell gewöhnt sich doch unser Herz an das Glück! Schon ist mir's, als könnte ich mich nicht für wenige Stunden von dir trennen. In einer süßen Umarmung strebten unsre Herzen sich auf ewig zu vereinigen, und schon schwebt drohend die kalte Hand des Schicksals über uns, die ein menschliches Daseyn unaufhaltbar in der Fluth der Begebenheiten fortdrängt. Unsre Thränen flossen unaufhaltsam. Gute Seelen! sagte Charles bewegt. Überlassen Sie mir das Mädchen getrost, Nordheim, sagte er halbscherzend. Sie hörten von Ihrem Vater den Nahmen eines alten unglücklichen Freundes?

Ist es möglich? rief Nordheim freudig. Mit ihm beschäftigte sich mein Vater in seiner Todesstunde, vertraute mir Papiere für ihn, und manches meinem Gedächtniß, was zu gefährlich fürs Papier war. Sonderbare Ahndung, du hast mich also nicht betrogen!

Auch haben Sie etwas, um sich auf das weitere, welches ich Ihnen für morgen verspreche, zu vertrösten, – sagte Charles, und faßte meinen Arm. Leben Sie wohl bis dahin. Wohl mir! rief er aus, ich werde den treuen Sinn meines entschlafenen Freundes noch einmahl vernehmen. Die Zeit verstattet für jetzt keine weitere Erklärung.

Er zog mich fort. Nordheims Auge strahlte Freude und Ruhe, und auch aus meiner Brust entflohen die Sorgen in seinem heitern Blick. Zwar lag mir ein Schleyer über meinen Verhältnissen, aber es war der duftige Rosenschleyer eines Frühlingsmorgens, hinter welchem das neusprossende Leben der Natur waltet, um den Schooß der Erde mit jungen Blumen zu schmücken.

Ich grübelte nicht über Charles Rede, und genoß die Fülle süßer Ahndungen. Morgen finden wir uns wieder, sagte Nordheim als er mich in den Wagen hob, und ein Kuß auf meine Hand aus dem Wagenfenster goß eine belebende Flamme durch mein Wesen.

Ihre Mutter, sagte Charles als wir im Wagen saßen, muß morgen diese Gegend verlassen. Der Trost, Sie noch einmahl zu sehen, war zu ihrer Erhaltung nothwendig.

Ich mußte Charles von meiner Liebe reden. Wir durchflogen eine goldene Zukunft; Charles hatte eine innige Empfindung meines Glückes, die mich tief rührte.

Ich gäbe die Momente meines Zwistes mit Nordheim nicht um Jahre einer längern Bekanntschaft, sagte er unter andern. Die Art, wie sich ein Mann in solchen Lagen benimmt, ist entscheidend für Charakter und Herz.

Welche Größe und Festigkeit war in seinem Betragen! Der wahre Muth, der aus Kraft des Charakters entspringt, Besonnenheit und heller Blick in der Gefahr, bleibt immer die Krone des Mannes.

Das Lob des Geliebten ist die süßeste Musik; ich war verloren in Entzücken und süßen Hofnungen.

Wir fuhren an der langen Mauer hin, die ich beim ersten Besuch bemerkt hatte. Bald hielt der Wagen. Charles stieg aus. Statt des Stillen und Geheimnißvollen bei unserm ersten Empfang, sah ich ihn von Leuten umringt, die mit Lichtern und Geschrey durch einander liefen. Ich hörte heftigen Wortwechsel mit Charles, zwey Schüsse, nach denen ich meines Freundes Stimme nicht wieder vernahm.

Ich wollte mich aus dem Wagen werfen, man stieß mich ungestüm zurück. Der Gewalt konnte ich nicht widerstehen, und lag in dem schmerzlichsten Zustand der gebundenen Kraft bei dem regesten Willen, in Krämpfen auf dem Boden des Wagens. Man spannte andere Pferde vor, und fuhr weiter. Ein fremder ganz unbekannter Mann richtete mich auf, und setzte sich neben mich. Er gab keine Antwort auf meine Fragen, doch bezeugte er Mitleid bei den Ausbrüchen meines Schmerzens.

Es soll Ihnen kein Übel widerfahren! wiederholte er mir öfters.

Ich fiel in Fieberhitze, dann in Ermattung und Ohnmacht, endlich verlor ich alles Bewußtseyn.

Als ich aus diesem Zustand erwachte, lag ich in einem kleinen düstern Zimmer. Eine Frau saß an meinem Bette, es war eine kleine zusammengefallene Gestalt, ihre Gesichtszüge trugen die Spuren mancher widriger Schicksale, und die Freundlichkeit, die sie anzunehmen suchte, machte sie ganz zur Larve. Seit acht Tagen, sagte sie mir, lagen Sie hier, ohne ein Zeichen des Bewußtseyns von sich zu geben; Sie sind mir theuer empfohlen, und Ihr Zustand machte mich sehr besorgt.

Wo bin ich aber? fragte ich aufs neue; und sie erwiederte: Beunruhigen Sie sich nicht, Sie sind an einem Ort, wo Sie sich bald Ihrer völligen Genesung erfreuen werden. Die Lage ist anmuthig, die Luft gesund, und man wird sich ein Vergnügen daraus machen, alles zu Ihrem Zeitvertreib beizutragen, was die Umstände nur immer erlauben.

Ich hörte an der Aussprache, daß die Frau keine Deutsche war, sondern eine Französin. Der Mann hatte sich entfernt. Die Kraft der Jugend und meine gute Natur hatten die Macht der Krankheit besiegt, mein Blut ging seinen ruhigen Kreislauf aufs neue, und mein Gedächtniß fing an, die Fäden der wirklichen Begebenheiten aus dem Gewirre der Erscheinungen zu lösen, die meine Einbildungskraft während der Fieberhitze erzeugt hatte.

Kalt und zerstöhrend ergriff mich die Entfernung von meinem geliebten Freunde. Das Gefühl des Fremden und Unbekannten um mich her ergriff mich mit Grauen, ein wilder Schmerz bewegte krampfhaft meine Brust, und mein Daseyn drohte aufs neue in dumpfer Fühllosigkeit zu vergehen, als ein guter Genius meine jugendliche Phantasie neu und heiter belebte, und mein Herz auf eine wundersame Art mit Glauben und Hofnung stärkte.

Ein lieblicher kleiner Knabe trat herein, und brachte einen Teller voll der schönsten Früchte. Ich empfand ein inniges Vergnügen bei diesem Anblick, er knüpfte sich auf eine sonderbare Art an eine meiner vergangenen Erscheinungen, die ich während der Fieberhitze gehabt hatte, und die sich jetzt als ein liebliches Bild in meiner Seele wieder ordnete. Mit unaussprechlich lebhafter Farbe stellten sich alle jene Traumgestalten vor mich, nur ein leichter duftiger Nebelschleyer schien zwischen ihnen und der Wirklichkeit zu liegen.

Ich saß neben Nordheim in einem blühenden Garten. Er hielt mich ernst und schweigend bei der Hand. Ein großer bunter Vogel mit den glänzendsten Farben geschmückt, flog auf uns zu, und hielt ein Körbchen voll der schönsten Früchte in seinem Schnabel. Wir reichten beide nach den Früchten, aber der Vogel flatterte bei uns vorbei, lachte und rief Nordheimen zu: Noch nicht, sobald noch nicht, denn sie liebt dich nicht! Nordheim zog seine Hand aus der meinen, und eilte sich zu entfernen, ich warf mich zu seinen Füßen, weinte, wollte ihn zurück halten, aber vergebens, er war verschwunden. Ich suchte ihn auf, aber wo ich auch hinfloh, so zog sich ein Kreis von Gebüschen, meist von wilden Rosen um mich her, und versperrte mir den Ausgang. War ich einmahl durch eine Lücke der Hecke entwischt, so bildete sich gleich wieder ein neuer Kreis, der zu einer schauerlichen Höhe empor wuchs. Julius stand mitten in solch einem Kreis, er trug die Rüstung eines alten Ritters, und über die Brust eine breite weiße Binde, die Blutflecken hatte. Ich näherte mich, er riß die Binde auf, und aus seiner Brust wuchs eine Blume von sonderbarer Gestalt und Farbe, die ich nie gesehen. Reiß mir die Blume von der Brust, sagte er mir ernsthaft, und ich befreie dich. Ich gab mir alle Mühe, die Blume abzubrechen, aber vergebens. Er sah mir lächelnd zu, berührte die Rosenhecke um uns her mit seinem Degen, und es öfnete sich ein kleiner Fußpfad. Bald zertheilten sich die Gebüsche, vor uns lag Nordheims Schloß. Nordheim selbst näherte sich uns freundlich, und als wir alle drey dicht bei einander standen, flog derselbe bunte Vogel auf uns zu. Langsam ließ er sich über unsern Häuptern nieder, und als er die Erde berührte, sahen wir statt seiner einen wunderschönen Knaben. Er hielt denselben Teller mit Früchten, welchen uns der Vogel erst versagt hatte, wir eilten alle drei, das Kind zu umarmen.

Der Zauber dieser Traumgestalten wirkte belebend auf mein Gemüth, wie die Gegenwart eines Freundes, und die alte Frau freute sich der sonderbaren Veränderung, die der Anblick des Kindes in mir bewirkt hatte.

In kurzem erschien der Arzt, ein Mann von mittlerem Alter, mit einer angenehmen Bildung und wohlwollenden Miene; er näherte sich mir mit Anstand, und erkundigte sich mit bescheidnen Fragen nach meinem Befinden.

Ich bemerkte bald, daß ihm die Gegenwart der Alten Zwang auflegte; als sie sich auf ein paar Augenblicke entfernen mußte, sagte er sanft: Vor allem wird es zu Ihrer Genesung beitragen, wenn Sie sich über Ihre, ich gestehe es, freilich sonderbare Lage an diesem Ort, keine beunruhigenden Gedanken machen. Haben Sie Muth, und sorgen jetzt einzig und allein für Ihre Genesung! Die Alte kam zurück, ehe ich antworten konnte, und das Betragen des Arztes gegen sie, hieß mich jede Frage in ihrer Gegenwart unterdrücken.

Als sie auch entfernt auf meine Gemüthsstimmung deutete, und mich Muth fassen hieß, antwortete ich kalt, daß ich mir nichts bewußt wäre, wodurch ich ein böses Schicksal verdient hätte, und daß ich also auch keins befürchtete.

Der Arzt sagte hierauf: alles läge daran, jede trübe Vorstellung zu entfernen, und mich auf eine angenehme Art zu zerstreuen. Die Alte sollte mir leichte und anmuthige Geschichten vorlesen, die meiner Phantasie freundliche Bilder zuführten. Sie haben ja die Schlüssel zu der Bibliothek, sagte er, und das Fach der Mährchen ist gewiß gut besetzt.

Ich wußte es dem Arzt herzlichen Dank, daß er mich durch diesen Vorschlag von der unerträglichen Alten lästigem Gespräch befreite. Die Feinheit und der gute Wille, welchen dieses Mann gegen mich bezeigte, waren mir sehr tröstend, und gaben mir Hofnung, bald Nachricht von meinen Freunden zu erhalten. Charles Schicksal füllte mein Herz mit Bangigkeit, und lag immer als ein dunkler Schatten vor den süßen Rückerinnerungen jenes letzten Abends, der dem gewaltsamen Zustand, aus welchem ich eben erwacht war, voranging.

Alle kleinen Züge jener seligen Zeit erfrischten sich in meiner Vorstellung, und des Gefühl: Du besitzest Nordheims Liebe! gab mir ein neues, wundersames, kräftigeres Daseyn. Er war mir auf eine unaussprechliche Art immer gegenwärtig, Verlangen und Sehnsucht nach seinem lebendigen Daseyn waren zart und lieblich, aber nicht ungestüm. Die Kraft, alles zu werden, was hoch und treflich ist, fühlte ich nie so tief und lebendig. Seine Sorge um mich war das Schmerzlichste, was ich empfand; und doch, welcher geheimnißvolle unaussprechliche Reiz gab auch dieser Sorge eine sanfte Farbe!

Nur zuweilen flog durch meinen von der Krankheit geschwächten Kopf, in welchem Traum und Wahrheit noch schwankten, ein beunruhigender Zweifel, ob mein Glück auch kein Traum sey? Mit welchem Vergnügen fand ich bei meinen Kleidern, die auf einem Stuhl am Fuß des Bettes lagen, ein Tuch mit Nordheims Nahmen gezeichnet! Ich verwahrte das Tuch an meinem Herzen als das liebste, was ich besaß, und gleich als vermöchte es die Fülle lieber Erinnerungen mit dem Schleyer der Wahrheit zu bedecken und fest zu verwahren.

Der Arzt kam täglich, aber meine Alte bewachte mich mit Drachenaugen, und ein besondres Gespräch mit ihm war unmöglich.

Zweyter Theil

Während der Genesung von einer schweren Krankheit, ist das Gemüth zum stillen Hoffen und Dulden mehr als zum heftigen Verlangen gestimmt. Das Gefühl, eine freudenreiche lebenvolle Gegenwart nicht mit vollen Sinnen genießen zu können, beruhigt über einen freudenlosen Zustand.

Unser Gemüth ergreift Vergnügen und Schmerz mit gleicher Gewalt, und eben so stehen Sorge und Verlangen in gleichem Verhältniß. Auf diese Art ertrug ich meine höchstsonderbare Lage mit einer Ruhe, die mir in der vollen Thätigkeit meiner Gemüthskräfte unbegreiflich war.

Das gute wohlmeynende Wesen des Arztes, sein heller Blick, der mit offenbarem Vergnügen auf mir verweilte, gaben mir sogar Muth. Hätte mir dieser Mund ein Unglück zu verkündigen, er würde mir nicht so heiter zulächeln! sagte ich mir oft.

Nur die Unruhe um Charles verfolgte mich mit quälenden Bildern. Sein Verstummen nach dem Schuß, welchen ich an jenem unglücklichen Abend gehört, ließ mich oft seinen Tod befürchten.

Der Verlust eines so treuen Freundes war mir innig schmerzlich; und er war auch das einzige Band zwischen meiner Mutter und mir! Wo sollte ich die geliebte Stimme aufsuchen, die mir nur körperlos, wie ein Laut des Echo aus der Wildniß zutönte!

Als mich der Arzt den nächsten Tag besuchte, sagte er: Die Musik ist ein sehr wirksames Mittel, um den schwachen, verstimmten Nerven wieder Ton zu geben; ich habe eben in dem nächsten Dorfe zwei kleine Musikanten gefunden, zwei liebliche Knaben; ich nahm sie mit hierher, um Ihnen ein kleines Concert zu machen.

Er öfnete die Thür ins Nebenzimmer, und ich hörte ein liebliches Vorspiel einer Guitarre und Flöte. Es war dieselbe Melodie, welche Bettina in Nordheims Garten gespielt hatte.

Mein Busen wallte in sonderbaren anmuthigen Erwartungen; der Arzt beobachtete mich genau, winkte mir freundlich zu, und sagte lächelnd: O, ich bin der guten Wirkung dieses Mittels gewiß!

Die Alte setzte ihre Brille auf, und schüttelte den Kopf; so that sie zu allem, was sie nicht verstand. und wobey sie sich doch ein bedeutendes Ansehn geben wollte.

Jetzt tönte eine reine volle Stimme in die Saiten; ich erkannte Bettina. Meine Augen füllten sich mit süßen Thränen, und ein sanfter Schauer bebte durch meine Nerven. Der Arzt faßte meine Hand und sagte: Sie müssen den einen Knaben sehen, es ist ein so liebliches Kind! Komm herein, Kleiner! rief er; aber geh und sprich ja leise!

Ein Knabe trat schüchtern an die Thür. Er stand im Schatten, und ich erkannte die Gesichtszüge nicht. Nur näher! winkte der Arzt; und jetzt stand Bettina in Knabenkleidern mitten im Zimmer.

Sie sank auf ihre Knie, sah mich mit einem Blick an, in dem sich ihr ganzes Wesen aufzulösen strebte, und verbarg dann ihr Gesicht in ihre beiden Hände.

Der Arzt gebot ihr aufzustehen, zog sie zu sich, und sie stand jetzt dicht an meinem Bette.

Ich reichte ihr meine Hand, der sie einen heißen Kuß aufdrückte, und als sich ihr Haupt wieder erhob, flüsterte sie mir leise auf Italiänisch zu: Nordheim sendet mich zu dir, er ist nicht weit. Gott, was litten wir um dich!

Die Alte schob ihre Brille zurechte, hustete, fand das alles sehr sonderbar; doch wagte sie keine Bemerkung. Der Arzt wußte sie mit unerschöpflicher guter Laune zu unterhalten.

Bettina und ich selbst waren jetzt gefaßt genug, um ein gleichgültiges Gespräch vor der Alten anzuknüpfen. Sie mußte ihren Bruder auch aus dem Nebenzimmer zu mir bringen, beide Kinder betrugen sich mit großer Feinheit. Battista machte sich an Madame Imbert, und wußte durch tausend Schäkereyen ihre Aufmerksamkeit von mir abzulenken.

Bettina spielte mir geschickt einen Brief in die Hände; ich erkannte Nordheims Handschrift, und verbarg ihn in meinen Busen.

Ich hoffe Ihnen morgen einen Spatziergang im Garten verordnen zu dürfen, sagte der Arzt.

Die Alte wollte Einwendungen machen, aber eine scherzhafte Antwort des Arztes brachte sie zum Schweigen.

Auch meine kleine Hofkapelle bringe ich Ihnen bald wieder mit, sagte er beym Abschied.

Bettina küßte meine Hände noch einmahl, und während sich ihr Bruder mir näherte, ergriff sie eine Scheere, die auf dem Tischchen am Bette lag, und schnitt eine Haarlocke ab, die über meiner Schulter lag; schnell hatte sie ihren Raub in ihr Westchen verborgen, drückte die Hand auf ihre Brust, und flüsterte mir leise zu: Es ist für ihn!

Ich erwartete die Ruhestunde der Alten mit klopfendem Herzen. Als ich hörte, daß sie in tiefem Schlafe lag, wagte ich es, meinen lieben Brief zu eröfnen.

»Endlich, meine geliebte Agnes, kenne ich Ihren Aufenthalt. Die qualvollsten Tage meines Lebens folgten auf die schönste Stunde desselben. Aber der Augenblick, welcher uns wieder vereinigen wird, ist nicht fern; unser Leben soll bis dahin ganz der Hofnung gehören. Ich wäre zu Ihnen geeilt, hätte mich der Arzt nicht zurückgehalten. Er fürchtete, eine so ganz unerwartete Erscheinung möchte zu heftig wirken.

»Der Arzt ist einer meiner liebsten Freunde den ich von nun an als den Schutzengel meines Lebens verehre, weil er meine geliebte Agnes erhielt.

»Fürchte nichts mehr, meine einzig Geliebte! Du bist von den Armen der Liebe umgeben, keine Gefahr soll dir mehr nahen. Fürchte auch nicht für die, die dir werth sind, sie sind gerettet, um sich eines schönen Lebens mit uns zu freuen.

»Sobald der Arzt die Reise zuträglich für Sie findet, bitte ich Sie, diesen Aufenthalt zu verlassen.

»Alles wird sich freundlich auflösen.

»Ich schicke meiner süßen Geliebten hier einen Ring, welcher nie von meiner Hand kam; mir dünkte, ihre lieben Blicke ruhten oft darauf, und schienen eine gewisse verworrene Empfindung auszudrücken. Er löse jetzt alle Zweifel des besten Herzens, dessen Vertrauen ich ganz verdienen will.«

Wie sonderbar ward mein Gemüth bewegt, als ich den Ring mit Amaliens Nahmen aus einem Papier wickelte! Die reine Güte meines Geliebten, der treue zarte Sinn dieses Briefes, die seelenstärkende Hofnung, wirkten als wohlthätige Zaubermittel auf mein ganzes Wesen. Alle Sorgen um Charles und meine Mutter fielen von meinem Herzen, das sich ganz in seliger Hofnung erhob.

Arme Amalie! seufzte ich über den Ring mit einer unaussprechlich wehmüthigen Empfindung, als ich ihn wieder einwickelte, um ihn zu verwahren. Aber der erste Abend, wo er von Nordheims Hand in die meine fiel, stand vor meiner Seele, und ich verlor mich in den schönsten Träumen, die die Zukunft an die Vergangenheit knüpften.

Der Arzt fand mich am folgenden Morgen so stark, daß er darauf bestand, ich sollte einige Stunden der freien Luft im Garten genießen.

Ich sah die ganze Façade des Hauses, worin ich mich befand. Es war ein altes, aber sehr großes Gebäude, und schien ganz unbewohnt. Der Garten war ringsum von einer mäßig hohen Mauer umgeben, und einige Durchsichten waren angebracht, wo man durch eiserne Stäbe in die umliegende Gegend blickte. Der Garten stieß an einen anmuthigen Wald, aber die ganze Gegend schien öde und menschenleer, und nur in weiter Entfernung lagen einige Dörfer.

Aus wiederholten Fragen, mit welchen ich die Alte oft überraschte, hatte ich mir zusammengesetzt, daß dieser Ort ohnweit U. läge, welches zehn Meilen von D. entfernt war.

Wem dieses Landhaus zugehöre, hatte ich bis jetzt nicht bestimmt erfahren können, aber als ich im Garten über den Thoren des Schlosses das Wappen des Fürsten von ** bemerkte, blieb mir kein Zweifel, durch welche Autorität ich hiehergebracht worden sei, so unergründlich mir auch die Ursache dieses Benehmens war.

Der Arzt ging an meiner Seite, aber Madame Imbert ging an der andern, und es wurde uns unmöglich, etwas Zusammenhängendes zu sprechen.

Sie werden Herrn von Nordheim sehen! flüsterte mir der Arzt zu, ich konnte ihn nicht länger zurückhalten; aber halten Sie sich, und verbergen sich vor der Alten so viel wie möglich!

Mein Herz schlug hoch, der Athem fing an zu entgehen, und mein gebrochnes Auge richtete sich nach dem unendlichen Blau des Himmels, um Stärke zu sammlen.

Der Arzt warf einen besorgten Blick auf mich, unterstützte mich mit seinem Arm, und sagte mir ins Ohr: Wenn Sie sein Anschaun nicht still zu ertragen vermögen, so eile ich ihn aufzuhalten. –

Nein, sagte ich, es ist schon besser, Sie sollen mit mir zufrieden seyn.

An einem Platz wo man die freie Aussicht auf den Wald hatte, bat mich der Arzt auszuruhen. Es war ein heitrer Herbstmorgen. Der Himmel glänzte im reinsten Licht, und der Wald, der vor uns lag, im Schmuck der mannichfachsten Farben.

Ein Duett von Waldhörnern schallte aus der Ferne, und näherte sich uns in immer wachsenden Tönen. Bald vernahmen wir den Lärm von Pferden und Hunden, und jetzt sahen wir die Reuter aus dem Dickicht des Waldes sich uns nähern.

Der Arzt hielt meine Hand, und ein freundlicher Wink verkündigte mir Nordheims Ankunft.

Er wird nicht mit Ihnen sprechen, flüsterte er mir ins Ohr, nur unter dieser Bedingung erlaubte ich ihm zu kommen.

Es ist Herr von U. mit seiner Jagdgesellschaft, sagte er laut.

Nordheims Gestalt leuchtete mir sogleich aus allen übrigen hervor. Welche Zauberkraft fesselte alle meine Sinnen! Mein Herz flog ihm entgegen, und alles hielt mich zurück. Die Gewalt des Verlangens bewegte mein Herz aufs neue bis zum schmerzlichen Krampf; aber jetzt näherte sich der Geliebte, ich sah die reinen großen Formen von hohem, stillem Geist belebt, und jeder Sturm in meinem Busen schwieg. Wie im Anschaun der reinen Schönheit, fühlte ich nur ein hohes stilles Vergnügen, in dem mein eignes Wesen sich stärkte und erhob.

Seine Augen ruhten auf mir mit süßem Verlangen, mit zarter Besorgniß. Wie fühlte ich die Allgewalt, mit der die Seele sich durch dieses Organ auszudrücken vermag! In wenig Augenblicken stand die ganze Seele meines Geliebten in reiner Klarheit vor mir, wie nach einem sanften Gespräch, und Hofnung belebte mein ganzes Wesen.

Auch Julius war in Nordheims Gesellschaft, und sein sanfter Gruß zeigte mir sein liebendes Herz. Bettina und ihr Bruder folgten. Gleich einer himmlischen Erscheinung wallten die lieben bekannten Gestalten vor mir vorbey, um mir Heiterkeit und Trost zuzulächeln.

Die Vereinigung derer die wir lieben, ist einer der zärtesten Genüsse des Herzens. Meine heitern Blicke dankten dem guten Arzt, der den innigsten Antheil an meiner Freude nahm. Bewahren Sie diese sanfte Geduld nur noch wenige Tage, sagte er mir während einer kurzen Entfernung der Alten. Treue Liebe wacht über jeden Ihrer Schritte. Mit Engels Unschuld wandeln Sie ohne Furcht in Licht und Klarheit. – Ich danke Nordheim alles was ich bin, und das Schicksal konnte mir keine größere Wohlthat erzeigen, als die Gelegenheit, mich dankbar zu beweisen. Im Grunde ist wenig Verdienst hierbey, denn ich war entschlossen, alles für Sie zu thun, sobald ich Sie kennen lernte. – Halten Sie sich ruhig für heute, sagte er, als die Alte zurückkam, und nahm Abschied.

Als ich aus dem Garten zurückging, begegneten mir ein paar alte verlebte Gestalten, die gleich den Schatten der Vorwelt, in den langen Gängen und den öden Gemächern nur noch eine Spur des entflohenen Lebens zu bezeichnen schienen. In der einen erkannte ich den widrigen kleinen Mann, der mir beim ersten Erwachen aus meiner Krankheit den Puls fühlte. Die zweite war ein freundlicher Alter, der mir gütig und vertraulich zulächelte.

Verschiedene Gemächer waren geöfnet, man war beschäftigt sie zu reinigen und auszulüften. Der freundliche Alte bezeigte mir sein Verlangen, mich mit den Seltenheiten, welche sie enthielten, bekannt zu machen, aber mein alter Argus warf einen unwilligen Blick auf ihn, und alle Hausgenossen schienen unter demselben Joch, welches auch mich drückte, zu seufzen. Endlich gelang es doch meinem neuen Freund, der als ein alter Hofdiener auch etwas jener kleinen Künste, welche die große Welt regieren, erlernt haben mochte. Er schwang den Zauberstab der Schmeicheley, und die tausend Augen der Vorsichtigkeit schlossen sich gefällig. Wollen Sie nicht in jenem Cabinet der jungen Dame Ihr Bildniß zeigen? sagte er der Alten. Es ist von wunderbarer Schönheit, und seltner Ähnlichkeit. Sie werden darüber erstaunen, sagte er mir, und schon nahmen unsre Schritte eine andere Richtung. Alle Falten des alten Gesichts klärten sich auf, und legten sich in einen selbstgefälligen Zirkel um Mund und Wangen. Das alte Weib hüpfte uns selbst voran, die Thür zu öffnen. Wir standen vor einer Diana, und ihre Redseligkeit war in vollem Strom, uns die Situation, in welcher das Bild gemacht war, und die Leidenschaft des Fürsten, der es begehrt hatte, zu vergegenwärtigen. Es konnte uns kein Zweifel mehr übrig bleiben, daß man diese Göttin hier nur wegen des Kontrastes gewählt hatte.

Der gute Mann lächelte und winkte mir sein Vergnügen über die gute Laune zu, in welche er die Alte versetzt hatte. Wir besahen nun mehrere Zimmer, ich wurde weniger streng bewacht, und er gewann die Gelegenheit sich mir zu nähern. »Erschrecken Sie nicht, wenn sich in dieser Nacht eine Tapetenthür in Ihrem Zimmer eröffnet, und folgen Sie Still dem Wink, welchen man Ihnen geben wird.«

Ich suchte die Alte diesen Abend zeitig zur Ruhe zu bringen, indem ich mich selbst bald zu Bette legte. Als sie im Nebenzimmer in tiefem Schlaf lag, stand ich auf, zog mich an, und erwartete, welche neue Begebenheit meinen neuen gegenwärtigen Zustand freundlich auflösen, oder auch vielleicht tiefer verwirren würde.

Ich fand wirklich eine verborgne Thür, die ich noch nie bemerkt hatte, und nach der Mitternachtsstunde vernahm ich ein Geräusch an derselben.

Ich bebte vor ungeduldigem Verlangen. Jetzt öffnete sich die Thür, eine verhüllte Gestalt bog sich herein und winkte mir. Ich folgte, und die Hofnung, meine Mutter in dieser Gestalt zu finden, bewegte mein Herz in süßer Freude. Aber eine starke männliche Hand faßte die meine, und führte mich durch einige finstre Gänge.

Sollte es Nordheim seyn? dachte ich, aber mein Herz schwieg, und empfand nichts von dem nahmenlosen Zauber, welcher uns in der Nähe eines geliebten Wesens ergreift. Jetzt öffnete sich vor uns ein erhelltes Zimmer, die Gestalt warf einen langen Mantel von sich, und ich erkannte den Prinzen.

Ists möglich? Sie hier? sagte ich. O Sie kamen gewiß, um das Unrecht Ihres Vaters wieder gut zu machen, mich aus diesem Ort zu befreien und meinen Freunden wieder zu geben!

Gutes, vertrauendes Geschöpf! erwiederte er, ich komme, um Sie Ihrer Mutter zuzuführen. Mein Herz eilte dieser glücklichen Entdeckung ungestüm zuvor, als es sich Ihnen im ersten Augenblick mit Liebe und Verlangen näherte. O meiner Schwester Glück im Besitz einer so lieben Tochter ist groß und einzig!

Ihrer Schwester? rief ich aus. Meine Mutter .... O so war jene wunderbare Ahndung keine Täuschung!

Die Seitenthür öffnete sich, und die Prinzessin trat herein.

Bestes Kind! rief sie aus, indem sie mich in ihre Arme schloß, der Augenblick ist endlich gekommen... Meine Tochter... Ich lag zu ihren Füßen, sie zog mich an ihre Brust, und unsre Herzen schlugen unter süßen Thränen gegen einander.

Nach den ersten Momenten süßer Verwirrungen, in denen mich auch der Prinz als seine Nichte umarmte, blieb ich allein mit meiner Mutter.

Du bist die Frucht der heiligsten, aber der unglücklichsten Liebe, sagte sie, die unter dem Druck der schwersten Verhältnisse sich von Thränen und Entbehrungen nährte. Meine Freunde, die die fürchterliche Gewalt kannten, mit welcher mein Herz die Gegenstände seines Verlangens ergreift, entrissen dich mir. Ich beweinte dich als eine Todte, während du in holdem Leben aufblühtest. Jetzt da ein längeres Leben mir stilles Dulden und Genießen lehrte, jetzt gab dein Vater dich mir wieder. – Ach und beinah verlor ich ihn selbst! Eine tiefe Finsterniß liegt noch auf unserm Schicksal. Stolz, Härte, kalte Eitelkeit sammlen undurchdringliche Wolken um uns her. O die Menschen können viel Böses beginnen, wenn ihr Herz dem Strahl der Liebe undurchdringlich ist! Unsre zarten, süßesten Neigungen dünken ihnen dann nur leichte Opfer!

Ich lag zu den Füßen meiner Mutter, mein Haupt ruhte in ihrem Schooß, und ihr tiefer, schwermüthiger Blick lösete jede Kraft meines Busens auf. Eine unaussprechliche Bangigkeit faßte mich, doch suchte ich ruhig zu scheinen.

Ich habe noch wenig Erfahrung, meine theure Mutter, aber doch fühlte ich schon oft, wie uns das Herz in der Gefahr wächst, und wie in dringender Noth gleichsam ein guter Engel in den Lauf des Schicksals greift, um die Umstände freundlich zu uns zu fügen. Lassen Sie uns Vertrauen schöpfen. –

Armes Kind! sagte meine Mutter mit einem süßen schmerzlichen Lächeln, du ahndest nicht, welches Opfer man von dir fordert!…

Sie verlangte eine kurze Erzählung meiner Begebenheiten in jener Nacht, und meines Aufenthaltes an diesem Ort.

Mit dem süßen Vergnügen, mit welchem wir innig Vertrauten die glücklichen Momente unsers Lebens mitzutheilen streben, weil sie ihnen zum eignen Genuß werden, und mit jener Schüchternheit einer hochbewegten Seele, die sich ihr reinstes Glück kaum selbst auszusprechen wagt, entdeckte ich meiner Mutter Nordheims Liebe, unser erstes Zusammentreffen, meine Hofnungen und meinen Schmerz, bis zur glücklichen Stunde, wo sich mir das schönste, edelste Herz ergab.

Meine Mutter war höchst bewegt, antwortete nichts, und schloß mich weinend in ihre Arme.

Er ist das Opfer! tönte es in meinem Innersten; und gleich der kalten Hand des Todes, ergriff ein starres Entsetzen meinen Busen. Mögen sich diese Augen auf ewig schließen, wenn sie sich zu seinem Anschaun nie wieder erheben sollten, sagte ich in mir selbst. Nur eine schaudervolle Ode fand ich in meinem Innern; der Wunsch, mich selbst darin zu verlieren, war mein klärstes Gefühl.

Meine Mutter hieß mich fortfahren, und fragte nach allen kleinen Umständen der unglücklichen Stunde, die mich hier her versetzte.

Ich sprach lebhaft von meiner Sorge um Charles; ob mich gleich Nordheims Zeilen von der Furcht befreiten, ihn verloren zu haben, so sagten sie mir doch auch nichts Bestimmtes über seinen jetzigen Zustand. Wo ist der gute, treue Mann, dem ich so viel zu verdanken habe? O du hast ihm noch mehr zu danken, als du weißt, sagte meine Mutter. Alles – er ist dein Vater! und welch ein Vater, welch ein Mann er ist, wirst du aus einer kleinen Lebensgeschichte sehen, die ich seit unserer ersten Zusammenkunft für dich aufschrieb.

Du hörtest von deinem Pflegevater den Nahmen Hohenfels gewiß mit Verehrung nennen. Ich weiß es, er war der gute Engel jener Gegend, den man bis zur Anbetung verehrt, wie der fromme Wahn einen entschlafenen Schutzheiligen. Und dieser Mann entzog sich der Welt, in welcher ihn die schönsten Verhältnisse fest hielten, entzog sich dem großen Cirkel seiner Wirksamkeit aus Liebe für mich, für dich, mein Kind. Sein glänzendes Leben verschwand wie ein schöner Stern vom Himmel. Alle Augen suchten ihn mit Sehnsucht. Er erhielt, ernährte unsre Herzen mit seinem heiligen Feuer. – Du wirst es fühlen, liebstes Kind, wenn sich der ganze Lauf seines Lebens vor dir enthüllt; wir können nie, nie genug für ihn thun!

Welche Freude empfand ich, in diesem edlen geliebten Mann, der mir gleich anfangs als ein guter Genius erschienen war, meinen Vater zu finden! Die Freude, welche mein Vater von Hohenfels über diese glückliche Erscheinung seines so lang beweinten Freundes fühlen würde, erhöhte mein eignes Glück.

Aber dieser edle Mann, fuhr meine Mutter fort, ist jetzt in den Händen meines Vaters! Warum muß ich es aussprechen! meines Vaters, in dessen ehernem Busen nie ein sanftes Gefühl der Natur keimte. Fühllosigkeit und Mißtrauen sind das Loos derer, die auf einer höheren Stufe zu stehen wähnen, wenn nicht eine besonders reiche Natur ihr beßres Gefühl erhält. Die Sklaverey des Scheins unterdrückte die freie Regungen seines Herzens, die Convenienz wurde aus seiner Tyrannin seine Göttin. Wie sein eignes Daseyn, so opfert er dieser auch jede andere Existenz, die ein unglückliches Schicksal an die seinige knüpfte. Gutes Kind! mußte dich meine unvorsichtige Neigung auch in dieses feindselige Gewebe ziehen!

Lies dieses, sagte sie, indem sie mir zwey versiegelte Papiere gab: das erste enthält einen flüchtigen Umriß meiner Lebensgeschichte; das zweite, Briefe meines Bruders, aus welchen du die gegenwärtige Lage der Dinge sehen wirst.

Ich fordre nichts von dir..., sagte sie mit zitternder Stimme: mein Herz wird nur Ruhe finden, wenn es aufgehört hat zu schlagen. Dein großmüthiger Vater fordert nichts von dir, er hat jedes Glück dieser Welt für sich aufgegeben, nur das deine kann ihn noch rühren. Fordre nichts von dir selbst, was deinen Frieden für immer stöhren könnte. Ich ahnde eine höhere Kraft in dir, welche mir die Natur versagte; ohne dieses, und ohne den dringenden Rath meines Bruders, hätte ich dir diese Papiere jetzt nicht überliefert.

Der Prinz trat herein, und bat meine Mutter, sich zu entfernen. Höchst bewegt lag sie in meinen Armen, und konnte sich nicht von mir losreißen. Bald riß sie die Papiere, welche sie mir eben zugestellt hatte, aus meinen Händen, und rief: Nein, ich will die Ruhe deiner Liebe nicht morden! Bald gab sie mir sie wieder mit den Worten zurück: Rette deinen edlen Vater!

Als sie mir sie aufs neue entreissen wollte, stellte sich der Prinz zwischen uns, faßte meine Mutter sanft bey der Hand und sagte: Schwester, fasse dich! Unsre Agnes hat den Sinn und den Muth, das Edelste zu wählen. Dein armes Herz hat so viel gelitten, daß deine gesunde Vorstellungsart davon erkrankte. – Wer kann zweifeln in deiner Lage? Agnes muß alles wissen; – die Pflicht wird in ihrem schönen Herzen siegen.

Meine Mutter rief mit wildem Blick: Ja, und die Liebe wird es im Todeskampf brechen. O nur ein Mann, nur mein Gemahl konnte lieben, konnte ein weibliches Herz verstehen. Ihr andern spielt mit euch selbst mit der Leidenschaft, und mit uns. Ich kenne *eure* Siege! Ihr umfaßt nichts mit der ganzen Kraft eures Wesens, und vermögt darum von allen zu scheiden, und euch noch dazu in eurem eitlen Sinn zu überreden, die Stärke habe errungen, was die Schwachheit aufgab. Nein, von der vollen Hingebung eines weiblichen Herzens, von der Gewalt seiner Neigung, habt ihr weder Gefühl noch Begriff. – Auch nicht von der Zartheit, mit welcher wir in ein anderes Daseyn überfließen, und wie seine Leiden unsern Busen zerreißen. Diese tausend feinen Fäden unsers Wesens, die allen Schmerz der weiten Natur zu dem unsern machen, und diese Gewalt, die uns ganz und einzig in einer Liebe hinreißt und ewig fest hält, öffnet uns eine eigne Welt des Leidens. Trauriges Geheimniß unsrer Existenz! Ihr vermögt euch in eurem Innren zu trennen, mit dem Verstand wahrzunehmen, mit den Sinnen. Wir umfassen alles mit unserm ganzen Wesen, der Schmerz zerstöhrt uns auch ganz. – O verzeih, mein Bruder, ich kenne dein edles treues Herz. – Ich folge deinem Rath, aber aller Muth ist mir entgangen in der Ahndung *ihres* Leidens. Sie zog mich an ihre Brust.

Ich fühlte nur ihren schmerzlichen Zustand. In meinem Innern war es finster, nur eine schreckenvolle Gestalt bewegte sich schauervoll in dieser Finsterniß, die Furcht Nordheim zu verlieren.

Ich weiß nicht was ich soll, noch kann, meine theure Mutter, sagte ich: aber ich *will* alles, was Ihnen Ruhe gewährt.

Schone dich, bestes Kind! sagte meine Mutter. O, muß dieser neue Kampf deine noch schwache Gesundheit schon wieder bestürmen! Übermorgen sehen wir uns wieder.

Der Prinz sagte mir noch: Der alte Bediente ist von uns gewonnen, verlassen Sie sich ganz auf seine Treue. Wir sind nicht weit von Ihnen entfernt, in wenig Tagen leben Sie in dem Kreise Ihrer Freunde.

Der vertraute alte Diener brachte mich wieder in mein Zimmer. Mit bebender Hand eröffnete ich die folgenden Blätter, welche das Geheimniß meines Schicksals enthielten, und wendete den Rest der Nacht dazu an, sie zu durchlesen.

»Ich wurde in jener Beschränkung erzogen, zu welcher so oft die isolirte Lage eines höhern Standes führt.

Meine Mutter hielt streng auf einmahl hergebrachte Gewohnheiten, und in allen einfachen fröhlichen Genüssen der Jugend klirrten die Fesseln der Etikette mit ein. Tausend Ermahnungen, die Schicklichkeit, zu der meine Geburt mich verpflichtete, ja niemahls aus den Augen zu setzen, begleiteten jeden meiner Schritte. Natürlich waren diesen Vorstellungen für mich seelenlose Töne, wie alle conventionellen Begriffe es für uns sind, ehe wir die Verhältnisse kennen, aus denen sie sich erzeugen.

Alles was mich umgab zweckte darauf ab, mich zu isoliren, und mein weiches liebe-bedürfendes Herz strebte, mich mit allem zu verbinden. Meine ganze Natur gewann mehr Stärke des Empfindens durch den Widerspruch, den sie von außen erfuhr, als sie vielleicht in einer andern Lage gewonnen hätte.

Ein erhöhter Zauber von magischen Farben umstrahlte alle kleinen Verbindungen, die ich in den seltenen Gelegenheiten anknüpfte, wo ich mit mehreren Kindern meines Alters zusammenkam. Kein Ball, keine Assemblee verging, wo mir nicht irgend eine Gestalt erschien, welcher ich mich mit Liebe näherte, und nach der ich in den folgenden Tagen eine leidenschaftliche Sehnsucht empfand.

Mein Verstand entwickelte sich nicht im gehörigen Verhältniß zu meiner Einbildungskraft. Meine Lehrstunden waren nur mechanische Übungen. Ich gewann Kenntnisse und Fertigkeiten; aber ohne ausgezeichnetes Talent zu besitzen, schlossen sie sich zu keinem Ganzen in meiner Seele, und beschäftigten mich also auch nur einseitig. Es war immer etwas Unbeschäftigtes, etwas Überflüßiges in mir, welches nach einem Organ zur Wirksamkeit rang.

Meine Fantasie, die in keiner Kunstschöpfung erblühen konnte, waltete bildend über meinem gewöhnlichen Lebenskreis, wo sie nur Täuschung und Verwirrung erfuhr und erzeugte. Sie lag als eine Wolke zwischen mir und der Wirklichkeit, meine Genüsse und Leiden bildeten sich nur in diesem Medium, und mein Wesen trat aus dem Kreise der gewöhnlichen allgemein verbindenden Vorstellungen beynah heraus. Ich fühlte es, man faßte mich nicht, und so verlor auch ich das Vermögen, die Menschen um mich her rein zu verstehen. Zu meinem Unglück lagen auch nur lauter verschobene verwirrte Naturen in meinem näheren Kreise. Ein gesundes, starkes, lieblich gestimmtes Gemüth, welches sich dem meinigen zugeneigt, hätte vielleicht die Harmonie unter meinen Seelenkräften, und zu meinen äußern Verhältnissen wieder herstellen können. Aber der belebende Hauch der Liebe blieb mir fremd während meiner ersten Bildung. Mein Herz verschloß sich allen ungefälligen Gestalten meines ältern Cirkels, und die einzige holde Gestalt, die mich umgab, meine ältere Schwester, wurde früh verheyrathet, und schwebte, als sie mich verließ, noch selbst zu sehr in jenem magischen Duft, der auch meinen Gesichtskreis bewölkte, um klar und bestimmt auf mich zu wirken. Mein jüngerer Bruder wurde ganz von mir getrennt erzogen.

Ich war der genaueren Aufsicht einer alten Französin übergeben. Diese wachte sorgfältig über mein Äußeres, über den Anstand mit welchem ich in ein Zimmer eintrat, und über die Art und Weise, wie ich jedem Mitglied der Gesellschaft zu begegnen hätte. Sie selbst glaubte durch den Wiederschein meines Ranges zu glänzen, und erhielt mich nach den Maximen meiner Mutter, in einer strengen Zurückhaltung gegen alles was mich umgab.

Meine Vernunft blieb unkultivirt, aber glücklicherweise blieb mein Herz gesund in seinem besten Vermögen. Ich ehrte die Wahrheit über alles, und war durch die Lebendigkeit meiner innern Erscheinungen zu einer gewissen Erhabenheit des Sinnes gestimmt, die mich über allen kleinen Collisionen erhielt, in denen unsre Gutmüthigkeit oft scheitert.

Ich verlebte meine Tage in einer sonderbaren Wehmuth, zu der ein unbestimmtes Verlangen hinneigt. Die edlen Seiten meiner angebohrnen Verhältnisse wurden nie durch klare Vorstellungen, die einzig ansprechen, an mein Herz gelegt. Das Leben und Wirken für Andere, die immerwährende Sorge und Thätigkeit für ein Ganzes, die gleichsam das reinste Element ist, in welchem ein menschliches Gemüth das reichste und reinste Daseyn gewinnt, diese hatte man mir nie in der nothwendigen Verbindung mit mancher Beschränkung meiner Lage gezeigt.

Wer für andere wirken will, muß seiner selbst gewiß seyn, und die künstlichen Schranken, welche die Großen oft um sich herlegen, sind immer als Symbole, die reelle Eigenschaften erzeugen oder ersetzen sollen, achtenswerth. Ruhe Besonnenheit, Mäßigung gesellen sich gern zu einem gleichförmigen feierlichen Gang des Lebens. Man legte mir zuweilen diese Verhältnisse vor, aber es geschah ohne Klarheit und Wärme. Wie so selten genießen wir einer andern Erziehung als die der Umstände, und wie tausend kleine Begebenheiten machen uns endlich zu dem was wir sind!

Die Musik war das einzige Organ zarter menschlicher Empfindungen um mich her; ich ergab mich ihr, und lernte sie mit Leidenschaft.

Meine Bücher waren einer strengen Wahl unterworfen, aber wie die Vorsichtigkeit immer der Natur eine Lücke geöffnet lassen muß, so schlich sich auch unter dem Vorwande der Sprachstudien, manches Contrebande mit ein.

Die Äneis berührte gewisse zarte Saiten in meinem Wesen am ersten, und während mein alter Lehrer nur Construktionen, Substantive und Adjektive sah, drang die mächtige Stimme der Leidenschaft, in den Schicksalen der armen Dido, an mein Gemüth.

Diese bestimmt gezeichneten Bilder schoben sich meinen italienischen Arien unter, die ich mit großer Wahrheit des Ausdrucks singen lernte.

Ein sanftes, zärtliches Mädchen, die wie ich, unter dem Druck einer sogenannten feinen Erziehung seufzte, bekam auf einer Landparthie, wo ich meine Mutter begleitete, Gelegenheit sich mir zu nähern.

So ungestört hatte ich noch selten der freien Natur genossen! Ein Garten mit alten verschnitzten Hecken, ein Weg durch eine Allee, dahin begränzten sich meine Wanderungen. Ich blickte in die herrliche Gegend, die ich aus meinem Fenster übersah, wie in eine Zauberwelt, zu welcher mir die Brücke hinweggebrochen war. Die schönen Formen der Gebirge, die hohen dunkeln Bäume am Ufer des Flusses, zogen mich an, wie lebendige Wesen, die vielleicht Antheil und Liebe für mich fühlen könnten. Zuweilen wurde ausgefahren, und. ich grüßte die schönen Gegenden, an denen ich vorbey flog, mit stillen Seufzern der Sehnsucht.

Wenn ich zurück in mein hohes dunkles Zimmer kam, rief ich mir die Zauberbilder wieder zurück, und gleich den Gestalten der *Fata Morgana* schwebten die durchstreiften Gegenden um mich her an den hohen Wänden meines Zimmers, die sich gegen den Plafond in eine angenehme Dämmerung hüllten. Diese Lebhaftigkeit meiner innren Darstellung war mein schönster Genuß.

Mein Glück war unaussprechlich, als ich mit meiner Mutter für ein paar Tage auf ein entferntes Lustschloß ging, und mit meiner Freundin in den kunstlosen Gärten, die sich in einem anmuthigen Wäldchen verloren, frey umherschweifen konnte. Ein sanftes empfindendes Wesen mir so nahe zu fühlen, meinen Genuß an der Natur aussprechen zu können, und ihn aus der Bewegung eines gleichgestimmten Herzens verstärkt zurück zu empfangen, war für mich ein ganz neuer Zustand. Mein innerstes Wesen erschloß sich in seinen tiefsten heiligsten Quellen in jenen Tagen, und die Fähigkeit zu Liebe und Genuß, die ich bis jetzt nur in mir geahndet hatte, gab mir ein stärkeres Gefühl des Daseyns. Ich hatte jetzt einen bestimmten Wunsch, in welchem sich die Kräfte meines Gemüths vereinten: Liebe und Freiheit.

Meine Freundin war liebenswürdig, die feinste Gestalt und das reinste Gemüth zeigten sich in der sanften Gefälligkeit des Betragens.

Auch ich war ihre erste Neigung in der weiblichen Welt, die erste Freundin, die ihren ästhetischen Sinn berührte, der in der Kindheit mehr als man gemeiniglich annimmt, entscheidet.

Der Zauber jugendlicher Träume, der unsern ersten Blick ins Leben begleitet, giebt auch der ersten Mädchenfreundschaft jenen unaussprechlichen Reiz einer unbegränzten Empfindung.

Das vollste Vertrauen belebte alle unsre Gespräche. Meine Freundin hatte unter dem Kreise ihrer Bekannten einen liebenswürdigen Jüngling gefunden, den sich ihr junges Herz bald zu seinem Abgott erkohr. Meine dunkeln Träume hatten noch keinen Gegenstand, und meine Fantasie dichtete sich den schönsten.

Das Wäldchen hinter dem Garten war unser Lieblingsaufenthalt. Eine Gatterthür, die zu einer freien Straße durch den Wald führte, war uns als die Gränze unserer Wanderungen vorgeschrieben, und bey jedem Ausflug begleitete uns die strenge Warnung der Französin, sie niemals zu überschreiten. Natürlich wurde das Gatterthor jetzt das Ziel unsrer Neugierde. Die breite Straße durch den Wald lud uns so lieblich ein, und die Ahndung tausend fröhlich-sonderbarer Abentheuer schwebte uns auf ihr entgegen.

Nach wiederholten vergeblichen Versuchen fanden wir das Gatter eines Abends offen. Wir flogen hindurch, und wandelten unter den alten himmelhohen Fichten umher, mit klopfendem Herzen, als würden sie uns anreden, wie in Armidens verzaubertem Wald.

Bey unsrer Rückkunft fanden wir das Gatter verschlossen. Welcher Schrecken! Angstvoll versuchten wir das Unmögliche, bald uns durch eine kleine Lücke des Zauns hindurchzudrängen, bald über das Gatter zu klettern; und als jedes Bemühen vergebens war, sanken wir ins hohe Gras nieder, und ließen unsern Thränen freien Lauf. Oft hatte unsre Freundschaft sich Gelegenheit gewünscht, durch irgend ein heroisches Opfer ihre Stärke zu beweisen. Jede wollte sich allein alle Schuld an diesem unglücklichen Zufall beimessen. Die Sonne war nah am Untergang, und senkte ihre schiefen Strahlen durch den bläulichten Dampf des Waldes; die ganze breite Straße durch den Wald hindurch, welcher sie gerade gegenüber unterging, glänzte im röthlichem Lichte.

Wir geriethen in die höchste Unruhe, als wir in einem benachbarten Dorfe die Stunde schlagen hörten, die uns zu unsrer Zurückkunft im Schlosse bestimmt war. Die Furcht, unsre schöne, kaum errungene Freiheit mit einemmahle wieder zu verlieren, erfüllte uns mit tausend Sorgen. Wir hielten uns weinend umfaßt, und machten noch einen neuen verzweifelnden Versuch auf das Gatter. Einige Reuter kamen jetzt die Straße durch den Wald her. Der Eine, dem die übrigen zum Gefolge dienten, hatte eine edle Gestalt, die uns gleichsam aus den Strahlen der Abendsonne hervorging, und deren Zuge sich nach und nach aus dem Lichtglanz enthüllten. Immer wurde die Gestalt edler und schöner, und als endlich die lieblichen Formen des Angesichts aus dem röthlichten Schimmer hervorglänzten, dünkte es uns einen freundlichen Bothen des Himmels zu sehen, welcher käme, um uns aus der Noth zu erretten.

Schon war er uns nah, als meine Freundin und ich uns den Gedanken zuflüsterten, ihn um Hülfe anzurufen. Zu gleicher Zeit hatten wir beide diesen Einfall gefaßt; aber als der Ritter, der uns erlösen sollte, dicht vor uns war, hatte ich den Muth verloren, und suchte vergebens nach Worten. Er grüßte uns, und ich war verloren im Anschaun der edlen großen Züge dieses Gesichts, wie mir noch nie eines erschienen war. Schon wendete er uns den Rücken, als meine Freundin ihm nachrief: Mein Herr! Wir sind hier in großer Verlegenheit. Ich bitte … Schnell wendete er sich wieder gegen uns, und war im Augenblick vom Pferde gestiegen. Was steht zu Ihrem Befehl? sagte er freundlich, und meine Freundin trug ihm unser Anliegen vor. Da denk' ich wohl Rath zu schaffen, sagte er, indem seine Augen die Höhe des Zauns maßen. Nein, das wäre zu gefährlich, sagte er vor sich hin, und ging zum Thore. Mit starkem Arm griff er in die Stäbe des Gatters, und hob den einen Thorflügel aus den Angeln.

Meine Freundin hüpfte hindurch, ich folgte; sie rief einen flüchtigen Dank aus, ich wendete mich noch einmahl gegen unsern freundlichen Erretter, es zog mich eine fremde Gewalt zurück, aber ein Wink meiner Freundin beflügelte meine zweifelnden Schritte.

Und wir haben ihm nur so flüchtig gedankt! war mein erstes Wort gegen Theresen, und mein Gefühl während der nächsten Tage.

Es war etwas Zufriednes in seinem Blick, als ich ihn zuletzt ansah; aber gleichwohl dachte ich mit einer unaussprechlichen Rührung an den Jüngling, und warf mir immer von neuem vor, ihn durch meine schnelle Flucht beleidigt zu haben.

Sein Bild, das Bild der ganzen Scene blieb lebhafter als noch irgend ein anderes Andenken, in meinem Gemüth. Meine Träume hatten jetzt einen Gegenstand gefunden. Die Gestalt des Jünglings stand als ein Riesenbild in meiner dunkeln Zukunft, in dem sich alle übrige Lebensgestalten verloren.

Bald nahm meine Freundin den tiefen Eindruck wahr, welchen mein Gemüth empfangen hatte, und das schwankende Ahnden und Verlangen wurde in unsern Gesprächen zu bestimmten Erwartungen und Planen.

Meine Freundin forschte nach dem Nahmen und Stand des Jünglings, aber lange blieb jedes Bemühen fruchtlos. Er war entflohen, wie eine holde überirdische Erscheinung, und ich überließ mich der innigsten Sehnsucht nach ihrer Wiederkehr um so ungestörter, weil sich diese Empfindung ganz von dem Kreise der wirklichen Welt, die mich umgab, abtrennte.

Die Fantasie flog über alle Schranken, und erhielt das Herz durch Träume und Hoffnungen in den Banden der Leidenschaft.

Der Prinz von *** kam, um bey meinen Eltern um meine Hand zu werben. Welche Gestalt gegen das zauberische Bild voll Kraft und Leben, das in meiner Seele stand! Kein Funken der Kraft noch des Geistes leuchtete aus den schlaffen Zügen; selbst die leichten fröhlichen Regungen der Jugend schienen in den tiefen Falten des Alters erstarrt zu seyn. Seine Reden waren, wie seine Gestalt, ohne Klarheit und Sinn, und jeder Ausdruck, der irgend eine Empfindung darstellen sollte, wurde durch seine klanglose Stimme, die sich oft in einem grinsenden Gelächter verlor, zur widrigsten Karrikatur.

Die Convenienz stimmte für die Verbindung mit dem Prinzen; sie herrschte als Tyrannin in dem Gesichtskreise meiner Eltern: ich sollte aufgeopfert werden.

Meinen Eltern zu widersprechen, war mir undenkbar; eben so undenkbar, dem Prinzen meine Hand zu geben. Ich wurde auch nie um meine Einwilligung gefragt. Meine Mutter beschäftigte sich mit meiner Ausstattung, ich hörte von den Festen bey meiner Verlobung, und in einer tauben Fühllosigkeit wäre ich vielleicht dem Drang der Umstände gefolgt bis zum Altar, wo mich die Verzweiflung erweckt hätte.

Die Gewohnheit in den Träumen der Einbildung zu leben, giebt unserer ganzen Existenz, unserer Art zu handeln, etwas Unterbrochnes, etwas Verwirrtes, welches für den klaren Verstand an das Unbegreifliche gränzt. Wie der Nebel in einem tiefen Thal die Formen der Gebirge verbirgt, daß nur dann und wann, wenn er sich trennt, eine Felsenkuppe hervorragt, so liegt die Fantasie vor unserm Leben. Nachdem dieser oder jener Theil der Gegend vor uns aus dem Nebel steigt, lenken wir unsre Schritte, und unser Thun und Handeln bleibt ein Fragment für den klaren Verstand, der die ganze Aussicht im hellen Morgenlichte erblickt.

Meine innern Erscheinungen rührten mich tiefer, als die Wirklichkeit, und mit einer unglaublichen Verschlossenheit des Sinnes ging ich in einem dumpfen Traum meinem Schicksal entgegen. Nur der sorgenvolle Blick meiner Freundin warnte mich vor dem Abgrund, der sich vor mir öffnete; in ihren Thränen las ich mein ganzes trauriges Loos.

Wir fassen so früh die Gewohnheit, uns mit den Schranken, die jeden unsrer freien Schritte hemmen, durch Ausweichen oder Überspringen abzufinden, daß wir so selten edles Dulden oder muthiges Widersetzen lernen. So oft beugt das Unglück mit unserm Muth unsern Charakter.

Meine Freundin fand den Gedanken, sich zu widersetzen, so unmöglich als ich, und da sie mich resignirt wähnte, erlaubte sie sich nicht die kleinste Bemerkung, die meinen Frieden hätte stöhren können.

Der Hof war zu einem kleinen Fest versammlet. Stumm und gedankenvoll stand ich mit meiner Freundin in einer Ecke des Saals, als mein Vater mit einigen Fremden hereintrat.

Kaum wagte ichs meinen Augen zu trauen, vor denen alle Gegenstände anfingen zu schwanken und in farbigen Lichtstrahlen zu zittern. Unter den Fremden war der junge Mann, das geliebte Bild meiner Träume.

Er ists! flüsterte mir meine Freundin zu, indem sie mir die Hand reichte, mich zu unterstützen. Bald näherte er sich uns; mit einem feinen Lächeln gab er sich das Ansehen einer ganz neuen Bekanntschaft, und nur als er mit meiner Freundin und mir allein blieb, gedachte er unsers Abentheuers. Diese kleine Begebenheit stellte bald eine eigene Vertraulichkeit unter uns her.

Ich fühlte nichts mehr als den Zauber seiner Gegenwart. Meine Freundin hatte von seinen Begleitern seinen Nahmen und seine Verhältnisse ausgefragt. Ein ältlicher überall geschätzter Mann hatte viel zu dem Lobe meines Geliebten gesagt, hatte in wenig Worten ein Bild seines Charakters und Lebens entworfen, das sich mit Flammenzügen in mein Herz schrieb.

Dieser Mann war Nordheims Vater. Sein geübter. Blick, sein klarer Verstand flößte allen seinen Bekannten unbegränztes Zutrauen ein.

Nach seinem Zeugniß schien mir die Stimme der Vernunft für meine Leidenschaft entschieden zu haben. Ich überließ mich dem neuen zarten Gefühl meines Herzens, und wagte zu hoffen, da, wo meine Lage mich verzweifeln hieß. Ich fühlte, daß Hohenfels mich liebte, ob er gleich seinem Betragen strenge Zurückhaltung auflegte. Meine Freundin stand zwischen uns beiden, und von ihren Lippen vernahmen wir Beide das Geständniß einer Neigung, welcher eiserne Verhältnisse ein tiefes Schweigen hätten auflegen müssen.

Der Schmerz, welchen Hohenfels über meine Verbindung mit dem Prinzen äußerte, erweckte jede unbekannte Kraft in meinem Gemüth. Ich begegnete dem Prinzen mit einer Verachtung, die selbst seinem Stumpfsinn nicht entging, und auf die Vorwürfe meiner Mutter über dieses Betragen, gab ich die höchstbestimmte Erklärung, daß ich mich nie zu dieser Verbindung entschließen würde.

Ich ertrug alle schmerzlichen Scenen, welche dieser Erklärung folgten, mit Festigkeit, und da man endlich alle Versuche, meinen Entschluß umzustimmen, fruchtlos fand, bekam der Prinz seinen Abschied; aber mein Vater war so aufgebracht gegen mich, daß meine Mutter mich zu meiner älteren Schwester schickte, um mich den lauten Ausbrüchen seines Zorns zu entziehen.

Den Tag meiner Abreise empfing ich durch meine Freundin einen Brief von Hohenfels. Er wollte meinen Lebensfrieden nicht länger stöhren, sagte er mir; nachdem ich der Gefahr entronnen wäre, mich mit einem unwürdigen Manne zu verbinden, sollte ich um seinetwillen nicht länger die Eintracht mit meiner Familie unterbrechen. Ich sollte ihn vergessen, und er wollte lernen sich meines Glückes zu freuen, wenn er auch nur durch das schmerzlichste Entsagen etwas zu demselben beizutragen vermöchte.

Ich sank in Ohnmacht, als ich den Brief gelesen. Meine Freundin stand weinend an meinem Bette, und suchte mich durch die Hofnung aufzurichten, daß eine glückliche unerwartete Begebenheit unserm Schicksal eine andere Wendung geben könnte. Sie kannte mein Vermögen, das Unmögliche erreichbar zu denken, und hoffte mich so zu heilen.

Wir lasen den Brief noch einmahl, und sein edler Sinn nährte meine Liebe, und gab ihr die Allmacht, welche diese Leidenschaft selbst aus der Hoffnungslosigkeit schöpft, wenn sie sich, nur bestehend auf sich selbst, als ein Kind des Himmels empfindet, und aller Aussicht auf irdisches Glück entsagt hat.

Die Erde fordert uns nur allzubald zurück, so lange wie ihr noch angehören. Verlangen und Sehnsucht zerstörten meine Gesundheit. Die Ärzte glaubten mich dem Tode nahe.

Ich fand an dem Hofe meiner Schwester mehrere Bekannten meines Geliebten. Ich folgte seinem Schicksal mit meinen Gedanken, wußte den jedesmahligen Ort wo er sich aufhielt, und meine Fantasie dichtete sich die kleinsten Umstände seines Lebens. Mein verspannter kranker Sinn lebte in einer Welt erdichteter Genüsse und Leiden, und wenn unser Herz nur in der Dichtung lebt, und keinen Ruhepunkt in der existirenden Welt um sich her findet, dann drohet der Stimmung unsers ganzen Wesens Auflösung oder wilde Zerrüttung.

Eine Gestalt, von der ich wußte, daß er sie kürzlich gesehen, bewegte mein Blut in wildem Kreislauf.

Ganze Tage brachte ich einsam in den Gärten zu, und wiederholte jedes Wort, welches ich in den Tagen unsers Zusammenseyns von seinen Lippen vernommen.

Alle Kleider, welche ich in jener Zeit getragen hatte, bewahrte ich als Reliquien auf, und berührte sie nie, ohne daß ein süßer Schauer durch mein Wesen drang, wie in der Gegenwart des Geliebten.

Oft stärkte mich ein wunderbares Gefühl seiner Gegenwart, und der süße Wahn, daß die Gedanken der Liebenden durch ein eignes feineres Element sich zu begegnen vermögen, erhielt mich in der Zuversicht von seiner daurenden Liebe.

Ich war in einem immerwährenden Traum, und das Gegenwärtige blieb oft von mir ungefühlt, oder falsch vernommen.

Meine Nerven fielen, durch die daurende Verspannung zerrüttet, in wilde Verzuckungen, und in der Erschlaffung, die darauf folgte, brach der dünne Faden, der unsre innere Erscheinungen an die äußere Welt knüpft, oft ganz ab. Ich blickte nur in mich selbst, und die Harmonie der innren Kräfte, die uns der äußern Welt zustimmt, war in fieberhaften Träumen zerstört.

Meine Schwester liebte mich zärtlich. Meine abgebrochnen Reden gaben ihr hinlängliche Einsicht in die Krankheit meines Herzens. Sie ließ meine Freundin zu sich kommen, und wurde mit meinem ganzen Zustand genau bekannt.

Das Mitleid wird in zarten reizbaren Gemüthern zur Leidenschaft, und sieht, wie diese, nur den Augenblick. Meine Schwester selbst suchte eine Gelegenheit zu finden, bey welcher sie Hohenfels dringend und bestimmt zu sich einlud.

Ich saß an meinem einsamen Platz im Garten, als sich mir meine Schwester, meine Freundin und Hohenfels näherten.

Er fuhr erschrocken bey meinem Anblick zurück, lag zu meinen Füßen, die Natur sprach laut, und bald allein, in unsern Herzen. Wir hatten die fesselnden Verhältnisse der Welt vergessen und gelobten uns ewige Liebe und Treue, als ob die Freiheit des goldnen Weltalters uns lächelte. Mit der Hofnung gewinnt die Liebe allbesiegenden Muth und Schlangenklugheit. Ein Priester aus einem kleinen benachbarten Freistaat wurde gewonnen, um uns zu trauen; ich sollte so viel wie möglich an dem Hofe meiner Schwester leben, Hohenfels auf einem Gut in der Nähe, und so hofften wir unsre Verbindung und unser Glück den Augen der Welt zu entziehen. List und Verschlagenheit dünkten uns die natürlichen Waffen gegen ungerechte Anmaßungen der Gesellschaft. Aber gute einfache Seelen rechnen immer falsch, wenn sie sich in Kampf mit der Arglist und den tausend kleinen Leidenschaften wagen, die sich in dem Kreise jeder willkührlichen Gewalt eben so nothwendig, wie die Irrlichter in sumpfigten Gegenden, bilden.

Wir waren in den ersten seligen Tagen unsrer Vereinigung, und genossen das unaussprechliche Glück des tiefsten Friedens in dem regsten Leben der Leidenschaften.

Meine Gesundheit kehrte zurück, die Ärzte gaben Hofnung zu meiner völligen Genesung, und jedes Gefühl meiner wiedergewonnenen Kräfte wurde zum Dank gegen die zarte Pflege der Liebe, die gleich Prometheus belebendem Funken mein Gemüth erhellte.

Die wirkliche Welt sprach mich in ihren tausend holden Formen wieder rein an. Alle schweren Träume waren aus meiner Seele hinweggenommen, und verwandelten sich in leichte liebliche Gestalten. Fast jeden Moment genoß ich das lebhafte Vergnügen eines Erwachenden, dem ein drückendes ungeheures Traumbild im goldnen Strahl der Morgensonne zerrinnt.

Die innigsten wahresten Bande der Natur geben uns nur alle Kraft und allen Reichthum unsers Wesens zu empfinden. Die Hofnung Mutter zu werden, giebt unserm Daseyn eine unendliche Tiefe, und wir fassen die Natur in ihrem zartesten Gewebe und ihren stärksten Banden.

So verlebte ich einige glückliche Monate, die schönsten meines Lebens, denn ein wohlthätiger Schleier ruhte auf allen meinen drückenden Verhältnissen. Nur zuweilen erinnerte mich ein so sorgenvoller Blick meiner Freundinnen an die unsichere Blüthe meines Glücks.

Mein Gemahl schien in einem edlen Selbstvertrauen über jede Besorgniß erhoben. Die reine Thätigkeit in der sein Leben hinfloß, sein immerwährendes Wirken für fremdes Wohl, und sein Leben mit der Natur, gaben seinem Gemüth jene schöne seltne Einfachheit und Klarheit, zu der nothwendig auch ein freundliches Geschick mitwirken muß.

Sein Herz hatte die schöne Gewohnheit gefaßt, nur durch Sympathie zu genießen und zu leiden, und selbst seine Leidenschaft für mich war nur eine lebhaftere Farbe dieser Sympathie. Seine Liebe hatte mich aus dem traurigsten Zustand gerissen, und seine Freude an meiner Genesung erhöhte den Genuß der Leidenschaft.

Welch seltnes Talent zur Glückseligkeit lag in dem Gemüth deines Vaters! Welches Vermögen zum reinen freien Leben in dem schönsten und höchsten!

Aber ein feindliches Schicksal zerstöhrte dieses schöne zarte Daseyn, und warum mußte es meine Hand dazu leihen? Durch mich mußte die reine Natur deines Vaters alle schmerzlichen Gestalten des Lebens kennen lernen, Gewalt der Leidenschaften und den Druck quälender Verhältnisse, vor welchen sein milder Sinn, der sich nie vor dem Ausspruch seines klaren Verstandes entschied, ihn vielleicht immer beschützt hätten.

Er hielt sich so viel an dem Hofe meiner Schwester auf, als es nur immer unsre Lage und die strengste Vorsichtigkeit, welche wir uns auflegen mußten, erlaubte.

Wir glaubten unser Glück jedem neidischen Auge verborgen. Meine Freundinnen wachten über jeden allzulebhaften Ausdruck der Bewegungen meines Herzens, und ihr inniger Antheil an meinem Glück löste mein ganzes Wesen in Genuß und Liebe auf. Meine Schwester war sehr unglücklich verheurathet, und hatte eine zärtliche Leidenschaft überwunden, als ich zu ihr kam. Die tiefe Wunde, welche ihr Herz davongetragen, machte sie empfänglicher meinen Schmerz zu verstehen und zu theilen. Sie freute sich, mich einem Schicksal entzogen zu haben, dessen Bitterkeit sie jede Minute empfand, und suchte sich, soviel als möglich, mit mir in die freundliche Täuschung zu versetzen, als sey das Geheimniß meines Glückes für immer gesichert.

Mein Gemahl war für einige Tage auf seine Güter gereist, als sich der Minister meines Vaters ganz unerwartet bey meiner Schwester anmelden ließ, und sich sogleich des Auftrags entledigte, daß er nach dem Befehle meiner Eltern mich wieder zu meiner Mutter bringen sollte; der Unwille meines Vaters wäre besänftigt, und meine Mutter wünschte meines Umgangs wieder zu genießen.

Meine Schwester verbarg mit Mühe ihre Verlegenheit, suchte tausend Ausflüchte: meine schwächliche Gesundheit, den allzuheftigen Eindruck, den jedes harte Benehmen meines Vaters auf mich machen würde; aber vergebens. Der Befehl meiner Mutter war so bestimmt, daß ich ohne offenbaren Ungehorsam nothwendig abreisen mußte.

Meine Lage machte jedes Außerordentliche in meinem Betragen gefährlich; meine Schwester und meine Freundin selbst riethen mir, für einige Zeit nach D. zu gehen, um jeden Eindruck, den die Welt vielleicht gefaßt haben könnte, so am besten wieder zu vertilgen.

Meine Schwester fand nichts Bedenkliches in dem Auftrag des Ministers, meine Freundin eben so wenig; aber ich las mein Unglück in der falschen, höchst widrigen Mine dieses Mannes, auf dessen Gesicht jeder Ausdruck des Wohlwollens fremd und furchtbar wurde.

Meine Freundin begleitete mich. Ich schied von dem Schlosse meiner Schwester, wie ein Sterbender von dem goldnen Licht des Tages scheidet, ohne Hofnung es wieder zu genießen. Wir kamen an, und eine erzwungene Freundlichkeit in dem Benehmen meiner Mutter bestätigte meine bösen Ahndungen.

Ich zitterte vor der strengen Mine meines Vaters, und bald bemerkte ich, daß man jeden meiner Schritte bewachte. Die alte Französin durchsuchte alle meine Papiere, und meine Freundin hielt man ganz von mir entfernt. Nur bey öffentlichen Gelegenheiten, wo man sie ohne Beleidigung nicht von der Gesellschaft ausschließen konnte, wurde sie eingeladen, und dann gab ich ihr einen Brief für meinen Gemahl, oder empfing einen von ihr.

Mein Gemahl und meine Schwester vermahnten mich zur Geduld. Die letztere versprach mich bald wieder abzuhohlen, und meine Freundin wendete alles an, mich von einem verzweifelnden Entschluß abzuhalten, indem ich oft meinen Eltern alles entdecken wollte.

In dieser beunruhigenden Lage vergingen einige Monathe, als ich meine Freundin in der Nacht vor meinem Bette erblickte. Ich fürchte, wir sind entdeckt, flüsterte sie mir zu. Morgen muß ich zu einer meiner alten Verwandten auf das Land; durch tausend Schwierigkeiten gewann ich diesen Augenblick, um Sie noch einmahl zu sehen.

Ich war aus dem ersten Schlummer erwacht, und fühlte meine ganze Lage in der schauderhaftesten Verwirrung. Getrennt von meinem Gemahl, umgeben von Schlingen der Arglist, in einem Zustand, der mich der schrecklichsten Verlegenheit aussetzte, – wo sollte ich Rettung finden vor der quälenden Sehnsucht, vor den tausend Besorgnissen die meinen Busen füllten. Ich sah keinen Ausweg, vor meiner umwölkten Vorstellung, als die Flucht zu meiner Schwester.

Meine Freundin umarmte mich, als sie mich entschlossen sah, und versprach mich nicht zu verlassen.

Wir packten die wichtigsten Sachen zusammen, mein Schmuckkästchen und meine Börse, und eilten, durch die langen matt erleuchteten Gänge, einer Thür zu, die in den Garten führte; dort hofften wir über die niedrige Mauer leicht ins Freie zu kommen.

Meine Leute vermißten mich, noch ehe wir an der Gartenmauer waren. Meine Mutter wurde sogleich von meiner Flucht benachrichtigt. Sie folgte nur ihrer Heftigkeit, es wurde mehr Lärm gemacht, als die Klugheit anrieth.

Meine Freundin und ich suchten, wie scheue Vögel, das dichteste Laub und die finstersten Gänge durch den Garten, da es eine mondhelle Nacht war; aber bald sahen wir uns von einer Menge Menschen umringt; meine alte Französin und ein Cavalier meiner Mutter waren dabey, und befahlen in ihrem Nahmen sogleich zurück zu kehren.

Meine Freundin wendete alles an, um durch ein unbefangenes Betragen glaubend zu machen, wir seyen nur auf einem Spatziergang begriffen; aber die Alte hatte mein Schmuckkästchen, welches ich unter meinem Arme trug, entdeckt. Ich wurde allein in das Zimmer meiner Mutter geführt, so wie man meine Freundin nach dem Hause ihres Vaters zurückschickte.

So ist es denn wahr! sagte meine Mutter, als sie mich erblickte: Du hast dich und uns alle entehrt. O Gott, was muß ich erleben! – Ich war höchst verwirrt und hatte nur Thränen zur Antwort. Noch nie sah ich ihren Unwillen mit dieser Farbe des Schmerzens vermischt, und der erste Laut der Empfindung, den ich von ihr vernahm, lösete alle Bande, welche seit langen Jahren ihre Kälte jedem Ausdruck des Herzens auflegte.

Mein Zustand gab mir den Muth der Verzweiflung, und ich rechnete um so sicherer auf Schonung, da mein Schicksal unwiderruflich bestimmt war. Ich bat meine Mutter, ihre Kammerfrauen wegzuschicken, und als wir allein waren, versuchte ich Natur und Liebe in ihrem Busen zu erregen. Vor ihrem Bette lag ich zu ihren Füßen, zum erstenmahl drückte ich ihre Hand an meine Brust, und nun wagte ich, ihr meinen ganzen Zustand zu entdecken. Sie hörte mir mit starrer Aufmerksamkeit zu, und als sie vernahm, daß ich vielleicht in kurzem Mutter werden würde, sank sie halb ohnmächtig zurück, ihre kalte Hand stieß mich krampfhaft von sich, und als sie durch meine und ihrer Frauen Hülfe wieder zu sich kam, war ihr erstes Wort ein Befehl für mich, sie augenblicklich zu verlassen.

Ich wurde streng in meinem Zimmer bewacht. Mein Zustand gränzte an den Wahnsinn, nachdem alle meine Hofnungen auf das Herz meiner Mutter mich so bitter getäuscht hatten.

Den dritten Tag kam der Minister zu mir. Er wendete alle Künste an, um einen unangenehmen Auftrag in einen Schleier zweideutiger Worte zu hüllen; aber das Resultat war nicht weniger schmerzlich für mich. Meine Eltern hielten meine Heurath für falsch und ungültig, Hohenfels für einen Räuber meiner Ehre, und wenn wir uns nicht beide mit blindem Gehorsam allen Maßregeln unterwerfen würden, welche mein Vater zu nehmen für gut fände, so würde er lieber die Sache bey den Reichsgerichten zur Verhandlung bringen, mich ganz aus seiner Familie verstoßen, und in lebenslänglicher Gefangenschaft halten, als den geringsten Anschein haben, daß er mein Betragen aus väterlicher Schwachheit entschuldige.

Ihr Herr Vater ist entschlossen, seine beleidigte fürstliche Ehre auf das bitterste zu rächen, sagte mir der Minister: Sie kennen seinen Einfluß am kaiserlichen Hofe, und was hat nicht Hohenfels zu fürchten, wenn der Fürst mit aller Macht dort gegen ihn wirkt? Der Befehl Ihres Herrn Vaters für Sie ist, sich ruhig zu halten; den geringsten Schritt, welchen Sie thun würden, sich Hohenfels wieder zu nähern, wird sein unausbleibliches Verderben nach sich ziehen. Den Vorfall der letzten Nacht sucht man als eine jugendliche Unbesonnenheit zu bemänteln. Ihr Herr Vater war längst durch einen sichern Mann vom Hofe Ihrer Schwester von dem Aufsehn unterrichtet, welches Ihre Neigung gegen Hohenfels dort gemacht, und darum wurden Sie zurück gefordert. Ein äußerst abgemessenes strenges Betragen kann Ihren Ruf wieder herstellen. Geben Sie den Umständen nach, und ersparen Ihren Eltern die bittere Kränkung einer beleidigten Ehre. Mit dem Befehl meiner Mutter, nie wieder ein Wort gegen sie von der unglücklichen Begebenheit zu erwähnen, machte der Minister den Beschluß, und überließ mich meinen quälenden Gedanken.

Die Furcht, Hohenfels in Unglücksfälle zu ziehen, die Sorge für mein Kind, gaben mir einen noch nie gefühlten Muth, mich zu verstellen, um Gelegenheit zu gewinnen, meiner Schwester Nachricht von mir zu geben, und ich vermochte es, mit gefaßter Mine vor meinen Eltern zu erscheinen. Das Verbot meiner Mutter ließ mich doch auf die Furcht gerührt zu werden schließen, und die Hofnung einen günstigen Augenblick zu finden, erschien mir aufs neue, um so mehr, da sie von meinem ganzen Zustand unterrichtet, nothwendig auf Hülfe für mich denken mußte.

Selbst die Verzweiflung muß neue Kräfte sammlen, wenn sie das Herz nicht ganz zu brechen vermag, und ein Traum der Hofnung ist dem siechen Gemüth die Schlummerstunde eines Kranken, eine Erhohlung der Natur zu neuem Leiden.

Einige Tage gingen so hin, als eines Abends ein paar gleichgültige gute Geschöpfe, die ich nicht ungern sah, auf meinem Zimmer versammelt waren.

Neuigkeiten waren der Gegenstand des Gesprächs, als eine unter ihnen mit der größten Unbefangenheit erzählte: der liebenswürdige Herr von Hohenfels sey durch die Unvorsichtigkeit eines Jägers auf der Jagd erschossen worden; seine Leute suchten den Thäter überall auf in der bittersten Wuth.

Ich sank ohnmächtig zur Erde, und als ich wieder zu mir selbst kam, fand ich mich in der fürchterlichsten Zerstöhrung. Der einzige Gedanke, in dem sich mein Wesen zu einem klaren Bewußtseyn zu sammeln vermochte, war, mir den Tod zu geben. Schon hielt ich ein Federmesser, welches ich mir während einer Unachtsamkeit meiner Wächter verschafft hatte, in der Hand, als es mir im Gefühl des kleinen Wesens, welches meinem schmerzlichen Daseyn entkeimte, wieder entsank.

Ich sah niemand als meine Leute und den Arzt um mich her, und blieb mir selbst und meinem gränzenlosen Schmerz ganz überlassen. Keine Thräne des Mitleids linderte die Glut der schmerzlichen Verwirrung in meinem Innern, und rief einen schwachen Laut des Lebens in mein Wesen zurück.

Nachdem ich einige Tage in diesem Zustande gelegen, erblickte ich Herrn von Nordheim unter den kalten todten Gestalten, die mich bisher umgaben. Sein Anblick wirkte wie ein Lichtstrahl in ein dunkles Gewölbe, und rief mich ins wahre Leben zurück.

– Er war ein Freund meines Geliebten, und eine lebendige Gegenwart alles dessen, was wir verloren, ist nie ohne einen zarten Wiederschein des entflohenen Glücks in irgend einer, dunklen Gegend in unsrer Seele. – Er nahte sich mir und sagte leise: Trösten Sie sich, Ihr Geliebter ist nicht todt! Sie werden ihn wieder sehen. Aber sprechen Sie gegen niemand über diese Entdeckung.

Meine Lebenskraft kehrte zurück. Ich konnte den nächsten Tag vor meinen Eltern erscheinen, und mit Verwunderung bemerkte ich an ihrem Betragen, daß sie den ganzen Vorfall vergessen wollten. Meine Mutter ließ mich Abends in ihr Cabinet rufen und sagte:

Ich habe dir vergeben, wende jetzt nur die möglichste Vorsichtigkeit an, um die unglücklichen Folgen deines Leichtsinns zu verbergen; wenn es die Zeit fordert, werde ich dich entfernen. Dank' es der Vorsicht und deinem Vater, daß die Spuren deines Fehlers vertilgt werden können.

Nach einigen Tagen gab mir Herr von Nordheim einen Brief deines Vaters. Er enthielt nur die Versicherung seines Wohlseyns, die Bitte mich für jetzt allen Maßregeln meiner Eltern zu unterwerfen, und die Hofnung, daß wir bald wieder vereint werden würden.

Herr von Nordheim schien das volle Vertrauen meines Vaters zu besitzen. Er sagte mir nur oft verstohlen einige Worte des Trostes, denen sein edler sicherer Blick eine sonderbar überzeugende Kraft gab. Er bat meine Mutter, einige Tage auf seinem Landgut zuzubringen, und dort entdeckte er mir die ganze Lage meines Gemahls.

Schon längst hätten meine Eltern die Geschichte meiner heimlichen Heurath vernommen, doch sich noch immer mit der Hofnung eines unsichern Gerüchts getäuscht, bis mein Geständniß endlich alle Zweifel auflöste.

Unglücklicherweise, fuhr Herr von Nordheim fort, war in jenem entscheidenden Moment niemand als der Minister von C. um Ihren Vater, der bey jeder, auch entfernt scheinenden Begebenheit, eine Beziehung auf seinen Eigennutz zu finden wußte, und diesem hellen Punkt jede andere Rücksicht unterordnete.

Daß Ihr Vater je in Ihre Heurath willigen sollte, war für ihn eine Unmöglichkeit. Streng mußte er, nach seiner, durch lange Gewohnheit eisern gewordenen Vorstellung, diese Schmach seiner Ehre rächen, und alle Bande trennen, die den reinen Glanz seines Geschlechts verdunkelten.

Der Minister wurde von Ihrem Vater mit dem Auftrag an Hohenfels abgeschickt: er müßte Deutschland auf eine unbestimmte Zeit verlassen, jedes Recht auf Sie aufgeben, und um Ihnen Ihre volle Freiheit wiederzugeben, und Ihnen jede Hofnung auf die Zukunft zu benehmen, müsse man Ihnen mit Wahrscheinlichkeit glaubend machen können, Hohenfels sey gestorben. Öffentliche Entehrung, lebenslängliche Gefangenschaft würde Ihr Loos seyn, wenn Hohenfels nicht in diese Bedingungen willigte.

Hohenfels schrieb eilends an Ihre Schwester; Sie war furchtsam geworden durch das Betragen ihrer Eltern, und fürchtete Verdruß mit ihrem Gemahl, wenn die ganze Sache nicht unterdrückt würde. Mit dem Anschauen des Glücks flieht so leicht auch der Muth der Freunde.

Hohenfels, der nur in dem Glück anderer lebte, hatte keinen Muth frey zu handeln, da der Ausgang höchst zweifelhaft war. Er willigte in alles, um das Verderben seiner Geliebten zu verhüten.

Herr von C. erhielt als eine Nebensache von Hohenfels, daß sein Schwager, als Lehnsfolger seine Güter während seiner Abwesenheit administriren sollte, und um dieses zu erhalten, hatte er die ganze Sache, die gewiß einer andern Verhandlung fähig gewesen wäre, zu diesem Extrem geführt.

Vor einigen Wochen kam Ihr Gemahl bey mir an, und vertraute mir die ganze Geschichte. Er bat mich, eilends nach D. zu reisen, um Sie von dem falschen Gerücht seines Todes zu benachrichtigen. Man war mir doch zuvorgekommen, und ich konnte den schon empfundenen Schmerz nur wieder heilen.

Herr von Nordheim gab mir einen Brief von meinem Gemahl. Dieser hielt sich unter einem fremden Nahmen in einer benachbarten Reichsstadt auf, wo er in der größten Eingezogenheit lebte; nur für meine Ruhe besorgt, sagte er mir, daß er in meiner Nähe bleiben würde, um die erste Gelegenheit zu ergreifen, wo er mich ohne Gefahr sehen könnte. Er sagte mir nicht ein Wort über den Verlust seiner Güter und der wirksamen friedlichen Existenz, an welcher sein ganzes Gemüth hing, und suchte nur mich mit freundlichen Aussichten auf eine unsichre Zukunft zu trösten.

Vor der Hand bat er mich, den Frieden in meiner Familie mit jeder Aufopferung und um jeden Preis, zu erhalten. Er würde mir in dem entscheidenden Moment nahe seyn, um die Sorge für das geliebte kleine Wesen, die heiligste Blüthe unsrer Liebe, mit mir zu theilen.

Herr von Nordheim wachte seit diesem über das Geheimniß unsrer Liebe; in seinem Herzen ruhte unser Schicksal, und wir empfingen jede Zusammenkunft, jeden glücklichen Moment von seiner Hand.

Sein sichrer Blick in alle Verhältnisse wachte über unsre Unachtsamkeit. Er und Hohenfels suchten mich mit sanften Tröstungen bis zu meiner Niederkunft hinzuhalten, und Frau von Nordheim, die auch in unser Geheimniß gezogen wurde, versprach, da sie das Vertrauen meiner Mutter besaß, es bey dieser dahin zu bringen, ihr die Sorge für mich und für die nothwendigen Maßregeln bey dieser Gelegenheit ganz allein zu übertragen.

Wie bitter täuschte das Schicksal, oder die kalte Politik meiner Mutter, die mit allen wahren Verhältnissen spielte, meine freundlichen Erwartungen!

Kurz vor meiner Niederkunft (denn jede Bitte, mich früher zu entfernen, blieb unerhört) ließ mich meine Mutter entlegenere Zimmer des Schlosses beziehen, und übergab mich der Wartung einer alten Hofmeisterin, und einem Arzt, der ihr ganzes Vertrauen besaß.

Meine Mutter selbst war in den entscheidenden Augenblicken gegenwärtig.

Wie unaussprechlich reich belohnt für jede Sorge, jeden Schmerz fühlte ich mich durch deinen ersten Anblick, mein geliebtes Kind!

Ein neues, reineres Daseyn bewegte die Elemente meines Lebens. Stärker fühlte ich mich von der Natur umschlungen, und reicheren verdoppelten Sinns, sie in ihrer Endlosigkeit zu fassen. Jeder Kampf dünkte mir ein leichtes Spiel; so erhöhte das geliebte kleine Wesen jedes Gefühl meiner Kraft.

Wenige Stunden hattest du an meiner Brust geschlummert, als meine Mutter befahl, dich, aus Schonung für meine durch die Niederkunft erschöpften Kräfte, in ein entferntes Zimmer zu bringen.

Noch einen Kuß drückte ich auf deine Stirn, als man dich schlummernd von mir trug: – es war der letzte.

Als ich dich den nächsten Morgen zu sehen begehrte, antwortete man verlegen: das Kind sey nicht ganz wohl. Bald erschien meine Mutter und verkündigte mir deinen Tod.

Auf meine Thränen, auf meine verzweiflungsvollen Klagen, gab sie mir die kalte Antwort:

Die Zeit wird dich lehren, der Vorsicht zu danken, daß sie jede Spur deines Fehlers vertilgte. Dem armen kleinen Geschöpf ist wohl!

Meine Mutter war gütiger als jemahls gegen mich. Sie glaubte meinen Ruf jetzt ganz gerettet, und ich genoß aller Freiheit, die ich nur wünschen konnte. Um meine Heiterkeit wieder herzustellen, machte sie mir selbst Gelegenheit, viel mit der Nordheimischen Familie zu leben.

Mit welchem Schmerz umarmte ich deinen Vater, bey unsrer nächsten Zusammenkunft!

Ein unerschöpfliches Meer von Genuß und Leiden lag in meinem Busen, und das Bild meines Kindes, die wenigen Stunden, wo ich mich des süßen Geschöpfs gefreut, verdrängten die Erinnerungen meines ganzen vergangenen Lebens. Mein innigster Wunsch war, daß mein Gemahl seines Anschauens auch nur für einen Moment genossen haben möchte.

Ich fühlte eine neue Kraft zum Leiden in mir, nachdem ich die stärksten Gefühle meiner Natur durchlaufen, und die ganze Tiefe meines Wesens in Freude und Schmerz kennen gelernt hatte.

Ich selbst drang in deinen Vater, Reisen in entfernte Länder zu unternehmen, um sich aus dem ängstlichen Zustand zu befreien, worin er seit unsrer Verbindung lebte. Er reiste, und besuchte mich alle Jahre auf wenige Tage.

Die Sehnsucht verzehrte mich, ich lebte aufs neue nur in Erinnerungen, und es schien gleichsam als habe die Natur mich durch den Reichthum des innern Lebens für jedes Entbehren, das mir die schwere Hand des Schicksals auflegte, schadlos halten wollen.

Die Schwermuth, die aus dem stäten Rückblick in sich selbst entsteht, und meine wankende Gesundheit, hatten meine Eltern von jedem Gedanken, mich zu verheurathen, zurückgebracht, und ich war wenigstens vor neuen Verfolgungen und gewaltsamen Scenen sicher.

Während der Abwesenheit meines Gemahls, verloren wir unsern vertrauten Freund, den Beschützer unsrer Liebe, Herrn von Nordheim; seine Gemahlin war kurz vor ihm gestorben.

Ich empfing durch Theresen folgendes Billet von ihm; es war kurz vor seinem Tode, mit zitternder Hand geschrieben:

›Für Sie, gutes unglückliches Paar, hätte ich gewünscht noch länger zu leben. Ich fand mich verpflichtet, da mich der Tod übereilt, meinem Sohn einige Dinge zu entdecken, die in der Folge sehr wichtig werden können, und die Hohenfels Güter betreffen. Ihre Verbindung weiß er nicht, diese ist Ihr Geheimniß.

Ich sage es mit freudigem Herzen, indem ich diese Welt verlasse: meine Freunde gewinnen mehr an meinem Sohn, als sie an mir verlieren.‹

Ich hörte von dem jungen Nordheim als von dem edelsten, liebenswürdigsten Manne sprechen. Ich bat meinen Gemahl bey seiner Zurückkunft sich gegen ihn zu eröffnen; aber er schien keine Neigung dazu zu haben, und antwortete mir immer: Die Zeit ist noch nicht gekommen, wir können jetzt nur schweigen und dulden.

Auch meine Mutter starb in dieser Zeit, und nach ihrem Tode erlangte ich von meinem Vater, daß meine Freundin Therese bey mir leben durfte. Er schien von vielen kleinen Zügen jener Begebenheiten nicht unterrichtet zu seyn, und wußte vielleicht nicht, daß Therese einen Antheil daran genommen hatte. Herr von Salm hatte mit Hohenfels vermeintem Tode was er wünschte erreicht, und bezeigte sich gegen mich sehr gefällig.

Therese half mir jetzt bey dem Briefwechsel, und den Zusammenkünften mit meinem Gemahl, und wir konnten weiterer Hülfe entbehren.

Nordheim lebte in entfernten Gegenden, und dein Vater hatte durch sein trauriges Verhältniß, das ihn zur Zurückhaltung zwang, auch von seinem Glauben an die Menschheit verloren.

Meine Mutter hatte mich immer von meiner Schwester entfernt gehalten, und diese hatte ihre Vergebung niemahls erhalten können.

Tiefes eignes Leiden hatte die letztere von der anhaltenden Aufmerksamkeit auf mein Schicksal abgebracht, und als ich sie nach dem Tode meiner Mutter wiedersah, fand ich sie so verändert und muthlos, daß ich eine Vertraulichkeit für keine von uns Beiden rathsam fand.

Sie maß dem allgemeinen Gerücht von Hohenfels Tode natürlich Glauben bey, und der Aussage meiner Mutter nach, glaubte sie wie ich auch, mein Kind sey gestorben.

Sie beobachtete ein tiefes Stillschweigen über die Vergangenheit, und so wurde es auch mir leichter, mein Herz, dessen volles Vertrauen sie noch immer besaß, gegen sie zu verbergen.

Mein Gemahl hatte seit der Zurückkunft von seinen Reisen den Ort seines Aufenthaltes oft gewechselt. Seit dem Tode unsres Freundes waren unsre Zusammenkünfte mit größeren Schwierigkeiten verbunden. Mit dem thätigen heitern Leben deines Vaters, entflog der jugendliche Muth. Aus zärtlicher Besorgniß für mich, deren Leben daran hing, in seiner Nähe zu seyn, ihn oft zu sehen, unterwarf er sich der peinigendsten Vorsichtigkeit. Aus Furcht, auf einen Verräther oder Unvorsichtigen zu stoßen, entbehrte er allen Umgang, und sein schönes Gemüth, das nur in Mittheilung und wohlwollender Liebe gelebt hatte, bekam gleichsam im Überfluß der zurückgedrängten Lebenskraft, eine Unruhe, die sich oft in beinahe phantastische Menschenscheue verwandelte.

Die Mahlerey war seine einzige Beschäftigung, aber sein ganzes Wesen, das nach lebendigem Wirken hinstrebte, fand mehr eine Trösterin, als eine freundliche liebevolle Gesellin in dieser Kunst.

So verstrichen die Jahre. Der Zustand meines Gemahls schmerzte mich tief, und ein innerer Vorwurf, sein friedliches schönes Leben unterbrochen zu haben, erwachte immer stärker in meinem Herzen, je mehr mir alle Verhältnisse des Lebens aus dem Schleier jugendlicher Täuschung hervortraten.

Ich erkannte nur zu sehr, daß es für ein zartes Gemüth unbezwingliche Hydern auf dem Wege zur Glückseligkeit giebt.

Aller sanfte Trost deines Vaters war vergebens, nachdem ich einen klaren Blick ins Leben gethan hatte. Ich sah, so wie viele andere, erst, nachdem ich durch Irrwege auf den Gipfel des Berges gekommen war, die bessere Straße; und das Gefühl, ein inniggeliebtes Wesen von der ebenen heitern Bahn des Glücks, in Dunkelheit und Verworrenheit gezogen zu haben, wurde zum immer regen, nagenden Schmerz in meinem Busen.

Als mein Gemahl während einer unsrer geheimen Zusammenkünfte alles versucht hatte, um mich durch die heitersten Ansichten unsres Schicksals zu beruhigen, und ich dennoch weinend an seine Brust sank, erhob er mich sanft, und blickte mir mit himmlischer Heiterkeit ins Auge. Nun wohl, so laß auch unser Leben voll schmerzlicher Entbehrungen seyn; unsrer Liebe entblühte ein Wesen, reich an tausend schönen Kräften, des reinsten klärsten Daseyns fähig. Du hast eine Tochter, in ihr laß uns leben und genießen. –

Mein starrer, auf deinen Vater gehefteter Blick, suchte den Sinn dieser Rede zu ergründen; noch wagte mein Herz nicht, sich in Hofnung zu erheben.

Deine Tochter lebt! sagte dein Vater, indem er mich an seinen Busen drückte. Verzeih, daß ich dir es bis jetzt verbergen konnte; ich nahm dir ein unaussprechliches Glück, aber welche Unruhe, welche schmerzliche Sorge nahm ich dir nicht zugleich!

Ich glaubte, wie du, ein ganzes Jahr hindurch der Nachricht von dem Tode unsres Kindes.

Auch Nordheims waren davon überzeugt.

Du weißt, wie mein sonderbares Leben mich oft und am liebsten an die entlegensten Orte führte. So kam ich bey meiner ersten Rückreise aus Italien, Abends an einen einsamen Pachthof unweit D. an. Ein junges Weib saß vor der Hausthür, und hielt zwey Kinder auf ihrem Schooße, die sie wechselnd säugte. Ich fragte: Sind diese Kinder Zwillinge? Sie antwortete erröthend: ›Ja.‹ Ich spielte mit den Kindern, von denen das eine eine entzückende Bildung hatte; hohe reine Formen leuchteten aus der lieblichen Fülle der Kindheit hervor, und schon lag in dem Blick der großen blauen Augen eine gewisse süße Bedeutung.

Ich war verloren in dem Anschauen des holden Geschöpfs, als die Frau einen lauten Schrey that, die zwey Kinder unter die Arme faßte, und der Hausthür zurannte.

Ein Stier hatte sich aus den Ställen losgemacht, und lief wüthend auf dem kleinen, rings verschlossenen Hofplatz umher.

Die Hausthür hatte sich unglücklicher Weise beym Zuschlagen verschlossen. Ich nahm meinen Stock, stellte mich vor die Frau, und suchte sie so zu vertheidigen.

Aber der Schrecken nahm ihr die Besinnungskraft; sie setzte das schöne Kind auf einen Pfeiler neben der Hausthür, wo es im Augenblick herabstürzen mußte, und sprang mit dem andern nach einer kleinen Thür in der Ecke des Hofes.

Als ich mich wendete, das Kind zu fassen, wollte der Stier gerade auf dasselbe losstoßen. Lächelnd streckte das kleine Geschöpf die Händchen nach den Hörnern des Stiers aus, als wären diese Werkzeuge seines Todes ein unschuldiges Spielzeug. Ich hatte das Kind in meinen linken Arm gefaßt, und gab dem Stier mit dem rechten einen derben Schlag zwischen die Hörner, daß er zurückprallte.

Die Knechte waren herbeygekommen, das wüthende Thier wurde eingefangen, und als ich mich nach der Frau umsah, fand ich sie in der Ecke des Hofes vor ihrem Kinde knieend.

Ich überreichte ihr die Kleine, die ich gerettet hatte. Sie warf einen freundlichen Blick auf sie, aber alle ihre Zärtlichkeit und Unruhe schien einzig auf das andere Kind gerichtet zu seyn.

Diese Sonderbarkeit in dem Betragen der sonst gutmüthigen Frau fiel mir auf, um so mehr, da ich einen herzlichen Antheil an dem Kinde nahm, das viel schöner und liebenswürdiger war, als der Liebling der Mutter.

Ich übernachtete in dem Hause, und brachte den Abend unter der Familie zu. In Gegenwart des Vaters bemerkte ich die Kälte der Mutter gegen das liebliche Geschöpf, welches auf meinem Schooße ruhete, und machte ihr sanfte Vorwürfe darüber. – Sie erröthete und wurde höchst verlegen.

Warum willst du dem Herrn, der es so gut mit uns meynt, eine Unwahrheit sagen? fiel der Mann ein: es ist nicht unser Kind.

Die Leute wurden immer treuherziger, und ich erfuhr nach und nach so viel, daß das Kind von einem vornehmen Herrn aus D. in ihre Verwahrung gegeben worden sey, daß man ein großes Jahrgeld dafür bezahle, und sich die tiefste Verschwiegenheit ausbedungen habe. Um sich gegen jeden Fremden aus der Verlegenheit zu ziehen, ließen die Leute das Kind für die Zwillingsschwester ihres eigenen Kindes gelten.

Ich erkundigte mich genau nach der Zeit, in welcher sie das Kind bekommen, und mit sonderbaren Bewegungen hörte ich den Tag nennen, an welchem das unsre gestorben war. Es fiel mir jetzt gleich einem Schleier von dem Gesicht der holden Kleinen; ich sah deine Züge in anmuthiger Verjüngung, dein Lächeln, deine Minen. Ich wagte es nicht zu hoffen, aber ich genoß gleich eines holden Morgentraumes dieser Erscheinung. Ich fragte nach allen Umständen, und erkannte in einer genauen Bezeichnung der Person, welche diesen Leuten das Kind übergeben, die alte Hofmeisterin, welche um dich war.

Ich eilte Herrn von Nordheim meine Begebenheiten zu erzählen. Er dachte einige Minuten lang nach, und sagte: ich finde Ihre Muthmaßungen nicht ganz unwahrscheinlich; aber Ihrer Gemahlinn kein Wort davon, auch wenn wir der Sache auf die Spur kommen sollten.

Ihr Herz hat sich jetzt an den Schmerz des Verlustes gewöhnt, und die Unruhe des Besitzes und der nothwendigen Entfernung ihres Kindes würde ihr Gemüth nur in neue Stürme aufregen.

Er kannte alle Personen und Verhältnisse in D. und in kurzem, umarmte er mich, und brachte mir die freudige Nachricht, das holde kleine Geschöpf, zu dem die geheime Kraft der Natur mich hingezogen, sey meine Tochter.

Herr von Nordheim verschafte den Leuten auf dem Pachthof eine bessere Pachtung, und entfernte sie aus der Gegend. Bald gelang es uns, durch Geld und Vorstellungen das Kind von ihnen zu bekommen.

Wie reich fühlte ich mich im Besitz des lieben Geschöpfs, und wie viel kostete es mir, dir die Freude vorzuenthalten!

Aber ich fühlte zu sehr, daß der Rath meines Freundes mit der Klugheit übereinstimmte.

Erst nach dem Tode deines Vaters sollte Agnes dir übergeben werden, nichts zwang dich dann bey dem Aufenthalt in einem fremden Lande, sie wieder von dir zu entfernen. Ich wollte dir ein reines Glück aufbewahren.

Mein unstäter Aufenthalt, meine schnellen Reisen, erlaubten mir nicht Agnes bey mir zu behalten, und wem sollte ich sie mit mehr Ruhe anvertrauen, als meinem vortreflichen Prediger zu Hohenfels!

Ich kannte sein edles Gemüth, und die Allmacht seines Geistes auf menschliche Bildung zu wirken. Ich hatte noch einen Freund ohnweit Hohenfels, welcher Arzt in einem kleinen Städtchen war. Er hatte als Feldarzt mehrere Feldzüge mitgemacht, und in den mannichfachsten, oft höchst verworrenen Verhältnissen, in denen er gelebt, solch eine Kraft des Charakters in sich entwickelt, die ihn in dem vollkommensten stoischen Gleichmuth erhielt.

Er lebte nur der Übung seiner Kunst, ohne Familien- oder irgend einer andern nahen Verbindung. Wo es auf Liebe und Mitempfindung ankam, war der Prediger mein erster Freund; wo es nur Rath, kalte Besonnenheit, und den sichern Überblick der Verhältnisse galt, da nahm ich meine Zuflucht zu dem Arzt.

Auch jetzt entdeckte ich ihm mein ganzes Verhältniß. Wir beschlossen, die reine einfache Seele des Predigers nicht mit einem Geheimniß zu belasten, das ihn oft in Verwirrung setzen, und zu Unwahrheiten nöthigen konnte, denen sein himmlisch-reiner Sinn sich nur mit schmerzlicher Verwirrung unterzogen hätte.

Ich war seiner Liebe, seiner zärtesten Sorge für Agnes gewiß, und unter dem Druck der Meinungen und Vorurtheile, die mein Leben so fürchterlich zerstört hatten, war es mir ein wohlthätiges Gefühl, mein Kind entfernt von allen künstlichen Schranken der Gesellschaft zu halten, und nur durch Wahrheit und Natur die Kraft seines Herzens entwickelt zu sehen.

Meine Tochter sollte alles durch sich selbst zu erreichen vermögen, was den wahren Werth des Lebens ausmacht, und die unsichren Geschenke des Glückes sollten weder durch ihren Genuß noch ihr Entbehren ihr beßres Wesen aus seinem Gleichgewicht zu bringen vermögen.

Oft hatte es der Prediger bereut, nicht in früheren Jahren geheurathet zu haben, um jetzt in seinen Kindern wieder aufzuleben.

Ich gebe ihm eine Tochter, sagte ich dem Arzt, und wie groß wird seine Freude seyn, wenn er einst die unaussprechliche Dankbarkeit seines Freundes empfinden wird!

Der Arzt selbst trug das Kind eines Abends in der Dämmerung zum Hause des Predigers. Er sagte ihm, daß er ihm ein Kind, welches durch sonderbare Umstände hülflos geworden sey, übergäbe, um es als sein eignes zu erziehen; die kleinen Ausgaben, die es veranlasse, wolle er mit ihm theilen.

Der Prediger sey durch die Schönheit und den sanften Ausdruck des Kindes so gerührt worden, daß er es sogleich aus Liebe und Neigung aufgenommen habe.

Um die Neugierigen von jeder Spur zu entfernen, wurde ausgemacht, daß Agnes für des Predigers Bruderstochter gelten sollte.

So wuchs unsre Tochter. Kein Kind genoß je einer liebevolleren Sorgfalt.

In des Arztes Hause sah ich Agnes zuweilen unbemerkt, und die Erinnerung der lieben Gestalt begleitete mich wie ein guter Genius.

Sechszehn Jahre waren so verstrichen, als der schnelle, ganz unvorgesehene Tod des Arztes mich in die größte Unruhe setzte, indem ich gezwungen wurde, auf andere Maßregeln zu denken.

Ich finde keinen Menschen in der Gegend von Hohenfels, den es rathsam wäre in unser Vertrauen zu ziehen; ich muß dort, der Salmschen Familie wegen, die größte Vorsichtigkeit beobachten. – Und sollen wir so ganz geschieden von jeder Erscheinung, jeder Spur des nächsten liebsten Wesens, unsre Tage vertrauren? Selbst wenn wir dieses Opfer bringen wollten, so zwingen uns doch die übrigen Verhältnisse zu einem verschiedenen Betragen. –

Ich umarmte meinen Gemahl mit einem neuen unaussprechlichen Gefühl, nach dieser Erzählung. Dein geliebtes Bild, meine Agnes, war zwischen uns, und läuterte unsre Wesen, gleich einer reinen Flamme, zu einem neuen heiligern Daseyn.

Wir durchflogen tausend Plane, um dich in unsre Nähe zu bringen, aber immer war ihre Ausführung mit Schwierigkeiten verbunden, die uns Schrecken einflößten.

Eine Veränderung mußte vorgenommen werden; hätten wir auch unser eignes Glück aufopfern wollen, so waren die Umstände an sich dringend.

Du warst in dem Alter, um an die Zukunft denken zu müssen. Der Prediger war alt, und seine zärtliche Liebe für dich mußte tausend Sorgen erzeugen. Er hatte von dem Arzt nur kleine Summen angenommen, und aus Liebe für dich alles allein tragen wollen, da er zumal wußte, daß der Arzt selbst nicht wohlhabend war. Mein Gemahl hatte es bis jetzt geschehen lassen, weil er dich selbst gern zur Unabhängigkeit von allen äußern Dingen gewöhnt sehen mochte, und wußte, daß er es für die Zukunft in seiner Hand hatte, dem Pfarrer alles zu vergüten.

Aber jetzt, da der Tod des Arztes dich ganz von deinem Vater trennte, und er auch keinen außerordentlichen Schritt thun mochte, welcher zu sonderbaren Combinationen hätte Anlaß geben können, jetzt waren wir deinetwegen in der größten Verlegenheit.

Mein Vater lag in dieser Zeit an einer gefährlichen, von den Ärzten unheilbar geachteten Krankheit darnieder.

Sein Tod veränderte alle Verhältnisse für uns, und wir beschlossen den Ausgang dieser Krankheit abzuwarten, ehe wir eine Veränderung in deiner Lage unternähmen.

In dieser Zeit begegnete dir mein Gemahl auf deiner ganz unerwarteten Reise nach D.

Natürlich hatte dein Pflegevater nach dem Tode des Arztes, von welchem er doch noch eine Aufklärung deines Schicksals erwarten konnte, die Gelegenheit ergriffen, um dich in eine bessere Lage zu versetzen.

Ich nahm diesen Zufall, der dich ohne unser Mitwirken in unsre Nähe brachte, für einen gütigen Wink des Schicksals an.

Ich kannte die Gräfin als eine gebildete kluge Frau, man sprach von ihrer Heurath mit Nordheim, und das Vertrauen, welches mir die letzten Worte des Vaters gegen den Sohn einflößten, beruhigte mich über alle weitere Folgen.

Meine. Sehnsucht nach dir, die nur den Moment ihrer Befriedigung sah, stellte alle diese Gründe in das günstigste Licht. Dein Vater sagte mir: Agnes fühlt tief, aber still; die Kräfte ihres Herzens und Geistes stehen in einem schönen Verhältniß, und nach einigen Jahren der Welterfahrung, wird sie die Kunst erlernen, allen Schlingen der Arglist mit ihrem hohen sichren Blick, und einer feinen Gewandtheit des Betragens zu entgehen. Wir entdecken ihr dann unser ganzes Schicksal, und du genießest vielleicht das Glück sie immer um dich zu sehen.

Der lange Zeitraum, in welchem ich das Vertrauen meines Vaters wieder zu genießen schien, machte uns zu kühn. Er schien alles vergessen zu haben, wenigstens empfing ich kein Zeichen des Mißtrauens von ihm, und nie hatte er ja mein Herz gegen sich eröffnet, weil das seine, ewig verschlossen, nur eine starre Kälte um sich her ergoß.

Ich vermied anfänglich, dich vor der Welt zu sehen, weil ich mein Herz zu verrathen fürchtete; aber bald überflog meine Ungeduld alle Schranken. Meine Freundin, meine einzige Vertraute, hatte sich an einem entfernten Ort verheurathet, und mein Gemahl wagte jetzt selbst nach D. zu kommen; da auch meine Gesundheit aufs neue harte Anfälle litt.

Die Zeit hatte seine ganze Gestalt verändert, und er hatte die Fertigkeit angenommen, seinem Betragen tausend wechselnde Formen zu geben.

Bald gab mein Gemahl meinen dringenden Bitten nach, die Sehnsucht rieb meine Lebenskräfte auf, er mußte oft fürchten, daß ich aus der Welt gehen müßte ohne meine Tochter umarmt zu haben, und bald veranstaltete er unsre erste Zusammenkunft.

Nach dieser durfte ichs wagen, dich vor fremden Augen zu sehen.

Welchen Kampf kostete es mir, dir kalt und fremd zu begegnen! Aber welchen süßen Genuß fand mein Herz im Anschaun deines liebenswürdigen Wesens! Jedes Herz fühlte sich von zärtlicher Theilnahme und süßem Verlangen in deiner Nähe ergriffen.

Mein Bruder liebte dich mit Leidenschaft Selbst die kalte Brust meines Vaters schien ein sanfter Zug der Natur mit Liebe für dich zu beleben. Oft ergriff mich ein beinah unwiderstehliches Verlangen, das tiefe Geheimniß meines Herzens an das seine zu legen, wenn ich ihn dir freundlich zulächeln sah, aber die Furcht lähmte meine Zunge.

Ich bemerkte, wie sehr Julius Alban dich liebte, ich wünschte dein Schicksal durch eine Heurath mit ihm bestimmt zu sehen, es konnte in der engen Verbindung mit solch einem reinen, treuen Gemüth nicht anders als glücklich seyn; aber bald entdeckte ich durch dein eigenes Geständniß deine vorgefaßte Neigung. Dein Vater fühlte die ganze Gewalt hoffnungsloser Leidenschaft in deinem Busen. Er fand dich durch dieses allgewaltige Gefühl so schnell in die Mittagshöhe des Lebens versetzt, fand dein ganzes Wesen solch einer Energie fähig, um das Geheimniß unsers Schicksals zu tragen.

Jener Abend, den die Arglist des Ministers zu unserm Untergang ausersehen hatte, war für die schönsten Genüsse der Liebe und des Vertrauens bestimmt.

Ich erwartete sehnsuchtsvoll meinen Geliebten in meinem einsamen Zimmer. Euer längeres Außenbleiben ängstigte mich schon, als ich den fürchterlichsten Lärm auf dem Hofe hörte. Ich ging an ein verborgenes Fenster, sah euern Wagen mit Lichtern umgeben, hörte schießen, und sank ohnmächtig zurück.

Meine Kammerfrauen hörten den Fall, und kamen mich zu Bett zu bringen. Als ich meine Kräfte nach wenigen Stunden wieder gewonnen, wollte ich nach der Stadt fahren. Meine Leute waren verstöhrt und stumm, und meine Befehle, vorzufahren, blieben unerfüllt.

Ungeduldig über das lange Zögern, drang ich auf eine Antwort. Meine Kammerfrau fiel mir weinend zu Füßen, und sagte mir: man dürfte mich nach dem Befehl meines Vaters nicht nach der Stadt fahren, und überhaupt nicht aus dem Schlosse lassen.

Ein Raub der bängsten Unruhe, der seelen-zerreißendsten Furcht, verlebte ich zwey der schrecklichsten Stunden meines Lebens. Mein Gemahl hatte mehr als gewöhnliche Besorgnisse bey den Veranstaltungen zu unsrer letzten Zusammenkunft geäussert. Jedes Wort, jeder kleine, vorher übersehene Umstand trat jetzt ins klarste Licht meines Gemüths, und meine Angst vermehrte sich mit jedem Augenblick.

Endlich kam mein Bruder, und sein Anblick verscheuchte die Furie der Ungewißheit, die fürchterlichste von allen, aus meiner Einbildung.

Ich vernahm, daß mein Gemahl und meine Agnes außer Gefahr wären.

Sonst hatte er mir nur traurige Wahrheiten zu verkündigen; aber alles wirkliche Übel erscheint uns doch sogleich begrenzt, und ruft unsern Muth wieder zum Kampf, der unter den Riesengestalten der Fantasie erlag.

Mein Bruder machte mir sanfte Vorwürfe, ihm mein Vertrauen nicht früher gegönnt zu haben, und enträthselte mir hernach die Begebenheiten der letzten Nacht, und ihre Veranlassungen.

Der Minister war der erste, welcher meinen Vater mit der Eröffnung deiner Verhältnisse überraschte, sagte mir mein Bruder. In der ersten Aufwallung des Unwillens zog mich mein Vater in die Vertraulichkeit. Der Minister schien es ungern zu sehen, weil er meine Freundschaft für dich kennt, und mir überhaupt nicht recht traut. Auch bewog er meinen Vater, mir seine fernern Maßregeln geheim zu halten.

Aus verschiedenen Gesprächen mit dem Minister, aus den verlegenen Antworten, welche ich ihm oft durch unerwartete schnelle Fragen entlockte, konnte ich mir ohngefähr zusammensetzen, auf welche Art er selbst zu seinen Entdeckungen gekommen war.

Nach dem, was mir mein Bruder ferner hierüber angab, und welches ich mit meiner eigenen Kenntniß der Verhältnisse und Charaktere verband, schlossen wir auf folgenden Zusammenhang:

Der Herr von Salm in Hohenfels hatte bei dem lebhaftesten Interesse an der Entfernung meines Gemahls, auch den schärfsten Blick auf unser Verhältniß. Jeden unrechtmäßigen Besitz umwinden die Schlangen des Verdachts und der Furcht.

Herr von Salm hatte durch Nachforschungen in der Gegend bald entdeckt, daß der Fremde, welcher sich bei dem Prediger aufgehalten, Herr von Nordheim war. Die Freundschaft meines Gemahls mit der Nordheimischen Familie war ihm nicht unbekannt, und Nordheims besonderer Antheil an Agnes, welcher ihm durch tausend kleine Umstände zu Ohren kam, daß man sogar von einer Heurath sprach, dieses alles erweckte seine Besorgnisse.

Die Neugierde trug sich schon längst mit verschiedenen Gerüchten über Agnes Geburt, zu denen die Aussage eines alten Bedienten des verstorbenen Arztes den ersten Stoff gegeben. Dieser Mensch hatte nähmlich ausgesagt, Agnes sey nicht die Bruderstochter des Predigers.

Man legte sich jetzt aufs weitere Nachforschen bei dem alten Bedienten. Zum Glück hatte sein Herr seine Geheimnisse wohl zu verwahren gewußt; doch erfuhr man: daß Agnes, als einjähriges Kind, durch einen fremden Mann erst in des Arztes Haus gebracht worden sey, und dieser sie hernach dem Prediger übergeben habe.

Die Furcht, welche der Ungerechtigkeit unzertrennliche Begleiterin ist, gab allen diesen ausschweifenden Gerüchten eine feste Gestalt im Gemüth des Herrn von Salm.

Agnes Abreise von Hohenfels gab von neuem Stoff zu den sonderbarsten Muthmaßungen.

Herr von Salm schrieb an seinen Schwager über seine gemachten Entdeckungen. Alles was Intrigue hieß, hatte einen natürlichen Reiz für den alten Minister, und die krummen Wege, zu denen ein geheimes Verhältniß zwingt, entgingen seinem geübten Blick weniger, als die gerade einfache Straße, auf welcher die Unbefangenheit wandelt. Er selbst hatte auf der Fürstin Befehl, die kleine Agnes den Leuten auf dem Pachthof übergeben lassen, und hatte nach der Veränderung ihres Aufenthaltes, die Nachricht von dem Tode des Kindes von ihnen empfangen. Wir hatten diesen Ausweg selbst an die Hand gegeben, weil er allen Nachforschungen am besten Einhalt that.

Der Minister lockte die Leute durch große Versprechungen zu sich, und es war ihm ein Leichtes, ihre gutmüthige Treuherzigkeit in die Schlinge seiner List zu ziehen. Er erfuhr jetzt, daß ein Fremder und der verstorbene Herr von Nordheim sie überredet hatten, ihnen das Kind zu überlassen.

Agnes, welche sogleich die allgemeine Aufmerksamkeit in D. erregte, wurde von dem Minister genau beobachtet. Er kam unsrer ersten Zusammenkunft auf die Spur, und die sonderbare Gestalt des Mahlers, welcher zuweilen in D. erschien, und so vertraut mit Agnes war, erregte seine ganze Aufmerksamkeit. In kurzem blieb ihm kein Zweifel mehr übrig.

Er überraschte den Fürsten vor wenigen Tagen mit der Entdeckung: daß Hohenfels gegenwärtig in D. sey, daß wir beide Mittel gefunden hätten, unser Kind aus den Händen der Leute wieder zu bekommen, denen es meine verstorbene Mutter übergeben, und daß wir wahrscheinlich nur auf einen günstigen Zeitpunkt warteten, unsere Ehe für gültig zu erklären.

Mein Vater entbrannte natürlich im heftigsten Unwillen. Nichts empört das Gemüth bitterer, als getäuschtes Vertrauen, und jeder Beweis der Güte, welchen mit mein Vater in den letzten Zeiten gegeben, entflammte jetzt seine Brust zum unversöhnlichsten Haß.

Er ließ meinen Bruder rufen, erzählte ihm die jetzigen Begebenheiten, und meine frühere Geschichte, von welcher mein Bruder nur schwankende Gerüchte vernommen, über die er mich selbst aus Feinheit nie befragen mochte.

Jetzt beschwor mein Vater meinen Bruder und den Minister, auf Mittel zu sinnen, wie die Ehre seiner Familie zu schonen und zu rächen sey.

Der Verwegene muß sogleich entfernt werden! sagte der Minister. Mein Bruder widersprach ihm nicht, um das Vertrauen meines Vaters in der Sache zu gewinnen, und für mein Bestes handeln zu können.

Aber wo ist jenes Kind, fragte der Fürst: jener unglückselige Zeuge unsrer Schande?

Sie werden sich über die Kühnheit des Plans wundern, erwiederte der Minister. Es lebt an Ihrem Hofe. Die sogenannte Agnes von Lilien –

O Gott, rief der Fürst gerührt: warum hat das Mädchen keinen andern Vater!

Mein Bruder baute auf diese Aufwallung der Natur in dem Herzen meines Vaters die schönsten Hoffnungen. Aber der Minister wußte sie geschickt zu dämpfen, indem er Ehrgeiz und Unwillen wieder erregte, und in ihrer ersten Aufwallung meinem Vater einen Plan des Betragens in unsrer Sache vorlegte.

Mein Vater war gewohnt, nur durch diesen Mann zu handeln. Die Gewohnheit ist die Tyrannin leidenschaftsloser Gemüther, deren Ruhe nicht aus innerem Gleichgewicht, sondern aus Schlaffheit des Herzens entsteht.

Mein Bruder fand den nächsten Tag meinen Vater nie allein, sondern immer in der Gesellschaft des Ministers. Beide waren verschlossen, doch fand er noch immer in meinem Vater die stärkste Abneigung gegen alle gewaltsame Maßregeln, und hoffte, es würde vor der Hand nichts entscheidendes geschehen.

Auch der Minister schien zur Milde gestimmt zu seyn, und zeigte besonders die größte Furcht vor dem Herrn von Nordheim. Er wußte, wie frey dieser zu Werke ging, und hatte schon mehr als eine Beschämung durch ihn erfahren.

Nordheims lebhafte Theilnahme an deinem Schicksal war unverkennbar, sie mochte nun Zärtlichkeit oder allgemeines Wohlwollen zum Grunde haben.

Es war dem Minister, so wie jedem, der Nordheimen handeln gesehen, wohl bekannt, wie sicher jeder Unterdrückte auf seinen Schutz rechnen durfte, und seine Freunde ruhten vertrauungsvoll, wie unter der Aegide der Pallas, an seiner Brust.

Unabhängig durch seinen Charakter, seine Tapferkeit, den hellen Blick seines Geistes und seine äußere ganz freie Lage, war er der zuverlässigste Freund, aber ein furchtbarer Gegner.

Mein Vater selbst hatte eine an Furcht gränzende Achtung für ihn, und daß er auch hier seinen mächtig wirkenden Einfluß fürchtete, nahm ich an dem Befehl wahr, welchen er meinem Bruder gab, von der ganzen Geschichte nicht mit Nordheim zu sprechen.

Diesen Morgen, fuhr mein Bruder fort, kaum nach Tages Anbruch, ließ mich der Fürst rufen. Ich fand ihn sehr bewegt, er schien ermattet nach einer heftigen Anspannung. Mit zitternder Stimme befahl er mir, an seinem Bette niederzusitzen, und sagte: Der Verführer deiner Schwester ist jetzt in meinen Händen in guter Verwahrung, und wir sind vor jedem unvorsichtigen Schritt sicher. Ich ließ ihn gestern Abend, eben wie er zu einer Zusammenkunft eilte, gefangen nehmen, und auf das Schloß ** bringen. Er wagte es, sich gegen meine Leute zu vertheidigen, und empfing eine zum Glück leichte Wunde. Blut will ich nicht vergießen, sondern nur der verhaßten Aufführung deiner Schwester Einhalt thun. Die Welt soll nicht mit Spott, gleich als auf einen weichherzigen Comödien-Vater auf mich deuten, welcher am Ende die Thorheiten seiner Kinder durch seine Vergebung krönt.

Auch für die Kleine ist gesorgt, sie wird nicht wieder in dieser Gegend erscheinen, aber versorgt soll sie werden; ich will dem Mädchen wohl, und was kann das unschuldige Geschöpf für die Thorheit seiner Eltern?

Ich sende den jungen Herrn von Salm, den Neffen des Ministers, in besondern Angelegenheiten nach Frankreich. Agnes empfängt eine Aussteuer von mir, die ihre Hand wünschenswerth machte, besäße sie auch keine weitere Vorzüge, und der junge Mann wird sich zur immerwährenden Entfernung aus seinem Vaterlande um diesen Preis gern verstehen, wie mir sein Oheim versichert.

Eile zu deiner Schwester und hinterbringe ihr diese Nachrichten, nebst meinem Befehl, sich von ihrem Schlosse nicht zu entfernen. Nur der strengste Gehorsam kann ihr die Hofnung auf meine Vergebung erhalten.

Mein Bruder tröstete mich mit den zärtlichsten Versicherungen, meinem Gemahl die Freiheit bald wieder zu verschaffen, und meine Agnes solch einem verhaßten Geschick zu entziehen. Er verließ mich beruhigt, und versprach mir jeden Tag Nachricht zu geben.

Sieh nun, bestes Kind, aus folgenden Briefen den Fortgang der Begebenheiten – die Lage deines Vaters – das Opfer welches man deinem Herzen abzwingen will – und das Unglück deiner Mutter.«

1. Der Prinz von * an seine Schwester.

»Als ich von dir zurück kam, liebste Schwester, erfuhr ich, Nordheim habe schon zweimahl nach mir gefragt.

Nach wenigen Augenblicken kam er selbst.

Er grüßte mich ernsthafter als gewöhnlich. Es war etwas schmerzlich Bewegtes in seinen Minen, welches mein Gemüth gewaltig ergriff. Ich hatte ihn nie leidend gesehen, und der Schmerz welcher über seine edle Gestalt ergossen war, gab seinem ganzen Wesen gleichsam etwas überirdisches. Ich fühlte die Gewalt einer regeren stärkeren Natur, die in ihrem inneren Leben gereizt, dennoch ihre Kraft unzerstreut und im schönsten Gleichgewicht empfand.

Er frug mich sogleich, ob ich etwas um die Begebenheiten der letzten Nacht wisse? ob mir der Ort bekannt sey, wo man Agnes hingebracht?

Ich hatte die besten Vorsätze gefaßt, das Vertrauen meines Vaters zu respectiren; aber bey Nordheims geradem vertraulichem Benehmen, vor seinem Blick, der immer mein ganzes Herz zu durchschauen gewohnt war, entfiel mir aller Muth ihm etwas zu verbergen.

Gleichwohl vermochte ich zu sagen: Seyn Sie unbesorgt um Agnes Schicksal, mein Freund, und beruhigen auch die Gräfin. Agnes ist in sichren achtungswerthen Händen. Verzeihen Sie, daß ich Ihnen nichts weiteres sage, es ist das Geheimniß meines Vaters.

Ihr Herz hat keinen Theil an der ganzen Begebenheit? fragte mich Nordheim.

Als ich diese Frage mit Nein beantwortet, sagte er: Nun so eile ich, den Fürsten sogleich selbst zu befragen.

Es war mir lieb, dem Minister Nordheims thätigen Antheil an dieser Sache lebhaft fühlen zu lassen, und ich erwartete ein schonenderes Betragen gegen Hohenfels, wenn Nordheim in die ganze Verhandlung gezogen würde. Diese Hofnung war, so wie ich die Lage der Sachen damahls einsah, nicht schimärisch.

Ich begleitete Nordheim zu meinem Vater, der eben mit dem Minister arbeitete. Dieser zog sich höchst verlegen in ein Fenster zurück.

Ich komme, sagte Nordheim laut, Ihro Durchlaucht um Schutz zu bitten, gegen ein höchst sonderbares, unbegreifliches Benehmen. Ein unschuldiges liebenswürdiges Mädchen wurde gestern gewaltsam ihren Freunden entrissen. Niemand hat ein stärkeres Recht sich dieser Beleidigung anzunehmen als ich, denn sie schenkte mir ihre Liebe, und ist seit gestern meine Verlobte.

Mein Vater gerieth in die glühendste Verlegenheit, dennoch antwortete er nach wenig Augenblicken kalt und sicher: Es sind gewisse Verhältnisse, Herr von Nordheim, eine sehr sonderbare Lage, welche mich bewogen hat, Agnes von Lilien unter meinen Schutz zu nehmen. Was eine Verbindung mit ihr betrifft, so muß ich Sie bitten, diesen Plan aufzugeben.

Aufzugeben? – sagte Nordheim mit zurückgehaltener Heftigkeit: ich kenne nichts in der Welt welches mich hierzu nöthigen könnte, so lange ich hoffen darf, das Glück meiner Geliebten zu machen.

Mein Vater wurde nun immer verlegner und verwirrter in seinen Antworten. Nordheim bestand kühn darauf, von Agnes Aufenthalt unterrichtet zu werden, er zeigte ungemeine Gewandtheit des Geistes, und ehrne Festigkeit des Willens in der ganzen Unterredung. Gegen meinen Vater betrug er sich mit Schonung, aber der Minister bekam manchen drohenden Wink.

Alles ist demnach vergebens sagte er, indem er aufstand um Abschied zu nehmen. Ich habe gezeigt, wie gern ich in den Grenzen der Mäßigung und schuldigen Achtung bleibe. Aber jetzt werden mir Ihro Durchlaucht verzeihen, daß ich mich für ungebunden halte, alle Maßregeln zu ergreifen, die ich nur immer vor meinem eignen Herzen verantworten kann.

Ich wollte Nordheim folgen, mein Vater hielt mich zurück. Er überließ sich den heftigsten Ausbrüchen des Unwillens. Der Minister wußte geschickt, durch seine angenommene Ruhe und Kälte, der Flamme nur noch mehr Öl zuzugießen. Mein Vater that die fürchterlichsten Gelübde, durch welche schwache Charaktere immer ihren eignen unrechtmäßigen Entschlüssen Festigkeit zu geben suchen: nie würde er eine Verbindung zwischen Nordheim und Agnes zugeben.

Nordheims höchst sichres und festes Benehmen vermehrte die Furcht meines Vaters, das Geheimniß seiner Familie in seinen Händen zu sehen. Alle Handlungen, deren Motive im Herzen zu suchen sind, liegen ganz außer dem Gesichtskreise meines Vaters; und wenn er ein Interesse hat, sich solche zu erklären, so schiebt er natürlich falsche Bewegungsgründe unter. Überdem giebt er den Verhältnissen des Standes und Ranges, die einmahl seine Natur ausmachen, auch eine alles überwiegende Wichtigkeit. Unbegreiflich wird es ihm dünken, daß Nordheim die Ansprüche auf Agnes Geburt, nicht geltend machen, oder sie aus Liebe aufgeben könnte. Mein Vater glaubt Nordheim von der ganzen Geschichte deiner Heurath durch seinen Vater unterrichtet; fürchtet, daß das Recht, welches er dir selbst in gewissen Momenten zugestehen muß, durch Nordheims Kühnheit und höheren Geist geleitet, noch obsiegen, und dahin führen möchte, deine Verhältnisse vor der Welt bekannt zu machen.

Wie der Schwache jede Kraft fürchtet, deren Wirkungen er nicht zu ermessen vermag, so sieht er auch lauter Poltergeister um sich her. Güte und Stärke sind die natürlichen Poltergeister eines schwachen Sinns.

Nordheims höheres Wesen fiel meinem Vater auf, als eine neue Erscheinung, welche seine Achtung erzwang. Aber jetzt, da er selbst in Collision mit jenem höheren reineren Gemüth tritt, verwandelt sich die Achtung in Furcht. Die Furcht verwirrt den Verstand, und verhärtet das Herz. Was bleibt uns zu thun und zu hoffen übrig?

Unsre Agnes muß nicht aufgeopfert werden. Ich vermag es nicht zu denken, das sanfte holde Geschöpf, das Schönheit und Wahrheit mit solch einem regen unverstimmbaren Sinn ergreift, sollte für immer an einen Thoren gefesselt werden? Der junge Mensch ist herz- und geistlos. Es wuchs mit Agnes auf, und der Onkel sprach gegen mich von einer Leidenschaft, die er aus Gehorsam gegen seine Eltern unterdrückte, und die jetzt auf einmahl in vollen Flammen auflodert.

Du weißt, was ich von dem denke, und daß ich gewisse Gesichter lieber vom Galgen und Rad, als von Liebe und Tugend reden höre.

Agnes muß gerettet werden; aber daß mein Vater für Nordheim zu bewegen ist, daran zweifle ich. Wir werden einen dritten Weg einschlagen müssen, auf welchem wir vielleicht leichter mit meinem Vater zusammentreffen.

Ich benutzte den ersten freien Augenblick, um zu Nordheim zu eilen.

Ich war entschlossen ihm alles zu entdecken, da ich den innigen Antheil seines Herzens für Agnes empfunden hatte, und mit ihm gemeinschaftliche Maßregeln zu nehmen; aber er war schon abgereist.

Ich suchte die Gräfin auf, sie war unruhig und verschlossen, und wollte, oder wußte mit über Nordheims Aufenthalt nichts zu sagen.

Die kleine Bettina fiel mir im Vorzimmer zu Füßen und rief: Wenn Sie ein Herz haben, die Leiden der Trennung zu fühlen, so sagen Sie mir, wo ist meine Agnes?

Morgen denke ich den Aufenthalt unsrer Agnes zu erfahren. Die Leute, die ich auf Kundschaft ausgeschickt, müssen zurückkommen.«

2.

»Hohenfels ist außer Gefahr, das Wundfieber war nur leicht, und ist jetzt schon vorüber. Die Wunde ist im besten Zustand, und wir werden uns in kurzem seiner völligen Genesung erfreuen. Man begegnet ihm gütig, aber übrigens wird er streng bewacht. Er ist einem alten Officier übergeben, der sich streng an die Befehle meines Vaters bindet, und von unbestechbarer Rechtschaffenheit ist. In allem was nicht gegen seine Pflicht läuft, ist er mild und gefällig, und hat mir versprochen, Hohenfels mit der größten Aufmerksamkeit zu begegnen. Beruhige dich also, liebe Schwester, über Hohenfels Schicksal, welches an sich nicht unglücklich ist, und unverändert bleiben wird, wenn der Unwille meines Vaters nicht auf das neue gereizt wird. Der Lauf der Natur erinnert mich an den Zeitpunkt, wo es in meiner Gewalt stehen wird, jeden Kummer von deinem Herzen zu nehmen; rüste dich bis dahin mit Stärke und Geduld.

Unsre Agnes ist auf das Jagdschloß B. gebracht worden. Einer alten Französin, einer ehemahligen Liebe des Ministers, an welcher mein Vater auch für kurze Zeit Geschmack fand, ist sie übergeben. Alle Zugänge sind dort für uns offen, da ich einen meiner vertrautesten Leute an diesem Ort habe, einen alten Bedienten, der mir seit meiner Kindheit manchen Dienst that.

Der Mensch ist sehr schlau, und hat sein ganzes Leben hindurch gesucht sich durch das Auslernen fremder Schwachheiten der Dienstbarkeit zu entziehen, ja sich oft zum Herrn seiner Herrschaft zu machen.

Möchte ich dir über die Gesinnungen meines Vaters auch etwas zu sagen finden, welches deinen Wünschen gemäß wäre! Aber noch immer fand ich seinen Sinn unbeugsam, so oft ich Nordheims Nahmen nannte. Die entfernteste Äußerung über Agnes Verbindung mit ihm wies er mit dem heftigsten Unwillen zurück.

Ich fühle wie der Minister darauf arbeitet, meinen Vater immer mehr gegen Nordheim zu entrüsten, um diesen aus dem ganzen Verhältniß zu entfernen.

Mein Vater ist in dem Zustand einer kranken Reizbarkeit, und sein empörter Starrsinn stößt jede milde Empfindung zurück. Ich fürchte, er könnte in diesem Zustand einer harten, ungerechten Handlung fähig seyn; höchst gefährlich wäre es, ihn zu reizen, so lange Hohenfels in seinen Händen ist. Er kennt keinen Frieden, bis Agnes verheurathet und entfernt ist. Die fieberhafte Verspannung seines Wesens, bey seiner Ermattung, seinen dumpfen Vorstellungen, flößet mir inniges Mitleid ein.

Wie furchtbar sind die starken Züge des Gemüths im Alter, wenn sie nicht von der Wahrheit belebt werden!

Ich deutete schon gestern auf eine Idee, die vielleicht alle Partheien vereinte. Meinem Vater war sie nicht fremd, da er sich schon sonst einmahl dafür interessirt hatte.

Der –sche Hof wünschte schon längst Julius als seinen Geschäftsträger in England. Wenn wir meinen Vater bewegen könnten, Julius statt des jungen Salm als einen Gemahl für Agnes zu wählen, so wäre ihr Schicksal, wo nicht ganz der Wunsch ihres Herzens, doch gewiß sorgenlos und heiter. Wüßte ich Nordheims Aufenthalt, ich würde ihn zuerst mit der ganzen Lage bekannt machen, und alles der Leitung seines höheren Sinns überlassen.

Indeß sind die Umstände dringend. Hohenfels muß befreit werden. Bald sollst du deine Tochter sehen, wir müssen alles versuchen, ihr Herz zum Gehorsam zu stimmen.«

Diese Blätter zogen mich in eine Welt neuer Verhältnisse und Gefühle. Seit meiner Jugend war mein Leben nur durch ein einziges Band gehalten. Die Zufriedenheit meines Vaters in Hohenfels, war, nach der innren Regel des Rechts in meinem Gemüth der einzige feste Gesichtspunkt, nach dem sich alle meine Handlungen richteten. Meine ganze Wirksamkeit strebte nach diesem Ziel. Für meinen Vater hatte jeder meiner Schritte Bedeutung, und ich fühlte mein Glück oder Unglück nur in seinem Herzen. Seitdem Nordheims Bekanntschaft mein Wesen den Stürmen der Leidenschaft öffnete, in Momenten wo die Hofnung entfloh, der Puls des Lebens in meinem Herzen stockte, und starre Fühllosigkeit mich ergriff, da erhielt mich das Andenken meines Vaters. Über den Antheil, den er an meinen Leiden nehmen würde, vergoß ich lindernde Thränen, und meine Seufzer nach dem Unendlichen, in dem wir die ganze Verkettung unsers Schicksals denken, hatten den Sinn: Mache mich glücklich, damit mein Vater sich meines Glücks erfreue!

Nordheims Liebe hielt mich mit einem neuen allgewaltigen Band umschlungen. Die Sorge für sein Glück begleitete jeden Pulsschlag meines Herzens. Jetzt erschienen die Gestalten meiner liebenden Eltern, die an meinem Herzen Ruhe suchten, und in meinem heitern Leben Trost, Freude, und Ersatz für ihr eignes schmerzliches Schicksal finden wollten!

Unaussprechliches Mitleid füllte mein ganzes Wesen. Mein eignes Daseyn verlor sich gleichsam in diesem Gefühl; ich hätte alles aufopfern können – selbst das Glück meiner Liebe – nur nicht Nordheims Zufriedenheit. Wenn ich ihn leidend dachte, leidend durch mich! dann versagte mir jede Kraft, und alle Fäden meines Daseyns rissen entzwey.

Physische Ermattung umzog endlich alle diese Vorstellungen gleichsam mit einem Nebel. Das stille Gefühl meines Herzens, jedes eigne Glück der Ruhe meiner Eltern aufopfern zu wollen, stimmte mich zu einer beruhigenden Einheit, in der ich bald einschlief.

Ein paar Akkorde auf der Guitarre erweckten mich wieder. Das Instrument schien dicht unter meinem Fenster gespielt zu werden. Bald ertönte Bettina's Stimme; sanft und halb leise sang sie folgende Worte:

> Du liegst im bangen Schlummer,
> Ich irr' im dunklen Wald;
> Entferne jeden Kummer,
> Dein Freund erscheint dir bald.

> Schon flimmert Licht im Schlosse,
> Die Knappen rasten nicht,
> Gezäumet stehn die Rosse
> Im grauen Morgenlicht.

> Er schwingt sich auf den Rappen,
> Fliegt über Berg und Thal,
> Ein Sturm, mit seinen Knappen
> Langt an im Abendstrahl.

> Und in der Dämmrung Hülle
> Birgt sie das hohe Korn,
> Jetzt schallt durch Nacht und Stille
> Der wackern Jäger Horn.

> Es stürmt wie ein Gewitter
> Der ganze Troß feldein,
> Es stürzen Thor und Gitter,
> Der Liebste ziehet ein.

> Des Thurmes Riegel schwirren,
> Die Wächter sind entflohn;
> Vernimm's, der Waffen Klirren
> Sey dir der Liebe Ton.

Ich eilte zum Fenster, und erkannte die Gestalt des guten Mädchens in der Morgendämmerung. Sie stand dicht an einem Spalier an der Mauer unter mir, und vernahm sogleich meinen leisen Ruf.

Leicht wie ein Vogel schwang sie sich auf dem Spalier empor bis zu den Gittern meines Fensters. Ich mußte ihr die Hand reichen, die sie an ihren Mund und an ihre Brust drückte.

Nachdem sie sich beruhigt hatte, vernahm ich von ihr die Lage meines Freundes und den Sinn ihres Liedes.

O, ich konnte deine Entfernung und die Ungewißheit deines Schicksals nicht länger aushalten! rief sie aus. Nordheim war wenige Tage nach dir weggereist, ich erfuhr von der Gräfin, es sey um dich aufzusuchen.

Die Angst und Sorge um dich verzehrten mich, ich hatte Tag und Nacht keine Ruh. Ich war ganz mir selbst überlassen, die Gräfin war durch einen sonderbaren Vorfall in die tiefste Schwermuth verfallen, sie hatte mich ihrer Kammerfrau übergeben, und uns allen befohlen, sie allein zu lassen.

In deinem Zimmer hatte sie das Kästchen gefunden, welches dir meine Mutter in Verwahrung gegeben.

Ich kam dazu, als es geöffnet vor ihr stand. Bleich, auf den Stuhl zurück gelehnt, ein Papier in der Hand haltend, auf das ihre Augen starr geheftet waren, so fand ich sie.

Was ist Ihnen? rief ich, und auf meinen Ruf erwachte sie wie aus einem Traum.

Weißt du wie dieses Kästchen hieher kam? fragte sie heftig.

Von meiner Mutter, sagte ich, durch ihre Heftigkeit erschreckt: sie übergab es an Agnes, als ich in die Stadt kam.

Sie umarmte mich unter heißen Thränen, versprach mich zu lieben, für mich zu sorgen wie für ihre eigne Tochter, und bat mich sie allein zu lassen. Ich beklagte sie herzlich, ob ich gleich von dem allen nichts verstand.

Ich sah wie sie das Kästchen in ihr Zimmer trug; den ganzen Tag wurde niemand vorgelassen.

Mein Bruder war eben in die Stadt gekommen, er fand mich entstellt und bleich wie ein Schatten.

Er hatte von Nordheims Leuten erfahren, daß er sich in der Gegend von U. aufhalte. Laß uns gehn, Agnes aufzusuchen, sagte ich meinem Bruder, und ich will ruhig werden.

Der Weg nach U. war uns bekannt, wir waren ehemahls mit meiner Mutter da gewesen. Mein Bruder ging nach Hause zurück und hohlte ein Kleid für mich, und seine Flöte. Meiner Mutter sagte er, er solle in der Stadt bey mir bleiben. Nun gingen wir des Abends aus dem Hause der Gräfin. So wie die Reise fortging wurde mir leichter, ich sah dich immer am Ziele der selben.

So kamen wir ohne Hinderniß nach U. Schon den andern Tag begegnete mein Bruder einem von Nordheims Bedienten auf der Straße. Er hieß uns ruhig bleiben wo wir wären; den Abend kam ein Wagen uns abzuhohlen. Ich zitterte vor Furcht, man möchte uns zurück bringen, in wenigen Stunden kamen wir in einem Hause an, wo uns deine Freundin Elise empfing.

Dort war ich bald in meinem Element, denn alles war nur mit dir beschäftigt. Elise sagte mir, daß du außer Gefahr seyest, und dich auf einem Schloß aufhieltest, welches nicht weit von ihrem Landgut entfernt läge.

Nordheim und Julius kamen den nächsten Tag. Ich fürchtete, Nordheim möchte meine Flucht von D. mißbilligen. Aber die Liebe für dich entschuldigte alles. Bald bemerkte ich, daß noch etwas geheimnißvolles in deinen Verhältnissen sey, über welches man sich nicht in meiner Gegenwart erklärte.

Julius und Nordheim waren oft abwesend, und unzertrennlich verband sie die Sorge um dich. Nordheim sendete mich jetzt zu dir, mit dem Arzt, er selbst schrieb mir genau vor, wie ich mich zu betragen hätte, und als ich zurück kam, konnte er mit Fragen über dein Aussehen, deine Mienen, deine Stimmung nicht fertig werden. Er ist jetzt für einige Tage verreist, ich bemerkte bald, daß man Anstalten macht, dich diesem Aufenthalt zu entreißen.

Elise sagte mir diesen Abend, daß morgen Nordheim wieder ankommen würde, um dich mit Gewalt zu befreien, wenn alle andere Mittel fehlschlagen sollten.

Dein einsamer Zustand und meine Sehnsucht zerrissen mir die Seele, bey der einbrechenden Nacht trieb es mich fort. Mir war es, als hieße mir eine innre Stimme dir Muth und Hofnung zusingen.

Ich fand mich in der mondhellen Nacht leicht auf dem Waldpfad, der mir durch den Arzt bekannt wurde, hierher.

Gutes treues Geschöpf! rief ich – Ja, dir gab ein guter Genius den Anschlag ein, zu mir zu kommen.

Ich schrieb folgende Zeilen an Nordheim:

»Mein Schicksal steht mit dem Leben meines Vaters in der genausten Verbindung. Unternehmen Sie es nicht, mich diesem Aufenthalt zu entziehen! «

»Wie gern folgte ich dem Wink der Liebe, der für mich auch die Leitung eines höhern Sinnes ist! Aber Umstände, die mein geliebter Freund nicht kennt, halten mich gebunden.«

Ich bat Bettina zurück zu eilen, und bey Nordheims Ankunft sogleich ihm dieses Billet zu übergeben. Sie eilte von mir, wie ein leichter Morgentraum, dessen freundliche Erscheinung uns während dem Lauf des Tages begleitet, um uns als ein Friedensbote beßrer Zeiten, Freyheit und Hofnung zuzuwinken.

Die Sonne ging auf. Der Zauber des Morgenlichts wirkte, im tiefsten Schmerz, im höchsten Glück, immer lebendig auf mein Gemüth. Nordheims Liebe umfaßte mein ganzes Wesen mit freundlicher Gewalt.

Ich habe es genossen, das höchste, zärteste Leben! sagte ich mir selbst. Nichts vermag mir diese Erinnerung, dieses ewig lebendige Daseyn in seinem Herzen zu rauben. Was für wechselnde Erscheinungen auch die Zeit mit sich führen mag, alle müssen sich auflösen in der Ewigkeit der Liebe.

Ich las die Blätter meiner Mutter von neuem. Meiner Eltern Schicksal ergriff mein Herz mit einer schauervollen Gegenwart, und ich fühlte die Nothwendigkeit, diesen theuren Unglücklichen mein Leben und alle Kräfte meines Geistes und Herzens aufzuopfern.

Für meinen Großvater fühlte ich mehr Mitleiden als Unwillen.

Ich sagte mir, noch fordre die Zeit keinen Entschluß, aber ein lebhaftes klares Gefühl sieht immer die Straße, die es zu wandeln hat, vor sich, ehe der Verstand die Verhältnisse abgewogen, und die Vernunft einen Vorsatz gefaßt hat.

Nordheim hatte mein Wort, ihm sollte die ganze Lage vorgelegt werden, von ihm erwartete ich die Richtschnur meines Betragens.

Ich schöpfte sonderbaren Muth und Trost aus diesem Vorhaben. Mein Schicksal mochte nun bitter oder lieblich werden, aber es sollte nur von ihm kommen.

Ich hofte, wenn ich an seinen Muth, den tiefen heitern Blick seines Geistes dachte, der dem ganzen Verhältniß vielleicht eine neue Wendung geben könnte. Ich lebte, wenn ich die Kraft seines Herzens ermaß, dem Rechten und Schönen alles Glück seines Lebens aufzuopfern. Von Julius, wußte ich, konnte mir nichts Böses kommen, ich war seines Edelmuthes gewiß. Aber das Bild meines gefangenen Vaters drängte sich allen diesen Vorstellungen entgegen, und mein Herz zerfloß in Angst und Kummer.

Eine bestimmte Thätigkeit entriß mich der Verworrenheit meines eignen Wesens Das Kind, welches mir meinen lieblichen Traum zurückgerufen hatte, war seit dieser zeit fast immer um mich gewesen, und ich sehnte mich jeden Morgen nach dem heitern Anblick seiner Liebenswürdigkeit und Unschuld. Kaum war es diesen Morgen in mein Zimmer getreten, als es einen Anfall von Krämpfen bekam. Das arme kleine Geschöpf wollte nicht von meinem Schooße, klammerte seine Händchen um meinen Hals, gleich als könnte es nur an meiner Brust genesen.

Der Anblick des physischen Schmerzens ruft unsre ganze Natur auf.

In der Pflege des Kindes vergingen die Stunden des Tages, die sich durch meine unruhigen Vorstellungen zu Jahren des Leidens verlängert hätten.

Der Arzt kam, seinen gewöhnlichen Abendbesuch abzustatten. Die Alte war theils mit dem Kinde beschäftigt, theils schien sie von den Begebenheiten der vergangnen Nacht unterrichtet, und weit entfernt ihren künftigen Herrn durch allzugewissenhafte Treue für den gegenwärtigen zu beleidigen, bezeigte sie sich nachgiebiger und gefälliger gegen mich, da sie auf ein ernsthaftes Interesse des Prinzen schließen mußte.

Der Vorschlag des Arztes, mich allein in den Garten zu führen, wurde angenommen.

Der Arzt las bedenklich aus meinem Gesicht, wo er die Heiterkeit und Ruhe, die er erwartet hatte, völlig vermißte. Er führte mich ans Ende des Gartens in eine Laube, und fragte, ob er einen Freund zu mir bringen dürfe? Nordheim trat aus dem Gebüsch hervor, lag zu meinen Füßen, schloß mich an seine Brust. Süßes heiliges Leben der Liebe, vor dem die Zukunft und Vergangenheit verschwindet, durchflammte uns. In der ersten süßen Verwirrung der Freude war jede Last von meinem Herzen gesunken. Der Arzt entfernte sich. Nordheim hielt zärtlich meine Hand, und als wir wieder Worte finden konnten, strebten unsre Wünsche nach einer Zukunft, die uns vereinen, und unser gegenwärtiges Glück uns für immer versichern sollte. Alle Schwierigkeiten meiner Lage fielen jetzt mit furchtbarer Gewalt auf mein Herz.

Ich habe Ihren Vater gesprochen, sagte mir Nordheim: mit seiner Einwilligung machte ich den Plan, Sie so bald als möglich diesem Aufenthalt zu entreißen. Warum befahlen Sie mir ihm zu entsagen?

Ich sagte ihm die Besorgnisse meiner Mutter. Er war von dem ganzen Verhältniß durch meinen Vater unterrichtet.

Nordheim hatte dem Commandanten der Vestung ein Vertrauen einzuflößen gewußt, das ihm völlig freien Zugang zu meinem Vater gestattete. Auch von D. aus hatte er Nachrichten, die ihn mit dem Widerwillen meines Großvaters gegen unsre Verbindung bekannt machten.

Mit sanften Bitten suchte er meinen Entschluß zu bestimmen. Ich fühlte, daß mir die Kraft fehlte, ihm zu widerstehen, und gleichwohl hielt mich das meiner Mutter gegebene Versprechen. Schonen Sie mich, Nordheim! sagte ich. O, Sie kennen die Gewalt Ihrer Bitten nicht.

Seine Augen ruhten mit innigster Zärtlichkeit auf mir. Welcher Himmel wohnte in den klaren heitern Blicken, die im vollen Vertrauen der Liebe mein ganzes Wesen umfaßten!

Da war kein Zweifel, kein scharfes Beobachten mehr, aber die selige Freiheit eines Wesens das sich ganz hingiebt, und ein reines Herz ganz und rein empfängt.

Wie konnte ich ein solches Herz mißverstehen, solche himmlische Unbefangenheit! rief Nordheim aus. Bitter rächt das Schicksal meinen Irrthum, mein Zögern, meine Untreue an mir selbst, da ich der bessern Überzeugung des Herzens entfloh.

Ich wünschte nicht meine theure Agnes zu überreden, sondern zu überzeugen, fuhr er fort. Der Drang der Verhältnisse muß meine grelle Darstellung unsrer Lage entschuldigen. Ihr Großvater ist ein schwacher unempfindlicher Mann; Ihre Mutter zärtlich, hingebend und durch lange Leiden muthlos. Ihr Onkel keines tiefen Eindrucks fähig, giebt fremde Empfindungen eben so leicht wie seine eignen auf, und wird immer in seinen Handlungen von äußern Rücksichten hingerissen, so sehr sein reiner Verstand sich zu einer entgegengesetzten Handlungsweise bekennt. Was haben wir von dem Zusammenfluß dieser Charaktere zu erwarten? Der Fürst wird nur der Nothwendigkeit nachgeben, und diese allein wird Ihre Mutter und Ihren Onkel zu einem festen Betragen bewegen.

Ich bin gewiß, daß der Minister kein Verbrechen wagt, auch ist Ihr Vater durch die Treue und Redlichkeit des Commandanten geschützt.

Hohenfels Gefangennehmung ist ein Eingriff in die Vorrechte unsres Standes, der nicht ungeahndet bleiben wird. Die Stimme der Freiheit, die uns nicht mehr ins Feld zum offnen Kampf gegen die Unterdrückung lockt, ist darum nicht verstummt. Der Geist jeder Zeit liefert Waffen gegen ungerechte Unterdrückung, für den der sie zu gebrauchen versteht.

Die kalte arglistige Politik, mit welcher der Minister gegen uns wirkt, soll vor dem Geradsinn des Rechts und der Unschuld zu Schanden werden. Ich darf es hoffen, der Fürst selbst wird sich zu uns wenden, wenn wir ihn aus den Banden der Gewohnheit gerissen haben.

Diese armseligen Menschen, die sich zu allem brauchen lassen, deren erstes Gut die Gunst ihres Herrn ist, ziehen die edelsten Charaktere in ihr niedriges Gewerbe herab. Julius, ihr Vater und ich, sollten wir nicht den Kampf mit einem eigennützigen schädlichen Thoren wagen?

Ein edler Unwille glühte auf Nordheims Stirn. Ich fühlte mich hingerissen, aber die Besorgnisse meiner Mutter um die Sicherheit meines Vaters, die Furcht ein unwiederbringliches Gut zu verlieren, kämpfte mit meiner Neigung, dem Geliebten zu folgen.

Geben Sie mir ein Recht, meine Agnes, Sie vor jeder Gewalt zu beschützen, sagte Nordheim zärtlich. Nachdem wir den Segen Ihres Vaters von Hohenfels empfangen haben, eilen wir nach England. Unsre Entfernung wird den Fürsten beruhigen. In kurzem wird er einsehen, wie entfernt mein Herz von jedem Streben des Ehrgeizes ist, und daß ich mit meiner Agnes jede Freude des Lebens besitze. Giebt der Fürst Ihrem Vater die Freiheit, so ist alles vergessen. In der Verborgenheit, wie es ihre Verhältnisse fordern, wird Ihre Mutter die Ruhe des Herzens im Glück ihrer Geliebten finden. Ihr Vater wird bald mit uns, bald mit ihr leben.

Ich schwieg, verloren in dem Glanz der schönen seligen Zukunft, und sah Nordheim lächelnd an.

Eine neue Welt öffnet sich mir in der himmlischen Klarheit deines Wesens, sagte Nordheim mit dem zärtlichsten Ausdruck. Zum erstenmahl giebt sich mein Herz ganz, und der seligste Traum meiner Jugend steigt, wie die Sonne aus Nacht und Dämmerung, strahlend aus den Wogen des Lebens empor. Da ist keine Täuschung des jugendlichen Sinnes, der den Gegenstand seines Begehrens, vom Glanz seines eignen Feuers umleuchtet, erblickt.

Mannichfache Gestalten haben sich in meinem Herzen abgedrückt, sie erregen manch sanftes Andenken, – die Liebe ist so heilig, daß selbst ihre Täuschungen uns werth bleiben. So oft sich mein Herz jener zarten süßen Gewalt der Schönheit überließ, so oft versank es in eine furchtbare Leere zurück, denn Mangel und Beschränktheit zog es in kurzem von jedem Gegenstand wieder ab. Nur deine schöne Natur, die sich im freien Spiel lieblicher Neigungen vor mir entfaltete, erhielt die Regungen des Verlangens in meinem Busen. Nur die innre Freiheit eines Wesens, die angebohrne Grazie des Gefühls, zieht uns in jene Ahndung des Unendlichen, ohne die unser Leben in dumpfer Beschränkung entflieht. Nur die Liebe lehrt unsere Herzen ein Leben ahnden, für dessen Begrif, Verstand und Sinn schwindeln. Holdes Wesen, die Natur in deiner schönen freien Seele ist unendlich, ein rastloses Streben nach dem Höchsten und Schönsten ist ihr innres Leben. Jeder niedre Zweck, jede Kleinheit des Sinnes, ja selbst das edelste, jeder Kampf das Rechte und Schöne zu erringen, giebt ein Gefühl des Mangels und der Eingeschränktheit. Eine selige Fülle ist in deinem lieblichen Wesen. Das Rechte ist dein Instinkt, die Schönheit dein Element, und deine liebliche Fantasie, als ein unerschöpflicher Quell des neuen Lebens, bildet dein eignes Selbst in tausend wechselnden reizenden Formen.

Laß mich es aussprechen, was du bist, sagte Nordheim, indem seine Augen sich mit Thränen füllten. – Fühle mein Glück in der hohen Gestalt deines Wesens, und zwinge so deine holde Bescheidenheit auf deinem Bilde zu verweilen.

Gleichwie vor einer Verklärten schwand die Erde vor mir, und ein Himmel des reinsten Genusses öffnete sich.

Ewiges Wesen! seufzte ich, gieb mir das Vermögen die Gestalt des Innren zu bewahren, die das Glück meines Geliebten macht!

Das Leben hat vielleicht manche Klippe die mir noch unbekannt ist, sagte ich zu Nordheim. Wie manche gute Natur wird vom Schicksal zerstöhrt. Mein theurer Freund, lehre mich selbst die Existenz zu bewahren, die das edelste Herz zu mir zog.

Wir durchflogen den Cirkel unsrer Freunde, und wünschten sie alle mit dem Gefühl unsers Glücks zu beleben. Über Julius sagte mir Nordheim: Seine schöne reine Liebe flößt mir oft die Furcht ein, meiner Agnes den Verlust solch eines Herzens nie ersetzen zu können.

Ich wagte es nicht von der Gräfin zu sprechen, aber Nordheim selbst sagte: Mein ganzes vergangenes Leben werde ich meiner Agnes enthüllen, nachdem uns irgend eine Spur der Gegenwart darauf führt. Wir sehen uns selten rein, wenn wir eigentlich darauf ausgehen, unser innres Daseyn als ein Ganzes vor eine fremde Vorstellungsart zu halten. Und hier, wo der Eindruck so wesentlich zu meinem Glück ist, mißtraue ich meiner Unbefangenheit. Amalie selbst wird unser Verhältniß gegen Sie aussprechen, daß in *ihrer* zarten weiblichen Seele eine schönere Gestalt gewinnt.

Ein paar glückliche Stunden waren entflogen. Jedes Wort meines Geliebten war voll des heiligen Sinnes der Güte und Liebe. Immer kam er auf seine Bitte zurück, daß ich ihm diesen Abend zu Elisen folgen sollte.

Mein Entschluß schwankte, aber ich fühlte daß mein Herz mich zwang,

seinen Bitten nachzugeben. Das Schicksal gab den Ausschlag. Der Arzt kam eilends zu uns, und meldete, daß der Fürst, die Prinzessin und der Prinz so eben angekommen wären. Die Alte sey in der fürchterlichsten Angst, er selbst hätte ihr versprochen, mich unverzüglich auf mein Zimmer zu bringen.

Nordheim küßte meine Hand mit einem traurigen Blick. Eine Blume, die ich eben zwischen den Fingern hielt, verbarg er in seinen Busen.

Ich fühlte, daß er sich nur aus Schonung für den Arzt entfernte, leise flüsterte er mir zu:

»Um zehn Uhr bin ich wieder an diesem Platz.«

Kaum war ich in meinem Zimmer, als meine Mutter hereintrat.

Der Fürst ist hier und will dich sehen, sagte sie mir. Die Ärzte verordneten ihm das – sche Bad.

Ich und mein Bruder begegneten ihm ganz unvermuthet. Er errieth *wo* ich gewesen war, aber er war mild gestimmt, und äußerte selbst den Wunsch, dich von diesem Ort zu entfernen. Deine Freundin Elise wohnt in der Nähe, und ich erlangte die Erlaubniß meines Vaters, dich auf einige Tage zu ihr zu bringen.

Die Gefälligkeit, mit welcher der Minister selbst an diesem Plan arbeitete, befremdete mich nicht wenig.

Aber deine Entfernung von diesem einsamen Ort, deine Vereinigung mit deinen Freunden, ist immer ein Gewinn, welchen wir eilend ergreifen müssen.

Meine Mutter befahl mir, mich so sorgfältig anzukleiden, als die Kürze der Zeit es gestattete. Gütig und besorgt um den Eindruck welchen ich machen sollte, half sie mir selbst. Wie sanft bewegte ihre Liebe, ihre süße Sorge mein Herz!

Ich hatte die Alte weggeschickt, um mir Nachricht von dem Befinden des Kindes zu bringen. Sie kam zurück und brachte es selbst mit, man hatte sein ungestümes Verlangen nach mir nicht anders befriedigen können.

Ich hielt es einen Augenblick in meinen Armen, um es zu beruhigen, als der Prinz hereintrat.

Er näherte sich mir, wollte mit dem Kinde scherzen, aber eine glühende Röthe flog über seine Wangen, als er dessen Züge genau betrachtete. Ich hatte die Mutter des Kindes nie gesehen, und Madame Imbert hatte mir gesagt, daß sie sich seiner aus Mitleiden, als eines hülflosen Geschöpfes angenommen.

Der Prinz that mit dem lebhaftesten Ausdruck ein paar heimliche Fragen an die Alte, und wendete sich dann mit einem zärtlichen Blick gegen das Kind. Er zog meine Mutter in ein Fenster, und diese sagte der Alten:

Sie wenden sich künftig an mich über alles was dieses Kind betrifft, ich übernehme seine Erziehung.

Ich war glücklich über die gute Wendung, welche das Schicksal dieses kleinen Geschöpfs genommen, dem ich so manche gute Stunde in meiner Einsamkeit verdankte, und drückte meiner Mutter und des Prinzen Hand an mein Herz.

Das Schicksal hat Sie einmahl zu meinem guten Genius gemacht, liebste Agnes, sagte der Prinz. Die sanften Neigungen Ihres Herzens führen mich zu meinen Pflichten. O warum kann uns nicht das zärteste Band verbinden, und mir für den reichen Gehalt meines Lebens bürgen!

Meine Mutter sagte gerührt: Mein gutes Mädchen wird unser aller Leben verschönern, und uns immer zur Wahrheit und Natur führen, wie ein freundlicher Sonnenblick ins freye Feld lockt.

Wir waren an dem Vorzimmer des Fürsten.

Ich bebte vor dem Anschauen der ernsten strengen Gestalt, von welcher ich den tiefsten Schmerz meines Lebens empfangen sollte, die Trennung von meinem Geliebten; gleichwohl zog mich eine geheimnißvolle, zarte Regung der Natur zu ihr hin.

Der Fürst schien anfänglich noch ernster und kälter als gewöhnlich. Er sah mich scharf an, und ich fühlte, daß die Gewalt, die er durch eine lange Gewohnheit über seine äußern Bewegungen erlangt hatte, doch in diesem außerordentlichen Fall nicht ganz zureichte. Seine Kälte hatte dennoch nichts unfreundliches, und schien mir nur ein Mißtrauen gegen sich selbst anzudeuten.

Er fragte nach meiner Gesundheit. Ich dankte, und mein Herz riß mich hin, mich nach seiner Hand zu beugen. Er zog sie heftig zurück, küßte mich auf die Stirn und sagte: Ich will Ihnen herzlich wohl, gutes Kind, und hoffe Sie werden meiner guten Meinung für Sie nicht widerstreben.

Eine Thräne hing in seinen Augenwimpern, er strebte die Regungen der Natur zu überwinden, und wendete sich von mir.

Unaussprechlich rührte mich der Antheil dieses sonst so kalten Herzens. Ich zitterte vor Furcht, er möchte mir sein Begehren deutlicher aussprechen, und vor der Nothwendigkelt, ihm widerstehen zu müssen.

Wenn das Alter Würde mit Liebe vereint, dann wirkt es mit überirdischer Gewalt auf unser Gemüth, und der Blick eines Greises vor dem die Welt in Erfahrungen und Begriffe aufgelöst daliegt, deutet uns immer mit einem Wink strenger Warnung auf die Straße des Lebens.

Der Minister kam zur Gesellschaft, und mein Innres empörte sich vor dem Anschauen eines Mannes, durch den meine Eltern so viel gelitten hatten, und der auch so feindselig in mein und Nordheims Schicksal zu greifen versuchte.

Das Spiel dämpfte die so ganz disharmonirende Stimmung unsers kleinen Cirkels. Mit welchem Flitter umkleidet der Gang der Gesellschaft unter den höhern Ständen, die einfache Wahrheit des Lebens! Das Gewebe kleiner mechanischer Beschäftigungen umstrickt den Geist und schläfert das rege Herz ein. Jeder lernt endlich so, neben dem was ihm am heterogensten ist, aushalten.

Der Prinz hatte sich entfernt, ich wurde zur Whistpartie unentbehrlich.

Meinem Großvater, meiner Mutter gegenüber, mußte mein Herz sein zärtestes Empfinden verschließen. Die kostbaren Augenblicke eines einzigen Genusses, müssen sie in dieser Nichtigkeit vergehen? sagte ich mir selbst. Es drängte mich beinah unwiderstehlich, die zitternde Hand meines Großvaters von den Karten zurück zu halten, und zu seinen Füßen mein Innerstes auszusprechen. Die Zeit versammlet uns nur einmahl auf diesem Erdball, und unsre unselige Zerstreuungssucht betrügt uns noch um die rasch entfliehenden Momente!

Jede Viertelstunde, deren Verstreichen mir durch eine große Wanduhr verkündigt wurde, machte mich zittern. Die Stunde nahte, in der Nordheim sich im Garten einfinden sollte. Ich rechnete auf seine Einwilligung, bey Elisen den Ausgang unsrer Verhältnisse zu erwarten. Aber sollte er vergebens, ohne einen Laut von mir zu vernehmen, zurückgehen? vielleicht durch mein Stillschweigen in Sorge gerathen, oder zu einem kühnen Unternehmen gereizt werden? Die Unruhe verwirrte meine Vorstellungen immer mehr. Jeder Schlag der Uhr trieb den Angstschweiß auf meine Stirn. Endlich war ich entschlossen, ein schnelles Übelbefinden vorzuschützen, welches den Arzt herbeyrufen würde, dem ich alsdann einen Auftrag an Nordheim geben könnte.

Der innre Scheu vor solch einer Unwahrheit ließ mich zögern. Die Besorgniß meiner Mutter, der meine Unruhe nicht entging, gab mir die Sprache. Meine Lippen öffneten sich zu der Bitte, mich entfernen zu dürfen, als die Thür aufging und Nordheim hereintrat.

Ich bebte vor Freude, und bald vor Furcht einer bittern Erklärung zwischen ihm und dem Fürsten.

Wie angenehm fühlte ich mich überrascht, als ihn der Fürst freundlich willkommen hieß, als einen sehnlich Erwarteten, und ich Nordheim sagen hörte, daß er vor wenigen Stunden erst die Befehle des Fürsten vernommen.

Nordheim grüßte mich zärtlich, und hatte ein so unbefangenes offnes Betragen, wie nur ein Herz einflößen kann, das sich seiner Gefühle erfreut, und sich durch ihre Stärke über jede Rücksicht erhaben empfindet.

Sanfte Freude füllte meine Brust im Gefühl der vielfachen zarten Bande, die sich an mein Herz knüpften. Welch eine neue Welt der Liebe! Nur die Liebe bezeichnete den Kreis meines Wirkens, meines zärtesten Lebens, ich kannte kein anderes Daseyn. Für wenige Momente konnte ich mich dem Gefühl meines Glücks überlassen. Meine Mutter und Nordheim standen in der Vertiefung eines Fensters. Ich hielt ihre Hände vereinigt in den meinen, drückte sie an meine Lippen, und empfing ihre zärtlichen Küsse. Wir waren alle drey zu bewegt um zu sprechen.

Noch ein Herz wird bald an dem unsern schlagen, sagte Nordheim zu meiner Mutter. – Ach, erwiederte sie sanft: Dann bin ich zu glücklich! Ich war gestern bey ihm, sagte Nordheim, und empfing seinen Segen. Wie groß ist sein Herz in der Gewohnheit geworden, für seine Geliebten zu leiden! Meine theure Mutter, ich wage den süßen Nahmen, lassen Sie jede Sorge an meinem Herzen ruhen. Ich nehme den Ölzweig, welchen mir der Minister vor wenigen Stunden reichte, an; aber mit keiner unbewaffneten Hand, denn leicht könnte er sich in einen Dornstrauch verwandeln. Fürchten Sie kein gewagtes Spiel, ich gelobe es Ihnen, ich will die theure Hand Ihrer Agnes nicht eher begehren, bis ich sie aus dem freien Arm ihres Vaters empfange.

In wenigen Tagen sehe ich Sie bey Albans wieder, sagte er mir sanft. O wenn es mir gelänge, den guten edelgesinnten Greis zur Theilnahme an unserm Glück zu bewegen!

Der Fürst bat Nordheim, ihm in sein Kabinet zu folgen, und als sie zum Abendessen zurückkamen, dünkte es mir, als hätten sich einige leichte Wolken vor der Stirn meines Geliebten gesammelt.

Jeder spielte seine Rolle den Abend hindurch, so gut er konnte. Nordheim allein spielte keine, sondern war mit der höchsten Freiheit und Unbefangenheit gegen jeden, was die Natur seines Wesens und des Verhältnisses forderte. Nachgebend und schonend gegen den Fürsten, wie es überlegene Stärke und Mitleid gegen Alter und Schwachheit gebot; kalt, zuweilen schlau gegen den Minister, sanft und gefällig gegen meiner Mutter, leicht und angenehm mit dem Prinzen, und ohne Zurückhaltung zärtlich gegen mich.

Seine Freiheit verbreitete eine allgemeine, für die verworrenen Verhältnisse beinah unbegreifliche Heiterkeit.

Der Fürst wollte früh abreisen. Der Prinz, meine Mutter und der Minister begleitete ihn ins Bad. Auch Nordheim sollte ihm für einige Tage folgen, wegen Geschäfte, über die er mit ihm zu sprechen hätte.

Der Fürst fragte mich beym Abschied, wie ich mit dem Betragen seiner Leute gegen mich auf diesem Schlosse zufrieden sey? Ich lobte ihre Gefälligkeit. Er überreichte mir beym Abschied ein goldnes Etui, in dem ich eine Rolle Louisd'ore fand.

Er entzog seine Hand meinem Kusse nicht, sondern drückte die meine bewegt, und wendete sich schnell von mir.

Meine Mutter und Nordheim verlangten, daß ich augenblicklich zur Ruhe gehen sollte. Ich mußte sie durch die Zimmer führen, wo ich krank gelegen, ihre Liebe, ihre Freude an meiner Genesung belohnten mich für jedes Leiden.

Wie sanft schlief ich ein in der Nähe meiner Geliebten! Leicht und gestärkt erwachte ich, und eilte diesen Aufenthalt zu verlassen. Heilige Erinnerungen bezeichneten diese Mauern.

Madame Imbert sagte mir, daß alles zu meiner Abreise bereit sey. Herr von Nordheim habe es so eingerichtet, daß ich in seinem Wagen reisen sollte, der Doktor sey da, um mich zu begleiten. Sie selbst nahm einen rührenden Abschied, und schien höchst zufrieden über das gute Zeugniß, welches ich ihr beym Fürsten gegeben.

Ich empfahl ihr das Kind, und eilte in das Vorzimmer, den Arzt zu grüßen. Welche süße Überraschung! Ich fand Nordheim bey ihm, der sich mit Fleiß verspätet hatte, um mich noch einmahl zu sehen. Er stärkte mein Herz mit Liebe und Hofnung, sprach von der seligen Zeit, die uns für immer vereinen sollte, und wir schieden leicht und fröhlich im Gefühl des nahen Wiedersehens. Wir flogen über die breite Straße durch den Wald, Nordheim folgte uns, und unsre Wagen begegneten sich noch einmahl.

Eine glückliche Vorbedeutung! rief mir Nordheim lächelnd zu.

Durch die Hülfe des Arztes verließ ich diesen Ort gesund und heiter Er fühlte sich glücklich in meiner Dankbarkeit.

Nordheim, den er bis zur Anbetung verehrte, war der Gegenstand unsers Gesprächs.

Elise und ihr Mann empfingen mich mit herzlicher Liebe. Julius kam so eben von einem Spatzierritt zurück. Er schien heiter. Aber die letzte Zeit hatte eine tiefe Spur der Unruhe in seinen sanften Zügen zurückgelassen, alle Umrisse waren schärfer und bestimmter geworden.

Julius fand mich unerwartet. Elise hatte meine Ankunft erst vor wenigen Stunden durch Nordheim erfahren.

Mein Herz öffnete sich in dem lieben Cirkel, wie in den Tagen unsren ersten Verbindung. Ich dachte mit Elisen der Zeit, wo sie mich zuerst in ihren kleinen Cirkel zog. Glücklich, unsre Freundschaft schon in solcher Vergangenheit gegründet zu finden, riefen wir aus: Alles ist wieder wie in D.!

Nein, alles ist nicht so, sagte Julius. Eine der Göttinnen fehlt, die Hofnung! Schnell faßte er sich wieder, sah mich heiter an und sagte: Bleibt doch die himmlische Schwester, immer mögen die zwey irdischen fehlen.

Ich mußte mit meinen Freunden über meine letzten Begebenheiten sprechen.

Über vieles waren sie unterrichtet. Nordheim hatte größtentheils mit ihnen gelebt, und lebhaft beschrieben sie mir ihre Unruhe, mich in dieser Nähe zu wissen, ohne mich sehen zu können.

Die Verhältnisse meiner Mutter schienen ihnen unbekannt zu seyn, und mit diesen also der eigentliche Grund meines Aufenthaltes auf dem Jagdschlosse.

In der ersten süßen Verwirrung des Wiedersehns liebender Freunde wird nichts genau bestimmt, und während wir uns noch in dieser befanden, ließ sich die Gräfin von Wildenfels anmelden.

Die Sorge um Bettina, und der Wunsch sich mir zu nähern, schienen sie zu dieser Reise bestimmt zu haben.

Nachdem wir die Gräfin empfangen, und die Begebenheiten, die sich seit unsrer Trennung zugetragen, im Verlaufe des Tages gemeinsam besprochen hatten, lud sie mich am Abend zu einem einsamen Spatziergange ein.

Beym ersten Blick hatte ich eine sonderbare Veränderung in ihrem ganzen Wesen wahrgenommen. Die Leichtigkeit und Grazie ihres Betragens hatte sich in Stille und Ernst verwandelt. Sie schien den äußern Eindruck ganz aufzugeben; ihr Innres schien durch Vorstellungen bewegt, die sich an eine höhere Ordnung der Dinge knüpften. Es war eine stille Hoheit um sie her, die sich mit dem Entsagen auf alles was Schein ist, natürlich gattet. Ihre Kleidung war höchst einfach, die sorgfältigste Reinlichkeit schien der einzige Schmuck zu seyn, nach welchem sie strebte.

Sie hörte einen jeden sanft und geduldig an, da sie ihre große Lebhaftigkeit sonst zu mancher Unaufmerksamkeit hinriß. Natürliches Wohlwollen, und eine beständige Resignation ihrer selbst, gab ihrem Betragen eine einnehmende Ruhe.

Ich fragte mich selbst, ob diese bemerkte Veränderung vielleicht nur der Wiederschein meines eignen ruhig gewordenen Herzens sey, das bey ihrem Anblick sonst so selten ohne den Krampf der Leidenschaft geblieben war. Aber meine Freunde hatten mir gleich gefühlt, und theilten mir ihre Bemerkungen noch früher mit, als sie die meinen vernahmen.

Ein tiefes Mitleiden füllte meine Brust, ich hätte zu den Füßen dieser edlen reinen Gestalt sinken mögen, um sie über den Besitz eines Glückes um Verzeihung zu bitten, dessen ich sie so würdig fand.

Ich folgte ihr höchst bewegt durch den Garten. Sie sprach mit vertraulichem Wohlwollen über meine ganze Lage, die sie durch meine Mutter, nebst dem Geständniß ihrer eignen Verhältnisse vernommen. Sie gab mir Hofnung, daß der Sinn des Fürsten sich vielleicht noch günstig zu unsrer Verbindung beugen würde, die er dem Lauf der Natur nach, doch in wenigen Jahren nothwendig voraus sehen müßte. Ich fand schon oft diese sonderbare Erscheinung, sagte sie, daß Menschen, die nicht eine tiefere Ahndung der Seele zum Glauben an eine Zukunft hinreißt, ein gänzliches Unvermögen besitzen, ihre Rolle auf dem Schauplatz dieses Lebens als ausgespielt zu denken. Sie versuchen mit aller Macht in den Lauf der Begebenheiten einzugreifen, und schmieden Fesseln für die fernsten Generationen.

Glücklicher Weise ist Ihr und Nordheims Verhältniß ganz außer dem Einfluß jenes irren Willens. Wenn Sie Ihren Vater frey und Ihre Mutter ruhig sehen, so kann sich Ihr Herz ungetheilt dem Glück der Liebe hingeben.

Ihr Schicksal ist schön und einzig, bestes Kind! rief sie mit einem sanften Lächeln aus. Eine heitre Jugend, in der sich alle Kräfte des Gemüths frey und schön entfalteten, eine edle Liebe, in der sie sich erhöhten und zu dem lebenreichsten Ganzen vereinten, und das stille reine Verhältniß der Ehe, in dem Friede und Ruhe des Himmels liegt, wenn ächte Liebe es webte! Wie verschieden vertheilt das Schicksal seine Gaben! – Mein beßres Wesen mußte untergehen – die Harmonie des Glückes berührte es auf Momente – aber immer löste sie sich in fürchterliche Stürme auf, spät empfange ich mich selbst aus dem Strohm zurück, um dem bessern Erkennen und Wollen noch wenige Jahre der reinen freien Thätigkeit zu widmen.

Die Thränen stürzten über meine Wangen, ich sank an ihre Brust und sagte ihr leise: Ach, ist mein Glück das Opfer Ihres Herzens, so nehmen Sie es zurück: – ich kann so nicht glücklich seyn; durch keinen Raub es seyn.

Mit himmlischer Heiterkeit blickte sie mir ins Auge, drückte mich an ihre Brust und sagte:

Bestes Kind, der Moment ist gekommen, wo mein ganzes Gemüth der reinen Mitempfindung deines Glückes fähig ist. Wie fühl' ichs doch aufs neue so wahr, daß nur in der vollen Klarheit und Einheit des Willens zwey feinfühlende Menschen sich in ächter Liebe begegnen.

Ich empfand es oft, du *konntest* mich bis jetzt nicht lieben! Seit wenigen Tagen lernte ich mein Innres ganz kennen.

Mein klärstes Erkennen, mein reinster Wille gönnte, wünschte dir Nordheims Liebe seit wir uns kannten. Ich darf es sagen, in sehr verwickelten Lagen, in Lagen, wo die Selbsttäuschung für mich beinah unvermeidlich wurde, habe ich keine Handlung begangen, kein Wort gesprochen gegen das Interesse deines Herzens. Mein folgendes Bekenntniß wird diese Selbsterhebung entschuldigen.

Immer fand ich eine unvertilgbare Schwachheit auf dem Grunde meines Herzens. Den Mann, der mir einzig liebenswürdig schien, ob ich ihn gleich nicht besitzen konnte, vermochte ich doch auch nicht, ohne den bittersten Schmerz, in den Armen eines andern Weibes zu denken. Jetzt reißt das Schicksal mit gewaltiger Hand auf einmahl einen Vorhang vor meinem Leben hinweg, fremde Gestalten treten hervor, und ergreifen mein Innres mit einer Gewalt, die seine ganze Vergangenheit umstürzt.

Ich kann jedes Übel, welches mein jugendlicher Leichtsinn stiftete, wieder vergüten, und die Thränen der Reue, die ich einer Entschlafenen weinte, werden sich in thätiges Wohlwollen, in Übungen der Liebe verwandeln.

Ich will Ihnen in wenigen Zügen die Geschichte meines Lebens vorlegen, und dein gutes zartes Herz wird aus der neuen Wendung meines Schicksals den Frieden eines ungestörten Genusses schöpfen.

In meinem sechzehnten Jahre wurde ich aus der Kinderstube gezogen. Meine Mutter sagte mir, es sey meinem Vater ein vortheilhafter Heurathsantrag für mich geschehen, mein Bräutigam werde in zwey Monaten ankommen, und ich sollte diese Zeit ja gut anwenden, um recht liebenswürdig vor ihm zu erscheinen.

Meine Mutter war ganz ohne Wahrheit und Herz, die Welt hatte ihr gesundes Empfinden zerstört, sie lebte nur im Äußern und liebte auch ihre Kinder nur, in sofern sie ihnen eine glänzende Existenz zu verschaffen gedachte, die auf sie selbst zurückstrahlte.

Mein Vater lebte in seinen Geschäften. Meine zwey Brüder hatte er einem verständigen Hofmeister übergeben, die Erziehung der Töchter überließ er der Mutter, und diese übergab uns einer alten Französin, die weder Herz noch Kopf hatte, und uns als Puppen behandelte, mit denen sie nach Laune spielte, oder sie in Winkel warf.

Das alte Weib hatte eine leichtfertige Imagination, und sie unterhielt uns größtentheils mit Geschichtchen, bey denen sie sich immer angenehmer Zeiten erinnern mochte. Wir empfingen ein treues Gemählde der Weltsitten, aber unsre Gemüther verloren, wo nicht den zarten Duft der Unschuld, dennoch jenen heiligen Scheu, dem ein unwürdiges Betragen als ein unmögliches erscheint.

Meine Schwestern beschützte ihre kalte träge Natur, aber ich faßte lebhaft und schnell, und mein Verstand, der ganz unkultivirt blieb, kombinirte die wenigen Eindrücke, die er empfing, desto sorgfältiger und mannichfacher.

Meine Bildung war gefällig, und vor meinem Spiegel träumte ich mich oft in tausend Situationen, zu denen immer die Bilder meiner Französin die Grundlinien lieferten.

So ist die Welt! sagte mir alles was mich umgab, aber so sollte sie nicht seyn! sagte mir eine innre Stimme, die sich durch nichts übertäuben ließ.

Der Tanzmeister, Schneider und Friseur hatten, wie es meine Mutter begehrte, am meisten für meine Liebenswürdigkeit gearbeitet. Jetzt kam der Tag, an welchem mein Bräutigam in unserm Hause erscheinen sollte. Er kam, geführt von einem alten Oheim, der mich lorgnirte, ein paar Fragen an mich that, und mich dann mit seinem Neffen allein ließ. Dieser, der während der Unterredung mit dem Onkel bescheiden an der Thür stehen geblieben war, näherte sich mir jetzt, und seine Blicke, sein ganzes Wesen stimmte zu den Worten, die einen glühenden Liebesantrag enthielten. Meine Brust wallte ihm entgegen, von dem ersten Hauch jugendlichen Verlangens entzündet.

Unsre Verbindung erfolgte in wenigen Tagen. Wir verlebten das erste Jahr in dem Taumel einer neuen Lage. Die Welt umflocht uns mit tausend Verbindungen, wir kehrten nie in uns selbst zurück, und unsere Neigung, die vielleicht in der Einsamkeit, oder in Lagen, die sie zu Proben aufgefordert hätten, einen ernsten dauerhaften Charakter würde gewonnen haben, verflog jetzt in ihrem ersten Genuß.

Ich bekam kein Kind, die Natur hätte mir sonst vielleicht das Räthsel des Lebens gelöst, das noch verworren in meinem Innren lag; und in der Thätigkeit des Instinkts, der die Mutter zur Sorge für ihr Kind treibt, hätte sich vielleicht meine Vernunft entwickelt, und mir eine wahre Seite des menschlichen Daseyns gezeigt.

Der Glanz der Jugend und des Reizes zog die gedankenlose Menge an mich, die nur von der Neuheit gefesselt wird. Die verlöschende Zärtlichkeit meines Gemahls machte vielen Männern Herz zu Unternehmungen. Einige versuchten es, mich durch die Sprache einer ernsthaften Leidenschaft zu verführen, andere durch leichtsinnige Grundsätze. Die Gesellschaft, in welcher ich lebte, spottete über jede feine und edle Empfindung. Achtung gegen sich selbst tragen, nannten sie Beschränktheit; Schonung für andere, Schwachsinn.

Ohne innre Festigkeit wurde meine Aufführung ein Nachhall dieser Grundsätze. Ich überließ mich jedem flüchtigen Geschmack, jedem Reiz der Augen, und schämte mich beinah wenn ich einige Wochen durchlebte, ohne ein lebhaftes Interesse zu erregen und zu fühlen. Ein eitler herzloser Mann, ein Abgott aller Frauen unsers Cirkels, gab sich endlich das Ansehen mich ausschließend gefesselt zu haben. Er rühmte sich eines vollkommenen Sieges; – aber, Dank sey es meinem Genius! – er rühmte sich ohne Grund. Ich muß es gestehen, mein Betragen gegen ihn hatte die Farbe der Leidenschaft, die mein Herz zu fühlen wähnte; ich würde seinen Anblick noch jetzt nicht ertragen. Die Grazien des Vertrauens und der Freundschaft blühen nur da, wo zwey schöne Seelen in heißer Liebe glühten; wenn der ganze Werth des Geliebten mit der Täuschung der Leidenschaft entflieht, dann bleibt nur Scham und Verachtung in der kalten Brust zurück.

Die Wahrheitsliebe war das einzige Gut, das mir unverloren geblieben war; diese verhinderte meinen Fall. Die innre Nothwendigkeit, die mich zwang ein unwürdiges Betragen zu gestehen, hielt mich davon zurück.

Ich lebte mit meinem Gemahl in einer Entfernung, die seinem Überdruß und meiner Lebensweise gleich willkommen war. Er fragte mich nie über meine Verhältnisse; diese Gleichgültigkeit riß mich immer mehr hin. Ein zärteres Betragen hätte meinen Ruf gerettet, der jetzt unwiederbringlich verloren ging.

Mein Gemahl machte eine Reise nach einem entlegenen Landgut, welches der Familie zugehörte, und als er zurückkam, fand ich eine große Veränderung in seiner Lebensweise.

Er suchte die Einsamkeit, verlebte ganze Tage in seinem Kabinet, und wenn er eine Gesellschaft zu sich bat, so waren es Menschen von Geist und Kenntnissen, denen ich unter dem großen Haufen nie begegnet war.

Er war sanfter gegen mich gestimmt, und empfing mich auf die gefälligste Art, so oft ich ihn aufsuchte. Er bereitete mich auf die Ankunft eines Freundes vor, mit dem er die ersten Jugendjahre verlebt, und dessen Bekanntschaft er während seines Aufenthalts auf seinen Gütern erneuert hatte. Mit Bewunderung, mit Entzücken sprach mein Gemahl von Nordheim; in kurzem erschien dieser in unserm Hause. In der ersten Blüthe der Schönheit, von jeder Grazie geschmückt, entflammte er mein Herz für sich. Ich suchte seine Gunst zu erobern, aber zum erstenmahl fühlte ich mich verlegen, ich war furchtsam in seiner Gegenwart, und jeder Anschlag verunglückte.

Anstatt meine Vorzüge zu bewundern, gab er mir oft auf eine feine Art meine Fehler zu verstehen.

Mein Gemahl hatte eine gute Erziehung bekommen. Er besaß Kenntnisse, und das Verlangen sie zu erweitern entstand natürlich in einem unterrichtenden geistvollen Umgang. Überhaupt gehörte er zu der Gattung von Menschen, die nur durch eine äußere Gewalt einen innern Zusammenhang gewinnen konnten. Im Überfluß erzogen, von Menschen umgeben, die seinen Launen schmeichelten, von Natur mehr leicht und schnell als tiefempfindend, verlor sein Wesen in einer zu großen Fläche. Hätte das Schicksal seine Kraft auf sich selbst zurückgedrängt, hätte das Bedürfniß ihn früher zur Arbeit genöthigt, vielleicht hätte er eine Tiefe gewonnen, die die Natur ohne Hülfe des Schicksals nur seltnen Wesen verleiht.

Der ganze Ton unsers Hauses war seit Nordheims Ankunft verändert. Meine Eitelkeit fühlte sich beinahe in jedem Augenblicke beleidigt, aber mein Herz unaussprechlich angezogen. Meinen sorgfältigsten Anzug, der bisher meine Morgenstunden anfüllte, bemerkte er höchstens nur mit einem leichten Scherz.

Ich hatte nie gelesen, und war nie mit unterrichteten Menschen umgegangen. Jetzt empfand ich das Bedürfniß, von den Gegenständen, die oft in Nordheims Unterhaltung vorkamen, doch wenigstens die Anfangsgründe zu kennen. Ich besuchte meines Mannes Büchersammlung. Mein lebhafter Sinn faßte und verband schnell, und bald zog mich das Interesse meiner eignen Neugier weiter fort. Nordheim half mir auf die gefälligste Art. Ich war immer beschäftigt. Meine wirklich schöne Stimme war gar nicht entwickelt, ich wußte nicht was Fleiß und Anwendung war; jetzt lernte ich dieses Talent üben, und Nordheims Beifall oder Tadel lehrte mich eine richtige Methode finden. Eben so entfaltete sich ein Talent zur bildenden Kunst in mir, das meinem Geschmack Sicherheit und Reinheit gab.

Mein vergangnes unbedeutendes Leben flößte mir Eckel ein, seit die Liebe mein Daseyn beseelte. Nordheims Antheil an meiner Bildung erhielt die Hofnung ihm zu gefallen. Ich wußte, daß er der Liebe nicht unempfänglich war; durch meinen Gemahl hatte ich erfahren, daß er sonst eine schöne Tänzerin unterhalten hatte, und nachdem er ihrer bald müde geworden, sie mit einem ansehnlichen Jahrgehalt entlassen. Wie die wahre Leidenschaft immer ein Ganzes vor sich sieht, dessen Grenzen sich im unermeßlichen Dunkel verlieren; so wußte ich mir auch nicht klar zu gestehen, was ich wünschte und hoffte, aber doch hoffte ich.

Aus den seligsten Träumen, die meine Beschäftigungen unterbrachen, riß mich wohl oft eine Äußerung seines Gleichmuths, seiner völligen Geistesfreiheit. Immer war er bloß durch die Sache interessirt, mit der wir uns eben beschäftigten; ich sah immer nur ihn in der Sache.

In einem Menschen, dessen Fähigkeiten ein richtiges Verhältniß haben, findet keine einseitige Bildung statt. Wie der Verstand anfängt thätig zu seyn, blickt er auf die innren Verhältnisse unsers Wesens, und die Stimme der Vernunft erwacht.

Wie schrecklich beleuchtete ihr erster Strahl mein vergangnes Leben! Gleich einer Schreckengestalt, der wir nicht zu entfliehen vermögen, ergriff mich das Bild meines Leichtsinns, und mähte mit der eisernen Sense des Todes jede keimende Blüthe des Glücks und der Hofnung vor mir nieder.

Die Gesellschaft, der ich mich seit Nordheims Umgang entzogen hatte, fiel jetzt mit unbarmherziger Verläumdung über mich her. Der Mann, der meinen Leichtsinn benutzt hatte, war unedel und unvorsichtig genug sich seines Sieges über mein Herz laut zu rühmen; und die Frauen von üblem Ruf schonten mich natürlich so wenig als sich selbst.

Die Geschichte kam meinem Gemahl zu Ohren. Der Mann, der seine Ehre beleidigt hatte, betrug sich auf die niedrigste Art. Ein Zweikampf erfolgte, während dem ich mit Todesqualen rang. Nordheim, als der vertrauteste Freund unsers Hauses, erfuhr alles. Mein Schmerz grenzte an Verzweiflung, und in seinen bittersten Augenblicken mußte ich mir noch selbst vorwerfen, daß meine Thränen weniger die Furcht der Reue, als meiner unglücklichen Liebe waren, die jetzt nur Verachtung statt der Gegenliebe erwarten durfte.

Ich will deine sanfte reine Seele nicht mit dem Gemählde eines Zustandes kränken, über den eine höhere Natur sie erhebt.

Die Gräfin sank weinend in meine Arme, und nachdem sie ihre Fassung wieder gewonnen, fuhr sie fort:

Mein Gemahl, durch Nordheims Rath, und vielleicht durch manchen leisen Verweis über sein eignes Betragen geleitet, betrug sich auf eine großmüthige Art gegen mich. Wir beschlossen unsern Wohnort zu verändern, und er schien einen Fehler vergessen zu wollen, der ein Verhältniß, welches nur auf Achtung und Vertrauen gegründet ist, für immer zerstört.

Nordheim trennte sich von uns, um eine weitere Reise anzutreten.

In den Tagen meines heftigen Leidens hatte er mir unaussprechliche Milde und Schonung gezeigt, mit rührender Sorgfalt über meine Gesundheit gewacht, und jede schmerzliche Rückerinnerung zu entfernen gesucht.

Ich weiß nicht, ob meine tausendfachbewegte Seele sich in jenen Tagen durch irgend eine unwillkührliche Äußerung verrieth, aber in der kurzen Zeit die wir noch zusammen verlebten, fand ich Nordheim gedrückt und verlegen in meiner Gegenwart. Ich hielt die, einer zarten Seele eigne Feinheit, mit welcher sie sich einer unerwiederten Empfindung nähert, für die Verwirrung der Leidenschaft.

Den letzten Abend vor unsrer Trennung gewann er seine volle Freiheit wieder. Er bat mich zärtlich, jetzt an meiner Ruhe und an der Glückseligkeit seines Freundes zu arbeiten. Er sprach im sanften ruhigen Ton eines Freundes; meine Seele glühte, aber sein höherer Sinn hatte sich gleichsam in meine Brust ergossen. Ich gelobte mir selbst in jenen Augenblicken, nur für meinen Mann zu leben.

Ein verwöhntes Gemüth, das lange der Gewalt jedes Eindrucks nachgab, gewinnt das ruhige Gleichgewicht, in welchem es der Pflicht große Opfer zu bringen vermag, so leicht nicht wieder.

Wir waren auf ein Familiengut gezogen, das in einer menschenleeren Gegend lag. Die Einsamkeit erhielt die innre Glut die mein Wesen verzehrte, jede stille Beschäftigung wurde zu einem Traume der Liebe.

Mein Gemahl empfand es, daß ich unglücklich war, daß unsre Herzen sich nicht wieder begegnen konnten, ohne die Ursache zu kennen. Heitre Laune, ein immer gleiches gefälliges Betragen hätten mir vielleicht seine Liebe und sein Vertrauen wieder erworben, aber die Leidenschaft zieht stürmische Wolken um unsern Geist, wie um unsre Stirne.

Weder mein Gemahl, noch ich, hatten je an häusliche Einrichtung gedacht, und der Mangel der Ordnung *und* Sparsamkeit fing jetzt an, sich in bittern Folgen fühlen zu lassen.

Ich schadete dadurch, daß ich nichts erhielt; aber mein Gemahl brauchte große Summen, und mein Vermögen war zuerst verschwendet, da es in Capitalien bestand. Mein Gemahl machte öftere Reisen nach den zunächstliegenden Städten, und jetzt häuften sich auch die Schulden auf unsern Gütern.

Ich fühlte, wie nöthig meinem Mann Zerstreuungen waren, und machte bey den unsinnigsten Ausgaben nie eine Einwendung.

Mit seinem guten Genius, mit Nordheim, war die Freude an stillen Beschäftigungen verschwunden, und geistlose Zerstreuungen wurden aufs neue hervorgesucht.

Ich machte mir das stille Dulden, zu dem mich meine immerwährenden Träume ohnedieß hinneigten, zur Tugend, und empfand eine Art von Selbstzufriedenheit dabey.

Bald erfuhr ich, daß mein Gemahl eine Sängerin unterhielt, und meine Leidenschaft, der jeder Schimmer einer Rechtfertigung willkommen war, hatte ihre stille Freude an diesem Verhältniß.

Als Nordheim von seiner Reise zurückkam, sah ihn mein Gemahl in der Stadt; er schrieb mir theilnehmende freundschaftliche Briefe, aber er besuchte mich äußerst selten, und nie allein.

In kurzem entwarf mein Mann den Plan nach Paris zu reisen, um dort in der größten Eingezogenheit zu leben. Mich bat er in eine Stadt zu ziehen, und mich mit einem mäßigen Jahrgelde einzurichten. Die Güter sollten während dem nach einem strengen ökonomischen Plan verwaltet werden.

Ich merkte wohl, wer diesen Plan entworfen hatte. Natürlich willigte ich in alles. Mein Mann schied mit sonderbarer Rührung von mir. Wir beweinten beide unser Schicksal, wie wir es nannten, dem doch nur die Schwachheit unsers eignen Herzens diese traurige Gestalt gegeben.

Ich hatte während meines Aufenthalts auf dem Lande, im Ganzen an wissenschaftlicher Bildung gewonnen. Der Prediger des Orts war ein gelehrter und gebildeter Mann, der meine Wißbegierde lebendig erhielt, so sehr sie auch immer wieder von den Träumen der Leidenschaft unterbrochen wurde.

Vor leerer Gesellschaft beschützte mich mein gebildeter Geschmack, als ich jetzt wieder in der Stadt lebte. Ich liebte die Einsamkeit, und vertauschte sie nur gern mit einem Cirkel, wo Bildung und Geschmack herrschte. Zum Glück fand ich einen solchen, in dem ich mit Liebe empfangen wurde. Aller Umgang, aus dem ein zärtliches oder leichtsinniges Verhältniß entstehen konnte, war mir verhaßt, weil er meine Empfindung für Nordheim berührte, und ich fand in kurzem keine Liebhaber mehr, sondern Freunde.

Die Verwirrung meiner ersten Jugend hatte mir den heitern Frieden der Unschuld für immer geraubt. Ich fühlte eine schreckliche Lücke in meinem Daseyn; nur in einem stillen guten Wirken fand ich eine Art von Ruhe, von Einheit in meinem Innern. Meine Liebe wurde dann von einem Schimmer der Hofnung erhellt, und sie war und blieb das Element meines Daseyns. Die Hofnung erhielt mein Leben.

Nordheim schrieb oft und freundschaftlich von einem Posttag zum andern. Jeden Brief entfaltete ich mit der Ahndung eines zärtlichen Inhalts; immer wurde diese getäuscht, aber immer fand doch auch mein Herz einen neuen Faden, an dem sich seine goldene Träume fortspannen.

Mein Gemahl schrieb mir, in der ersten Zeit seiner Entfernung, alle Woche, hernach alle Monate, und endlich nur von Vierteljahr zu Vierteljahr. Seine letzten Briefe verriethen Unruhe und den Zwang sie zu verbergen.

Was fühlte ich, als nach fünf Jahren der Trennung Nordheim in mein Zimmer trat!

Er brachte mir die Nachricht von dem Tode meines Mannes, und Trauer und Unruhe mischte sich in den süßesten Genuß des Wiedersehns.

Der Tod verändert unser Herz, und der Charakter eines Verstorbenen erscheint immer in anderm Licht, weil er uns getrennt von allen Verhältnissen erscheint, die Furcht und Hofnung in unsrer Brust erzeugten. Er macht alles unwiderruflich. Spuren, die der Gang des Lebens vertilgt hätte, bleiben jetzt wie in Erz gedrückt stehen.

Das Bild eines beleidigten unversöhnten Schattens verfolgte mich, und innre Vorwürfe zerrissen meine Seele.

Der letzte Wille meines Mannes zeigte nur Güte, ja das reinste zärteste Wohlwollen für mich an. Alles von seinen Besitzungen, was nicht Lehngüter waren, hatte er mir zugetheilt, und Nordheim zeigte mir einen Brief, in dem er ihn ausdrücklich und dringend bat, für mein Bestes zu sorgen.

Wir gingen auf das Gut, wo die Geschäfte hinriefen, Nordheim, ich und eine Freundin, ein gutes Geschöpf, das sich unaussprechlich an mich geheftet hatte.

Diese zwey Monate waren die süßesten meines Lebens, obgleich Schmerz, Reue und Hofnung sich sonderbar in mein Innres theilten.

In Nordheims Gegenwart schwiegen Schmerz und Reue, gleich wie aus dem Hain der Göttin die rächenden Erinnyen entfliehen.

Den ganzen Tag sah ich meinen geliebten Freund für mich beschäftigt; den Abend versammelten wir uns. Mit sanfter Heiterkeit suchte er mich zu unterhalten.

In edlen Seelen nimmt das Mitleid so leicht die Farbe der Zärtlichkeit an. Das glänzende Auge, die sanfter bewegte Stimme täuschen ein liebeglühendes Herz, ohnedieß so geneigt an die Empfindung zu glauben, die es fühlt und wünscht.

Wie schrecklich erwachte ich aus meiner Täuschung, als Nordheim bey unsrer Abreise vom Lande sogleich die Anstalten zu einer neuen langen Entfernung von mir machte!

Dieses Umstürzen aller meiner Erwartungen erzeugte eine heftige Krankheit, an der meine Natur längst gearbeitet hatte. Ich fiel in ein hitziges Fieber. Meine Freundin und Nordheim verließen mich nicht. Ich lag am Tode. Nur selten hatte ich einen hellen Augenblick während meiner Krankheit. Ich freute mich in solchem über die Hofnung, aus der Welt zu gehen, und sah Nordheims Sorgfalt für mich mit der zärtlichsten Rührung.

Wie verwundert, wie angenehm überrascht wurde ich, als ich bey meiner Genesung wahrnahm, daß Nordheim seinen Reiseplan geändert hatte.

Als er mich stark genug fand, um wieder an die Zukunft denken zu können, bat er mich um meine Hand.

Ich bebte zurück vor dem Glanz eines unaussprechlichen Glücks; es war eine hohe Erscheinung, die ich nicht zu umfassen wagte; sie kam zu unerwartet, und eine dunkle Ahndung hielt meine Seele gebunden, daß mein Schicksal mir solch ein Glück nicht gewähre. Nur Mäßigung und Dulden hielt die rächenden Göttinnen von mir entfernt; ich ahndete, daß die labenden Früchte des Genusses vor meinen Lippen verschwinden würden.

Ich willigte gleichwohl in alles, was Nordheim wünschte. Sein Betragen blieb sich gleich. Er war der gefälligste zärtlichste Freund, aber einsam fühlte ich mich neben ihm in der Glut meines Herzens.

Der Besitz verändert jeden Gegenstand. Ich fing an zu fürchten, zu zweifeln, und eine rächende Stimme in meinem Innren rufte mir unaufhörlich zu: ich sey eines solchen Glücks nicht werth.

Jetzt dachte ich mir Nordheims edle hohe Gestalt, als meinen Gemahl, im Angesicht des Mannes für den ich schwach gewesen war; – der entscheidende Augenblick war gekommen, ich fühlte es, ich mußte der geliebten Hand entsagen.

Ich war unruhig bis ich meinen Entschluß Nordheim entdeckt hatte, und meiner Freundin, die mein ganzes Herz kannte, kündigte ich ihn zuerst an. Sie fand mein Benehmen grillenhaft, sie kannte mein vergangnes Leben nicht ganz. Als wir einmahl im Gespräch auf Nordheims so schnell aufgegebenen Reiseplan kamen, sagte sie:

Ach es war in jener fürchterlichen Zeit, wo du mit dem Tode rangest! Sein edles Herz vermochte dein Leiden nicht zu ertragen.

Meine Freundin kannte das Gewicht dieser Worte nicht. Nach und nach lockte ich ihr die ganze Geschichte ab.

Alle meine Fieberfantasien waren voll von einer unglücklichen hofnungslosen Liebe. Nordheim hatte dieses oft aufmerksam und höchst bewegt vernommen.

An einem Abende, nachdem ich mit einem schmerzlichen Schrey aus dem Schlaf erwachte, hatte ich ausgerufen: Der Reisewagen fährt vor! – o ich werde wahnsinnig werden! aber still, daß er nicht erfährt warum; es würde ihn betrüben!

Als ich dann mein Haupt lautweinend ins Kopfkissen verborgen, sey Nordheim vor meinem Bette niedergekniet, habe meine Hände mit tausend Thränen benetzt und ausgerufen: Theures, unglückliches Wesen, wenn ich dich retten kann, so nimm mein ganzes Daseyn!

Hierauf habe er zu meiner Freundin gesagt: Diese Scene bleibe ewig ein Geheimniß für unsre Freundin! und sich in der größten Bewegung entfernt.

Ich dankte meinem Genius, daß mein Entschluß dieser Entdeckung zuvorgegangen war. Zum erstenmahl in meinem Leben hatte ich ein Gefühl meiner selbst vor Nordheim, als ich ihn mit der Eröfnung meiner Gesinnung überraschte. Er gab mir tausend Beweise, daß sein Antrag das volle Gefühl seines Herzens war, daß mein Glück in gewisser Art unzertrennlich von dem seinen sey. Als er aber meinen Entschluß unwiderruflich fand, gestand er mir frey, ich hätte das edelste erwählt.

Unsre Gemüther begegneten sich nun in himmlischer Freiheit. Unaussprechlich ist das Verhältniß zarter Seelen, die auf ihre gegenseitige Stärke zu rechnen wagen. Er sagte mir frey, daß er mich nie in dem Sinn geliebt hätte, wie es vielleicht meine volle Glückseligkeit erforderte, daß er das Vermögen zu einer tiefern höhern Empfindung in sich trüge, die als Ideal des höchsten Glückes vor ihm schwebe, und sich noch nie auf *einen* Gegenstand gesammlet habe.

Welches Glück fand ich darinne, die hohe Seele meines Freundes im holden Vertrauen aufzufassen! welche Erhebung meines eignen Wesens! Mein Zustand war ein Wechsel von Genuß und Leiden. Meine geistigen Kräfte blieben in rascher Übung, ich hatte mein Gefühl immerwährend zu bekämpfen. Nordheim blieb mein zärtlicher Freund; Gewohnheit und Gewißheit des Besitzes, so hoffte er, würden die Dornen der Liebe aus meinem Gemüthe reißen.

Ich genoß seines Umgangs in langen Zeiträumen ungestört. Wenn die Welt unser Verhältniß falsch auslegte, so zeigte sie ihren gewöhnlichen Kurzsinn; gerade seine Reinheit bürgte mir für seine Dauer. Nordheim und ich hatten uns vielleicht zu sehr gewöhnt mit dem Beyfall unsers Herzens zufrieden zu seyn. Es mochte wohl mit unter auch ein guter Mensch an uns irre werden, aber wer uns genau kennen lernte, kam von seinem Irrthum zurück.

So vergingen die Jahre. Je mehr ich in die Welt, in die mannichfachen Lebensweisen der Menschen blickte, je mehr lernte ich die reinen, ersten Naturverhältnisse der Ehe und der elterlichen Liebe ehren. Es schmerzte mich, daß mein Freund sie entbehren sollte; wie ich dir sagte, liebstes Kind, mein beßres Wesen wünschte sein reines Glück, und besiegte die Schwachheiten des Herzens.

Ich darf es hoffen, sie blieben sogar den Augen meines Freundes unbemerkbar, aber keine Gestalt hatte ihn gefesselt, obwohl er nicht immer ungerührt blieb.

Endlich fand er dich, und ich fühlte sein Herz getroffen, seine Seele voll Verlangen, und voll neuer Bilder des Lebens.

Deine sonderbare hülflose Lage, der Gedanke, dein Schicksal in jedem Fall verbessern zu können, stimmte in seinen Plan. Er wollte das Herz, dem er die Ruhe seines Lebens vertraute, ganz kennen, in seiner Kraft des Empfindens, in der Gewalt seiner Neigungen, in dem Vermögen einzig durch Liebe beglückt zu werden. Er eröfnete sich gegen deinen Vater in Hohenfels, der dich uns anvertraute.

Bald entstand ein gespanntes Verhältniß zwischen uns beiden, und jedes verlor an innrer Klarheit und freiem Blick.

Nordheims unaussprechliche Bescheidenheit und Zartheit war mit den zunehmenden Jahren beinah zur Krankheit geworden, die seinen sonst so scharfen Blick umdämmerte.

Er wollte ein einziges reines Glück dem Herzen, das er liebte, gewähren, und schwankte zwischen Verlangen und Furcht.

Bald bemerkte er Julius Neigung, und war entschlossen, jeden Anspruch aufzuopfern, um dein Glück zu machen. Deine sonderbare verwickelte Lage kam dazu, ich selbst fing an irre zu werden. – Ach nur in einem ganz klaren Gemüth faßt das Mißtrauen nie Wurzel!

Nordheim empfand die ganze Gewalt der Leidenschaft, und wollte alle ihre Schwachheiten bekämpfen; ein schweres Unternehmen, dem seine Riesenkraft selbst zuweilen unterlag.

Daher sein ungleiches Betragen, sein heftiges Ergreifen und schnelles Verlassen, das dich gute Seele quälte.

Als ein Genius wachte er über deinem Glück, und die zärtlichste Sorge eines liebenden Vaters beherrschte selbst sein Hoffen und Begehren nach dir.

Ich war entschlossen dich kalt zu prüfen. – Ach du fühlst was das in meiner Lage hieß, und welche Schwachheiten ich zu besiegen hatte!

Die Tage nach deinem Verschwinden waren unruhig und angstvoll; Nordheim sagte mir sein völliges Einverständniß mit dir, sein reines Glück in deiner Liebe; – ich theilte sein Empfinden – ja gewiß – aber gleichwohl fühlte ich meinen Busen gepreßt bis zum Zerspringen.

Nordheims Weib, war eine Gestalt die mir undenkbar war, und die mich gleichwohl ängstigte, wie ein Gespenst, mit dem man unsre Kindheit schreckte, uns noch jetzt ängstigen kann, wenn wir uns in einem halbwachenden Zustand befinden.

In dieser Stimmung war ich, als ich in deinem Zimmer jenes Kästchen von Madam Barcino fand. Es war eine kleine Reisechatouille, die ich meinem Gemahl geschenkt hatte, ein sonderbares Kunststück von Schreinerarbeit.

Ich zog an einem verborgenen Fach, um mich ganz zu überzeugen, und sogleich fiel mir ein Blatt von der Handschrift meines Gemahls in die Augen.

Es war eine alte Rechnung, die von ohngefähr in das Fach gekommen zu seyn schien; aber wie verwundert war ich, als ich das Datum am Ende der Schrift besah. Es war vom zweiten Jahre nach dem Tode meines Mannes, und aus Batavia.

Kaum konnte ich meinen Sinnen trauen. Meine Ungeduld kannte keine Schranken, ich erbrach das Kästchen, und fand daß mein Gemahl noch am Leben ist, und daß der edle Grund seiner Entfernung, meine innigste Dankbarkeit, mein ganzes Herz, mein ganzes Leben fordert.

Ich umarmte Amalien unter herzlichen Thränen.

Die rührende Wahrheit, mit der sie mir ihr Gemüth darlegte, der düstre Sinn ihres Schicksals, ein Daseyn, das in der Knospe schon zernichtet wurde; – alles dieses senkte eine unaussprechliche Wehmuth in mein Herz. Ihre schöne anspruchlose Liebe warf ein himmlisches Licht um ihre ganze Gestalt, und mein Wesen wallte in seinen zärtesten Regungen gegen sie.

Ich eile jetzt, einen Freund meines Gemahls, der in der Schweiz lebt, aufzusuchen, sagte die Gräfin. Nach den Nachrichten, die ich von diesem empfangen werde, folge ich meinem Gemahl vielleicht in einen andern Welttheil, vielleicht daß ich ihn zur Rückkehr nach Europa bewegen kann.

Vergebens bat ich sie, dieses Unternehmen aufzugeben, und die Rückkehr des Grafen im Schooß ihrer Freunde zu erwarten.

Nein, rief sie schmerzlich, auf den stürmischen Wogen des Meeres wird mein Herz ruhiger schlagen. Nur einem schuldlos Leidenden wird jede Stunde stiller Trauer zum Segen! Aber wenn eine düstere Vergangenheit in unserm eignen Herzen, und nicht allein in dem Gewebe unsers Schicksals hängt, wenn wir unser eignes Wesen nicht rein aus den entflohenen Begebenheiten zu scheiden vermögen, dann sind die rächenden Göttinnen des Schicksals nur durch Thaten, Mühe und Leiden zu versöhnen.

Lesen Sie die Briefe des Unglücklichen, den die Kraft eines stärkern Herzens, als das meine war, vielleicht in dem Sonnenschein des Glücks erhalten hätte.

Sie gab mir folgenden Brief:

An Emilie Barcino.

Das Glück, gute Emilie, scheint vor dem thörichten Leichtsinnigen zu fliehen, der es einmahl muthwillig von sich gestoßen.

Bis jetzt zeigte sich mir noch keine Gelegenheit zu einer vortheilhaften Unternehmung, die mir Hofnung machen könnte, unser aller Schicksal zu verbessern.

Wahrscheinlich werde ich in dieser entfernten Weltgegend mein Grab finden, ehe ich meine Glücksumstände wieder hergestellt habe.

Ich kenne Nordheims Großmuth, und bin gewiß, daß du versorgt bist, und meine Kinder gut erzogen werden. Gleichwohl quält mich der Gedanke, daß die armen Geschöpfe nur Wohlthaten empfangen, keine Rechte besitzen sollen. Sollen selbst meine Kinder das Andenken ihres Vaters nicht segnen? Soll es ganz ungesegnet verlöschen?

Ich rechnete auf einen früheren Lohn meiner Arbeit, als ich nach Indien ging, und es that meinem Herzen wohl, meiner Gemahlin meinen guten Willen zu zeigen. Die wenigen Güter die ich noch zurückließ, schienen mir eine geringe Entschädigung für den Verlust ihres schöneren Lebens, ihres ansehnlichen Vermögens, daß sie an meiner Seite verlor.

Meine schwankende Gesundheit, die von diesem Klima bald ganz zerstöhrt werden wird, und der unvorgesehene langsame Gang meiner Unternehmungen, beunruhigen mich über das Schicksal meiner Kinder.

Ich sende dir hier durch einen sichern Freund, der eben nach Europa zurückgeht, einen Brief an meine Gemahlin, aber mit dem ausdrücklichen Befehl, ihn erst dann zu übergeben, wenn du die Nachricht meines Todes durch eben diesen Freund empfangen hast.

Lebe wohl, gute Seele! Ach, meine Kinder haben ihren Vater schon beweint! Glückliches Alter, wo der Tod und ein unersetzlicher Verlust sinnlose Worte sind!

Lebe wohl!

An Amalie von Wildenfels.

Diese Zeilen sagen Ihnen, daß ein Unglücklicher noch einige Jahre durch litt, wo Sie ihn schon in der Ruhe des Grabes wähnten.

Mein Leben war ein Gewebe leichtsinniger Schwachheiten; nur wenigen Glücklichen vergönnt das. Schicksal, die Folgen ihrer Thorheiten auszulöschen.

Ich wünschte aus einer Welt zu verschwinden, wo ich nur Verwirrung anrichtete und empfand.

Zweymahl riß mich mein edler Freund Nordheim vom Abgrund des Verderbens, rettete meine Existenz, meine Ehre. Heiße Gelübde folgten dem Gefühl dringender Noth, aber ein Charakter, ein Leben, dem einmahl die Folge gebricht, findet sie nur durch die Hülfe eines bessern Genius wieder. Aufs neue hingerissen, fiel ich aufs neue in dringende Schulden. Sollte ich noch einmahl beladen mit unverzeihlicher Schwachheit und Schuld vor meinem edlen Freund stehen? Je gewisser ich seiner Hülfe war, jemehr scheute ich die Hoheit und Güte dieses Wesens.

Ich will seine Achtung gewinnen, oder nie wieder vor ihm erscheinen, beschloß ich, als ich meine Reise nach Indien unternahm.

Ihnen, theure Amalie, wollte ich eine Freiheit wiedergeben, die Sie zu Ihrem Unglück zu früh an mich verloren; an einen Mann, der Sie nicht zu schätzen, Ihre Jugend nicht zu leiten verstand. Die Gesetze unsrer Kirche erlauben Ihnen keine Heurath, so lange ich am Leben bin, und warum sollen Sie Fesseln tragen, die das Glück Ihres Lebens vergiften? Mein gänzliches Verschwinden allein lösete die Verworrenheit, die ich verursachte.

So fühlte ich, als ich Madame Barcino mit der Nachricht meines Todes zu Nordheim schickte. Ich hatte das arme Geschöpf von der Nothwendigkeit meines Verschwindens vom Schauplatz überzeugt, und ein heiliges Gelübde ihrer Verschwiegenheit empfangen.

Ich hoffte bald durch Arbeit und Anstrengung ein kleines Vermögen zu erwerben, mit dem ich meine Kinder versorgen könnte, aber das Schicksal spielte mit meinen Entwürfen.

Wahrscheinlich unterliegt meine geschwächte Gesundheit in kurzem der Gewalt dieses feindseligen Klimas. Von Ihrem guten Herzen wage ich etwas zu bitten, und bin der Erhörung gewiß.

Genießen Sie die Einkünfte des geringen Vermögens, welches ich Ihnen zurücklassen konnte, so lange Sie leben, ungetheilt; aber nach Ihrem Tode gehe es nicht in fremde Hände über, sondern werde ein Besitzthum für meine Kinder. Erst jetzt, da ich das Bittere der Armuth und harten Arbeit unter einem fremden Himmel empfinde, fühle ich den Stachel der Sorge für die Zukunft dieser armen Geschöpfe.

Sollten sie sich als *verlassen* von ihrem Vater ansehen?

Mein Andenken bleibe von Ihnen nicht ungesegnet. Mein Wille war nie, Sie unglücklich zu machen, aber was ist der Wille einer kraftlosen Brust?

Jetzt, da mich die Einsamkeit des Geistes und Herzens in mich selbst zurückführt, jetzt labt mich oft nach anstrengender Arbeit ein Traum von Ihnen, von allem was wir hätten für einander werden können; aber die Schlange der Reue liegt unter diesen blühenden Träumen.

Alles ist vorbey, ich bin schon für Sie nicht mehr. Auch der Nachhall meines Daseyns, das Schattenleben das ich hier führe, wird bald verlöschen. Ein Wunsch für Ihr Glück wird die letzte Regung meines Herzens seyn. Danken Sie Nordheim für seine Treue an meinen Kindern. – Das Herz entgeht mir im Andenken dieses edlen Freundes, und die Züge meiner Hand verlöschen in Thränen. Leben Sie wohl auf ewig!

Nach diesen Briefen hatte ich allen Muth verloren, Amaliens Entschluß für jetzt zu bekämpfen. Nachdem ich des Unglücklichen Schicksal mit ihr beweint hatte, fuhr sie fort:

Ich eilte sogleich zu Madame Barcino, nachdem ich diese Briefe gelesen. Aus wenigen Äußerungen meines lebhaft bewegten Herzens fühlte sie, daß ich ihr Geheimniß wußte. O Gott! rief sie aus: Sie wissen, daß Ihr Gemahl noch lebt, wissen es, ohne daß ich meinen Eid verletzte! Welches Wunder deines Erbarmens! sagte sie, und sank vor einem Marienbild in stillem Gebet nieder.

Ich erfuhr von ihr, daß sie seit diesen Briefen noch einige von meinem Gemahl erhalten. Alle waren traurig, in demselben Sinn niedergeschlagener Hofnungen wie der erste, und enthielten nur Fragen nach den Kindern. Der Freund, durch welchen der Briefwechsel geführt wurde, und der über meines Mannes Schicksal näher als sie selbst unterrichtet schien, lebte in der Schweiz.

Das arme Weib war ein Raub der schmerzlichsten Gefühle, die ihr Gemüth bis zum Wahnsinn verspannt hatten. Sie hörte von einer Heurath Nordheims mit mir, von der sich das Gerücht oft verbreitete.

Da sie von dem Leben meines Mannes überzeugt war, trieb sie ihr Gewissen an, solch eine Entweihung des Sakraments zu verhindern. Ihr abgelegter Eid, das Geheimniß von meines Mannes Leben nie zu entdecken, die Sorge um das Schicksal ihrer Kinder, dieses alles erregte einen fürchterlichen Sturm in der Armen Gemüth, das endlich den friedebringenden Traum als ein Rettungsmittel ergriff. Sie beschwor mich jetzt, da sie mein Gelübde für ihre Kinder zu sorgen empfangen, ihr einen Zufluchtsort in einem Kloster zu verschaffen.

Ich werde mit Nordheim darüber sprechen, und glaube beinah selbst, ihre Fantasie, die von solchem Wahn nur befangen und erkrankt ist, wird auch am besten durch Wahn geheilt werden. Die Gräfin verließ uns den folgenden Tag, versprach mir aber noch einen Besuch vor ihrer Reise nach der Schweiz.

Die alte holde Vertraulichkeit unsers Cirkels umfing mich so sanft in dem stillen häuslichen Leben meiner Freunde! Das Stillschweigen, welches ich über meine Verhältnisse beobachtete, stöhrten ihren Antheil an mir nicht. Es schien ihnen bekannt, daß mein Schicksal in einer entscheidenden Crise lag. Die feine Sitte bürgte mir vor jeder indiskreten Frage; aber mehr als das, ich fühlte auch den stillen Sinn meiner Freunde, der mich dem ungestöhrten Genusse des ahndungsvollen, sanfthoffenden Zustandes meiner Seele überließ. Julius schien sehr beschäftigt, und suchte nicht mich allein zu finden.

Ich schrieb an meinen Vater. Mit welch innigem Antheil rief ich mir jeden kleinen Umstand unsrer ersten Bekanntschaft zurück! Jedes bedeutende Wort, welches ich von ihm vernommen, die geheimnißvolle Kraft seiner Reden enthüllte sich mir jetzt; der Sinn des Vaters hatte meine ahndende Seele getroffen.

Auch dem Prediger von Hohenfels schrieb ich, beruhigte ihn über die sonderbare Begebenheit, deren Entzifferung ich ihm mündlich versprach. Mein Glück, in dem völligen Einverständniß mit Nordheim, legte ich an sein theilnehmendes Herz. Nordheim hatte ihm schon früher geschrieben.

Von Nordheim empfing ich jeden Tag liebevolle Zeilen, die mich mit der Hofnung trösteten, daß unser Glück keine Opfer kosten würde.

Als die Gräfin nach D. zurückging, sollte Bettina sie begleiten, sie bat dringend bey mir bleiben zu dürfen. Auf die Anspannung, in der sie ihre Sorge um mich erhalten hatte, folgte eine Art von kranker Ermattung. Sie weinte an meinem Busen über mein Glück in Nordheims Verbindung, und es blieb mir und ihrem eignen unschuldvollen Herzen unentschieden, ob der Krampf des Schmerzens oder der Freude diese Thränen hervorpreßte.

Sie war verändert, und schien einen Rückblick auf sich selbst zu bekommen, den ihre große Lebhaftigkeit, und die Ungebundenheit ihres Wesens in allen seinen Empfindungen, bis jetzt immer gestöhrt hatte. Ihre Weiblichkeit erwachte, und suchte natürlich nach den Gesetzen des Anstandes, der der innern Sittsamkeit auch einen äußern Ausdruck zu geben strebt.

Julius und Nordheim lebten in der innigsten Verbindung, und wechselten beinah täglich Briefe. Julius sann nur auf unser Glück, und wenn ich ein Wort des Dankes gegen ihn aussprechen wollte, hieß er mich zärtlich schweigen, und sagte sanft: Wer sollte nicht sein Daseyn in dem Glück zweier solchen Menschen finden können!

Nach einer Entfernung von wenigen Tagen kam Julius des Morgens auf mein Zimmer. Er gab mir einen Brief von Nordheim, der mich auf eine neue Wendung unsrer Lage, die ich von Julius vernehmen sollte, vorbereitete, und der sich mit den Worten schloß:

»Meine Agnes allein wird meinen Entschluß bestimmen. Seit das beste Herz an dem meinen schlug, ist sein Glück die erste nächste Bestimmung meines Daseyns geworden, und ich fürchte nur zu sehr in diesem Fall seine Stärke, die ich schon erfuhr.«

Julius sagte mir jetzt, daß eine Veränderung in den Constellationen der politischen Welt es für den Fürsten und das ganze Land äußerst wichtig mache, eine Negotiation, die Nordheim auf seiner letzten Reise an einem nordischen Hofe angeknüpft habe, weiter zu verfolgen. Der entscheidende Moment sey nun gekommen, und von Nordheims persönlichen Eigenschaften und Lokalkenntnissen könne man sich einzig den glücklichsten Erfolg versprechen.

Der Minister fühle das, er selbst habe dem Fürsten die Nothwendigkeit, Nordheim wieder zu gewinnen, vorgestellt.

Über das Verhältniß mit mir zeige er jedoch eine unbegreifliche Unbiegsamkeit. Der Prinz und die Prinzessin glaubten beyde, daß das Gemüth ihres alten kränklichen Vaters so sehr von Furcht und Zweifeln über diese Heurath umstrickt sey, daß es dem Minister jetzt unmöglich falle, die selbst geschlungenen Knoten wieder aufzulösen. Das Verhältniß sey für Nordheims Edelmuth zart, und schwierig zu behandeln. Er verschmähe es, meine Hand, als den Preis eines zu leistenden Dienstes zu fordern. Da er gegen den Minister nicht zeigen dürfe, daß er von den Verhältnissen der Prinzessin unterrichtet sey, so könne er dem Fürsten gar keine Gewalt über Agnes zugestehen. Bey dem Fürsten sey die Sache noch schwerer, und leide beinah gar keine Berührung. Der Prinz und die Prinzessin scheuen es, in den alten Mann zu dringen; ruhige Vorstellungen anzuhören sey er unfähig, und jede Aufwallung des Zorns drohe die schwache Natur zum Kampfe des Todes aufzureizen.

Über Hohenfels hingegen habe Nordheim höchst muthig und bestimmt mit dem Fürsten und Minister gesprochen, und beyden deutlich gesagt: er könne keinem Herrn dienen, der mit einer Ungerechtigkeit beladen sey. Auch habe er das Wort des Fürsten empfangen, Hohenfels solle in einem Monat befreit werden.

In jedem Fall werde Nordheim in Gemeinschaft mit Julius Maßregeln für Hohenfels Sicherheit nehmen.

O warum, meine theure Agnes, sagte Julius, indem er meine Hand faßte: warum ist Ihrem schönen Herzen nicht der volle Genuß seines Glücks gegönnt! Nordheims Abwesenheit kann wenigstens ein halbes Jahr dauern, denn mancher Berg ist zu übersteigen oder zu untergraben; die verschiedendsten Interessen sind zu vereinigen, und auf die verschiedensten Gemüther ist zu wirken: welcher Verlust wäre diese Trennung für die Liebe!

Nordheim drang bey Ihrer Mutter darauf, mit Ihnen vor seiner Abreise getraut zu werden, damit er Sie bitten dürfte, ihm nach Hohenfels Befreiung, an den Ort seiner Bestimmung zu folgen. Die Prinzessin fand den Plan zu gewagt, und fürchtete, der Fürst möchte davon unterrichtet werden.

Nordheim wollte sodann den Auftrag ganz ablehnen. Der Prinz und die Prinzessin bestürmten ihn mit Bitten, ersterer aus Staatsinteresse, und die gute milde Seele in der Hofnung, daß nach vollbrachtem Geschäft, die Heurath mit der Einwilligung des Fürsten geschehen würde. Nordheim mußte endlich beiden in so weit nachgeben, daß die ganze Lage der Sache Ihnen dargelegt werden sollte, und versprach sich nach Ihrer Entscheidung zu betragen.

Mein erstes Gefühl war ungetheilt für die Reise, und es stand als ein Entschluß in meiner Seele, welcher alle folgenden Augenblicke der Schwachheit bekämpfte.

Meinem Verstande war es klar, daß das Interesse fürs Allgemeine die schmerzlichen Gefühle meines Herzens überwiegen müßte, daß es sogar unwürdig sey, sie gegen dasselbe nur abwägen zu wollen. Aber die Sehnsucht der Liebe umschwebte mich mit einer ahndenden schauervollen Gegenwart. Schmerz und Freude tönen mit verstärkter Gewalt von einem Herzen, welches die Liebe in seinen zärtesten Saiten bewegt. Ein leichtes Wölkchen wird zu einem schwarzen Gewitterhimmel, eine Trennung von wenig Monden scheint eine Trennung für die Ewigkeit.

Meine Augen blieben zur Erde geheftet, als Julius ausgeredet hatte. Ein Druck seiner Hand entriß mich der innern Verworrenheit, und als mein Auge seinen klaren Blicken begegnete, fühlte ich die volle Kraft meines Wesens in dem Entschluß des muthigen Duldens.

Nordheim wird reisen, sagte mir Julius sanft, ich lese es in Ihrem Auge.

Ja, mein Freund, erwiederte ich. Könnte ich es versuchen ihn aufzuhalten, wäre ich dann seiner, wäre ich meiner Freunde werth?

Julius suchte mein Herz zu stillen, indem er mit mir auf allen meinen Verhältnissen verweilte, denen er eine günstige Wendung prophezeihete. Sein Herz genoß diese Stunden stiller Vertraulichkeit, und das meine fühlte sich erleichtert.

Des andern Morgens meldete man mir die Ankunft des Prinzen. Ich eilte in das Gesellschaftszimmer: nach der ersten Bewillkommung führte er mich in ein Fenster und sagte:

Meine Agnes, welche Probe hat Ihr Herz zu bestehen? Ist sie nicht zu schwer für solch ein zartes liebendes Wesen? Zwar kenn' ich auch Ihre Stärke ....

Meine Stärke ist meine Liebe, erwiederte ich. Sollte ich Nordheim von einem wichtigen guten Unternehmen zurückhalten, von einer Kraftäußerung, die ihn zum reinsten Lebensgenuß führt? Sollte ich ihm nicht gern auch die Freude noch danken wollen, durch ihn Ihr Bestes, die Ruhe meiner Mutter befördert zu sehen?

Ein reiches Gemüth gab Dir die Natur, liebstes Mädchen! sagte der Prinz. Nordheim, fuhr er fort, wird vielleicht morgen früh hier seyn. Ich bat ihn, die Anstalten zu seiner Reise zu machen, während ich Ihre Einwilligung für ihn abholte, aber das schlug er rund ab. Es ist nicht Mißtrauen gegen Sie, noch der Wunsch Agnes Willen zu lenken, sagte er, aber ich muß sie sprechen – ich muß es wissen, fühlen, daß dem besten Herzen keine Gewalt geschieht, daß es der volle Einklang ihres Wesens ist, aus dem sie handelt, nicht ein Moment der Selbstentsagung, deren das schöne Herz so fähig ist. Gern will ich dem Gesetz gehorchen, welches ich erkenne; aber ich sage Ihnen, es steht auf Agnes Stirn geschrieben, und alle andere Rücksichten werde ich dieser aufopfern.

O nie kann ich dieser himmlischen Güte werth seyn! rief ich aus, indem süße Thränen mein Auge füllten.

Sie sind es, bestes Kind, sagte der Prinz gerührt, da Sie den freien Kreis seiner Thätigkeit respektiren. Nordheim kennt die Gewalt, die ihm die Natur über Menschen und Begebenheiten gab, nicht ganz. Die Resultate seiner Wirkungen nennt er nur eine Gunst des Glücks. Da er alles Große mit Leichtigkeit vollbringt, wirkt er stille, sich selbst unbewußt, wie die Natur. Bescheiden wähnt er, ein anderer könne seine Stelle ersetzen, die unersetzbar ist. Wüßte er ganz was er vermag, er hätte jetzt nicht zweifeln können. Verzeihen Sie, Beste! er hätte es nicht gekonnt, selbst aus Liebe für Sie nicht.

So eben fuhr Nordheims Wagen zum Thore herein.

Erhalten Sie Ihren Muth, liebstes Kind, sagte der Prinz.

Alles eilte Nordheimen entgegen. Das Feuer seines Blicks schien gedämpft, still nahm er beym Frühstück seinen Platz neben mir ein, und wagte selten mir ins Auge zu schauen. Klar und immer gegenwärtig, wie gewöhnlich, war sein Geist, aber es war eine Milde, eine Süßigkeit in dem Ton seiner Stimme, vor der mein Innerstes erbebte.

Ich sehne mich nach einer stillen Stunde mit Ihnen, meine Liebste! flüsterte er mir leise zu. Die Gesellschaft zerstreute sich, ich ging auf mein Zimmer, und in wenigen Momenten folgte mir Nordheim mit Julius, der uns sogleich wieder verließ.

Nordheim drückte meine Hand sanft an seine Brust, an seine Lippen, und sagte: Ich komme die Befehle meiner Agnes zu vernehmen, sie hat mich zu ihrem Eigenthum gemacht, ich muß und will alles seyn, was ihr holdes Herz beglückt.

Die süße Gewalt der Liebe ergriff mein ganzes Wesen. Mein Entschluß, jede Kraft meines Busens zerrann wie in einem goldnen Morgennebel; – ich fühle mich leicht und gestaltlos wie Luft, die nur zum Ton in dem Athem des Geliebten werden konnte.

Rechneten Sie nicht zu viel auf die Kraft eines Liebe-erfüllten Herzens, Bester? sagte ich.

Er hielt mich in seinen Armen, mein Gesicht war an seine Brust gelehnt, und als mein Auge dem seinen zu begegnen wagte, glänzte Hoffnung und Freude in seinem feurig-fragenden Blick.

Ach, ich müßte mich des höchsten Lebensglückes unwürdig achten, fuhr ich fort, wenn ich nicht fähig wäre, es durch ein Opfer zu erringen. Nie könnte ich mit mir zufrieden seyn, wenn mein Herz mir jetzt seine Kraft versagte, – wenn ich Sie zurück zu halten strebte, da Sie mir mit so viel Güte einen Einfluß auf Ihren Entschluß gestatten.

Ich gehe also! sagte Nordheim, und seine Augen blieben einige Minuten hindurch starr am Boden geheftet.

Ich wußte es! fuhr er fort, indem er seinen hellen Blick nach mir kehrte, aber mein Herz hörte dennoch auf die Zaubergesänge der Hoffnung.

Ich fühlte einen leisen Vorwurf in diesen Worten, und in dem Ton, mit welchem Nordheim sie aussprach. Mein Busen wallte in Schmerz und Liebe, meine Thränen flossen. Nordheim umfaßte mich sanft, und blickte voll rührender Zärtlichkeit in mein Auge.

Leise flüsterte ich ihm zu:

Mein Einziggeliebter, ach Du fühlst meine Liebe nicht in diesem schmerzlichen Kampfe!

Ja, meine theure Seele, rief er höchst bewegt, – ich fühle es, Du scheidest nicht ohne Schmerz von den ersten Wallungen Deines zärtlichen Herzens. Ich scheide mit wunder Seele von der schönsten Blüthe – vielleicht weniger Tage! Aber ich fürchte es ganz, *Du* kannst nicht anders handeln.

Mit süßen Worten suchte er nun mein Herz in Frieden zu wiegen. Dann sprach er von seinem Geschäft, von seinen Maßregeln in Ansehung meines Vaters und meiner. Er wünschte, ich möchte mit der Gräfin sogleich in die Schweiz reisen, mein Vater und Julius sollten uns nachkommen. Er selbst würde uns dort wieder finden, und in unsrer Nähe leben, bis alle Hindernisse unsrer Verbindung hinweggeräumt wären.

Die Zukunft stand halb vor meinem Gemüthe, der Zwischenraum der Trennung rollte sich in seiner düstern Einförmigkeit immer enger zusammen.

Wir standen an einem Fenster, und blickten in die weite Gegend, die im Glanz der Mittagssonne schimmerte.

Hell wie die Natur sey unser Gemüth im Scheiden, sagte Nordheim Wie sich ihre Strahlen ewig verjüngen, so hat auch das Glück unsrer Liebe eine ewige Jugend. Ich eile jetzt von Dir, meine Agnes; wenn wir uns wiederfinden, liegen Jahre der Vereinigung vor uns.

Sein Abschiedskuß glühte auf meinen Lippen, sein Auge, in welchem Thränen rollten, kehrte sich noch einmahl nach mir, und er war verschwunden.

Nach wenigen Minuten sah ich seinen Wagen vorfahren. Bald erschien er selbst, von Julius begleitet Er wendete sich nach meinen Fenstern, ich winkte ihm noch ein Lebewohl zu. Welche geheimnißvolle All gewalt ist zwey liebenden Herzen gegeben! Der dumpfe zerstöhrende Schmerz, mit welchem ich Nordheim sonst verließ, eh sich sein Herz zu mir gewendet, war jetzt in ein unaussprechliches lebendiges Verlangen verwandelt, in dem meine Seele der Unendlichkeit entgegen blühte.

Auch sein Herz blieb bey mir zurück. Eine glühende Kette des ewig regen zarten Verlangens zog mich ihm nach, und die guten Geister des Himmels webten goldne Träume, die Entfernten zu laben.

Ich sah seinem Wagen auf der langen Straße nach, und als er sich endlich im Gebüsch verlor, und des Schmerzens kalte Hand mein Herz zusammenpreßte, rief mir eine freundliche Stimme aus der lichten glänzenden Luft: Er wird liebend wiederkehren!

Wie todt und kalt scheinen uns selbst die lieblichen Gestalten des Lebens, nach dem ätherischen Daseyn der Liebe! Matt und strahlenlos, wie eine Gegend, in der das purpurne Abendlicht ausgebrannt ist, scheint das ganze Leben.

Julius hatte den letzten Händedruck meines Geliebten empfangen. Er wußte das Segel der Hofnung in meinem Gemüth mit sanften Worten zu schwellen. Aber ich bemerkte eine schmerzliche Anspannung in seinem Wesen, die mir mit jedem Trost von seinen Lippen auch einen Stachel des Schmerzens in den Busen warf.

Der Prinz war nach D. gereist, meine Mutter noch immer mit dem Fürsten im –schen Bade. Ich hatte sie nach Nordheims Wunsch um die Erlaubniß gebeten, die Gräfin in die Schweiz zu begleiten, aber sie bat mich, noch einige Wochen ruhig bey Elisen zu bleiben. Die Gesundheit des Fürsten sey sehr schwankend, er schiene nicht mehr so ängstlich auf meine Entfernung zu dringen. Nach dem Bade würde er noch die schönen Herbsttage auf dem Lustschloß, wo ich mich befunden, zubringen, und ihr sey es ein Trost, mich in ihrer Nähe zu denken. Sobald mein Vater seine Befreyung erhalten, könnte ich sodann mit ihm reisen.

Ich wußte hierauf nichts zu erwiedern, so gern ich auch nach Nordheims Sinn gehandelt hätte, der mir für die Reise noch andere Gründe als mein Vergnügen zu haben schien.

Der Fürst sey höchst zufrieden von Nordheims Betragen, schrieb mir meine Mutter, sie hoffe auf die schönste Entwickelung unserer Verhältnisse.

Alban und Julius waren häufig abwesend, meine gute Elise war meinem Gemüth gleichsam ein sanfter Nachhall seiner Gefühle. Der Genuß des Landlebens, das Interesse, das ich aus der Bekanntschaft mit dem Gang der Landwirthschaft, aus allen. seinen einfachen Beschäftigungen schöpfte, erhielt mich in stiller Erwartung. Nordheims Briefe voll Geist und Leben, voll der unaussprechlichen Einfachheit eines großen liebenden Herzens, waren die Sonnenblicke in diesem Daseyn, welche über das Ganze einen sanften Dämmerschein ergossen.

Die Zeit nahte heran, wo wir die Befreiung meines Vaters erwarteten, aber statt der frohen Erwartungen, nahmen die Briefe meiner Mutter einen ungewöhnlich traurigen Ton an. Auch in dem Cirkel meiner Freunde herrschte Traurigkeit, Unruh und Mißbehagen.

Es war ein dumpfes Mißbehagen, das die Lippen vor jeder vertraulichen Frage zusammenpreßte.

Julius besonders schien höchst gereizt und mißmuthig gegen seinen Bruder, und hatte nur gegen mich die ganze gewohnte sanfte Gefälligkeit des Betragens beybehalten.

Ich glaubte, es sey eine Familienstreitigkeit, die mich unter so edlen innigvereinten Naturen schmerzte, aber natürlich jede Frage unterdrücken hieß. Julius vermied mit mir allein zusammen zu treffen.

Ein Gespräch über Julius Gesundheit, das ich selbst anfing, weil ich seit einiger Zeit besorgt darum war, führte endlich zu einer Erklärung. Alban sagte mir, daß Julius nach einer sehr schnellen erhitzten Reise Blut ausgeworfen hätte. Ich ahndete, die Reise sey zu meinem Vater gewesen. Die Besorgniß um meinen Freund, der etwas rauhe vorwurfsähnliche Ton des Bruders, bebte durch meinen Busen. Ich entfärbte mich, und eilte zum Fenster, um meine Thränen zu verbergen.

Und wie er's treibt! fuhr Alban fort, als bemerkte er mich nicht; dieser schmerzlichste Kampf der Seele, diese zerstöhrende Thätigkeit des Körpers müßten die stärkste Natur aufreiben. Jetzt, da sich alle Verhältnisse von selbst fügen, gleichsam aufdringen, jetzt dem Glück des Herzens entsagen zu müssen, das kann wohl einer zarten Natur den letzten Stoß geben. – Den talentvollen liebenswürdigen Jüngling so zu Grunde gehn zu sehen, ist wahrhaftig seelenzerreißend, sagte Elise.

Mein Herz war wie auseinandergesprengt, alle meine Nerven zuckten vor Schmerz, – ich sank auf einen Stuhl, verbarg meine Thränen nicht länger, und rief aus: O Gott! was vermag ihn zu retten!

Elise faßte meinen Kopf an ihre Brust, sah schmerzlich auf mich nieder, und sagte: Du!

Unmöglich, unmöglich! rief ich. Er selbst wird diese Hülfe verschmähen.

Alban hielt meine Hand und sagte: Fassen Sie sich, liebste Agnes! Da Elise und ich einmahl von unsern Herzen hingerissen wurden, – da Sie einmahl das wichtigste wissen, so muß ich, ohngeachtet des Versprechens, das ich meinem Bruder gab, Ihnen nun auch alles noch übrige entdecken. Vereint wollen wir für unsern Julius sorgen.

Ich lag in dem bängsten Zustand an der Brust meiner Freundin.

Nachdem ich meine Thränen getrocknet hatte, folgte ich Elisen zu Alban.

Er eröffnete mir, daß der Fürst durch den Minister, Julius den Antrag hätte thun lassen, in Diensten des – schen Hofes nach England zu reisen, und ihm dabei zu verstehen gegeben, wie er sich um meine Hand bewerben möcht. Julius habe den Minister abgewiesen; Er werde nie die Verlobte seines Freundes und sich selbst durch solch ein Betragen beleidigen. Der Minister habe erwiedert: die Heurath mit Nordheim werde nie geschehen; und ernst hinzugesetzt: Sie wissen nicht, was für Folgen aus dieser Unbeugsamkeit entstehen können! Julius hochgestimmtes

Gefühl und des Ministers glattgeschlissner Weltsinn wären sich gegenseitig so unverständlich geblieben, daß sie nur gehaltlose Worte mit einander gewechselt hätten. Er selbst hätte sich aus des Ministers Reden von den Schwierigkeiten meiner Verbindung mit Nordheim überzeugt. Auch mit dem Prinzen und der Prinzessin hätte er über das Verhältniß gesprochen; beyde sähen diese Heurath als das einzige Mittel an, den Fürsten zu beruhigen, und die ganze verworrene Lage aufzulösen.

Julius glüht von heißer Leidenschaft für Sie, sagte Alban, und arbeitet gleichwohl sich selbst entgegen. Ist das menschliche Gemüth gemacht, solch einen Kampf zu bestehen, da er die geheimsten Fäden des Lebens trennt? Ich will nicht in Sie dringen; aber wenn Ihre Hofnungen scheiterten, und Ihr Herz wendete sich zu spät gegen das im Lebenskampf ermattete Ihres Freundes...

Ich war verwundet bis in mein Innerstes. Aber die falsche Ansicht meines Verhältnisses, die Alban mir, vielleicht sich selbst unterzuschieben suchte, stumpfte den Pfeil der Empfindung ab, den er an mein Herz warf.

Der Ausdruck einer Empfindung, der nicht trifft, thut immer eine entgegengesetzte Wirkung, und bewafnet den Verstand gegen das Herz.

Es ist hier nicht allein von Gefühlen, von Glück und Unglück die Rede, sondern von der Nothwendigkeit, von Recht und Unrecht, meine theuern Freunde, sagte ich. Ich gab Nordheim mein Wort, wie mein Herz. Was kann ich sonst thun? soll ich mich entfernen?

Elise und Alban baten mich innigst zu bleiben, Julius würde es nicht ertragen.

Wie manche Verwirrung richten gute Seelen im Leben an, wenn sie den Gesichtskreis *edler* Naturen mit ihren schwächeren Augen beherrschen wollen?

Julius kam noch denselben Abend zurück. Er war heftig, zerstöhrt; meine Brust war gepreßt bis zum Ersticken, in seinem Anschaun wurde mein Herz in Wehmuth aufgelöst.

Den nächsten Morgen ließ er mich um eine Unterredung bitten.

Seine sanften Züge waren entstellt; Fieberröthe glühte auf seinen Wangen.

Mit zitternder Hand reichte er mir einen Brief. Lesen Sie, sagte er heftig. All mein Bestreben, Ihnen dieses zu ersparen, war fruchtlos. – Lesen Sie. –

Mit bebenden Fingern erbrach ich den Brief. Er war von meiner Mutter.

»Wir sind verrathen, mein bestes Kind, alle unsre Hofnungen sind zernichtet Deinem edlen Vater droht lebenslängliche Gefangenschaft. Der böse arglistige Mann kündigte mir in Gegenwart meines Vaters an, Staatsraison erlaube durchaus nicht deinem Vater die Freyheit zu geben, wenn er solche furchtbare Stütze an Nordheim zum Schwiegersohn bekäme. Er werde auf eine – sche Vestung transportirt werden, wenn wir auf der Heurath bestünden.

Die Albansche Familie scy sehr geneigt zu einer Verbindung mit Julius, diese löse den ganzen verworrenen Handel auf, wir müßten dich dazu bewegen. Mein Bruder kann für jetzt nicht wirken, dein Vater ist in dringender Gefahr, – Julius war mir ein guter Engel, – berathe dich mit ihm. – Was kann ich sagen? was rathen? meine Seele ist an den Grenzen des Wahnsinns! – Jeder Gedanke bricht ab. – Der Fürst will dich selbst in den nächsten Tagen sprechen.«

Julius Zustand hielt meine Sinnen beysammen, wie sehr auch mein Gemüth durch den Brief erschüttert war. Ich behielt ihn sprachlos und sinnend in Händen, ob ich gleich keinen klaren Gedanken festhalten konnte. –

Ich las diese Zeilen! rief Julius. Der tückische schändliche Mensch! Staatsraison – Wohl uns, daß diese Nüanz der Schelmerey ein Fremdling auf unsrer Zunge ist. Die Albansche Familie wünscht die Heurath? Ja, so sind diese alten eingerosteten Staatsmaschienen. Jedes individuelle Interesse suchen sie ins Collective zu spielen, zu vernichten. Das ganze lebendige Herz wird so zum leeren Schall, zum todten Zeichen, – ein altes Familien-Dokument. Verzeihen kann ichs meinem Bruder nie, daß er einen Augenblick von den Schlingen des listigen Alten umfangen wurde.

Er faßte sich jetzt, sah mich sanft an und sagte: Was zu thun ist, liebe Agnes? Mir Ihre Hand zu geben? – ein schmerzliches Lächeln verzog seine Lippen. – Nicht wahr, das wäre so in der Manier des Herrn Ministers? Aber mir Ihre Hand geben, – und gleich nach der Trauung mit

Ihrem Vater nach der Schweiz reisen, während ich nach England abgehe, – das ist der Ausweg, den Sie zur Rettung Ihres Vaters vielleicht erwählen müssen!

O Julius! rief ich höchst bewegt, und drückte seine Hand an mein Herz: Mit dieser edlen Hand, die das unaussprechlichste Glück eines freyen Herzens machen müßte, mit dieser edlen Hand soll und muß kein leichtsinniges Spiel getrieben werden!

Beste Seele! sagte er mit dem Ton himmlischer Ruhe; was können treue wahre Menschen anders thun, als den unausweichbaren Leiden ihres Schicksals, mit klarem reinem Sinn, fest vereint begegnen! Das holde Vertrauen, mit welchem Sie meiner Liebe entgegen kamen, ist vielleicht ein so unauflösliches Band, als die Gegenliebe selbst. Bleiben Sie immer frey vor mir, und lassen sich von einem Moment der Schwachheit nicht irre machen. Jeder fühlt wohl zuweilen die *zwey* Seelen in sich streiten; aber das Vertrauen der Freunde macht stark und groß, und giebt der *bessern* das Übergewicht.

Nordheim betrug sich gegen mich als gegen einen Starken, und ich wurde es. Und warum sollte ich auch bedürftig und schwach seyn?

Was heißt denn Selbstgenuß, wenn nicht die Wirksamkeit für das Glück geliebter Wesen?

Sein Auge glänzte gleich als im überirrdischen Lichte in diesem Augenblick, und drückte den höchsten Zustand des Gemüths aus, eine Klarheit, nur würdig, sich im endlosen Blau des Äthers zu spiegeln.

Aber in seinem Lächeln war etwas, welches auf ein Unvermögen der Natur deutete, sich der Individualität ganz zu entziehen, in der die Angeln unsers jetzigen Daseyns ruhen.

Sein Empfinden erschien in der Sphäre des menschlichen Seyns als Tugend, während aus dem Blick des fessellosen Geistes die Freyheit des Himmels strahlte.

O Julius, sagte ich, meine Achtung für Sie ist grenzenlos. Ihr großer reiner Sinn ist mir zum Schutzgeist gegeben. Er soll mich leiten. Was soll ich thun? Wie können wir meinen Vater befreyen?

Aller Schein der Widersetzlichkeit ist in diesem Moment gefährlich, sagte Julius. Wenn Sie zum Fürsten kommen, willigen Sie in alles. Noch habe ich Hofnung, Ihnen den entscheidenden Schritt, der Ihre Feinheit beleidigen muß, zu ersparen; fällt diese .... Sein Blick sank zur Erde, eine feine Röthe flog über sein Gesicht, aber schnell sah er mir wieder klar ins Auge und sagte: Doch warum sollte es Ihnen zuwider seyn, sich und Ihren Vater durch den Nahmen Ihres Freundes allen weitern Verfolgungen zu entziehen? Sie erwarten Nordheim in der Schweiz. Er lächelte still, schüttelte den Kopf und sagte: Es ist sonderbar, daß mir das Schicksal diese Illusion weniger Momente an Ihrer Seite noch vergönnt!

Es war ein inniges Widerstreben in meinem Gemüth, dem diese Worte seine volle Bedeutung gaben. Die Furcht, Nordheim zu kranken, war es nicht allein, was mich bis jetzt quälte.

Du solltest spielen mit der Ruhe der besten Seele! solltest ihre Träume eines einmahl heiß ersehnten Glücks mit glühenden täuschenden Farben aufs neue beleben! – Ich bebte vor mir selbst zurück. – Aber dein Vater liegt gefangen! so drang eine schneidende Stimme durch mein Innres, und ich mußte der Nothwendigkeit allein gültigem Ausspruch folgen.

Ich war verwirrt und suchte vergebens nach einem Ausdruck. Sanft und schonend sagte Julius: Ich reise diesen Abend zu Ihrem Vater, vielleicht gelingt mir ein gutes Unternehmen. Nordheim hatte vieles vorbereitet, er traute schon bey seiner Abreise nicht recht.

Ich bat Julius innig, sich auf der Reise zu schonen, da seine Brust litte.

Ich ahndete es doch, rief er aus, da ich gestern Abend die zurückgehaltenen Perlen in Ihrem Auge sah, man hat Sie auch mit kleinlichten Besorgnissen gequält!

Ich bat ihn, mild mit seinem leidenden Bruder und Elisen zu seyn, und sich für uns alle zu schonen.

Seyn Sie unbesorgt, Beste, sagte er beim Abschied, ein Leben für Sie – hat immer seinen Werth. Bewahren Sie in jedem Fall die himmlische Unbefangenheit Ihres Gemüths gegen mich. Diese und die große Seele Ihres Geliebten heilten mich von jeder Schwachheit, die die gutmüthige Ängstlichkeit meines Bruders unvertilgbar wähnte.

Mir selbst überlassen verlebte ich einige höchst unruhvolle Tage. Die Nothwendigkeit mußte mir gebieten, aber immer sah ich neue mögliche Fälle, die ihren strengen Schluß abzuändern vermöchten.

Rege Lebensmomente sind es, wo wir selbst die Wagschale unsers Lebens in der Hand zu halten wähnen! Uns ists wie dem Wandrer, der im Schooß der Gebirge im Morgennebel wallt. Alle Gestalten schweben in schwankenden Umrissen vor ihm. Bald erblickt er einen fürchterlichen Abgrund, bald eine lachende Ferne. Aber wenn wir wählen sollen unter den Schmerzen, die unserm Entschluß nothwendig folgen, wenn eines unsrer Geliebten leiden muß, dann drängen sich alle Räthsel unsers engbeschränkten menschlichen Daseyns um uns her, und unser Herz erliegt unter ihrer Last. Die Stimme des Rechts, der innren Nothwendigkeit unsers Wesens, selbst diese spricht nicht stark genug. Wir vermögen uns selbst aufzuopfern, aber ein geliebtes Wesen zu kränken, da versagt unsre Kraft. Unser Herz treibt unsern Verstand im Zirkel des Wahnsinns herum, vergebens versucht er in tausend neuen Combinationen der Verhältnisse, sich dem unausweichbaren Geschick zu entziehen. Glücklich, wem sein Genius hier erscheint, der seinen heiligen Schleier um unser Auge hüllt, und uns mit freundlicher Gewalt fortzieht!

Den dritten Tag nach Julius Abreise kam ein Bothe von meiner Mutter, mit einer Einladung des Fürsten an uns alle, ihn noch heut auf dem Lustschloß zu besuchen.

Ich bemerkte ein geheimnißvolles Wesen zwischen Alban und Elisen. Elise war geschäftiger als je, mich zu schmücken; als sie meine Haare mit Rosen durchflochten hatte, sagte sie: Und die Myrthenkrone hältst du deiner Freundin verborgen, oder Julius wird sie dir erst reichen?

Ach die Myrthe ist kein Baum der Glückseligkeit für uns, sagte ich. Sie schwieg traurig. Alban war nachdenkend auf dem Wege. Es schmerzte mich, daß die guten Seelen Erwartungen schöpften, denen mein Innres widersprach.

Der Fürst empfing mich gütig. Meine Mutter nahm mich in ein Fenster, küßte mich weinend und sagte: Mein Kind, wie kann ich dir danken!

Ich bemerkte lange Gespräche zwischen Alban und dem Minister, geheime Winke des Fürsten. Etwas außerordentliches schien im Werke zu seyn, alle Augen waren auf mich gerichtet. Madam Imbert hielt mich in einem Vorzimmer mit einem weitläuftigen Glückwunsch auf, der alte treue Diener flüsterte mir leise den seinen zu. Alles schien zu einem Feste geordnet. Mein Herz schlug voll ängstlicher Erwartung.

Der Abend war heiter, die Gesellschaft stand auf einem Balcon, vor dem ein weiter Grund lag, den die breite Landstraße in Krümmungen durchschnitt.

Ein Wagen fuhr rasch dem Schlosse zu. Es ist meines Bruders Wagen! rief Alban.

Der Minister fragte den Fürsten, ob er in den Saal gehen wollte, Herr von Alban würde sogleich hier seyn.

Der Fürst bot mir die Hand; ich zögerte ihm die meine zu reichen, und bebte zitternd zurück. Ein sorgsamer Blick meiner Mutter, – und ich folgte ihm ohne Widerrede.

Die Ruhe, die Sie über die letzten Stunden eines Greises verbreiten, sagte mir der Fürst im Gehen, werde ein Segen für Sie.

Die zitternde dumpfe Stimme des Greises, die bebende Brust, die zitternde Hand in der meinen – gab diesen Worten eine Gewalt, die in allen meinen Nerven wiedertönte. Guter Mann, sagte ich in meinem Innren: warum trennen mich die unvertilgbaren Züge des Vorurtheils von deinem Herzen!

Kaum waren wir in den Saal getreten, als ein Geistlicher erschien, der mich mit tiefen Verbeugungen und einem langen Glückwunsch empfing.

Der Bräutigam wird sogleich hier seyn, sagte der Fürst.

Eine Seitenthür in eine kleine Kapelle öfnete sich. Die Lichter glänzten auf dem Altar, der Geistliche stand mit der Agende in der Hand vor demselben. Die Kirche war dichtgedrängt voll Zuschauer, und ein feierlicher Kirchengesang schallte dumpf aus den Hallen des Gewölbes.

Ich athmete schwer, mein Herz zog sich krampfhaft zusammen; bald glühte ich, und bald schüttelte ein Fieberfrost meine Glieder durch einander. Meine Nerven wirbelten vom Kopf bis zur Ferse, mir war als sänke ein Flor vor meine Augen, der immer undurchdringlicher wurde.

Als meine Sinne sich wieder den gegenwärtigen Erscheinungen eröffneten, fühlte ich meine Hände sanft gehalten, und meine Blicke fielen auf den Arzt, auf meine Mutter. Der Anblick des Arztes versetzte mich in andere Zeiten, aber ich schauderte, als ich die Wände des Saales wieder um mich erblickte.

Der Arzt sagte mir: Die Trauung wird nicht vollzogen, Julius sendete mich zu Ihnen. Beruhigen Sie sich, und lesen Sie diese Zeilen.

Er entfernte sich, und ich las:

Ich war glücklich. Ihr Vater ist frey. Jede Sorge falle jetzt von Ihrem Herzen. Der Arzt wird alles übrige einleiten!«

Das höchste glühendste Leben schwellte meinen Busen, ich sprang auf, lag sprachlos zu den Füßen meiner Mutter, und hielt ihr die Zeilen vor.

Der Arzt kehrte zurück und sagte uns, daß er an Herrn von Alban den Auftrag seines Bruders ausgerichtet, welcher dem Fürsten sogleich gemeldet hätte, daß Julius, von einem schnellen Übelbefinden angefallen, sich für heute entschuldigen müsse, die Ceremonie zu unterbrechen. Der Fürst habe sich mißmuthig auf sein Zimmer begeben, und Herr und Frau von Alban warteten auf mich, um wegzufahren, er selbst wollte uns begleiten.

Elise kam, sich nach meinem Befinden zu erkundigen; sie war mehr sanft traurig, als verstimmt.

Ich versprach meiner Mutter, den folgenden Morgen Nachricht durch den Arzt zu senden, und Alban führte mich zum Wagen.

Wir fahren über E. zurück! sagte er dem Kutscher beym Einsteigen. E. war der Nahme eines kleinen Guts, welches sich Julius besonders eingerichtet hatte.

Der Arzt war ein Vertrauter des Albanschen Hauses. Er wußte Nordheims Liebe für mich; aus meiner Abneigung gegen eine andere Heurath schloß er, wie natürlich, daß der Minister mich zur selben zwingen wollte; dieß befremdete ihn weiter nicht, denn man war seiner krummen Wege, und seiner Einmischung in Familienverhältnisse schon gewohnt.

Julius sey bey ihm vorgefahren, sagte er uns, habe ihn gebeten, eilends in seinem Wagen nach dem Lustschloß zu fahren, und die Briefe an mich und Alban zu bestellen. Während dem sey jener mit noch einem Fremden in eine Postchaise gestiegen, und eilend weggefahren.

Der Wagen des Arztes folgte uns, und wo sich die Straße theilte und nach dem Städtchen zog, stieg er aus, mit dem Versprechen mich den nächsten Morgen bey Albans zu besuchen.

Alban sagte mir, als wir allein waren, wir würden Julius selbst in E. finden, mit noch einem Freunde.

Sein bedeutender Blick sagte mir, daß er wohl wüßte, wer dieser Freund sey. Mein Herz ergoß seinen Dank, seine Bewunderung für Julius mit Entzücken.

Die Gemüther meiner Freunde waren reingestimmt, um ein edles Betragen zu empfinden, ob sie gleich nicht immer die Energie hatten es zu ihrem eignen zu wählen. Mit ihrer ganzen Herzlichkeit faßten sie mich aufs neue, und im Gefühl des hohen Sinnes eines geliebten Bruders, verbanden wir uns wie in einem neuen Element zur zarten Freundschaft.

Julius empfing mich in E. am Wagen, und führte mich in ein entlegenes Zimmer, wo ich die Gestalt meines verehrten Vaters erblickte. Frey lag ich jetzt mit unaussprechlicher Liebe an der treuen Brust, die so oft schon mein Wesen in seinem Innersten vernommen hatte.

Im Gefühl einer Würde, die nicht fürchten darf erkannt zu werden, hatte meines Vaters Gestalt einen Ausdruck von ruhiger Kraft genommen, der stille Verehrung gebot.

Julius wollte sich entfernen, wir baten ihn beyde, sich nicht von dem Glücke unsers Herzens, seinem eignen Werke, zu trennen. Ich vernahm jetzt die Geschichte der Befreiung meines Vaters, von der mich Julius aus zarter Schonung erst nach dem glücklichen Erfolg unterrichten wollte.

Schon damahls, als Nordheim mich selbst gewaltsam aus dem Schlosse des Fürsten entreißen wollte, hatte er auch den Anschlag mit Julius gefaßt, meinen Vater zu befreien.

Mein Vater verwarf den Vorschlag, hoffte, der Sinn des Fürsten würde sich durch mildere Maßregeln am ersten gegen ihn verändern, nur mich wünschte er in Nordheims Händen zu sehen.

Man hatte den Prinzen zu keinem Unternehmen gegen seinen Vater ziehen wollen.

Jetzt, während Nordheims Abwesenheit, wurden die Umstände dringender. Die neuen Drohungen gegen Hohenfels, das Bemühen, mich von Nordheim zu trennen, bewogen Julius nach D. zu eilen, und den Prinzen zu meines Vaters Befreiung aufzurufen.

Äußerst entrüstet über die Unverschämtheit des Ministers, der den Fürsten von Ungerechtigkeit zu Ungerechtigkeit hinriß, beschämt durch die Untreue an Nordheim, entschloß er sich zur lebhaften Wirksamkeit. Er ließ den alten Officier zu sich rufen, entdeckte ihm die Nothwendigkeit Hohenfels zu befreien, und entzog ihn selbst aller Verantwortung, indem er ihn mit einer guten Pension außer Landes schickte. Julius war während dem auf dem festen Schlosse, und die übrige Garnison wurde bestochen. Mein Vater gab den dringenden Umständen nach, und entschloß sich zur Flucht.

Nach einer Zusammenkunft mit meiner Gemahlin reise ich sogleich ab, sagte mein Vater, um unsern Freund in keine weitern Verlegenheiten zu setzen. Wird mir meine Agnes nach der Schweiz folgen? Wird unser edler Freund uns gern begleiten?

Während der ersten Tagereise, sagte Julius, wo ich Ihnen vielleicht dienen kann; hernach versprach ich dem Prinzen, in D. bey ihm zu bleiben.

Wir blieben in Julius Hause, weil es dem Zufluß der Fremden weniger ausgesetzt war.

Den nächsten Morgen kam der Arzt auf mein Zimmer; er hatte meine Mutter schon gesprochen, da er wegen der Krankheit des Fürsten auf das Lustschloß gerufen worden.

Meine Mutter schrieb mir, der Prinz sey angekommen, der Minister sey demüthig gegen ihn, da er uns mit keinem üblen Einfluß auf Hohenfels Schicksal mehr drohen könne, und habe versprochen, Hohenfels Entweichung dem Fürsten ganz zu verbergen, ihn auch über die fehlgeschlagene Trauung zu trösten, und ihm meine Entfernung aufs neue als ein hinlängliches Mittel, das Geheimniß zu verwahren, anzuempfehlen.

»Müssen uns aus dieses bösen Mannes verschobenem Gehirn, wie aus der Büchse der Pandora, alles Übel, alle unglücklichen Begebenheiten hervorgehen? rief mein Vater. Traurig ists, daß die Wirkung des Bösen einen rascheren Gang haben muß, als die des Guten. Der Böse verfolgt nur sein Ziel, tritt ohne Zögern die blühenden Saaten darnieder, durch welche der Gute mit mildem Herzen einen schlängelnden Pfad sucht. Er fühlt, daß er nur die Wirkung des nächsten Augenblicks zu bestimmen vermag, und daß diese, vom raschen Schicksal ergriffen, – in die Fluthen des regen Lebens versinkt. Rein menschlich ist es, keinen Augenblick Böses wirken wollen. Nur einem höheren Genius ist die Zukunft auch zugleich die Gegenwart.«

Wir freuten uns, daß das Gemüth des Fürsten nicht in den letzten Tagen seines Alters noch durch Widersprüche gereizt werden sollte. Ich entschloß mich, ihn noch einmahl zu besuchen, und den Frieden seines Busens ganz herzustellen.

Meine Mutter hatte eine Zusammenkunft mit meinem Vater in einem entlegenen Wäldchen in Julius Garten. Wir überließen diese theuren Augenblicke den glühenden zarten Seelen ganz unentweiht.

Ich begleitete meine Mutter nach dem Lustschloß. – Süße Augenblicke, wo ich ihr Herz ruhig und liebeschlagend an dem meinen fühlte! An Entbehrungen gewöhnt, achtete sie selbst nicht die Entfernung ihrer Geliebten, über dieser ihrer glücklichen Vereinigung.

Der Fürst hörte es gern, als ihm meine Mutter sagte, daß ich mich bey ihm beurlauben wollte. Er lag auf einem Ruhebette, und beugte den Kopf freundlich, als ich mich ihm näherte. Ich war tief bewegt, mir war als risse die kalte unsichtbare Hand des Todes alle goldene Lebenshoffnungen aus meinem Busen.

Ich sagte ihm: der Antheil den er an meinem Schicksal genommen, machte es mir zur Pflicht, es für die Zukunft ganz in seine Hände zu legen.

Ich schwöre Ihnen, sagte ich, indem ich an seinem Bette niederkniete, auf das heiligste schwöre ich es, nie eine Heurath als mit Ihrer Bewilligung zu schließen.

Er legte seine zitternden Finger an meine Wangen, Thränen rollten in seinen erloschnen Augen, und sanft sagte er: Wir gehören uns selbst nicht an, der Glanz unsers Hauses ist ein

Gut, das wir unsern Nachkommen zu überliefern schuldig sind; – darnach beurtheile mich auch du, gutes Mädchen!

Er umarmte mich und sagte: Was ich für dich thun kann, soll geschehen. Nimm meinen ganzen Segen.

Schmerzlich riß ich mich von ihm los, im Gefühl, daß ich ihn nie wiedersehen würde.

Durch die Thür sah ich ihn noch einmahl, daß er heiter gen Himmel blickte, und hörte, daß er meine Mutter freundlich zu sich rief.

Meine Mutter und der Prinz waren mit meinem Betragen höchst zufrieden, und wir verließen uns unter zärtlichen Umarmungen.

Als Bettina die Reiseanstalten für mich machen sah, drang sie auf das lebhafteste in mich, mich begleiten zu dürfen.

Es schmerzte mich, dem lieben Geschöpf, von dem ich so viele Beweise der treusten Liebe empfing, diese Bitte abzuschlagen, aber ich hatte einen Brief von der Gräfin erhalten, in welchem sie mich bat, ihr Bettina zuzusenden. Battista war schon bey ihr, und wurde als ihr Sohn gehalten und erzogen.

Die Gräfin selbst hatte sich auf unser aller Zureden entschlossen, die Seereise aufzugeben, und ihren Gemahl in Holland zu erwarten. Durch den Freund aus der Schweiz hatte sie die Nachricht seines jetzigen Aufenthalts erfahren. Er war nach dem Vorgebirge der guten Hofnung zurück gereist, wo er auf einer kleinen Besitzung mühselig lebte.

In Holland wollte die Gräfin selbst die besten Anstalten zu seiner Reise nach Europa treffen. Ihre Güter hatten sich unter Nordheims Verwaltung in guten Stand gesetzt, und sie dachte dort mit ihrem Gemahl künftig zu leben.

Bettina wollte immer durch ein leidenschaftliches romantisches Interesse befangen seyn. Ich erzählte ihr das Schicksal der Gräfin, ihr nahes Verhältniß zu ihr, die Hoffnung ihren Vater wieder zu sehen, und ihr reines zartes Gemüth ergriff nun seine Pflichten mit aller Gewalt der Neigung. Ja, ich will leben für die gute unglückliche Frau, rief sie aus, und will mich auszubilden suchen zu deiner und ihrer Freude!

Julius begleitete uns, und schied von uns, in lauter Glanz und Klarheit gehüllt, wie ein Bothe des Himmels, der sich bewußt ist, uns auch unsichtbar gegenwärtig zu bleiben.

Mein Genius hatte mich beim Scheideweg meines Lebens gewaltsam ergriffen und in eine veränderte Laufbahn gezogen. Das ewig reine rege Verlangen meines Wesens nach Nordheim, das mir seit seinem ersten Anschaun durchs Leben folgte, erhielt mich in einem sonderbaren abwechselnden Zustand. Wenn die Zeiträume, welche wir durchleben, mehr nach dem Kreis unsrer innern Erscheinungen bezeichnet werden müssen, als nach den äußern Eindrücken und Spuren, die wir von der Welt um uns her empfangen, oder ihr geben, so sind Tage der Liebe reicher und lebenvoller, als Jahre der Gleichmüthigkeit.

Schmerz und Vergnügen entreißen sich wechselnd die flüchtigen Momente, und der immer lebendige Strom der durch unsre Seele rinnt, nimmt oft das Bewußtseyn mit hinweg. Das Gedächtniß hat keine Zeichen für diese bewegliche Fluth innrer Regungen, das geheimnißvolle Wesen der Musik ist am vertrautesten mit ihnen, die Töne folgen den Zaubereien unserer Gefühle in ihre feinsten Beugungen, in ihr stärkstes unerschöpfliches Leben.

Die raschen schnellen Würfe des Schicksals, die einem so stillen einförmigen Leben folgten, drängten mich gleichsam in mich selbst zurück. Mir war oft, als hätte ich Nordheim durch mein dem Fürsten gegebenes Versprechen gekränkt. Dann war es, als dürfte ich keine Gestalt mehr fest halten, – alles entflog mir unter der Hand, als ein täuschender Schatten. Zur heitern Ruhe und Sicherheit des Daseyns konnte ich auf diese Art nicht kommen, und in meinen klärsten Augenblicken fühlte ich hart ihren Mangel. Unser Wesen scheint so sehr auf eine nothwendige Harmonie mit der uns umgebenden Welt berechnet zu seyn, daß ein gewisses klares Gefühl des Daseyns uns doch einzig aus dieser zuwächst. Und ist nicht am Ende dieses klare Gefühl unsrer Selbst in einem lebenreichen Ganzen, die bleibende Gestalt, in der wir den tausendfach wechselnden Proteus, die Glückseligkeit, fassen?

Mein Vater verstand meinen ganzen Zustand mit seinem gewohnten zarten Sinn. Vergebens hatte ich ihn gebeten, den Freund meiner Jugend in Hohenfels auf unsrer Reise zu sehen. Erwarte eine günstigere Gemüthsstimmung, liebes Kind, sagte mir mein Vater sanft. Der edle Greis ist von jeder Wallung der Leidenschaft so fern, daß ihm der Zustand worin du jetzt bist, unvernehmbar oder zerstöhrend seyn muß.

Ich fühlte diesen Grund nur allzurichtig, und gab meinen Wunsch auf.

Die Zerstreuungen der Reise wirkten bald wohlthätig auf mein Gemüth.

Welchen neuen Ton giebt es unserm innern Sinn, wenn unsre Tage im wechselnden Reiz der Naturerscheinungen verfließen, wenn unser Gesichtskreis sich mit immer neuen Bildern füllt, die im Wechsel des Morgen- und Abendlichtes tausend zauberische Verwandlungen annehmen.

Die weite Natur hat eine beruhigende Antwort für jeden Zustand unsers Gemüths. Wenn wir in dem frischen Duft des Waldes unter einem Gewölbe von Laub in stille Betrachtung versinken, bis alle Schauer wehmüthiger Erinnerungen sich um uns her drängen, dann auf einmahl in eine weite Ferne schauen, wo die feinste Linie am Horizont in den blauen Himmel verfließt, und wo mannichfache Städte und Thürme aus der Ebene steigen; dann wird unsre Fantasie in eine Welt neuer Bilder und Lebensweisen hinübergezogen, und unser Herz erhebt sich aus den Fesseln seines Grams zum freundlichen Antheil an dem Leben und Wirken um sich her.

Wir fühlen unsre Einschränkung, der Kreis unsrer innren Sorgen fängt an sich freundlich und mild aufzulösen, und wir schweben in eine freiere Region hinüber. Die umgebende Welt spricht uns wieder laut an; sie schien uns eine todte Masse, so lang der Kummer auf unserm Busen lastete, und eine lebendige Sympathie verbindet uns wieder mit den Wirkungen des mannichfachen Lebens.

Wir flogen in einem leichten Wagen durch manche liebliche Gegend, und endlich durch den schönsten Theil Oberschwabens der Schweiz zu. Architektur und Mahlerei waren neben den Naturschönheiten, die Hauptgegenstände unsrer Beobachtungen, und mein ungeübter Sinn schloß sich unter der Leitung meines Vaters auf.

Das harmonische Gefühl, welches die reinen Verhältnisse der Baukunst geben, bewegte meine Seele tief, und von allen Schauern der Größe und Erhabenheit durchdrungen, stand ich vor den Monumenten gothischer Kunstfantasie.

Es war mir ein unvergeßlicher Augenblick, als ich zuerst die Eisberge empor steigen sah. Wir selbst scheinen in eine neue Existenz hingezogen, wenn wir unsern Wohnplatz, die Erde, sich mit den Massen der Wolken vermischen sehen. Der Bodensee mit seinen lieblichen Ufern und ernstfeierlichen Bergen, entschleierte sich nach und nach vor uns, und nun eilten wir von einem schönen erhabenen Gegenstand zum andern.

In dieser herrlichen Natur, sagte mein Vater gerührt, wo wir uns auf jedem Schritt von den Zauberformen der Schönheit umfangen fühlen, hier ist der Ort für zwei liebende Herzen, denen das Schicksal nach einem stürmischen Leben noch wenige freundliche Tage vergönnt. Hier wird auch dein sehnendes Herz sich wieder zu den glücklichen Träumen der Zukunft stärken, bis Nordheim zurückkehrt. Hier wollen wir uns einen einsamen Wohnplatz aussuchen!

In der nächsten Stadt, wo wir übernachten sollten, fand mein Vater einen Brief, den er mit sichtbarer Bewegung las.

Der Fürst ist todt! sagte er mir, als er ausgelesen hatte. Der Prinz und meine Gemahlin wünschen unsre schnelle Rückkehr.

Alles ist also aufgelöst, sagte ich. Traurig ist es, daß nur der Tod eines guten Mannes die Verwickelung unsers Schicksals lösen mußte! Sein Leben hätte unser reinstes Glück machen können. Sein Herz war geschaffen, um uns zu lieben. –

Mit Wehmuth, mit Verehrung dachte ich an den letzten Augenblick, wo ich den Greis gesehen. Wie rege war sein Herz! Warum mußten Eigennutz und Arglist es umstricken, seine freien Bewegungen für uns hemmen! O welche heilige Kraft der Liebe unterläge nicht dem weitgesponnenen Gewebe tausend kleiner Leidenschaften! Jedes sanfte Gefühl verwandelte sich zum Schmerz in seinem Busen, wo noch ein Traum von Liebe aufdämmerte.

Mein Vater entdeckte mir den Entschluß, seine Ehe für immer in den Schleier des Geheimnisses zu verhüllen.

Meine Gemahlin und ich ehren so den Willen des Entschlafenen, sagte er. Es lehrte mich nicht nur mein eignes Schicksal, sondern auch der freie Blick ins Leben, daß das stille Fügen in manche Verhältnisse, der Gewohnheit zur Tugend günstiger ist, als das Überspringen derselben. Ich mag mich durch meine Handlungsweise nicht laut zum letzteren bekennen. Mein Vater wollte mich für seine Tochter, aus einer während seiner Abwesenheit von Hohenfels geschlossenen Ehe, erklären, die der Tod wieder getrennt hätte.

Wir beschleunigten unsre Rückreise so sehr als möglich, und nahmen den kürzesten Weg nach D.

Mein Gemüth konnte die heitre Zukunft nicht fassen.

In mehreren Paketen von nachgeschickten Briefen hatte ich keinen von Nordheim gefunden. Tausend Besorgnisse quälten mich, und alle schönen Träume, die mir in der ersten Zeit seiner Entfernung, in dem Zauber eines ununterbrochenen Briefwechsels geblüht hatten, verkehrten sich zu furchtbaren Gestalten. Er hat dein Betragen übel gedeutet, sagte ich mir, und schweigt darum.

Wenn die glückliche Liebe einmahl von der Sorge umschlungen wird, dann ist ihr Schmerz unaussprechlich, weil er zwei Herzen in einem trifft. Die Hofnung schweigt vor dem allgewaltigen Drang des Verlangens, und wird von glühenden Erinnerungen verzehrt. Jedes Geschäft dünkt uns eine Zerstreuung, der Lauf des Tages nur ein mühevoller Wechsel der Arbeit, jedes gleichgültige Wort eine Wunde.

Wenn die Sterne in Osten entglimmen, dann dringt etwas Lebendiges an unser Wesen. Es ist als ob eine sanfte Hand uns faßte, die Seele löste, und hinzöge in das tiefe Blau der unendlichen Ferne.

Das Bild unsrer Liebe wird gleichsam eins mit den Sternen, es ist die geliebte Gestalt, die uns ergreift! Dann hat gleichsam die Unendlichkeit ein Zeichen, einen Ring, an dem wir uns in ihr fest halten, und unser Schmerz löst sich, wenn die Banden des Raums von uns fallen.

Das heilige Leben der Natur, ihre zarten nie verblühenden Gestalten ziehen uns ins Reich der unermeßlichen Kräfte.

Der unendliche Himmel liegt vor unserm Auge, das Geräusch der Wasserströme, Symbole des nie stockenden Lebensquelles der Natur, tönen in unserm Ohre; – so dringt heilige, unendliche Fülle durch unsre Sinne, und der Sturm der Sehnsucht verwandelt sich in ein laues Lüftchen.

Aber jetzt schallt der Ton einer Glocke durch die Nacht, und wir kehren mit unserm Empfinden in das engbegrenzte menschliche Seyn, in die Bande der Zeit zurück.

Unser Herz sucht den Geliebten aufs neue, und findet nur seine Sehnsucht wieder.

Mein Vater, gewohnt in meiner Seele zu lesen, folgte meiner Stimmung. Die Sehnsucht wahrer Liebe hat keine Sprache, aber meine Besorgnisse, meine Unruhe, die sich auf jeder Post vermehrten, wo ich Briefe erwartete und nicht fand, beantwortete er oft nur mit einem stillen Lächeln, oft mit dem sanften Vorwurf:

Und alles dieses um einen ausgebliebenen Brief, der so tausend Zufällen unterworfen ist?

Es war etwas Fremdes in diesem Betragen, was mein Herz verschloß und meine Unruh vermehrte.

Das Wetter fing an trübe zu werden, ein trauriger Nebel lag auf allen Gegenden, wie auf meiner Seele.

Wir fuhren eines Abends tiefer in die Nacht hinein als gewöhnlich. Wir waren beide still in die Ecken des Wagens gedrückt. – Nur zuweilen drückte mir mein Vater lebhaft die Hände. Als der Wagen hielt, stieg mein Vater rasch aus, zog an einer Glocke. Ein Licht erschien in der Thür. Mein Vater gab mir den Arm, wir folgten schnell dem Diener, der das Licht trug, und ich verbarg meine Augen vor dem Schimmer, der mich nach der Dunkelheit blendete.

Die Thür öfnete sich, ein Licht stand ihr gegenüber; bekannt und vertraulich sprach mich die ganze Anordnung beim ersten Blicke an. Es dünkte mir das Zimmer meines Pflegevaters. Wie in einem Zauberkreis von meiner Verwunderung gefesselt, wagte ich nicht, vorwärts zu gehen. Zwei Gestalten erhuben sich vom Kamin. In der Dämmerung, welche die Tiefe des Zimmers umhüllte, schwankte ihr Umriß vor meinen geblendeten Augen. Jetzt fielen die Lichtstrahlen auf sie, – und ich lag in Nordheims, in meines Pflegevaters Armen.

Die Ströme der reinsten unnennbaren Wonne flutheten so gewaltig um mein Herz, daß die Bewegungen des gewöhnlichen Lebens stockten. – Schwindelnd sank ich in Nordheims Arme, zog meinen Vater an mein Herz, und aufgelöst in Harmonie, verhallte mein Bewußtseyn in dem grenzenlosen Genuß der Liebe.

Ich befürchtete es, daß der Eindruck zu stark auf sie wirken würde, – waren die ersten Worte, die ich wieder vernahm. Mein Vater hatte sie ausgesprochen, und der Prediger antwortete: Die Wallungen der Freude hemmen den Lauf des Lebens nur, um ihn mit neuen Schwingen zu beflügeln; sie wird bald wieder bei sich seyn.

Der goldne Duft war vor meinen Augen zerronnen, ich sah die geliebten Gestalten hell vor mir. Nordheim kniete an meiner Seite, und unterstützte mich mit seinen Armen. Ich las nur Zärtlichkeit in seinem Auge, keine Spur des Vorwurfs.

Jedes suchte nun den holden Schatz seiner Empfindungen im eignen Busen zu versenken, um mich mit ihrem allzugewaltigen Ausdruck nicht anzugreifen.

Unser Glück wurde ein sanfter erstohlner Genuß, wir wähnten, uns gegenseitig unsre zeither durchlaufenen Verhältnisse aus einander zu legen, aber augenblicklich ergriff uns wieder die süße Verwirrung liebender Herzen, denen jeder Ausdruck der Sprache schwach und langsam dünkt.

Unser glückliches Zusammentreffen klärte sich jedoch aus dem folgenden Zusammenhang der Begebenheiten auf.

Nordheim hatte sein Geschäft mit einer nur ihm gegebenen Gewalt über die Gemüther schnell und glücklich beendigt. Julius Nachrichten von der Falschheit und Wortbrüchigkeit, zu welcher der Minister den Fürsten bewogen, die Nachricht von der Gefahr, in der Hohenfels schwebte, die Gewalt, mit der man mein Verhältniß mit Nordheim, durch eine andere Verbindung aufzuheben strebte; – dieses alles erfuhr Nordheim erst durch die Briefe, die den Tag vor seiner Abreise ankamen.

Im Zweifel, wie die Sachen stehen möchten, wagte er nicht, mir zu schreiben, sondern reiste selbst mit unglaublicher Schnelligkeit nach D.

An dem Tag seiner Ankunft erfolgte der Tod des Fürsten. Er wollte mir nachreisen, der Prinz bat ihn inständig zu bleiben, auch fürchtete er, wir möchten uns verfehlen. Er schrieb mir; der Prinz, der den Brief zum Einschluß bekam, behielt ihn zurück. Er hatte die Idee einer frohen Überraschung zu lebhaft gefaßt, und leitete alles dahin, sie auszuführen.

Der Minister bekam seinen Abschied, und trug die Schande und den Mißmuth fehlgeschlagner Plane des Eigennutzes mit in die Einsamkeit.

Julius übernahm seine Geschäfte. Sein edles Herz, das jede Thätigkeit in ihrer tiefsten und höchsten Beziehung ergriff, schien in der Wirkung auf ein großes lebenvolles Ganze ein neues Leben zu athmen.

Sein Bruder war sein treuer Mitarbeiter.

Der Prinz bat Nordheim, mit der Salmschen Familie wegen Hohenfels Gütern zu verhandeln. Man wollte wegen des ganzen Verhältnisses kein Aufsehen machen, sie wurde mit einer Geldsumme abgefunden. Nordheim mußte selbst, um die Güter zu übernehmen, nach Hohenfels reisen, und wollte dort die Nachricht meiner Zurückkunft und Reiseroute erwarten, um die er mich in dem untergeschlagnen Briefe gebeten, um mir sodann mit dem Prediger entgegen zu reisen.

Von Nordheim hatte mein Pflegevater die Rückkehr seines geliebten Gutsherrn vernommen, und in diesem auch den Vater seiner Agnes, einen unnennbar verpflichteten Freund kennen lernen.

Herr von Salm war schon abgereist, und alles zum Empfang meines Vaters bereit.

Mein Vater wurde von dem Prinzen benachrichtigt, daß er Nordheim in Hohenfels treffen würde, und dringend gebeten, ihm die Freude unsrer gegenseitigen Überraschung nicht zu verderben.

Meine Mutter genoß unser Glück in der Entfernung, wie es ihre Lage forderte, aber mit dem ganzen Entzücken, dessen ihre zarte Seele fähig war. Ihre warme Einbildung zauberte sie in die Gegenwart ihrer Geliebten, keine Trennung war für sie.

Die gute treue Rosine umarmte mich mit tausend Freudenthränen, hatte mit sibyllinischer Weisheit vorhergesagt, wie es kommen würde, und bediente uns mit unerschöpflicher Redseligkeit. Wie lieblich flogen die guten Geister meiner Jugend um mich her! Aller Hausrath der stillen einförmigen Wirthschaft, jeder Winkel des Hauses rief mir eine holde Erinnerung zurück. Bildend wirkten die Spuren der Vergangenheit auf mein Gemüth; möchte ich bleiben wie hier alles blieb, rein, einfach und still!

Mein Vater sollte den nächsten Tag einen feierlichen Einzug ins Schloß halten; man wollte den guten Leuten, bei denen noch die Feste ein Ausdruck des Herzens sind, die lebendigste Erinnerung dieses Tages schenken.

Man sprach von den Anstalten zu meiner Trauung, sie sollte im Schloß vor sich gehen. Mein Vater, sagte ich zum Prediger, ich wünschte, sie möchte hier seyn, hier in diesem Zimmer voll heiliger Erinnerungen der ersten Stunde der Liebe. O jener Abend, mein Vater, – ist er Ihnen nicht auch so unvergeßlich?

Nordheim dankte zärtlich, stimmte lebhaft in meinen Wunsch ein, und flüsterte mir sanft zu: Wenn es hier seyn darf, meine Agnes, warum nicht heute, warum nicht jetzt? Darf ich Ihren Vater bitten?

Der Prediger hatte Nordheims Wunsch vernommen, und rief lebhaft: Sie haben Recht, der Becher der Freude muß voll werden! Es giebt keinen schönern Augenblick, um Euer Bündniß zu schließen!

Mein Vater bat mich, einzuwilligen.

Rosine wand einen Myrthenstrauch zum Kränzchen, und schmückte mein ehemahliges kleines Wohnzimmer zum Brautgemach.

So reicht mir auch die Vorsicht noch diesen Genuß, rief der Prediger, indem er mich Nordheim zuführte. Ich sehe das Glück meiner Agnes in würdigen Händen.

Ich empfange alles mit ihr, sagte Nordheim. Was ist das Leben, wenn es nicht unser Herz zu einem Ganzen macht? Am Ziel der Wissenschaft, der Tugend fühlt der Mensch immer nur das Wachsthum seiner Kraft, die ganze Kraft selbst fühlt er nur in seiner Liebe!

Man hatte im Dorfe die frohen Begebenheiten vernommen, alles drängte sich zu, und der Abend verging unter rauschender, aber herzlicher Fröhlichkeit.